m

阅读之前 没有真相

午夜文库

白夜追凶2：白夜破晓（下）

指纹 著

谢十三 改编

NEWSTAR PRESS
新 星 出 版 社

目 录

1	拾叁　伥偻不变
31	拾肆　完全失控
59	拾伍　正义手段
91	拾陆　抽丝剥茧
113	拾柒　困兽之斗
141	拾捌　拨草瞻风
168	拾玖　萤火之辉
194	贰拾　巨细非真
219	贰拾壹　正义使者
244	贰拾贰　旧案疑云
271	贰拾叁　钓鱼者我
296	贰拾肆　一举成擒
321	贰拾伍　图穷匕见
347	贰拾陆　放虎归山
376	贰拾柒　公平秩序
401	贰拾捌　机关算尽
434	贰拾玖　长夜有尽
464	番外　团拜会话剧　涉过愤怒的河

拾叁 伥偻不变

01

闫通站在别墅卧室的窗前，俯视着楼下。他很满意这种高度和姿态，因为他觉得自己神通广大，能够掌控全局，顺带玩弄法律和人心。

院内，几名保镖正四处巡视。

闫通闲适地晃着手中的酒杯，手机贴在耳边。他的声调拖得很长，整个人都显得很放松："放心，我找的人肯定可靠，其中有两兄弟是老手。再说了，可着大江南北我不好瞎说，但就北京而言，敢接这活儿的你找不到第二个人……是，我看见定金已经到账了……"

他说着，慢条斯理地点了根雪茄，闲适地走出卧室，顺着楼梯来到一层："我做事儿一向缜密，所有的环节分毫不差。人已经发出去了，不出意外，一小时之内你就会知道进展。哦，也不对，我应该说，是在一小时内把'出了意外'的进展告诉……"

"你"字还没说出口，他的话骤然停住，脸上的表情也变了——一层的玻璃门外，几名原本应当在巡查的保镖都倒在地上。他往玻璃那边走了几步，很快看见了那些保镖身下的东西。

血，大摊的鲜血。

不等他做出任何反应，一把带血的猎刀压在了他的脖子上，一只手伸过来将他的手机拿走。紧接着，一个低沉的声音在他耳旁轻飘飘地说了两个字。

"跪下。"

闫通心头狂跳，强作镇定，冷笑道："你、你是哪条道上的？知道我是谁吗？"

没回应，但刀尖儿一别，毫不犹豫地咬进了他的脖子里。

闫通连疼带怕，再也不装模作样，二话不说立刻跪倒。

闯进来的这个男人看了眼闫通手机里的来电显示。

电话还没挂断，那头的"客户"明显带着香港口音，不明就里也有些慌张："喂？怎么回事？你说话呀！"

男人不动声色地把手机往地上一扔，从自己身上掏出手机，拨通号码，用低沉的声音对着手机说："你查得没错，那边找他买凶的好像是香港人。院子里一共有四个，屋里好像就他一个，没发现家属……"

闫通跪在地上，惊恐万状也不敢回头："兄弟，有话好说！不管是谁雇的你，我都出双倍价钱。你……"

不等他说完，男人从后面一脚把他踹翻在地，上前单膝压住他，用刀抵着他的颈动脉，对手机说："要不要现在把他料理掉……"

闫通浑身颤抖着趴在地上，不敢动弹，等待着宣判。

片刻之后，男人挂断电话，低下头，冷冷地盯着他，手指在身侧轻轻地敲了敲——俨然一个居高临下的审判者。

* * *

周子博的案件结束后，周舒桐与赵茜的关系就变得有些微妙。周舒桐不是傻子，到了这地步，到底是谁将她私自调查的事情捅出去的已经不言而喻。她当面找过赵茜一次，两人谈得不是很愉快。

赵茜心里是有气的，被顶了几句，也不愿意忍了，低声道："没错，我是要把情况呈报给关队。像你这样擅自动用支队资源进行个人调查的行为，我有义务向领导汇报。"

周舒桐冷笑："关老师根本就不是编制内的人，什么时候成了咱们队的领导？而且照这么看，我好像也不难理解为什么之前会被沉到探组去了。"

赵茜激动地说："你不可能理解这一点！自从我哥的事儿之后，公安这条路我基本上就算走到头儿了。你不用发愁，你是烈士的女儿，是周队从警校选拔的人才，是关队亲手点拨的爱将！可我呢？摆着公安管理系好好的分配不要，跑来做外勤工作，到头儿只能一辈子做个小刑警！"

"所以你就打算找关老师做靠山？"

"那我还能找谁？施局根本不认识我！找周巡吗？我哥就是死在他手上的！再说了，我并没有成心害过你，哪件事儿不是你自己在胡来？我只是按规定向上级呈报而已，有错吗？"

"我没觉得你做错什么，只是没想到我这么信任你……"

赵茜喊道："你当初还信叶方舟呢，结果又怎么样？到最后连自己的父亲都害死了！"

周舒桐显然被说到伤心处，眼睛立刻就红了："你说什么？"

"我就是觉得这个世界不公平！我明明什么都比你强，你做错那么多事，而我没有做错任何事，可我们的未来完全相反！"

争吵这事，一旦开始翻旧账，或者讲些无边无际没有发生过的事，就注定是吵不出什么输赢结果来的。

两个人理所当然地不欢而散。

三道林业的事了结后，赵茜去找过一次曲弦，移交了几页公函，并交代说："这是总队的书面指令，涉及您队里在三道林业开发区抓捕的十九名嫌疑人。"

曲弦皱起眉头，接过那几页公函，来回看了两遍，难以置信并且不忿地说道："这十九人都是特情？"

"只有两人是。"赵茜面不改色，"但剩下的人都是他们手下。如果只释放这两名特情人员，势必会引起其他同伙的怀疑，对今后的工作展开极为不利。"

曲弦满面狐疑地盯着这姑娘："这伙儿人都没登记落案呢，你这么个丫头片子拿张总队的纸来就让我把人全放了，这锅我背不起。要放，拿你们队领导签字的转押函过来，我把人给你们，你们自己放。"

赵茜早有准备，把另外一页公函递了过去："这是周队签署的转押文件。"

曲弦一愣，接过转押文件看了看："这是周巡签的？"

赵茜放在桌子下面的手指微微一僵，面儿上却笑得十分自然："曲队，您也别为难我，我就是个跑腿儿的。您有什么疑惑，现在给周队打个电话，核实一下，比较放心。"

曲弦盯着她看了好一会儿，按下办公桌上座机的免提："小蔡，来我办公室一下。"

半个多小时后，那十九个人被放了出来，赵茜也从分局里出来，和这帮人打了个照面。这几个是混混，进去出来的经验还算丰富，刚在里面瞧见这名女公安，大约也能猜到自己这几个人可以算是被她捞出来的。

这女的他们确定不认识，而且是公安内部人员，这伙人面面相觑，都偷眼瞄着她，没搞明白是怎么回事儿，一个个都不敢讲话。

赵茜倒是挺自然地走上前，扫视了一圈，十分干脆地说："没你们事儿了，都走吧。"

这伙人纷纷露出有些难以置信的表情，正待离开，其中一人没忍住，上前赔着笑问道："这位大姐……哦，不！这位同志，您有什么话要我带吗？"

赵茜摇摇头："没有。"

那个人显得愈发不解，愣了愣，尴尬地笑了声，转身要走，又回过头来："那能不能打听一下，您——"

赵茜笑了笑，打断他，压低了声音，一字字清晰地说道："我叫赵茜。"

这几天支队还算太平，最大的事儿就是抓了一帮聚赌的。本来大伙儿预备回警局，但关宏峰看到小屯路有个入室盗窃的案子，非要赶着天没黑过去瞅一眼。周舒桐开着一辆黑色桑塔纳，副驾上坐着关宏峰，周巡开着他的越野车，副驾上坐着小汪。两辆车先后停在丰葆路加油站外，四个人一起下了车。

周巡左右看看，发现赵茜没在，还问了一嘴。

周舒桐表情略微有点儿不自然，过了会儿才轻声说："刚才师姐给我打电话，说要顺路去警校那边儿取点儿东西，一会儿就回队里。"

周巡皱眉："稀罕哪！这请假都不用跟领导请了。"

周舒桐低下头，没吭声儿。

周巡胡噜了一下头发："那这样吧，老关，刚是领了枪出来的，我跟小汪一个车，先把身上的配枪还回支队，然后再去现场跟你会合，怎么样？"

关宏峰点头："行，都加个油吧，然后我跟小周先过去。"

桑塔纳和越野车先后进站，就在他们后面，一辆黑色的奔驰S500也开了进来，就停在后面的车道上。

闫通满头大汗，把手机收到的短信给那个可怕的男人看，声音颤抖着："他们……他们已经到加油站了。"

男人瞟了一眼短信，没说话。

闫通惊疑不定地问道："你、你到底想干什么？"

男人还是没有说话，从茶几上的纸抽盒里抽出两张纸巾，缓缓擦拭着猎刀上的血迹。

周巡的越野车很快加完了油，朝外面开去。周舒桐这边也加完油，和关宏峰打了招呼，小跑去加油站里给两辆车结账。

一辆别克公务舱驶入加油站，没往加油的位子靠，突兀地停在了之前那辆奔驰S500的后面，车上下来四个戴着口罩的人。关宏峰正在副驾上坐着休息，从反光镜里看到面色不善的四个人，微微皱眉，从车里探出头往外看，正巧看到这四个戴口罩的人突然上前拉开奔驰车的后车门，拔出手枪，从车里拉出来一名五十岁上下、一身正装打扮的中年人。

关宏峰吃了一惊,立刻推门下车。

这伙人迅速把挟持的中年人推上别克车,正要往外开,发现加油站里有其他加油的车挡了路。一名劫匪上前朝挡路的车大喊了几声。车主看到他的装扮和手里的枪,吓得根本反应不过来。劫匪急了,抬手朝天开了一枪。

枪声响过,加油站顿时一片惊慌混乱。

关宏峰本能地蹲下身。在营业厅内付款的周舒桐听到外面一声巨响,扭头朝外看。

正要驶出加油站的周巡也听见了枪声,一脚踩下刹车。他跳下车,对小汪说了句"开回去!"自己则手扶腰间配枪,跑回了加油站。

挡路的车主颤巍巍挪开了车,刚才鸣枪的劫匪正指挥着别克车往外开,正巧和赶回来的周巡打了个照面。

周巡立刻举枪,怒喝:"警察!放下枪!"

小汪驾驶的越野车倒进加油站,又堵住了别克车的去路。

劫匪想都没想,抬手就开枪。

周巡朝旁边一个侧滚,躲在某辆车的车头后面。小汪继续倒车,把车一横,也从驾驶席下了车。

周巡转移到自己的越野车后,见小汪正拔出枪跃跃欲试,吓了一跳,咬牙低声道:"动脑子想想!这是加油站,别乱开枪。"

他回头对伏身趴在桑塔纳车旁的关宏峰说:"老关,快过来!"

在关宏峰跑到周巡那辆越野车后面的同时,周巡和小汪招呼加油站其他惊慌奔逃的群众都躲到车后。他让其中几个人上了越野车,随后对关宏峰说:"老关,你带着其他上不了车的人顺车头的方向往外跑,我让小汪开着车给你们做掩体。小周呢?"

关宏峰面沉如水:"在营业厅里。"

枪声响起的那一刻,周舒桐本能地正要往外跑,但还没来得及跑到门口,加油站的工作人员已经把门反锁了,惊恐地对其他人说:"别出去!都别出去!"

另外一名工作人员正拿起电话报警。

周舒桐一犹豫,往后退了一步,退到惊恐的人群之中。

小汪安排一些疏散群众上了越野车,叮嘱他们趴低身子,自己则跳上驾驶席。周巡朝他点了下头:"开慢一点儿,我掩护你。"

小汪驾驶着越野车缓缓向加油站外开。以这辆车为掩体,关宏峰领着几名群众站在车后,跟着一起向外走。

周巡闪到另一辆车后,不时朝劫匪喊一声"不许动!""都把枪放下!"来吸引他们的注意力和射击火力。

一行人就这么慢慢退出加油站。

劫匪的车也打算跟在后面冲出加油站,但车下不停开枪的那名劫匪似乎紧盯着周巡不放,车上的劫匪急得直朝他喊:"快上车!老二,走啦!"

小汪把越野车横在加油站的出口处,打开一侧的车门,一方面堵住路,另一方面继续以车为掩体,掩护群众疏散。

周巡顺着加油站停靠的几辆社会车辆撤回到越野车旁。

别克车从后面开了过来,车下的那名劫匪终于打算回到车上。

周巡一手举枪一手拉开副驾的车门,一只脚已经踏上了车,却注意到越野车后疏散群众的小汪半个身子露在越野车外。

劫匪在车窗上架起持枪的右臂,瞄准了小汪准备射击。周巡一咬牙,朝别克车打开的车门连开两枪。

子弹穿过车门,正中那名劫匪眉心。

小汪这才回过神来，吓得缩回车后，隔了会儿心有余悸地评价道："这家伙怎么会天真地以为一层薄铁皮能挡住九毫米口径的子弹？"

"脑残警匪片看多了。"周巡冷哼一声，"通报情况了吗？"

小汪点点头："指挥中心说加油站这边也已经有人报警了。增援应该马上到。"

大批警车很快从四面八方驶来，堵住了加油站的出入口。别克车上坐在驾驶席的劫匪见势不妙，只能把车倒回加油站里。车上有一名劫匪情绪激动，正试图下车去拖同伙的尸体："别管我！老二他……"

然后他被人狠狠按回了车内。别克车退回加油站后，剩下的三名劫匪挟持着刚才从奔驰车里绑出来的中年男人，一起下了车。

一行四人来到营业厅的玻璃门外，为首的一名劫匪拉了下门，发现锁住了，勃然大怒。他举枪指着营业厅里的工作人员，喊道："把门打开！"

连遭恐吓后，一名工作人员战战兢兢上前开了门，三名劫匪挟人质冲进营业厅，动作干脆利落地锁上了门。

周巡隐在越野车的前轮后，目睹劫匪鱼贯进入营业厅。

一旁的关宏峰焦急地说："小周还在里面。"

周巡远远注视着营业厅的大门，咬着后槽牙："那她最好别暴露自己是警察。"

02

现在，营业厅内部情况也比较复杂。枪击发生、大门落锁的时候，室内还有两名穿着制服的加油站工作人员。除周舒桐外，还有四名顾客，包括一名戴着金链条的大汉、一名穿着西装的司机、一名三十左右的母亲且带着一名四五岁的小女孩。

三个劫匪挟持着那个中年男人进入之后，逼迫所有人质都双手抱头蹲在地上。周舒桐伺机偷偷观察着几人，其中一名劫匪站在窗边，看着加油站外面，扯下了口罩。这人从声音和身形看起来都最年轻，这会儿急促地对另一个劫匪说道："徐哥，外面都是警察，我们被包围了。"

那个"徐哥"没答话。另一个劫匪好似很激动，挥舞着手里的枪，跳着脚喊道："姓付的你闪开，老子出去跟他们拼了！"

年轻的这个"小付"迟疑了一下，看了眼"徐哥"，没让。

之前他叫的这个"徐哥"在三个人里显得最冷静，摘下口罩，一边把手机放到耳边，一边对那小年轻指了指营业厅里面。那里是一间小办公室，门牌上写着财务室。"去检查下里屋，看是不是所有人都在这儿。"

小年轻"小付"听完点点头，拍了拍那个暴躁狂的肩膀，持枪走向里面。蹲在财务室门外的周舒桐瞟了眼正拨打电话的"徐哥"和注意力全放在营业厅外的"暴躁狂"，瞄上了正走进财务室的"小付"。

她蹲在原地，用眼角余光打量着"小付"，只见他在很听话地搜索财务室，她同时关注着外面劫匪的对话。

"暴躁狂"问道："那边怎么说？"

"挂断了。""徐哥"说，"应该一会儿会给咱们打过来。"

"暴躁狂"的语气又显而易见地不好起来："那孙子肯定把咱们给甩了！这么大麻烦，谁兜得住？"

"徐哥"低声说："沉住气，现在咱们手上有人质，公安一时半会儿不敢冲进来，会有办法的……"

眼见两人意见不同争执不下，一时没人注意这边，周舒桐矮下身，手膝并用地爬进了财务室。

"小付"在不大的财务室里搜了一圈，没见人，回身要往外走。周舒桐猫着腰抄他的双腿，把他掀翻在地，随即上前一脚踩在他拿枪的手腕上，另一腿单膝顶住他胸口，朝他的脸上和喉结处连打数拳。

"小付"完全没有反应的时间就被打倒在地。

外头的"徐哥"和"暴躁狂"这才发现不对，持枪往这边跑，周舒桐却快他们一步，毫不客气地拽住"小付"的头发，把他在地上翻了个个儿。她骑到他的后背上，用枪顶着他的后脑勺，对冲到门口的另两个劫匪怒喝："再往前一步，我一枪崩了他！"

两个歹徒见她是个年轻女孩，惊诧之余，举着枪正要往里迈步。周舒桐想都不想，抓着"小付"的头发把他的脑袋往上一掰，贴着他耳侧，眼也不眨地朝地上开了一枪。

狭窄空间内骤然爆发出一声巨响，两个劫匪被震慑住了。枪口喷出的火药、水泥地上被子弹击中后崩飞的碎片，再加上近距离的这声枪响，导致"小付"右边耳朵及半边脸上全是伤口，血流如注。

周舒桐再度把枪顶在"小付"脑后，恶狠狠地喝道："出去！"

她音量不大，但定、静，不容置疑。经过这么一茬儿，俩劫匪再蠢也明白了这姑娘是个说一不二的狠角色，悻悻地往后退去。

* * *

那头，中间人闫通拿开电话，一手捂住话筒，颤颤巍巍地对那个神秘男人说："出、出事儿了！他们被警察堵在一个加油站里了，一个死了，一个被……被劫持了！"

神秘男人也微微一怔。

闫通继续说："他们问我现在怎么办。"

男人一把抢过闫通的手机，挂断了电话，拽起他就往外走。

闫通惊恐地问道："去、去哪儿？"

男人冷冷地说道："开车。"

车库里停着一辆黑色奥迪，男人坐到副驾的位置上，把刀反手一隐，阴沉地对闫通说："你开。随便上个环线路，车速别超过六十。如果你开着开着超速了，或者在不堵车的情况下把车速降到三十迈以下，又或者你摇下车窗喊、试图开车门跳车……总之，出现任何我不喜欢的状况，你就得死。你应该也明白，对我而言，这连半秒钟都用不了。"

"那、那边……加油站那边怎么办？"

"刚才忘记说了。"男人阴恻恻地一笑，"再多问一句，你也得死。"

闫通一听，慌忙踩下油门，将奥迪驶出车库。

事态严重，丰葆路加油站很快就被警方彻底封锁。施广陵也来了，刚到就找周巡。

相关人员已经检查了周巡和小汪的配枪。周巡的刚才动火了，还打死了一个劫匪，现在已经放到物证袋里封存；小汪的没有开过，检查完毕后就还给了他。

施广陵跟着外围刑警走到近前，一眼看到了出口方向，被周巡击毙的那具劫匪尸体躺在地上,眉头皱了起来,问:"这是?"

周巡摸了摸鼻子:"其中一个嫌疑人。"

"你干掉的?"

"这个……"周巡挠头,"当时现场的情况有些失控。这嫌疑人没完没了地乱开枪,所以……"

施广陵看向服务区方向,冷笑道:"所以你就朝着上百吨汽油的方向开枪,把他击毙,然后把剩下的嫌疑人逼进营业厅,还附送了半打人质?"

周巡一时语塞。

小汪赶紧在一旁说:"施局,当时的情况确实危急,如果周队不冒儿了他,横在那儿的可能就是我了。再说,就算不为了掩护我,也还有那么多需要疏散的群众……"

周巡说道:"行了,领导不是想听咱们在这儿诉委屈。"

施广陵瞟了眼周巡:"你委屈吗?"

"不委屈。"周巡说,"反正当时,这事儿总得有人干。"

施广陵不吭声了,定定地看了他一会儿,瞧见走过来的关宏峰,朝他点了点头,问:"现场的情况汇总出来了吗?"

"事发的时候,我看到的应该是四名戴着口罩的成年男性,都带枪。他们试图从那辆奔驰车里挟持一名中年男子。由于离开的时候有别的车挡路,所以其中一个人——"关宏峰说着,指了下那劫匪尸体的方向,"就在不停地开枪,驱赶加油站里的人和车。周巡和小汪应该是听到枪响,从出口方向赶了回来。"

他说着看了眼周巡,周巡顺着接道:"我进入现场的时候,只看到一名持枪嫌疑人,其他的都在那辆别克车上。我拔出武器试图控制住那名嫌疑人,遭到对方开枪抵抗。由于在加油站里,担心引发燃爆,同时现场有其他群众,射界非常不好,所以我和小汪决定不要和对方交火,尽可能掩护和引导群众撤离现场。"

小汪说道:"我开着周队的车,利用车身做掩体往出口的方向开,疏散的群众——包括关队,都在车头位置。周队留在后面掩护我。再然后就是……"

"知道了。"施广陵摆摆手,"也就是说,四名嫌疑人现在还剩三个——三个人三把枪。在里面挟持了多少人?"

几个人一起摇头。

关宏峰的手机这时响了,他拿起来,听了几句,神色凝重起来,对着几个人说:"里面来信了。一个坏消息,除了周舒桐外,一共有七名人质,包括一男一女两名工作人员、一对母女、那个中年男人,还有两名成年男子。那个小女孩儿也就三四岁。"

施广陵问道:"那好消息呢?"

关宏峰把手机打开免提,放在警车车顶上:"好消息是,我们可能只需要对付两名劫匪和两把枪了。"

03

周舒桐一倒手,把劫匪"小付"脸朝下按在写字台上,从旁边的电脑显示器上拽下一根电源线,把人反手绑住,随后一脚踹在门上,关上了财务室的门。

她拿起手机,继续说道:"人我已经捆起来了。关老师,现在该怎么办?"

"施局和周巡都在,向我们描述一下财务室的情况。"

周舒桐环视一周,说道:"不到三十平方米的空间,东、西、北三侧是封闭的墙体,有两张写字台、三把椅子、两台电脑、一台税控机、一台电话座机,还有两个分体文件柜。南侧墙面,也就是朝营业厅的方向开着正常规格的门，门的材质应该是层压板。有两扇不能打开的玻璃窗，内侧挂着卷帘百叶，天花板是石膏板吊顶，不知道上面有没有隐蔽层。地面是大概八十乘八十的方形地砖。"

关宏峰问道："卷帘百叶？也就是说你能从里面随时观察营业厅的情况？"

周舒桐来到卷帘百叶旁，伸手轻轻拨开一层叶片，扫视了一圈："东北角有视线的死角，其他的都能看到。"

关宏峰思考着："东北角……意思是在财务室东侧还单独有个房间吗？"

"我印象中是有一个小房间，大概是库房。"她一边说一边走到东侧的实体墙旁边，用手敲了敲墙，对着手机说，"应该不是轻体墙，是承重墙，不适合爆破突入。"

周巡插嘴问道："你和人质的情况都怎么样？有人受伤吗？"

"目前没有。"

施广陵问道："那三名嫌疑人呢？"

周舒桐瞟了眼半边脸都是血的"小付"，颇为心虚地说道："呃……也没有。"

"一会儿挂断电话，拿手机把里里外外能拍到的都拍成照片发给老关。"周巡说。

关宏峰补充道："包括天花板和地面。"

"好的。"

关宏峰又问："你现在拿到了那名嫌疑人的枪？"

"对，枪现在在我手上。"周舒桐低声说，"我开过一枪示警。"

施广陵插进话来："不到万不得已不要再开枪了。别忘了，你是在加油站里。"

关宏峰继续说："描述一下你抢下来的那把枪。"

周舒桐下意识点头，又很快意识到对方看不到。她站在卷帘百叶旁，又观察了一眼营业厅，没看到有人靠近财务室，于是走回写字台旁，从椅子上拉起被反绑着的"小付"，让他面朝西墙："跪下。"

劫匪委委屈屈地跪下了。

周舒桐卸下弹夹，拉开套筒，边检查手枪边对电话那边说："枪上没有序列号和其他明显标识，握柄上也没有商标。弹夹里还有六发子弹，子弹的规格是七点六二毫米手枪子弹。我没有看到挂机杆儿，这支枪应该不能空挂机。不出意外的话，这是把自制手枪。"

关宏峰说："仿五四式的自制手枪……嫌疑人控制得当吗？"

周舒桐稍微压低了声音："应该还行，用电源线从背后绑的。"

周巡问："你身上没带铐子吗？"

周舒桐愣了一下，伸手往腰上一摸，发现真的带了手铐："带了，刚才一紧张给忘了。"

关宏峰说："马上铐在嫌疑人的脚踝上。"

周舒桐应声起身，掏出手铐，铐住"小付"的双脚。

周巡问："要不要让她把电话给营业厅里的那俩人，看看他们要提什么条件？"

关宏峰冷静地说道："开门接触还是有些冒险，一会儿咱们直接打到营业厅的座机上面去。小周，你现在把守住财务室的出入口，密切注意营业厅里的动静，同时看能不能从被控制的嫌疑人嘴里套出什么有用的信息。"

周舒桐挂了电话，把手机揣回兜里，拽过一把椅子，用椅子靠背斜着顶住了门把手。随后她把"小付"从地上拽起来，带着他来到财务室门口，让他转过身面对自己。

"小付"见自己被当成肉盾摆在门口，总算反应了过来，咬牙切齿地说道："臭娘们儿，警察？"

周舒桐压根没有理他，打开手机摄像头，挑开卷帘百叶的缝隙，开始淡定地四处拍照。

"小付"只好看着，无话可说。

赵茜下了警车，匆匆忙忙跑进封锁现场。特警队丁队长正对周巡和施广陵汇报情况："如果总队还没有指示，我就让负责监视和布控的队员先就位。"

关宏峰说："让执行突袭的队员们做好准备吧。小周已经把照片发过来了，我让技术队赶紧打印几份，你给他们熟悉下地形。"

"中石油的地区负责人正在路上，他会把这里的建筑结构图也带过来。"周巡说。

施广陵看了看关宏峰和周巡，问："有这个必要吗？"

关宏峰说道："不管总队最后给不给出方案，或是给出什么样的方案，应该都脱不开常规的老三篇——"

周巡接着说："沟通，拖延，抓捕或强攻。"

关宏峰点头道："咱们最好还是提前做好准备。丁队，你看呢？"

丁队长回答："如果最后要强攻的话，我必须找类似的建筑进行模拟演习。"

周巡这会儿看到了走过来的赵茜："跑哪儿去了你？你待会儿赶紧跟着丁队长去技术队的车上，把照片什么的打印出来。"

赵茜看着周围："这到底是出什么事儿了？我听说舒桐也在里面。"

周巡摆摆手："情况你自己找技术队的问去。赶紧吧。"

赵茜的眼神暗淡了一瞬。

丁队长正要和她一块儿离开，关宏峰叫住他："丁队，你能不能单派四个人过来？都拿上防弹盾牌。"

丁队长愣了一下。周巡刚想问为什么，关宏峰反而先对他说："通知队里，让小郜和法医队的马上到现场。"

施广陵也问："叫法医过来干吗？"

关宏峰扭头看着出口方向劫匪的尸体："咱们得为谈判做准备。"

某环线路上，行驶的奥迪轿车内，闫通放下手机，压低声音对副驾驶席上的男人说："他们说屋里还有个女的，制住了其中一个兄弟，抢了枪，不知道是不是警察。"

男人说道："死了一个，被抓了一个，就剩俩人了？"

闫通恐慌地点点头。

男人从储物箱里翻出一张纸，在上面边写边说："告诉他们不用担心，公安不会这么快就冲进去的。他们肯定会打电话或者派人先沟通，尝试着谈判。"

说着，他把写了两排数字的那张纸递给闫通："提条件的时候，就让他们按这个说。"

闫通看了眼男人递过来的纸，明显有点儿蒙了。

*　*　*

加油站内，在外面大厅里的劫匪之一——那个"徐哥"听着手机，写下了两行数字。

写完之后，他看着那两行数字，有点儿疑惑："这个数儿怎么……公安会和我们谈吗……那然后呢……他们要是不答应怎么办……你，好吧，先不说这些，我怎么跟公安说？出去跟他们说吗……那得等多久……姓闫的，你别蒙我，我们已经折了一个弟兄了，今天要都被捂在这儿，大家就一起死。"

他挂断了电话，走向窗户旁的"暴躁狂"，说："老闫说，让咱们拿人质跟外面那些公安谈条件，说是公安一定会主动找咱们说这事儿……"

"暴躁狂"一直盯着窗外，突然说道："他们进来了。"

"徐哥"听完一愣，忙紧走两步，也凑到了窗前。

透过百叶窗，周舒桐的目光落在"徐哥"放下来的那个手机上。

加油站外出口处，四名特警手持防弹盾牌组成了一面盾墙。在这些人身后，小徐弓着腰，半伏着身，推着一辆担架，旁边是气定神闲、溜溜达达的郜君然。几个人一路绕过劫匪的尸体。在四名特警持盾掩护下，小徐先是蹲在地上拿出相机给孙志的尸体及现场拍照，然后吃力地试图把尸体搬上担架。

他努力了半天，没忍住说道："郜……主任，你好歹搭把手。"

郜君然绕过担架，抄起尸体的双腿，和小徐一起往担架上抬。他瞅着小徐那畏畏缩缩的动作，朝地上劫匪掉的那把手枪努努嘴，嗤笑道："把你那腰杆子挺起来。咱们离营业厅足有三十多米，就这自制的破烂玩意儿，出不了十米弹道就偏到姥姥家去了。你哆嗦成这样，至于吗？"

两人把尸体放到担架上，小徐还是不敢直起身子，怯生生地问："那、那他们要是从里面冲出来怎么办？"

郜君然从兜里掏出物证袋，把劫匪的手枪放进去封存好："放心吧，特警的狙击手会料理他们的。"

话音未落，营业厅的门开了，情绪激动的"暴躁狂"不顾"徐哥"在后面劝阻，挥舞着枪冲了出来。

"哟，"郜君然愣了愣，咕哝道，"还挺听话的。"

关宏峰等人也看到一个劫匪举枪冲了出来，他扭头去看不远处技术队警车旁的丁队长。丁队长正对着步话机说道："二号目标暴露。所有制高点，一号目标在射界内吗？"

那头观察员立刻回复："射界范围内障碍物过多，无法确保命中。"

丁队长听到步话机里的回复后，下达命令："一号目标没有完全暴露，不要开枪。重复一遍，不要开枪！"

他说完放下步话机，有些遗憾地朝关宏峰摇了摇头。

关宏峰又扭头看了看正在往回撤的特警与法医，还有已经走出营业厅将近十米距离的劫匪。他掏出手机，拨通电话。

周舒桐很快接起了电话，关宏峰急促地说道："一名嫌疑人离开营业厅了，另外一个人应该就在门口……"

"我看到了。"

"你能从后面开枪放倒门口那个人吗？现在只有出来的这个

在特警的射击范围里,要开枪必须同时放倒两个人。"

周舒桐听完,当机立断把手机往旁边的写字台上一撂,拔出腰上的手枪拉了下套筒,同时冲到门口,一把推开"小付",挪掉卡在门把手上的椅子。

关宏峰举着手机,回头对丁队长说:"让你的人随时做好射击准备。"

"什么?"丁队长听愣了,"可是视野实在……"

施广陵也在一旁呵斥:"小关,这样太冒险了!"

周舒桐拉开财务室的门,看到隔着收款台和货架,"徐哥"就站在营业厅的门口,一脚门里一脚门外,正大声叫外面那个劫匪回来。

周舒桐举起枪,绕过收款台,调整姿势,准备从后面射击。她刚刚瞄准,身后的财务室里,坐在地上的"小付"突然大喊:"徐哥!小心!"

"徐哥"反应奇快,转身的同时开了一枪。由于中间还隔着货架,子弹打得货架上的商品破碎纷飞。

营业厅内还有其他人质,周舒桐不敢随意还击,一伏身,躲到了收款台下面。

"暴躁狂"显然也听到了枪声,犹豫了一下,没再往外走,转身快步跑回营业厅。

狙击手在瞄准镜里看到一路跑回营业厅的"暴躁狂"。

旁边的观察员对步话机喊道:"丁队,二号目标正在往回撤!要开枪吗?"

丁队长举着步话机,几个人面面相觑,谁都拿不下主意。

末了,丁队长摇了摇头,对着步话机下令:"不要射击!"

周舒桐一路爬回财务室,翻过身,抬脚踹上了门。她躺在地上,双手握枪对着门口方向。"徐哥"持枪追到门口,碰到紧闭的财务室门,停下了脚步。

外面那个莽撞的"暴躁狂"冲回营业厅,看到货架周围一片狼藉,大声问道:"怎么了?谁他妈开的枪?"

财务室内,周舒桐重新用椅子顶住门把手。外面,"徐哥"的怒骂声清晰可闻。周舒桐面无表情,照着坐在地上的"小付"脸上就是一脚,把他踹翻在地。

随后,她从办公桌上拿起手机,惊魂未定地说:"对不起,关老师,刚才有点儿干扰,没能成功。"

04

"娃娃脸"走进"裴总"的办公室。他的神态罕见地有些颓废,左手的手掌和手腕都缠着纱布,左耳根附近也裹着绷带,但因为戴着棒球帽,耳后的纱布被挡住了。

"裴总"盯着他看了一会儿,轻声说:"没想到能让你吃这么大亏。就是跟你动手的那个女公安抓了咱们的人?"

"已经放出来了。"

"裴总"一挑眉毛,略感诧异。

"娃娃脸"说:"郭子问过那些兄弟,说是丰台支队一个女公安把他们捞出来的。"

"裴总"问道:"走的谁的门子?"

"娃娃脸"从口袋里掏出几张记录:"据我所知,应该是她自己的主张。那个女的是安廷的妹妹,资料你看看。"

"裴总"拿起那两页纸,看了几眼:"哦,有印象了。按理说,安廷不就是死在丰台原来那个支队长的手上吗……钓我们呢?"

"娃娃脸"面无表情地看着他,也不说话,不置可否地笑了笑。

"真也好假也好,""裴总"放下这两页纸,意味深长地说道,"咱们现在正好用得上她。"

加油站外,周巡背着别人把关宏峰拽到一旁,有些气愤地低声斥责道:"老关你这不是胡来吗?小周在里面的境况本来就很复杂,任何武力策应行为都极其危险,而她还不具备这种实战经验和临场应变能力,更别提你作为一个顾问根本就没有权力下达命令!"

关宏峰神态冷静地解释:"刚才那个时机非常难得……"

"但是成功概率非常低!就算在里面的是我,都不敢保证一定成功!"

关宏峰抬眼看着他:"在我看来,在里面的是你还是周舒桐,对于现场处置的决断应该没什么区别。这伙人不但持有武器,而且对开枪毫无顾忌,再加上你还击毙了他们其中一个,你我都明白他们不会投降,强攻是迟早的事儿。"

周巡咬牙道:"强攻也不能选在这儿!一旦发生爆炸,这是多少条人命!我跟施局商量了,现在等他们提出条件,咱们视他们提出的条件做出部分接受或妥协的假象,但无论如何得让这伙儿人离开加油站这个危险区域。在此之前，任何主动射击或刺激他们开枪的举措都要慎行！"

关宏峰皱了皱眉，仍旧冷静地看着他："我们现在无法确定强攻地点会在哪儿。如果你只是对我刚才的越权行为不满的话，我无话可说。但咱们都只是为了解救人质，你很清楚，我的判断是值得尝试的。"

周巡还试图反驳："但如果——"

关宏峰打断他："就像你说的，如果刚才在里面的是你，我相信你也会执行这个方案的，对吗？"

周巡冷哼一声，没再说话。

营业厅里，"暴躁狂"把人质中的母女二人拽到财务室门外，往地上一摔。

"徐哥"皱着眉头，低声问他："你要干什么？"

"暴躁狂"气急败坏地说："干什么？外面全都是警察，屋里还藏着个打冷枪的，照这样下去，咱们就剩被玩儿死的分儿了！"

他一拉手枪的套筒，正要朝财务室的方向去，"徐哥"一把拉住他，看着坐在地上哭哭啼啼的母女二人，低声说："如果里面不服软怎么办？你真要下手杀女人和孩子？"

"暴躁狂"冷笑一声："徐哥，走到这一步，你他妈是想和我讲良心吗？我弟就死在外面，那帮公安开枪的时候可没手软！"

"徐哥"冷冷地瞪着他。

"暴躁狂"想了想，咬着牙骂了句脏话，把那母女俩推回去。他又从营业厅里拽过一男一女两名加油站的工作人员，让他们并排跪在财务室门口,随后冲财务室大声怒吼:"臭娘们儿!给我出来!"

周舒桐听着外面的咒骂声,把双手倒绑的"小付"顶到密封玻璃窗上,右手用枪指着他的后脑,左手拨通电话,看着财务室门外"暴躁狂"那暴跳如雷的情状,低声说:"关老师,出了点儿小状况。"

关宏峰把手机打开免提,放在一辆警车的车顶上。施广陵、周巡、关宏峰和赵茜听完周舒桐描述的情况后,意见可以说是高度不统一。

关宏峰说:"不行,你不能把自己交出去!这不仅是一个会丧失战术优势的问题……"

施广陵摆摆手打断他,关掉电话的免提,把手机扣在警车车顶,低声对其余的人说:"可现在劫匪拿人质要挟,如果小周不投降,他们就要杀人质。"

关宏峰眉头皱了起来:"施局,你这话什么意思?"

赵茜在一旁不动声色地说:"理论上来讲,作为刑警,包括舒桐在内,我们都不算是普通群众。而保护群众生命安全是工作职责,即便这里面存在一定风险。"

周巡瞪了赵茜一眼,不乐意了:"那就是说,拿咱们的命换群众的命是正常流程了吗?"

赵茜微微垂下目光:"我没这个意思。只是在这种困境中,如果不得不抉择,群众的安危肯定是最优先考虑的。"

周巡没话可说,干脆不理她,扭头去看关宏峰和施广陵,问:"能不能叫她把劫匪放了,枪留在手上,据守在财务室里?"

关宏峰说道:"如果是这样的话,一旦她手上失去了'人质',剩下的劫匪很可能试图攻击财务室。他们在营业厅里乱开枪的话,不可预测的风险更高。"

说完,他把手机翻过来,重新打开免提:"小周,能不能尝试跟外面的两名劫匪说话?把电话打开免提,我来和他们谈。"

营业厅内,上蹿下跳、情绪始终不太稳定的劫匪"暴躁狂"正用枪顶着那名男性工作人员的后脑勺:"我数到十,你不出来,他就死!十!"

"徐哥"在后面焦虑又无奈地看着他,手机忽然震动起来。他低头看了眼来电显示,往旁边走了几步,接通电话,急促地说道:"老闫——"

与此同时,财务室的门开了,周舒桐一手按着"小付"的肩膀,一手持枪顶着他的后脑勺出现在门口。

闫通捂住手机话筒,惊慌地对男人说:"他们还没跟公安谈条件,说刚才出了状况。现在其中一个弟兄正威胁让屋里的那个女的——据说可能是个公安——交出人和枪。"

男人闻言,颇感兴趣地说道:"哦,威胁?拿什么威胁?"

周巡抢过关宏峰的手机,大声冲着电话喊:"不许缴械投降!周舒桐你听清楚没有?这是命令!"

那头,"暴躁狂"把顶在工作人员脑袋上的枪口又往前戳了戳，恶狠狠地继续倒数："四！"

周舒桐望着跪在那里涕泪横流的人质，人质看她的眼神令她动容。她没犹豫多久，低声对着手机说："对不起，周队，我不能站在这里看着。"

周巡急得快要爆粗口了，机关枪似的抢着说："他们不敢开枪的，这是虚张声势！如果你投降的话，不但你会死，那些人质也保不住！你听见没有！"

"暴躁狂"数道："三！"

"对不起。"周舒桐轻声说，"我做不到。也许他们不会立刻杀我……反正……也没时间说遗言了，希望你们能救出其他人。"

她没再理会电话那头周巡的喊叫声，把手机轻轻放在财务室屋内一侧的窗台上。

"暴躁狂"的声音已经越来越没有耐心："二！"

她推了一把"小付"，准备往外走："别……"

就在这时，突变忽生。

大厅里，"徐哥"忽然举起枪，顶在了"暴躁狂"的后脑勺上，冷冷地命令道："不许开枪！"

周舒桐和"暴躁狂"都一愣。

"暴躁狂"怒道："徐哥，你！你他妈哪头儿的？"

"徐哥"手极稳，不慌不忙地说道："你不刚才说过吗？谁也别讲良心，我现在就是自己这头儿的。如果你继续胡来，老闫不会再支持咱们。那样的话，就算咱们能逃出去，也没人付钱。"

周舒桐一时半会儿也不知道该怎么反应。"徐哥"这头逼退了同伙，对她喊道："你他妈是公安吧？咱们说好了，你手上的是我兄弟，别为难他，大家可以暂时两不相扰！但你也别当我们兄弟几个好欺负，再想耍刚才的伎俩，我可不管外面有多少警察，这屋里所有人就都同归于尽！"

周舒桐沉默着听完，没有回话，思考了几秒，向后撤了两步退回财务室，将门关上了。

"徐哥"见她回去，冷哼一声，指着那三个人质，对愤愤不平的"暴躁狂"命令道："让他们都回去。"

周舒桐透过百叶窗，看到他又一次拨通了电话。

高架上那辆行驶中的车里，闫通捂住手机话筒，对身旁的男人说："暂时压下来了。可那边不明白为什么不许杀人质。"

"你们都不需要懂。"男人冷冷地盯着闫通，"赶紧让他们谈条件就是了。"

渐渐入夜，关宏峰瞟着布控现场不远处马路对面路旁停着的橘色POLO车。

周巡在他身边低声说道："技术队正在尝试和劫匪取得联系。不管是因为什么，好歹小周暂时安全了。你去交接吧，我盯着。"

关宏峰说道："小周说，劫匪的交谈中透露出有一个姓闫的人，很可能是他们的上线。"

"记得把情况都交代给你弟，交接完了你们也要保持联系。这种局面没你不成。"

正说着，不远处的警车旁，小汪冲周巡喊："周队！联系上了！"

周巡朝关宏峰递了个眼神，走了过去。

　　　　　　＊　＊　＊

角落里，赵茜的手机响了，她看了眼来电显示，犹豫了会儿，往旁边走了几步，接听电话："喂？"

对面是个男人的声音，上来就问："你是安廷的妹妹？"

赵茜皱眉道："你是谁？"

男人说："捞出来几只蚂蚁，并不代表我们可以信任你。但眼下有点儿事儿，你可能帮得上忙。"

"我都不知道你是谁，凭什么要帮你？"

"你可以挂电话。"

赵茜愣了一下，没吭声，但是也没有挂电话。

男人轻轻笑了起来："我知道你现在在一起绑架案的案发现场，我需要你告诉我这些劫匪到底提了什么条件，你能做到的，对吧？"

赵茜下意识地四处张望。

远处，正监视着她的"娃娃脸"干脆利落地挂掉了电话。

另一边，周巡把打开免提的电话放在后备厢盖上，看着一旁的小汪在纸上写下勒索赎金的数字和劫匪指定的账号，回应道："还有零有整的……好吧，只要别伤害人质，钱的事儿可以商量。"

"徐哥"的声音从功放里传出来："第二个条件是给我们准备两辆车，加满油，别在车上动什么手脚。一个小时之内，把车送到加油站出口。"

周巡说："一个小时之内赎金的事儿都不见得能搞定，再说……"

"徐哥"冷冷地打断:"少废话!你们不把车开过来,我们就杀人质!"

"好好好,你别激动。这两个条件都不是不能商量,但我需要一点儿时间……"

"还有最后一个条件。刚才打起来的时候,你们有个公安开枪杀了我们一个兄弟……"

听到这儿,周巡和旁边记录的小汪都是一愣。

周巡立刻拿起电话,关掉免提,对着话筒说:"所以呢?"

"把那个……"

"徐哥"话还没说完,电话明显被另一个劫匪抢走,传来一个声嘶力竭的声音:"把他交出来!把那个杀了我弟弟的警察交出来!我要叫他偿命!"

拾肆 完全失控

01

两兄弟在刘音的掩护下在车里交接，关宏峰简单交代了里面的情况。关宏宇一边穿外套，一边吐槽他哥："中国柯南，你是不是内置了什么犯罪雷达，加个油都能遇到持械绑架？"

等他插着口袋溜达回备勤组，周巡他们正好刚和劫匪交流完，小汪递来刚才的通话记录纸。关宏宇看完，皱着眉头念出上面的数字："赎金一亿两千零一十七万零三百一十九元？"

他瞟了眼周巡，周巡耸肩："别看我，我也不知道为什么非勒索这么个数目，跟闹着玩儿似的。"

关宏宇继续读纸上的内容："转账账号CFJYIBAN……这么长一串数字，是离岸账户吗？"

赵茜在一旁拿着笔记本电脑边查询边说："确切地说，应该是个境外账户。前缀的IBAN代表这是一个欧盟国家账户，后面是三十四位数字，也符合国际标准账号的规格。"

关宏宇说："那这CFJY……"

"这就不知道是什么意思了。我一直在查，但似乎没有这种账号前缀。"

周巡问道："既然有让咱们打赎金的账号，能不能查出钱是打给谁的？"

关宏宇回忆着他哥的交代，抢先说道："境外账户都是高度保密的。但大家想一下，现在劫匪提出了要求，我们有了明确的赎金数额，也有了账号，可说不上是里面这群贼笨还是外面的咱们太面——这苦主到底是谁？"

听完这话，大家面面相觑。

"对呀。折腾这么半天，这帮劫匪到底是冲谁要钱？他们绑的到底是谁啊？"周巡说。

关宏宇提醒道："咱们先前撤出加油站的时候，我看到他们挟持的是一辆奔驰车上的中年男子。"

赵茜会意："我这就通过监控查那辆奔驰车的车牌号，看看能不能找出被绑架目标的身份信息。"

"犯不着查监控。"关宏宇说，"让丁队的狙击手帮着看眼车牌号。"

说着，他朝丁队长递了个眼神。丁队长点点头。

关宏宇继续说道："小周在里面控制了一名劫匪，从临场处置上来讲，这确实是个战术优势，我们可以随时了解到营业厅内劫匪与人质的情况。但我们需要慎用这一优势，尽可能确保小周的人身安全。"

丁队长说道："说到这个战术优势，如果需要突袭解救人质的话，咱们最好别错过这个晚上。"

关宏宇问："突击行动的话，需要多长时间准备？"

"至少一两个小时。"

那边赵茜喊："查出来了。刚才劫匪用的手机登记在一个叫高鹏的人名下，记录显示这个高鹏就是目前被挟持的加油站工作人员之一。"

关宏宇说道:"用的不是自己的手机,那好吧……丁队你受累尽快吧。而且鉴于劫匪要求两辆逃跑用的车,不排除诱使他们驾车离开加油站之后再实施突袭。"

丁队长点点头:"那比突袭建筑物要容易得多,我们会一并演练。"

丁队长离开去进行后续布置,关宏宇问周巡和小汪:"他们刚才就提了这两个要求吗?"

小汪欲言又止。周巡瞥了他一眼,眼也不眨地说道:"对,就这俩。"

施广陵左右看看:"那接下来怎么办?特警如果需要两三个小时模拟突袭行动的话,咱们是不是得找办法拖延时间?"

关宏宇想了想,说道:"我们先试试看,一小时之内能否把这伙儿人的底细摸清楚。"

奥迪车内,男人从闫通的钱包里翻出三百块钱,递给加油站的工作人员,随后把钱包扔回给闫通:"开车。"

闫通不情不愿地说:"我、我能不能上个厕所?"

男人微微侧头,冷冷地瞪着他。

闫通不敢再说什么,发动了车。

男人透过车窗看了看加油站。随着奥迪车驶出加油站,他似乎想到了什么,掏出手机拨通电话。

"是我,条件给出去了,警察那边好像还没什么动静。不过天已经黑了,你说,那些特警有没有可能打算强攻呢?"

* * *

丁队长去做安排的时候，关宏宇和周巡到了急救车里，听郗君然对被击毙的劫匪尸体做最初步的判断。

"Bull's eye!（正中靶心！）"郗君然兴奋地说，"第一枪把他右侧的肝脏直接打成了两截，第二枪连着车门防撞梁的碎片制造出散弹效果，弹道改变之后，从第六根肋骨向斜上方入体翻滚……浩克哥，千万别告诉我你不是故意这么设计的……"

"收起你的马屁。"周巡瞪了他一眼，"拣有用的说！"

郗君然"哦"了一声，挑了挑眉毛："这个吧，从尸体的样貌和穿着特征来看，这家伙显然不是本地人。胡子至少有两到三天没有刮过，从生活习惯上判断，他是北方人的可能性更大。而且初步检查身体的时候发现他左腿有关节炎，但不是风湿性的，有可能是曾经在极寒条件下工作遗留的症状。而他左腿小腿肌肉异常发达，左脚整个脚掌甚至足弓处都遍布着很厚的茧子。这种情况不常见。"

关宏宇思忖道："这应该是左脚经常大力蹬踹造成的。"

郗君然附和："腰椎间盘第二节和第三节的位置有明显的增生和骨刺，用手都能摸得出来，这是长期坐在同一位置的结果，但绝不是我们城市人日常在电脑前或者轿车里坐出来的富贵病……"

关宏宇问："是不是工程类的特种车辆？"

"可以缩小到吊车或起重机，因为从他右手手掌胼胝的分布来看，是多角度的操纵杆。这人年龄顶多三十岁，满脑袋头发都是黑的，但是鼻腔内有零星的白色鼻毛。"

关宏宇眉头一皱："过量的重金属粉尘吸入吗？"

郗君然接道："如果不是他从出生开始就一天十包烟，那就说明他的工作环境空气污染严重。"

周巡听完两人分析，总结道："那这就是个曾经在北方寒冷地区某个金属矿场长期工作过的人，对吗？"

郜君然没说话，朝关宏宇做了个"请"的手势。

关宏宇没应声，问道："他的那把枪呢？"

周巡回答："技术队说是一把仿五四的自制手枪，和里面小周缴获的那把弄不好是同一批货。"

郜君然插进话来："关队，这个人的身份情况……"

关宏宇瞟了郜君然一眼："前面分析的这些基本都没什么用。把这名劫匪的指纹纳入内网进行比对了吗？"

周巡点头："需要点儿时间。"

郜君然不依不饶："如果这家伙没有前科的话，多长时间的比对都不会有结果的。"

关宏宇伸手圈了下尸体的周身上下："新伤旧伤各种疤痕一大堆，我就不信他没犯过事儿，比对着吧。"

稍远处，赵茜看着周巡和关宏宇走出急救车，回过头，压低声音对着手机那边说："现在已知劫匪提出的条件有两个：一个是赎金要求，他们提供了一个境外账户；再就是要求给他们提供两辆可供出逃使用的汽车。"

对面那个男人说道："时限呢？"

"说的是一个小时，现在大概还剩下四十多分钟。"

"你们查清这伙人绑的到底是谁了吗？"

"通过查询被绑架人的车辆信息得知，那辆奔驰是登记在中金昆仑房地产集团有限公司名下的，据了解，是公司的董事长日常用车。我们怀疑被绑架人很可能是中金昆仑的法定代表人韦东。但还需要通过监控进一步核实。"

男人冷笑："真他妈废物。赶紧联系那家公司，会有人和你们对接这事儿的。"

赵茜疑惑道："对接？对接什么？"

男人说："他们不是要钱吗？"

"可你都没问过我赎金的数额。"

"无所谓，只要出得起，他们一定会付的。"

说完，电话被挂断了。

赵茜低头，若有所思地看着自己的手机，一抬眼，发现特警的突袭小队正在集结，好像是正准备离开。

02

关宏峰匆匆走进仓库，身后跟着刘音。他都没顾上和崔虎等人打招呼，就直接说："周舒桐在营业厅里能随时向外面报告情况，咱们加快点儿效率，帮我搭一条监听线路。"

他边脱外套边来到朴森和杨继文身旁，见朴森已经在躺椅上睡过去了，叹了口气，对杨继文说："麻烦你叫他起来一下。我可能需要朴森帮我查个人。"

"什么人？"

关宏峰说："一个有能力指挥或召集绑架团伙作案的人，应该姓严，或者闫，反正就是这个读音。"

这会儿，所谓手眼通天的"闫老板"连正规厕所都上不了，正委委屈屈地站在路边的树丛中小便。他一边放水，一边苦笑道:"兄弟,我看得出来你是个狠角色。大家以后在外面混,有机会咱们一定要合作一把。我的意思是说,你到底想要什么,直接告诉我,能办不能办的,我都一定尽力。咱俩这一圈一圈围着北京城开,也不是个办法。"

男人没答话,挟持闫通回到车上。

车子发动之后,男人对闫通说:"给他们打电话,就说,特警该准备强攻了,让他们准备一些反制手段。具体的,我说,你传达。"

现场这边,几个人分享了这名被绑架人的信息。

赵茜说道:"中金昆仑是咱们区的明星企业,韦东既是地产公司的董事长,也是中金昆仑集团的一把手。从工商登记的查询结果来看,中金昆仑集团下属的多个子公司,涉及了文化、运输、建筑工程和拍卖。同时,这些子公司还在十几家其他非直接关联公司内是法人股东。"

周巡打了个呼哨:"嚯,大买卖啊。难怪那边敢开口要上亿的赎金。"

关宏宇问道:"这个韦东个人是什么情况?"

"韦东,五十一岁,从身份背景资料上看,是个非常普通的商人。婚史和家庭状况都正常,父母健在,妻子比他小八岁,两人婚后有一子一女。韦东本人非常低调,既没有接受过什么采访、出席过什么活动,也没有在区里的任何行政体系中有任何兼职,哪怕是荣誉头衔。他甚至没有举办或参加过任何慈善或者公益活动。"

周巡想了想,看着关宏宇:"是闷声发大财,还是地主家的挡箭牌？"

关宏宇略一思忖，没说什么。

赵茜继续说道："刚和中金昆仑集团那边联系过，他们的反应非常快，说是律师和会计已经在路上，并且明确表态愿意在配合我们工作的基础之上支付赎金以及安抚好韦东的家属。"

周巡一拍巴掌："完美啊。"

赵茜看了看他，又看了看关宏宇。

关宏宇点头附和："确实是挺完美的。"

周巡说："这么完美的可疑，也算不常见了吧？"

"就算不说中金昆仑的反应速度和配合态度，也不去考虑韦东低调到反常的背景，单看这个有零有整的赎金数字和格式古怪的银行账号，就够可疑的了。"关宏宇说道。

周巡念叨着："120170319，去掉一个整数，那就是二〇一七年三月十九号。我可以这么推断吗？"

关宏宇点头。

赵茜在电脑上快速搜索了一下："二〇一七年三月十九号，重庆马拉松开赛？中国民办教育及培训行业高峰论坛在上海举行？二〇一七年中欧城市可持续发展论坛……"

关宏宇打断她："劫匪给出的境外账号，应该是IBAN加后面的三十四位数字，对吧？"

赵茜点头："这个账号是确实存在的，但是关于户主的名称，需要协调外交途径……"

关宏宇摆摆手，问："那前缀的CFJY是什么意思？"

赵茜摇摇头。

"长发……"周巡说，"长发及腰？"

关宏宇和赵茜同时给了他一个白眼。

关宏宇对赵茜说:"你试试,用百度搜索一下这四个字母。"

周巡愕然:"这也行?"

关宏宇盯着赵茜在搜索引擎里输入"CFJY",说:"既然被绑架人是个搞房地产的,百度搜索又一向把广告顶在最前面,试一试呗。"

话音未落,搜索引擎显示出"CFJY"的搜索结果,排在第一位的是"长丰家园"的楼盘销售广告。

关宏宇沉吟片刻:"把三月十九号那个时间也输入进去,合并搜索。"

赵茜依言输入,网页上跳出来一条新闻,点击后显示出新闻《长丰家园开盘一波三折,销售公司各出状况项目流标》。

关宏宇沉声道:"看来,这就是症结所在了。"

周舒桐一直透过百叶窗观察外面的情形。那两人刻意离她很远,但她还是能看到大致的行动。"徐哥"似乎又接听了一个电话,两人嘀嘀咕咕商讨了一阵子,忽然拉过一个冰柜当桌子用。"徐哥"没挂断电话,"暴躁狂"则在"徐哥"的指挥下忽然搜刮起货架上的日用品。

周舒桐越看越觉得不对劲,果断拨通了手机。

关宏宇边低声接听着关宏峰的电话,边从警车上走了下来:"从网络查询结果看,长丰家园和中金昆仑地产公司并没有任何直接关联。再说这大半夜的,把住建委的人全都叫起来也不现实。队里已经派赵茜去搜索和核查关于今年三月十九号长丰家园销售竞标的相关信息了。我现在刚到演习场地……"

他话还没说完，就看到手机上插播进来的电话，周舒桐的名字跳了出来。

关宏宇说："哥，小周的电话打过来了，我接还是你接……行，那你那边能操作吧……有什么情况随时通气。"

他挂断电话，丁队长迎面走上前招呼道："关队，就等你过来制定方案了。"

"平面结构图拿到了吗？"

丁队长点点头。

那头，周舒桐扒开百叶窗的缝隙，一边窥视营业厅的情况一边对着电话说："关老师，他们从营业厅商品里找出了一盒纸巾和两桶清洁剂。我还看到有一部手机、一个看不清形状的小金属盒儿似的东西，好像还有两个一次性打火机——这应该是他们自己身上带的。其中一名劫匪——看上去像是主事儿的那个，一直在用手机和别人通话……"

小仓库里，关宏峰听着她叙述观察到的细节，而在他身旁，崔虎面前的电脑显示器上已经调出了加油站的平面结构图。

关宏峰一边盯着平面结构图一边说："他们应该是在做炸弹，确切地说，是有人在打电话教他们做一个附带引爆装置的反制措施。"

周舒桐重复道："反制措施？"

"对。"关宏峰说，"不管是这两名劫匪，还是他们背后的人，大概已经猜到特警准备趁夜间实施突袭了。制造一个爆炸装置，既可以防备特警的武力干涉，也可以在他们最后脱逃的时候增加一重牵制。"

周舒桐惊讶极了:"您是说,他们打算做能够手机远程操控的炸弹?"

"应该是的。"

周舒桐说道:"那,我这边应该怎么办?"

关宏峰低声说:"一定要阻止他们。"

周舒桐挂了电话,定了定神,用枪指着"小付"的头,将他扯了起来,然后打开财务室的门。外面的两个劫匪都被吓了一跳。周舒桐用枪顶着"小付",以他做"盾牌",一步步从里面挪了出来。

"暴躁狂"一看见她,顿时控制不住情绪,一把抄起枪对准了她的方向。

"徐哥"也放下手里正在调配组装的玩意儿,对着手机低声说:"那个女公安不知为什么露头了,我待会儿给你打过去。"

他说完挂断电话,也拿起枪,和"暴躁狂"一起逼近财务室。

周舒桐眼神点了两人一下,轻声说:"你们对着我一个,我有点儿紧张。能不能公平点儿?"

"徐哥"略一思忖,把自己手里的枪别到腰里,向另一个劫匪使了个眼色,问:"你想怎么样?"

周舒桐说:"不是我想干什么,是你们这会儿正在干什么。"

"徐哥"冷笑道:"我们又没背着你,你觉得我们怕你看见?"

周舒桐打断他:"你们是想让我把你们正在组装炸弹的事儿通知到外围,阻止特警对这个地方进行突袭,对吧?"

两个劫匪对视一眼。

"徐哥"说:"你要都能猜出来了,就应该明白,我们做事儿还算讲究。"

周舒桐不买账，也冷笑着说："你俩讲不讲究我不知道，但给你们支着儿的那位可不大讲究啊。没错，你们这伙儿人持有枪支、武装挟持、绑架……但到目前为止，还没有出现任何人质或无辜的群众伤亡。也就是说，你们虽然是实打实的现行犯，但也只是'罪犯'，不是恐怖分子。"

"什么意思？""徐哥"摸不准她的意图，迟疑了一下，"我们本来也不是恐怖分子。"

"对，但那是在你们制造、持有和使用爆炸物之前。持枪挟持人质，危害的是公共安全，但你们如果想放个大炮仗，那就很难说有没有涉及国家安全问题了。"

她这话显然动摇了两个劫匪，"徐哥"看了看同伴，没吭声。

周舒桐趁机接着说道："不相信我的话无所谓，你可以拿手机上网搜一搜咱们国家对涉枪涉爆类案件的惩治原则。我记得最高人民法院还出过司法解释。"

"徐哥"闻言不屑地说道："你以为哥儿几个走到今天这一步，是为了当顺民的吗？"

周舒桐冷淡地说道："不用在这儿说横话，我知道你们不怕死，可你们也不是来找死的吧。"

她的语气太平静了。

平静，且坚定、强势。

"你们俩谁做过炸弹吗？我照着说明书装个家具还弄不到严丝合缝儿呢，就凭有人在电话里面教你们，你们就敢下手做？做出来不响，没效果。但更有可能的是，没等你们做成，这些极不稳定的化学品就把咱们都送上天了。再说了，你们还拿出一部手机来，看来是要做远程引爆装置。如意算盘打得挺好。就好比说,等到你们撤离的时候,还可以用这个远程引爆装置威胁公安投鼠忌器,不敢追踪和围捕你们。但如果我是电话那头的人,就会在收到赎金之后直接想办法拨通那部电话,把这屋里所有人一起灭口。遥控啊,多方便?你俩好好想想,要求赎金的给付方式是现金还是转账。"

她这话显然起了作用,"暴躁狂"首先沉不住气,叫了起来:"对啊徐哥!那姓闫的会不会是想……"

"徐哥"忙喝止他:"你他妈闭嘴!"他喘了两口气,又转向周舒桐,"照你的意思,就该听你这好心劝阻,我们哥儿俩干等着特警冲进来?"

"如果这不是个加油站的话,我乐得看你们把自己炸死。但事实上,我不想和你们一起死。我也不想特警冲进来,因为他们是不会管我的死活的。不到一年前,我曾经亲身经历过一次被挟持,特警的狙击手在射杀人犯的时候,子弹几乎是贴着我头皮过去的。"

她说着,低头瞟了眼被自己挡在身前的"小付",语气格外冰冷:"是的,在公安看来,咱们四个是这屋里最贱的四条命,谁死了都无所谓。"

关宏宇正在和丁队长等特警围在平面结构图周围商讨突袭方案,电话响了,是关宏峰。

他接起电话:"哥。"

关宏峰言简意赅地说道:"有人操纵劫匪,试图制造爆炸装置阻止特警突袭。小周正在想办法让他们打消这个念头。"

"她靠什么让劫匪打消念头?"关宏宇愣了愣,"卖萌吗?"

"这没准儿也是个角度,但估计劫匪没你那么花痴。小周会尝试给劫匪提供更合理的反制措施,来替代制造爆炸物这个蠢主意,尽可能确保营业厅内人质的安全。"

"更合理的反制措施?拜托,我们这边正在研究突袭方案,你却放任她给劫匪提供反制措施!"

"没办法,这是权宜之计。你们那边继续制定突袭方案,抓紧时间演习。"

"可你让特警在预案当中如何绕开周舒桐设计的反制措施呢?这样,哥,既然崔虎已经给你找到了结构图,你能不能让周舒桐把你制定好的——当然是给我们留了后门的——反制措施转达给劫匪?我们也好在突袭方案当中有应对。"

"时间来不及。她现在应该已经在和劫匪面对面交涉了,我如果打过电话去教她,只会让劫匪起疑。"

关宏宇说:"那好,最不济,等她和劫匪谈完之后,告诉我哪儿埋了雷总可以吧?"

电话那头的关宏峰叹了口气:"怕就怕,劫匪不肯给她这个机会。"

03

营业厅内,周舒桐将自己的想法说完,两个劫匪顿时陷入了沉默。她深吸口气,正要退回财务室,"徐哥"叫住了她:"等等!"

周舒桐停下脚步,警惕地看着他。

"把你的手机交出来。"

周舒桐微微一怔。

"想让我们放弃做炸弹,转用你的办法,就把手机交出来。""徐哥"冷笑,"不然你一进去,回头就给公安打电话交底了。你当我们傻吗?"

周舒桐想了想,仍旧平静地说道:"你们愿意信就信,不愿意信就算了。照这种脏心眼儿的思路,我也可以提前跟外面联络好了怎么教你们布置,你现在收走手机也没用了。"

"徐哥"反而笑了:"别这么说,我们当然愿意信你。万一特警真突进来,咱们几个不是一根绳儿上的蚂蚱吗?但要让我们相信你,你也得表示一下诚意嘛。"

周舒桐犹豫片刻,用枪顶着"小付"上前两步,掏出手机,放在营业厅的柜台上。

她刚要后撤,"徐哥"叫道:"等等,还有他。"

周舒桐脸上出现了怒容,用枪顶了顶"小付"的脑袋:"你们是想要他的尸体吗?"

"别激动,姐们儿!我是说他身上的手机。"

"暴躁狂"从侧面举枪逼上前,周舒桐忙后撤一步,用"小付"挡住身体。

"徐哥"朝他这不靠谱的同伴摆摆手:"别搞得这么紧张。万一她不小心搂了火儿,再把小付崩了,不值当。"

"这事儿也没什么好多说的,你不交,我们就接着去做炸弹。再说了——"他说着拿起周舒桐留在柜台上的手机,"你都交出一部手机了,就不差另外一部了吧。"

周舒桐一言不发地看了他一会儿,用枪顶住"小付"的后脑,另一只手从他衣兜里摸出手机,扔到柜台上,然后拉住他退回财务室,关上门。

"暴躁狂"放下一直举着的枪,长出了口气,对"徐哥"

说："成，还真有你的。这娘们儿老在里面跟公安联络，我他妈一直就感觉跟光着腚似的。"

"徐哥"上前把"小付"的手机也收回身上，不吭声了。

"暴躁狂"扭头看了看周围："徐哥，咱们现在怎么办？"

"徐哥"眨眨眼，指了下财务室的方向："当然是按她刚才说的办。"

"暴躁狂"有些难以置信："你、你疯了？那娘们儿是个公安！"

"对，所以她很有可能是个好人。但咱们不是，老闫恐怕也不是。何况她说的那些方法都有道理。离咱们要求的时间还有多久？"

"暴躁狂"看了下手机："还有不到半小时。"

"徐哥"说："那就赶紧做准备吧。等到了时间他们肯定会想办法往里闯，只要咱们顶住了，他们就一定会接受咱们的条件。"

小汪跑到指挥车旁，把几页纸递给周巡："还别说，郜君然和关队分析的结果真能派上用场。劫匪的身份基本上已经能确认了。"

周巡接过那几页资料，逐一检视，没吭声。

小汪说道："被击毙的那家伙叫孙志，内蒙古人，二十九岁，曾经是黑龙江鹤岗北郊稀土矿起重机的驾驶员。今年年初，他和哥哥孙洋因为矿主欠薪，离开了矿场。"

周巡看着孙洋身份资料上的照片："给特警看了吗？"

小汪点头："狙击手确认这是现在在营业厅内的劫匪之一。经查询，这个孙洋在大连市有一次酒后寻衅滋事的拘留记录。通过调取笔录，我们得知当时是在一个海鲜排档，酒后两桌人发生了互殴。而孙洋一方除了他和他弟弟之外，还有两个大连本地人参与。一个叫付志民，是原大连近海渔业食品加工厂的工人，后下岗待业。另一个人报的名字叫'林松'，事后发现他用的是假身份证。"

周巡翻过另一页资料："徐思策？大连普兰店人，殴打信访办工作人员，丹东和宝鸡两起持枪抢劫案。嚯！这小子是个在逃的悍匪啊。"

他抬眼看向小汪，小汪点头："特警狙击手看过照片，也确认了。"

周巡把案卷资料放在一旁："就是说，不出意外，被小周给按住的那个很可能就是付志民了。"

"是。您看我要不要赶紧把这个进展也报给关队？"

周巡略一思忖："先不用。"

他一抬头，只见外围封锁线放进一辆民用牌照的轿车，于是把步话机递给小汪："你先盯住这儿，应该是'中金昆仑'的律师和会计到了。"

关宏宇和丁队长正并肩走向演习现场附近的一个加油站营业厅。

关宏宇问："这两处加油站营业厅的建筑结构完全一样吗？"

丁队长点点头："我们拿了两份平面结构图比对，由于是按统一制式标准设计、修建的，除了面积上略有差异，布局是完全相同的。"

关宏宇点点头："好的。给我十五分钟，我研究一下。"

他走了进去，四周看了一圈，立刻拨通手机："哥，我现在已经在演习现场了。"

关宏峰在电话那头说道："崔虎这边尝试着给小周拨了几次电话，无法接通。不出意外，劫匪已经把她的手机收走了。"

"那我们现在如何得知她给劫匪出了什么主意呢？"

"你先去财务室。"

关宏宇走进财务室："我到了。"

"好，现在，你就是周舒桐。你和她一样，都在我身边共同参与了一年多的刑侦工作。现在你们是同一个人，在掌握着同样侦查与反侦查技巧的基础上，你可能会给那些绑匪出什么样的主意？记住，这个主意一定是显而易见，似乎行之有效，也就是说，足以让绑匪相信并愿意去实施的，但同时又是会为特警突袭留出后路的。"

关宏宇站在财务室里，朝外面的营业厅四处观望，又拿起一张营业厅的建筑结构图，迟疑了一会儿，说道："从建筑结构上看……"

关宏峰打断他："不要看建筑结构图，小周是看不到的。你现在就假设自己和她一样，被困在财务室里。你和她有同样的视角，也有同样的死角。你要尝试用同样的思维方式，去推测她给出的方案。"

关宏宇下意识地点头，收起平面结构图，看着营业厅内的环境，边思索边说："那要这么说的话，应该先堵住门才对。"

他转向营业厅内的两扇窗户，想了想，轻声补充："无论绑匪是否知道特警狙击手的位置，我会让他们……遮住窗户。哪怕只是避免外面能看清营业厅内的情况。"

"按理说，小周不应该提醒他们切断监控，不过从他们还要收走小周的手机来看，无论小周有没有提醒他们，他们都很可能已经破坏了监控。

"正常的突袭流程，如果是夜晚强攻的话，一定会掐断营业厅内的照明。但我想小周应该不会主动提醒他们这一点。"

"是。"关宏峰低声问，"既然那孩子也知道特警突袭的大致流程，那你觉得，她可能会给咱们留什么'后门'？"

关宏宇转过身，从财务室门口的角度再一次观察营业厅："如果正面不再适合强攻的话，我们应该从哪儿……"

正说着，他注意到天花板的吊顶上有一个排气扇一样的装置，低声问："哥，新风系统有外挂机吗？"

"又不是空调，哪儿来的外挂……"

"我的表达可能不准确。我是说，新风系统的主机会安放在哪儿？"

"房屋吊顶的夹层里。但小周手里并没有结构图纸，所以……"

"我就是这个意思。我现在也没有看平面图，从我现在站的位置估算，整个儿营业厅带财务室和库房的面积应该在两百平方米以上。换句话说，这里会安装风量在500CHM以上规格的新风系统。额定功率很可能都超过两百瓦了，噪音也就会比较大。那么我最有可能把主机安在营业厅和财务室以外的、不常有人进出的库房吊顶夹层里。"

关宏峰若有所思："对。在加油站这种特殊经营场所，新风系统主机连接的进风口一定是远离加油机的，尽可能防止把混合着汽油蒸汽的空气吸进新风机里。"

关宏宇推开仓库的门，对照着手里的平面结构图看了眼房屋东北角吊顶的位置，果然，吊顶的隔层里隐约传出新风机工作的声音。

他低声说："没错，新风系统主机就安在仓库的吊顶隔层里。"

关宏峰说道："前置电子空气净化机、全热交换新风机以及进风口和排风口都应该在这个位置。"

关宏宇绕着仓库走了一圈，注意到在新风主机安装的吊顶下方是两个与墙壁一体的高度几乎顶到天花板的货架。他忙对照平面结构图，发现这两个货架在建筑装修伊始就存在，似乎想到了什么："等等，哥，新风主机是不是也得定期维护保养、换换滤网什么的？"

"当然。"

关宏宇听罢，转身跑了出去，将丁队长等人叫了进来。几分钟后，几名特警顺着梯子爬上屋顶，掀开了东北角的一个密封铁盖，露出里面的新风系统主机。

关宏宇说："果然如此。这加油站盖得就是讲究，专门在房顶给新风主机留下了维修养护通道。这主机下面……"

"就是仓库的吊顶！"丁队长拿手电往里面照了照，神情明显兴奋起来，"如果像你说的那样，营业厅的正面已经被封住，这儿就是最好的突入口。"

中金昆仑公司的律师和会计看起来倒是挺正常的商务人士，正在和周巡及施广陵等人接洽。会计自称裴云磊，年纪不大，听了几个人的描述后，轻声问："一亿两千零一十七万零三百一十九，周队长，这个赎金数额准确吗？"

在一旁的律师补充道："我们还需要您这边帮忙确认这个欧

盟境外账户的准确性。因为那个 CFJY 的前缀……我是说，如果去掉前缀这四个字母账户才成立的话，咱们这边是不是可以确保这笔钱一定能够打到绑匪指定的户头上？"

周巡瞧着两人，似笑非笑地说："赎金数额和账号我们可以确认。不过您二位似乎并不好奇这个有零有整的数字，也不在乎到底是什么人绑架了你们的董事长。"

律师说道："不管是什么人，我们相信公安同志们一定会把他们缉拿归案的。而眼下最重要的事情就是配合工作，交纳赎金，确保我们韦董——当然，还有加油站里的其他无辜群众的生命安全。至于赎金数额是不是奇怪，我们现在哪儿还顾得上啊！"

"哦，说得也对。我们非常感激你们的配合，还有赶到现场的效率。这大半夜的说来就来，一亿多赎金说准备就准备好了，效率这么高的公司，不愧是明星企业。"周巡说。

律师笑了笑："我没听懂周队长这话什么意思，不过无所谓了，我们还是专注于解决眼前的问题吧。"

施广陵朝周巡递了个眼色："如果用支付赎金的方式可以暂时拖住他们，往下如何进行？"

"小汪已经带人去和金融部门会商如何在短时间内冻结这笔赎金了。等过会儿时限到了，我会想办法跟营业厅里的绑匪联络，和他们协商如何监控电子转账的事儿。"

施广陵点点头，同时冷冷地扫了眼中金昆仑的律师和会计："你们说得没错，当务之急是把人救出来。等完了事儿，再请各位来我们支队喝茶。"

他说完朝周巡点了下头。周巡转身走了两步，回过身，瞧着两人，好奇地说道："二位，我还有个事儿不太明白。既然你们公司的一把手都被人绑了,那是谁批准你们来现场配合我们给付赎金的呢?"

律师和裴云磊听罢,都愣了一下。

两人对视一眼,律师笑道:"这个当然是公司的其他高管,还有韦总的家属。"

周巡面沉似水地点点头:"董事长家属和公司高管接到我们的通知后,开完圆桌会议,再把你俩从十几公里外的办公场所发到现场来,一共用了不到四十分钟,效率挺高啊。"

律师愣了愣,一时词穷。

周巡径直往自己车那边走,赵茜来了电话,说已经到了丰台区住建委,正和辖区的负责人李主任在赶来的路上。

周巡低声说:"马上通知小高,让他联系工商部门,把中金昆仑地产公司的所有股东、现职高管、上级单位、下游的分公司和子公司、有关联交易的企业……所有跟这家公司有关的信息都调出来,一个字儿一个字儿核查。这公司绝对有问题。"

04

望京小仓库内,杨继文一边用手机接听着电话,一边用莫尔斯电码交互传感装置和朴森沟通。过了一会儿,他挂断电话,在一张纸上写下几行字,起身递给关宏峰,轻声说:"老朴把几个北方的朋友问了一圈,说是很少有人敢在北京附近充当有组织犯罪的掮客。不过,这些年有个在京津冀地区活动的家伙,不是严格意义上的掮客,更像是那种无利不起早、要钱不要命的职业罪犯。没人知道他目前在不在北京。"

说着,他把那张纸递给关宏峰。关宏峰扫了一眼,抬眼看杨继文。

杨继文点点头:"姓闫,对得上。"

关宏峰想了想,拿出手机翻到赵馨诚的名字,犹豫了一下,还是拨通了。

赵馨诚很快接起了电话:"关队,有日子没见了。什么吩咐?"

关宏峰说道:"我们辖区这边现发生人质危机,有点儿忙活,实在分不出人手。恰好又是在你们海淀辖区,看能不能拜托拜托你。"

"您说。"

"现在我们查到一个叫闫通的职业犯罪人,很可能是一伙儿劫匪的中间人。他在北京时常出入百旺花园别墅区,具体位置好像是在……"

赵馨诚听到这个地名,似乎愣了愣,问道:"不会是独栋区59号吧?"

关宏峰也愣住了。

"巧了。"赵馨诚的神色凝重起来,"我人正在这儿呢。今天傍晚的时候接到小区物业的报案,这都已经折腾半宿了。"

关宏峰沉默了一会儿,问:"现场是什么情况?"

赵馨诚回头看了眼别墅周围,警灯闪烁,法医、刑警等正匆忙地勘查现场、检验尸体。他叹了口气:"现场死了四个人,老何说凶器是同一把猎刀形状的利器,就是那种水滴形刀头的。"

关宏峰问道:"闫通在其中吗?"

赵馨诚回答:"身份都核实完了,没有叫闫通的,都是些小喽啰。"

关宏峰思考了一下:"但是事发的时候他应该在场,不然几个小喽啰来别墅干什么？"

"是，我们也怀疑这一点。因为据小区物业反映，这栋别墅的主人好像有一辆奥迪车，但等我们出现场的时候，车库里并没有车。"

同一时间，奥迪车停在一处偏僻的路段。闫通被人押着走进路旁的荒地，万分惊恐地说："他们……他们不按你说的布置，我也没办法啊！"

黑衣男人在后面慢条斯理地答道："嗯，那不关你事儿。"

闫通结结巴巴地说："那、那你到底还要我干什么？"

"别急。"男人看了看表，"再有十分钟，就到时限了。

他拿猎刀拍了下闫通的肩膀，让他站住："跟那边儿保持好联系，如果特警开始强攻，这一切随时有可能结束。"

"那……要是特警没攻进去呢？"

男人踹了闫通的膝窝一脚，让他跪在地上，在他背后冷冷地说："看过《老无所依》吗？"

闫通愣了半天："什……什么依？"

男人叹了口气："你还真是不知道。

"你已经赌上了整个人生。"

演习现场，天已经黑了，几名特警在演习现场的正门外，手持盾牌做佯攻状。屋顶的东北角，丁队长带着突袭小队打开了维修通道的盖子，拆下新风系统主机，摘除吊顶，从仓库突入营业厅，迅速控制了局面。

演习结束,丁队长带突袭小队走出营业厅,问外面的特警:"多长时间?"

"将近六分钟。"

丁队长见关宏宇皱着眉头,忙解释道:"别着急,关队。在现场我们肯定会事先拆除新风系统主机,那样等到突入营业厅时,给绑匪的反应时间绝不会超过三十秒。"

关宏宇摇摇头:"你们刚才突入的时候,里面有闪光。用了什么?"

丁队长一愣:"爆震弹,怎么了?"

关宏宇说:"那里面还有个四岁的小女孩儿。爆震弹很可能会导致她永久性失聪。"

丁队长听完有些苦恼地点点头:"说得对,不能冒这个险。我们再重新演练一下,看看在不使用非致命型武器打开局面的情况下,如何迅速控制住绑匪。"

"好。那拜托了。"他说着看了下表,"时限快到了,我得赶快赶回去。周巡说会尽量争取时间,但你们也得抓紧。而且如果绑匪挟持个别人质上了车……"

丁队长指着加油站出入口方向停着的两辆车。一队特警正用防爆车拦住两辆车的车头,其他特警对两辆车实施着突袭演练。"我们准备了两个方案,也针对这两个方案分出了 A、B 队,无论哪种情况都能应对。说起来,关队,在我参与过的突袭行动中,大部分犯罪分子面对突袭的反应会很惊慌,而且大多想不起射杀人质。他们会本能地把枪口对准我们。所以私下讲,在一个两百平方米左右的封闭区域内,一分钟的反应时间往往不会造成太严重的后果。"

关宏宇想了想:"那你觉得我们这次可以冒险吗?"

丁队长垂下头，又摇了摇头："不能。"

关宏宇没再说什么，转身离开。

小仓库里的关宏峰正盯着加油站营业厅的平面结构图，思考的时候接到了一个颇为意外的电话，来自高亚楠。

这位坚强的女性轻轻叹息了一声，说道："事情我都听说了。宏宇现在在现场呢吧？"

关宏峰说："你放心，周巡和施局都在，特警也赶到了。小周虽然被困在里面，但她挟持了其中一名绑匪，手上还有武器，至少能确保自身安全。我们一直保持联系呢。"

高亚楠松了口气："那就好。一旦遇上事儿，真要没有你支持他，我总担心他一个人会……"

"放心吧，我跟宏宇之间的关系已经缓和多了。好了，很快就要到绑匪要求交付赎金的时限了，我先不多说了。现在还不知道周巡那边能不能多拖延会儿时间……"

"都已经知道绑匪的身份了，就不能尝试着从他们家属那方面着手想想办法吗？"

关宏峰一愣："确认身份了？什么时候确认的？"

高亚楠也疑惑："郜君然电话里告诉我说小汪和技术队那边早就查出来了，宏宇没跟你说吗？"

"估计没顾得上——那些绑匪是什么人？"

"我也没记太清楚，为首的好像是个通缉犯。另外，好像有一对兄弟……"

关宏峰皱了皱眉，喃喃道："一对兄弟？"

* * *

几分钟后，关宏宇脱队，拨通了关宏峰的电话，一打头就急匆匆地说道："哥，我刚回到现场。特警那边还在演习，中金昆仑的律师和财务人员已经到了，他们愿意支付赎金。周巡会用支付赎金和给他们提供出逃车辆的条件，尽量拖延时间……"

关宏峰沉声说道："中间人的身份查出来了，那个姓闫的叫闫通。但是他在海淀辖区的落脚点被袭击了，死了四个人，全是闫通的手下，闫通有辆奥迪车不见了。我判断，他自己这么跑了的可能性不大，应该是被胁迫或者绑架了。"

关宏宇思考了一会儿，说道："要这么说，难怪赎金的数字和账户前缀的英文这么古怪，难道说……"

"先不说这些，你怎么没告诉我已经查出绑匪的身份了？"

"啊？绑匪的身份？什么身份？我不知道啊。"

"小邯告诉亚楠，亚楠告诉我的，说是技术队那边早就已经查出来了。"

关宏宇也有点儿茫然："是吗？"

讲话的时候他已经走进了现场的封锁区，看到不远处技术队的车旁站着小汪，便低声对电话里说："哥，你先别挂。"随后向远处招手，"小汪！"

小汪屁颠颠地跑过来。

关宏宇上来就问："绑匪的身份查明了吗？"

小汪点头："报给周队了，周队说他会转给您。"

"周巡可能是忙忘了吧。这四个是什么人？"

小汪低头看了看本子，说道："为首的那个叫徐思策，是背着多起暴力案件的在逃犯。另外三个也都有前科。被小周控制住的叫付志民。剩下的是兄弟俩，一个叫孙洋，一个叫孙志，周队击毙的那个是孙志。他俩——"

关宏宇听到"兄弟俩"也愣住了，急促地打断小汪："周巡呢？"

小汪指了下加油站出口的方向："周队带中金昆仑的财务去见绑匪了……"

关宏宇顾不上再和他说话，转身就往加油站的方向跑，边跑边对着手机说："哥，你都听见了吧！周巡会不会是因为知道了那俩人是兄弟，才特意没告诉咱们……"

关宏峰陡然提高了音量："把周巡拦下来！谁去都可以，但无论如何不要让周巡进场和绑匪交接！"

关宏宇也顾不上了，挂了电话，咬了咬牙，往加油站的出口方向狂奔。

此刻，财务室内的周舒桐又打开了一台电脑，试图通过网络对外取得联系，却绝望地发现财务室内是没有网的。室外的"暴躁狂"孙洋正拨开百叶窗的缝隙，观察着外面的情况，在他身后，徐思策看了看时间，掏出手机。

周巡正带着中金昆仑的那个会计朝出口走，远远听见关宏宇叫他的名字。他没有回头，没有理会，脚步坚定地朝轿车走去。

闫通跪在地上颤抖着接听着电话，而在他身后，寒芒闪动。

有人，拔出了刀。

拾伍 正义手段

01

周巡的步子迈得很开,对身后关宏宇急切的呼叫充耳不闻。

风险、变数,他都不是没想过,但是这种情况下,也只能是他上了。以关宏宇和关宏峰现在的身份和状态,一旦在这里捅出点儿什么篓子来,牵扯出点儿别的什么事情来,他们三个人就可以被打包带走直接送总局办公室了。

他没和关宏宇讲这事儿就是存了这样的心思,没料到那兄弟俩神通广大,这么一会儿就知道了。谁说出去的?赵茜?邰君然,还是小汪?都有可能,但这暂时也不重要了。

他推着会计的肩往前走,就在快要上车的时候,两辆警车一路鸣笛驶入封锁区域,直接别停了他要上的那辆车。周巡一愣,停下了脚步。

一个挂着二级警督警衔的男人带着数名市局干警下了车,那人看上去五十来岁的年纪,身形消瘦,面容颇为和蔼。

正在现场的施广陵见到这人,愣了一下,开口道:"力齐,你们这是……"

这人笑着上前,双手握住施广陵的手:"施局,好久不见了。路局和冯处总说,你下到支队来真是受了不少委屈。我也觉得,还是咱们老领导才能有这份儿担当。"

施广陵对这番言辞正感到莫名其妙，来人笑眯眯地冲身旁的市局干警递了个眼色。市局干警忙边跑向加油站出口边对封锁加油站出口的特警喊道："拦下周巡！"

在出口负责警戒的特警听到这话，立刻伸手拦住了正准备上车的周巡。随后，市局干警上前架起一脸迷惘的周巡就往警车走。

关宏宇这会儿才气喘吁吁地跑到施广陵身旁，一脸震惊地看着眼前的变化。这个笑眯眯和施局说话的中年人，他没有见过，但看这人的神情，显然是认识他的。

他僵在那里，决定先不做反应。

中年人微微一笑："哟，关队。幸好还有你在这里支持工作，我也就不那么为难了。"

关宏宇当然不敢随便接茬儿，转头去看施广陵。

不等施广陵发问，中年人解释道："据总队了解，整个事件的起因——我是说这伙绑匪之所以会盘踞在加油站这样一个极度危险的区域，可以说是由于周巡在事发时的临场处置所致的。所以，鉴于目前事态已经明朗，而且各类营救方案即将实施，现场还有您施局和关队，现在总队派我把周巡带回去，停职调查。现场这边就拜托您二位了。"

这位笑面虎说完，神色自若地又分别和施广陵、关宏宇握手道别，转身和市局干警一同往警车走，一句话也没有多说，十分干脆利落。

关宏宇想问个清楚，但苦于不知道这中年男人的底细，不敢贸然开口，只好望向施广陵："施局，这……"

小汪跑过来："施局、关队，周队他这是……"

施广陵显然也是一脑门子官司，拍了下关宏宇的肩膀："小关，我得去一下，这边儿交给你了。"

施广陵走得匆忙，小汪只好看着关宏宇："关队，时限已经到了。您看……"

关宏宇瞄了眼出现在营业厅门口、正在挪障碍物的劫匪孙洋，对小汪说："你带着会计开第一辆车，第二辆车我开。"

小汪去开车，关宏宇瞅准机会掏出手机，拨通电话，压低声音边说边往第二辆车的方向走："哥，市局来人把周巡带走了，说是停职调查。来的是一个五十多岁的中年男人，二督警衔，笑面虎，看样子好像和你认识……"

关宏峰沉吟片刻："那应该是郑力齐，市局督察处的副处长。"

"熟吗？"

关宏峰低声说："打过交道。"

伍玲玲殉职那次，负责调查和谈话监督的就是这位郑副处长。他不想再深想这件事，岔开话题："现在周巡被带走了，倒正好化解了他进现场和劫匪交接车辆可能遭遇的风险。有施局坐镇，现场指挥问题倒是不大。谁去和劫匪交接车辆？"

"我去吧。"关宏宇说，"让小汪带那个会计坐第一辆车，我开第二辆。"

关宏峰没有反对，问："特警那边呢？"

"我走的时候他们在演练车辆突袭，应该在赶来的路上。"

"好。"关宏峰低声说，"突袭车辆会比突袭营业厅风险更低，交接的时候千万不要刺激劫匪。"

"明白。"

说话间，两辆车都已开到营业厅门口。

* * *

　　另一边，施广陵避开人群，快步追上郑力齐，急切地问道："力齐，你这是什么意思？"

　　郑力齐不急不躁地转身，笑道："什么意思？工作啊。市局的指派，我个人能有什么意思？施局，您当初也是坐镇指挥的人，不会不明白这里面的程序吧？"

　　施广陵指着加油站营业厅的方向，问道："市局是指派你们督察处在营救和抓捕行动进行的关键时刻带走我们支队的副指挥吗？"

　　郑力齐的笑容逐渐消失了："命令里倒没有说什么'关键时刻'，只提了让我带走'关键问题人物'。至于什么时间带走，您就别计较了。"

　　就在这时，即将被押进车里的周巡突然说道："等一下！劫匪其实一共提了三个条件。"

　　郑力齐看了他一眼，不动声色。

　　施广陵微微一愣："三个条件？什么条件？"

　　周巡低声说："他们要咱们交出击毙孙志的那个警察，也就是我。"然后他望向郑力齐，说道，"所以你最好让我回去。否则，劫匪那边很可能会翻脸。"

　　施广陵的脸色变了。

　　郑力齐表情平静地看了看周巡，又看了看施广陵，示意让市局干警强行把周巡押上警车。随后他亲手关上车门，笑着对施广陵说："您瞧，这还真是个'关键时刻'。"

　　他说完也上了车，两辆警车呼啸而去。

　　* * *

加油站内，小汪和那个会计裴云磊一起下了车。关宏宇在后面那辆车上看到小汪的后腰上露出了配枪，微微皱了下眉头，拔下钥匙，也跟着下了车。

绑匪孙洋从营业厅里走了出来，手上握着枪。在他出门的一瞬间，关宏宇往里面瞟了一眼，隐约看到另一个绑匪"徐哥"徐思策正在打电话。

孙洋有些咋咋呼呼地上前两步，来回打量着小汪和裴云磊，对关宏宇反倒没太在意，问道："这两辆车，你们没动什么手脚吧？"

小汪说："你们一会儿肯定会挟持个别人质上车，就算动手脚，也不会要你们的命的。"

孙洋也没深究，转而问："钱呢？"

小汪朝裴云磊递了个眼色，裴云磊立刻拿出笔记本电脑，放在第一辆车的前机器盖子上，打开电子转账的页面，开始进行转账操作。裴云磊转钱的时候，孙洋来回打量小汪和关宏宇，问小汪："就是你刚才开的枪？"

小汪盯着孙洋看了会儿，咬了咬牙，道："对，就是我。"

孙洋听完，惊疑不定，脸上的愠色逐渐浮现出来，但似乎又觉得小汪不像开枪打死孙志的那个警察。

小汪刺他："甭瞎捉摸了，你弟就是被我击毙的。我现在来了，怎么着？"

孙洋脸上的表情逐渐变得狰狞起来，他突然露出一丝冷笑，抬手就要举枪。小汪一直紧盯着他的一举一动，见他手要抬，条件反射地去拔后腰上的配枪。

关宏宇找准这个机会上前一步，左手按住小汪要拔枪的右手，右手直接合上了裴云磊正在操作转账的笔记本电脑，同时拦在小汪身前，挡住了孙洋举起来的枪，喝道："等一下！"

孙洋见状一惊，营业厅内的徐思策也突然有些紧张。

孙洋的表情十分狰狞："干什么？耍我？"

关宏宇给小汪递了个眼神，示意他千万不要拔枪，随后高举双手："耍你？我明明是在救你。"

孙洋用枪指着他的头，一脸怀疑。

关宏宇说："你举枪想干吗？崩了他？我先告诉你，孙洋，你弟不是他打死的。"

孙洋骤然听到自己的名字，有些惊慌："你、你们怎么……"

关宏宇冷笑，指了下身后的小汪："他刚才都说出你弟这俩字儿了，你还没明白？你们的身份，我们早就一清二楚了。开枪打你弟的不是他——按照我们公安的规定，那个人已经被带走接受调查了。不过无所谓，丰台支队每个刑警都敢站到你的枪口前面，主动扛这个雷。但我劝你想清楚，这个现场是由刑警和特警包围的。所有刑警都是我们队的人，而特警要听从现场总指挥的命令，总指挥是我们支队长。你打死一个支队刑警，这车和这钱对你就不再有任何意义了。"

孙洋愣了愣，随即咬牙切齿地说："甭跟我扯这些！把那个开枪的警察交出来！我弟都死了，你以为我他妈还在乎钱吗？"

关宏宇想了想："说得对。换我是你，这会儿也不一定还在乎钱。不过，屋里不还有你两个兄弟呢吗？你不问问他们愿不愿意和你一块儿死？"

孙洋略一迟疑，听到身后的玻璃门上传来敲打声，回头一看，徐思策正用手势在叫他回去。他想了想，看着关宏宇与小汪："你们都别动，谁都别动！"

他挥舞着枪，倒退着重新撤回了营业厅。

关宏宇和小汪对视一眼。

关宏宇放下高举的双手，两人长出一口气。

赵茜回到现场，只见施广陵，却不见周巡。她转了几圈，见到技术队的小高，忙拉住他问了几句，才知道周巡不知道为什么被督察处的人给带走了。

赵茜郁闷地问："那我现在应该向谁汇报工作？"

小高也纳闷儿："我还想问你呢。周队去让我调中金昆仑的各类工商信息和商业往来记录，我这动作倒还算麻利，回来一看，嘿，老大没了。"

赵茜下意识望向施广陵。

小高在一旁嘀咕："你甭看了，施局正一脑门子官司。当务之急是解救人质，我估计咱们调查的这些边边角角他没心思听。"

赵茜想了想，又望向营业厅门外的关宏宇。

小高顺着她的目光看着关宏宇和小汪等人，点点头："关队倒是能听进去，前提是他能活着出来。"

这时候赵茜身上的手机响了，她瞪了小高一眼，走到人少的地方接电话。

还是那个神秘的男人，上来也不客气，直接问："查到什么情况了吗？"

电话里传来风声，赵茜下意识想：应该是在室外、很高的地方。她低声说："刚和住建委的人碰了面，现在得知，在今年的三月十九号，在长丰家园小区的建筑用地进行过一次招投标。当时参加竞标的地产公司大大小小有十几家，其中最有竞争力的是一家港资公司寰都地产和一家本地企业豪景地产。蹊跷的是，在开标之前，先是豪景地产遭到举报，公司大小领导和财务最后全被经侦的人带走了。紧接着没过一周，寰都地产涉嫌出资不实以及虚开票据，说白了就是两家公司都黄了。更蹊跷的是，这两家公司退出竞标后，其他参标的小公司也纷纷弃标。总之，三月十九号的那轮招投标居然是以流标告终的。"

神秘男人说："现在顾不上这些。赎金交接得还顺利吗？"

"关队他们正在里面交接，现在还不清楚情况。"

"没查出这伙儿人的老大或者上线是谁吗？"

赵茜想了想："没有。不过之前听关队他们提过一句，说跟这伙人联系的好像是一个姓闫的人。"

风声更大了。

附近的天台上，"娃娃脸"将脸转向后方，下一刻，他身后天台楼梯通道的门开了，两名特警和两名丰台支队刑警走了上来。

"娃娃脸"把手机换了一边，瞟了两个特警一眼，神态自若地继续问："姓闫？"

赵茜不知道他这边的变故，说："对了，周巡这边正让技术队彻查中金昆仑，显然是觉得这家公司有问题。如果这里面有你什么事儿的话，最好早做准备。"

"娃娃脸"眼看着刑警和特警朝自己走来，淡淡地说了句："知道了。"

电话挂断。

他装作刚留意到上天台的是什么人的样子，立刻摆出一副莫名又惊慌的表情。

两名特警也没理会他,直接在天台上架起狙击枪。

身后,又一名支队刑警上前,向他出示了证件:"你是干什么的?"

"娃娃脸"揣着袖子:"我……加油站那边……我是上来看看,看得清楚一点儿。不是拍戏啊?"

刑警说:"黑灯瞎火有什么可看的?这事儿不用你管,赶紧走。"

"娃娃脸"笑着点点头,刚想走,另外一名刑警注意到他左手上缠着的绷带,叫住他:"等一下。你是住这楼的吗?"

"娃娃脸"赔笑道:"跟人合租的房子,二一〇一,往下走一层就是。"

刑警上下打量了他一番:"出示一下身份证。"

"娃娃脸"忙不迭地从身上翻出身份证,一脸殷勤地递了过去。

刑警接过身份证,递给身边的同事,低声说:"核实一下。"

另一名刑警拿着身份证走开两步,用步话机报出了名为商凯的人的身份证号和姓名。

他身旁的那名刑警仍旧盯着"娃娃脸",问道:"干什么工作的?"

"娃娃脸"瞟着刑警腰间的配枪,搓着手,笑着说:"做、做代驾的。"

"在哪个公司上班啊?"

"我也不知道公司是啥名,现在不都是在那个叫车软件上面注册就行吗?然后它给你派活儿。我哥们儿开专车的,也都这样。"

"开专车的?不是说开专车的不刷单都不赚钱吗?"

"娃娃脸"乐了:"您这都什么时候的老皇历了,现在都不许刷单,罚得可厉害了。"

刑警转了个话题:"手怎么弄的?"

"娃娃脸"特意举起裹着纱布的左手:"上周末哥儿几个去卢庄钓鱼,上了条个头儿大的虹鳟,结果我那国产的破法莱杆儿不钉劲,线儿脱了轴了。这不就……"

刑警笑了下:"伤得那么厉害,那鱼呢?"

"娃娃脸"自嘲地苦笑道:"跑了。"

这时,另一名刑警接到步话机里回报的身份信息,走过来把身份证递回来,并朝他微微点了一下头,示意身份证信息核实无误。

这名刑警接过身份证,见"娃娃脸"回答问题表情如常,话语流畅,也就没再起疑心,将身份证还了回去,叮嘱道:"快走吧。"

"娃娃脸"应了一声,往天台楼梯口的方向走去。

他身后,特警那边正在通过步话机联络:"指挥中心,丁队,狙击四组就位。视野清晰。"

步话机里,丁队长的声音传了过来:"突袭小队A、B队均已进场待命,请施局下达指示。"

"娃娃脸"的脚步微微一顿,便不再停留,离开了这座大楼。

02

徐思策焦躁地推开营业厅大门,探出头来看了眼外面的孙洋和关宏宇等人。孙洋端着枪,愤愤不平地在原地走来走去,不耐烦地说道:"叫他们快转钱。"

那个会计裴云磊显然也没什么主意,下意识扭头去看小汪,小汪自然而然地看向关宏宇。关宏宇点头后,裴云磊会意,重新打开笔记本电脑,继续赎金转账。

关宏宇瞟了眼小汪,小汪隐蔽地朝他点点头。根据事先的约定,技术部已经安排好了资金拦截。关宏宇放下心来,对两个绑匪说:"你们有了车有了钱赶紧走,别伤害人质。只要你们安静地离开,我会尽量协调支队和特警不对你们围追堵截。"

徐思策冷笑了一声:"我走不走、什么时候走、想怎么走,用不着你们公安管。"

关宏宇摊了摊手:"只是个建议。徐思策,你们所有人的身份我们都掌握了。拿了钱跑路,无外乎是你们跑、我们追这点儿事儿。趁现在还没有人质受伤,我劝你克制一下。"

徐思策没再搭话。

这边,会计裴云磊已经完成了转账。他举起笔记本电脑,把转账成功的确认页面给徐思策和孙洋看。

徐思策拿出手机,对准转账页面拍了张照片,随后按了几下屏幕,似乎是把照片发给了什么人。关宏宇一直默默注视着他,没再回话。

闫通收到消息,战战兢兢地把转账页面照片递给神秘男人看:"钱、钱已经转出来了。"

男人瞟了眼照片:"这是转账页面,又不是到账页面。你还真以为这钱能到得了账?"

闫通心里也清楚,但这个当口不敢说话。

男人后撤两步,用手里的猎刀朝闫通比画了一下:"起来吧。

既然游戏还没有结束,那咱们就再玩儿一会儿。"

"上车吧,"他打开车门,似笑非笑地说道,"闫老板。"

很快,徐思策又收到一条信息。他低头看完,用手里的枪朝对面一比:"你们仨都出去。"

关宏宇从小汪手上要过车钥匙,然后把两把车钥匙都递了过去。

徐思策刚本能地要伸手去接,随即警觉地后撤一步,用枪指着关宏宇:"放地上。"

关宏宇的脚步僵住,苦笑了一下,把钥匙放到地上,边向后退边说:"我前面说的那些你可听可不听,最后忠告你一句,但凡还有点儿人性,你们跑的时候不要拿那对母女做人质。"

他也不多话,示意小汪和自己一起撤向加油站出口。

徐思策捡起地上的两把车钥匙,再度返回营业厅,消失在众人的视野中。

加油站广场上,赵茜在小高身旁关切地问道:"咱们资金流向能控制住吗?"

小高说:"刨去在转换中心进行资金审查的时间,一旦审查完成,银行会立刻通知咱们把这笔赎金拦截住。"

关宏宇在一旁问道:"时间呢?"

"大概一两个小时是没问题的。"

关宏宇点点头,没再多说什么,走到施广陵和丁队长身旁。

丁队长见他来了,说道:"从风险上评估,等他们出来之后拦截和突袭车辆是最佳方案。当然，在进行实地模拟演习后，要强攻营业厅我们也是有把握的。这个时机取决于您的判断。"

施广陵看了眼关宏宇，苦笑道："小关，这种包袱我肯定不能甩给你。现在你们一文一武都在，我就想知道，以你们对现场情况的认知，A队拦截车辆或B队突袭营业厅，哪个方案人质的安全性最有保障？我说的人质，是包括小周周舒桐在内的。"

丁队长略一思忖："那我还是刚才的意见，拦截车辆，风险最低。而且我不认为绑匪在出逃的时候还有余力挟持周舒桐警官和他们一起上车。"

施广陵又看向关宏宇。

"丁队的话都没错。"关宏宇略微思考了一会儿，说道，"可我觉得问题就出在这儿。"

施广陵问道："什么意思？"

"别忘了，小周手上还有一个他们的同伙。他们会抛下同伙就此跑路吗？"

施广陵听完，和丁队长对视了一眼。

丁队长问："那关队的意思是？"

这时关宏宇微微侧了下头，发现赵茜就在他们仨不远处，手里拿着一摞资料。他微微皱眉："你在这儿干吗呢？"

赵茜轻声说："哦，关队，关于住建委那边对今年三月十九号长丰家园竞标的调查情况，我想向您汇报一下。"

关宏宇摆摆手："这个过会儿再说。"

赵茜点点头，拿着文件转身离开了。

关宏宇瞧着赵茜的背影，等她走远了，才回过头继续说道："我认为必须加入一种考量，就是他们想从小周手里把付志民要回来……"

* * *

关宏峰目不转睛地盯着崔虎黑进的加油站外的监控画面。刘音在一旁问道:"赎金也转了,车也准备了,他们为什么还不走?"

关宏峰回答说:"他们肯定想带上付志民。"

刘音又问:"那让周舒桐把人放了呢?"

关宏峰摇头:"这时候,人可千万不能放。"

崔虎从一旁走来,手上拿着个笔记本电脑,对关宏峰说:"你、你在这儿干着急也、也没用。哎,之前你用、用的这个笔、笔记本,我想格、格式化重、重装一下,你看看里面有、有没有重、重要的文件。别、别一会儿我都给弄、弄没了。"

"好。"关宏峰心事重重地说道,"你先放这儿。"

营业厅内,两个劫匪都拿着枪,孙洋掩护,徐思策上前用力拍打财务室的大门:"开门,有话说!"

过了几秒钟,周舒桐在门里说:"退开!"

徐思策后退几步,门开了。

周舒桐以付志民为"盾牌",慢慢出现在门口。

徐思策看了她一会儿,脸上表情还算柔和:"你们的人挺配合的,钱也给了,车也备了。把我弟兄放了,咱们自此一拍两散,估计这辈子互相也不想再见了。"

周舒桐瞟了眼营业厅大门的方向,又看着徐思策斜后方举着枪的孙洋,问道:"我把人还给你,我岂不就死定了?"

徐思策摊手:"你怎么死定了?你手上还有枪,自己又守着一间屋,需要掂量这件事儿的是我们。现在钱也有了,又是晚上，我们只想赶紧离开。咱们没仇没怨，我犯不上自找麻烦，你说是吧？"

周舒桐琢磨着他这话，没吭声。

徐思策似乎察觉到对方有所犹疑，又补了一句："你越早把我兄弟放了，你就越早离开，你和这屋里的其他人就越早脱离危险。这难道不是好事儿吗？"

周舒桐听完，似乎有些动摇。

载着周巡的车一路回到总局。谈话室里灯光明亮，周巡坐下来，郑力齐与一名督察助理坐在他对面。

郑力齐朝他笑了笑："不用担心，据我了解，现场那边关队交接得很好，没有出问题。"

周巡有些焦躁地叹了口气，从身上掏出烟来，刚要点，动作又停住，瞟了眼郑力齐。

郑力齐摆摆手："抽吧抽吧，别把烟头儿往我身上弹就行。"

周巡愣了一下，反而没去点烟。

郑力齐一边扭头示意助理写笔录的抬头，一边慢条斯理地对周巡说："如果你想跑的话，门就在那儿。别跟那个赵馨诚似的，还打人抢枪，犯不上。"

周巡听完，苦笑着点上了烟。

关宏宇、施广陵和丁队长都面色严肃地站在加油站出口方向封锁线的警车后。

施广陵仍有些顾虑地看着关宏宇，说："你真觉得那孩子会禁不住徐思策的劝诱……"

关宏宇回答:"她一定希望营业厅里的人质能够尽快脱离绑匪的控制,徐思策正是抓住了她这一心理弱点。但是,一旦放了付志民,不但小周的人身安全失去了保障,突袭行动更要多面对一名绑匪,可能产生的变数就多了。"他转过头,朝施广陵点点头,"刺激他们一下吧,施局。"

施广陵听完想了想,冲丁队长递了个眼色。

丁队长会意,拿起步话机:"A组,行动!"

03

营业厅里的周舒桐此刻内心无比焦灼。自从与外界的联系完全中断后,整个行动只能靠她自己主导。对面的徐思策看起来并不好糊弄,她必须有周全的后招。她犹豫良久,低声确认:"我如果放了他,你们必须马上离开,而且不许挟持其他人质上车。"

徐思策答道:"没问题。"

周舒桐冷笑:"你以为我会随便信你的话吗?现在就让所有人质都去库房,让他们把门反锁。想要你的兄弟,总要拿出一点儿诚意。"

徐思策显然没想到还有此一说,脸色整个儿沉了下来。

一旁的孙洋却早已沉不住气:"还跟这娘们儿废什么话?我一枪打死她!"

周舒桐用枪一顶付志民的后脑:"有本事就开枪!"

她这句掷地有声,话尾落到地上的那一瞬,整个营业厅忽然暗了下来。

断电了!

一时间所有人都有些慌乱。徐思策马上跑到门口往外看，只见在加油站入口的方向，一队特警正举着防暴盾牌逼近营业厅。他回头惊恐地喝道："你们的人正往里冲！怎么回事儿？"

周舒桐说道："废话！钱和车都给你们了，你们还挟持这么多人质不肯走，当我们公安都是摆设吗？"

孙洋举着枪跑到窗口，拉开百叶窗缝隙往外看，见特警正逼近营业厅，大喊道："徐哥！跟他们拼了吧！"

徐思策是真被逼得慌了："和你们的人联系，让他们停下来！老付栽你手上我认了！让你们的人退出去，我立刻就撤！"

周舒桐挑了挑眉："我现在怎么通知他们？你们把我的手机都收走了。"

徐思策愣了一下，扭头问孙洋："她的手机呢？"

两个绑匪在一片黑暗之中摸索手机，一时半会儿根本找不着。徐思策咬了咬牙，从兜里掏出自己的手机递过去："你拿我电话打，赶紧的！"

"放在柜台上！"周舒桐说。

小仓库里的关宏峰通过监控画面看到，特警的突袭 A 小队已经从正面持防暴盾牌逼近营业厅。崔虎、刘音和杨继文等人都在旁边观看。

崔虎情不自禁地说："妈呀，这、这是要硬上啊！"

关宏峰瞟了眼加油站的平面结构图，说："调下加油站后面的监控。"

崔虎敲了几下键盘，屏幕上显示出在加油站东北角房顶的特警突袭 B 小队已经打开了新风系统维修通道的盖子，并且拆下了新风主机。"

崔虎张大了嘴巴:"这、这前、前后夹击啊!"

关宏峰的脸上露出一丝不易察觉的笑容:"干得好。"

命令下达后,关宏宇一直盯着自己的手机,终于,手机响了起来。

他立刻接通电话,听清楚是谁的声音后,就知道他们的策略奏效了。

周舒桐说道:"关老师,这是劫匪之一的手机。"

关宏宇闻言吃了一惊,开了免提,将号码展示给身旁的小汪。小汪拍下号码,立刻跑去交给技术队。

关宏宇重新凑近电话:"现在什么情况?你安全吗?"

周舒桐低声急促地说:"我现在还控制着一名劫匪,现场有可能爆发冲突,能否让突入现场的特警先停下来?他们说了,只要特警撤出,他们立刻就离开加油站。"

"稍等一下。"关宏宇朝丁队长挑了下大拇指,示意施压已经成功。

丁队长也松了口气,立刻拿起步话机:"A组停下,原地待命。"

加油站内,特警的 A 小队接到命令,立刻原地架起盾牌,不再前进了。关宏宇瞟了眼房顶东北角的突袭 B 小队,对丁队长点点头。

丁队长对着步话机说道:"B 组确认一下武器是否都换了平

头弹。"

步话机传出回应："确认完毕。"

丁队长下了命令："行动吧。"

库房内，一块吊顶隔板被掀开，数名戴着夜视镜的特警无声地顺着绳索下降，潜入库房。为首一名特警来到库房门口，用手轻轻一探门锁，确认门可以推开，小声对耳麦说："就位。"

营业厅里，周舒桐仍旧举着徐思策的手机。徐思策一边看着外面特警排成一列的防暴盾牌，一边对周舒桐喊："他们怎么还不走？让他们赶紧离开！"

周舒桐对着手机说："他们要你们把特警撤走。"

关宏宇问道："你的电话没开免提吧？"

"没。"

"我在外面看到了一些反制措施，你是不是按我教你的做的？你们的位置没有变化吧？"

周舒桐简短回答道："是。"

关宏宇点点头："一分钟内，务必退回安全位置。"

"明白。"

她正想挂电话，关宏宇忽然说了一句："小周。"

周舒桐有些疑惑："嗯？"

关宏宇沉声说："多加小心，还有，干得好！"

这句话的分量只有周舒桐自己知道，她嗫嚅了一会儿，最终没说话，挂断电话，把手机扔回到柜台上。

徐思策上前取回手机，再往窗外看，只见 A 小队特警正在徐徐撤向加油站外。

* * *

关宏宇挂了电话，立刻向技术部那边走去。小高已经在追踪那个号码，汇报道："这个号码今天基本上只和一个手机号通过电话，通话次数非常多。"

关宏宇问："和徐思策通话的那个手机定位在哪儿？"

"正在定位，需要一点儿时间，现在已经基本能把范围圈定在朝阳区四惠一带。"

关宏宇拍了拍他的肩膀："有定位进展，随时通知我。"

他边走向施广陵和丁队长，边对小汪说："你带两个人，配枪，准备好车。"

小汪领命而去。关宏宇来到施广陵身旁："施局，现在已经定位到疑似劫匪上游的人物，我跟小汪他们过去看看。"

施广陵很惊讶："你这会儿走？马上就要强攻了。"

关宏宇看了看丁队长，又看了看施广陵："刚才咱们讨论过的方案有问题吗？丁队，你手下的兄弟，执行突袭会有什么闪失吗？"

丁队长自信地笑了："闪失这个词儿，在我们这儿是不被接受的。"

关宏宇耸了耸肩："那就没我什么事儿了。施局，特警的弟兄都靠得住，咱们支队的人也不会出问题。我是相信大家的，您也要相信大家。现在能否追查到劫匪上游的指使者或中间人，关键是这个时间差。一旦突袭成功，幕后操纵的人随时可能消失。"

施广陵略一思考："那好，如果你们追查到目标，立刻通知我。"

关宏宇点点头，又看了眼加油站营业厅的方向，朝一旁准备好的小汪和另外两名刑警打了个招呼。四个人上了辆警车，飞驰而去。

赵茜一直站在一旁，目送着警车驶离现场，又瞟了眼小高电脑屏幕上显示的定位地点，没出声，边往旁边走边掏出手机拨通了电话。

"娃娃脸"接听着电话，说道："具体点儿。"

赵茜说："定位可能还需要五到十分钟，我会把最新进展发给你的。关队和另外几个同事已经出发去那个定位附近了，你……"

"哦。""娃娃脸"继续问道，"几个人？"

"四个。"

"关宏峰不能配枪，那就是三把枪？"

"带了。"赵茜犹豫了一下，还是低声说，"我是说，如果碰上的话，你……你别伤害他们，行吗？"

"娃娃脸"冷哼一声，直接挂断电话，招呼四名手下分别上了两辆轿车，驶离了路旁。

与此同时，丁队长对着步话机下达命令："各狙击哨位等待预案中的时机出现，已取得现场指挥的开火授权。"

加油站的门开了，徐思策拽着韦东为"盾牌"走出营业厅。在他身后，营业厅的门内，孙洋端着枪顶着一名加油站工作人员的脑袋。

眼看徐思策已经挟持韦东走出了营业厅，丁队长的步话机里传出狙击哨位的报告："二组可以射击。"

丁队长和施广陵对视一眼，对着步话机说："B队行动。二组,开火!"

徐思策根本来不及反应,已被狙击手从侧面爆头。他的身体轰然倒下,身后的孙洋吓得一愣,刚想往回退,就被从库房冲出来的特警一枪击中肩头,号叫着扔掉了枪。

小仓库里的关宏峰等人屏息注视着监视器,看到特警突袭成功,随后大批刑警进入现场,最后,是周舒桐安然无恙地走出了营业厅。

他这才长出一口气,瘫坐在椅子上。

这边,闫通反复拨打着电话,惊慌失措地对神秘男人说:"电、电话没人接了,是不是……"

神秘男人没理会他,瞟了眼反光镜,发现一辆警车已经跟了上来。

顺着男人的目光,闫通也意识到有警车尾随。他看了眼手机:"坏了!姓徐的他们折了!警察肯定是通过定位……"他打开车窗就要把手机往外扔。不想男人反应迅速,一把抓住他的手腕,迫使他把手机扔到了仪表盘上。

闫通很是不解:"这、这……你为什么……"

神秘男人说道:"下一个出口,离开主路吧。"

"可不把手机扔了,他们一样能发现咱们的位置!"

男人冷笑着对他说:"坐牢或者死,你挑哪一样?"

* * *

丰葆路加油站里，付志民被押上警车，孙洋被送进救护车，郜君然和小徐进场给徐思策拍照、收尸。人质得到了妥善安置，唯独韦东被扣了下来。

中金昆仑的律师正在为此和丰台支队的刑警争论着什么。

周舒桐茫然地站在进进出出的人流当中，四下观望，找了一圈都没有发现关宏峰和周巡的身影。

赵茜在一旁边打电话边看着周舒桐走出加油站："定位目标应该在一辆车上，自北向南，刚驶出东四环辅路。"

她讲完这句就利落地挂断电话，小跑几步追上了周舒桐，轻轻拍了拍对方的肩膀："舒桐，你怎么样？没受伤吧？"

周舒桐回过头，愣了愣，过了会儿才问："关老师他……"

赵茜会意，说道："关队和汪哥他们正循着手机定位追查这伙儿劫匪的指使者，应该很快就能抓到。"

她俩说话的时候，能听见施广陵的喊声："赶紧去增援关队他们！必要的情况下，可以对区域实施封锁！"

赵茜听闻，微微皱起了眉头。

周舒桐却没留意到她的异常，左看右看，疑惑地问："等等，怎么让关老师去追查这些，周队人呢？"

闫通的车开出了四环，在某个偏僻工地的废弃楼房外停下了。

男人挟持着闫通爬上三楼，俯瞰停在楼旁的奥迪车。很快，两辆黑色的轿车停在楼下，"娃娃脸"带着四个手下下了车后，摘掉了棒球帽，扔回车里。

闫通看着这伙儿人，也愣了："这……不是警察吧？"

男人却微微一笑，盯着带头的"娃娃脸"："哟，怎么把他等来了?"

他拽着闫通消失在黑暗中,"娃娃脸"带人里里外外检查了停在楼下的那辆奥迪车,又看了看面前的大楼,朝手下使了个眼色。五个人都掏出了枪,先后走进楼里。

这伙人刚进去,关宏宇等人的警车到了。

看到楼下停了三辆车,关宏宇也愣了愣,远远就让小汪把警车停了下来。

众人一起下车,小汪示意关宏宇隐蔽好,自己带领另外两名刑警小心翼翼地持枪靠近、搜索。确认三辆车里都没人之后,小汪远远朝关宏宇打了个手势,关宏宇赶到车旁。

小汪瞟了眼旁边的废弃楼房,低声说:"关队,车里一个都没有,这楼里有多少可就不好说了。您说咱们是等增援呢——"

关宏宇紧接着说道:"还是等增援呢——当然是等增援了。而且,车虽然在这儿,但不好说他们是不是进了楼。增援来的人不少,可以就这个小范围进行局部封锁……"

话没说完,废弃的楼内突然传来枪响。

关宏宇和小汪都是一惊,同时伏下身。

小汪看了眼楼内,小声问关宏宇:"关队,咱们是继续等增援呢?还是……"

关宏宇看了看这三名刑警,想了想,问道:"你们都穿防弹衣了吧……那个姓闫的要是死了,往上追查的线索可就断了。"

小汪咬了咬牙:"得嘞,这躲得了初一躲不了十五。"

他朝另外两名刑警递了个眼色:"跟我上!"

说完,小汪及两名刑警在前,关宏宇在后,四个人一起进了废弃楼房。

04

一片漆黑之中，闫通喘着气——身后有人推着他往上跑，脚下是纷乱的脚步声。他也不知道自己和那个神秘男人已经爬到了几层，但他知道如果不跑，后果会很凄惨。

"娃娃脸"带着人紧紧贴在他们后面，刚要再往上，下面脚步声又响了起来。有人厉声喝道："警察！放下武器！"

上头一追一逃的两拨人都吃了一惊。"娃娃脸"沉下脸，回头对跟着他的几个人低声说道："都做掉！"

几个人闻言，立刻摸枪，拉保险。上膛，开枪！

追上来的是小汪和两名刑警，他们立刻躲在各种障碍物后面还击。

一时枪声大作。

关宏宇也跟了上来，躲在一根柱子后面，隐约看到"娃娃脸"顺楼梯跑上了四楼。他又看了眼三楼内交火的几个大致位置，伏身贴着墙边绕了过去。

这会儿几个人仿佛一个夹饼——"娃娃脸"在找闫通和神秘男人，关宏宇在找"娃娃脸"。

"娃娃脸"持枪在黑暗中侧耳聆听了好一阵儿，终于捕捉到在一根水泥柱子后面传出的、闫通滞重的喘息声。

他举枪正要往前走，听到身后的楼梯方向响起脚步声，动作略微顿了一下，似乎在琢磨跑上楼的会不会是自己人。

而在上方的水泥柱子后，神秘男人也听到了"娃娃脸"的脚步声。

"娃娃脸"半抬枪口，转过身看着楼梯口方向。

没过两秒钟，关宏宇出现在楼梯口。"娃娃脸"看清他的脸，二话不说先朝他开了一枪。

关宏宇根本刹不住车，就着冲劲儿仰面一滑，躺倒在地避开了子弹。"娃娃脸"却根本不想给他任何机会，连续射击。

关宏宇这会儿也顾不上姿势好看难看了，在地上连滚了几圈，往旁边有隐蔽物的地方躲。

这时，神秘男人出现在"娃娃脸"身后。"娃娃脸"反应惊人，直觉身后有人，刚调转枪口，那男人已经冲到他身前，手里的猎刀径直往他胸前捅。

"娃娃脸"没来得及开枪，一边后撤一边用握枪的右手往下压对方的手腕，同时扣动扳机，子弹打穿了男人的右侧大腿。男人右腿一软，单膝往下跪，同时刀交左手，反手在"娃娃脸"的右腕上划了一刀。

"娃娃脸"的枪终于脱手。

两人在黑暗中盲打了两回合，由于都看不清楚，男人手上还有刀，"娃娃脸"处于下风，双手都负了伤，连钢弦也不方便使用，身上接连被划伤了好几处。

关宏宇摸上来，捡起"娃娃脸"刚才掉落的枪，朝天鸣枪示警。

正在打斗的两个人听到枪声都是一惊，各自向后撤了两步。"娃娃脸"知道情况不妙，转身隐遁在黑暗中。

关宏宇举枪在黑暗中搜索。过不多时，他听到黑暗中传来一个男人的声音："你就是那个姓关的队长？"

关宏宇愣了一下——这声音，他是听过的！

他想了想，试探着说道："你上了趟根本不去磁器口的车，难不成就是为了来这儿办事儿？"

对方在黑暗中笑了笑："厉害……不过我刚救了关队长一命，

好歹该有个'谢'字儿吧?"

关宏宇不停地试图寻找声音传来的方向,说道:"跟我回支队。我肯定好好谢你。"

男人笑道:"你们公安啊,嘴里就出不来人情话。长丰家园那事儿,查了吗?"

关宏宇暗暗心惊:"二〇一七年三月十九号,CFJY——赎金和账号上的提示信息是你给出来的?"

男人说道:"这么直白再领会不了,我可就真没辙了。你不是有个通缉犯弟弟吗?据我所知,中金昆仑恐怕就和你弟的案子有关。甚至可以说,你们辖区里绝大部分没破获的大要案,都跟这家公司有莫大的关系。"

"你既然知道这么多,何不送佛送到西?不想去支队的话,咱俩找地方单聊聊也行。"

"咱们也不是一路人,"男人笑了,"估计聊不到一块儿去,还是免了吧。"

"如果我们的目标一致的话,是不是一路人都可以合作。"

"不可能的,你们是公安,你们只想维护法律。"

"那你呢?"

"正义。"男人叹息了一声,"我要实现的,是正义本身。"

话音刚落,黑暗中突然传出闫通的惨叫。

关宏宇迅速判断出大概的方位,跑了过去,只见闫通跪在一根水泥柱后,手掌被一把猎刀钉在水泥柱上,正痛苦地哀号着。

而刚才还在和他对话的男人,早已不知去向。

市局谈话室内,周巡正在接受问询。

郑力齐放下手机，对他说："现场那边突袭行动成功了，人质和周警官都安全，劫匪也落网了。"

周巡笑了一下，点点头："那成，你们该问的也问差不多了吧？"

郑力齐边翻动手上的案卷边说："周队长，你在履职期间，尤其是被破格越级提拔为支队长之后，破案率高于百分之七十六，涉暴力犯罪的大要案破案率在百分之九十以上。全队上下集体二等功一次，三等功四次，个人二等功十一人次，三等功二十九人次。说实话，做督察工作这么多年，这是我见过的所有地区支队里最夸张的嘉奖记录。可你知道你的投诉和惩戒记录也同样夸张吗？"

周巡往后靠了靠："甭兜圈儿说这些了。郑督，想怎么收拾我，你们看着办吧。"

郑力齐和善地笑着摇摇头："周队长，你误会了。有你这样勇敢又经验丰富的同志在一线打拼，是咱们刑侦系统和广大群众的福气。抓坏人嘛，总难免犯点儿越权逾矩的小错儿，没有人能说什么。"

周巡不置可否，盯着他看，似乎要从这张始终微笑的脸上看出点儿什么端倪来。

郑力齐还是笑着说："局里也不傻，把你们这帮干活儿的都收拾了，谁去抓贼啊，靠我们这群文职官员吗？"

周巡试探着问道："那这次……"

"虽然结果皆大欢喜，但责任还是要有人来承担的。而且你们支队这一年多以来有些过于'活跃'——一个脾气火爆的支队长，一个因公殉职的副支队长，一个孪生弟弟被通缉在案的前支队长顾问，和被击毙案犯出自同一个收养家庭的技术队骨干，莫名其妙就去休了产假的法医主任，再加上现在对你们所做的一切都默许支持的施局。实习警员擅自去做人质交换，技术队警员谎报公安部批文，编外顾问对媒体散布虚假案件信息，卧底警员诈死瞒名，还有疑似被犯罪集团腐蚀的刑警在车内遇害……搞得这么热闹，换成你周队长，难道不觉得该好好整顿一下了吗？"

周巡听完，脸色慢慢变得难看起来。

关宏宇下了楼，躲在一辆警车里，把捡来的"娃娃脸"用过的那支手枪用布擦拭干净，小心翼翼地放进一个透明物证袋里。

他离开警车，把物证袋随手交给在现场勘验的小高，随后看到小汪正龇牙咧嘴地坐在一辆救护车旁包扎。

关宏宇走上前，看到小汪肋部的瘀伤，笑道："你看，穿防弹衣还是有好处的。"

小汪苦着脸说道："跟我师父什么都能学，就这不要命的劲儿，真、真学不来……哎哟，真疼！"

关宏宇说："你跟周巡学的那股狠劲儿也差不多。怎么把四个人都击毙了？也不给咱们队里留个活口。"

"别提了，关队，那黑灯瞎火的谁知道啊……哎，赵茜！"他叫住从一旁走过的赵茜，"你告诉关队，那四个人都是谁击毙的。"

赵茜看了看小汪，又看了看关宏宇："由于枪击现场当时太过昏暗，所以汪哥他们自己也说不上来是谁打中了谁。具体结果，还得等验尸之后的弹道比对。"

小汪泪眼汪汪地说道："你看，我们能活下来就不错了，这混乱的。"

关宏宇点点头，拍了拍小汪的肩膀，又问赵茜："小周呢？"

"呃，留在加油站那边做现场处置呢吧，需要我叫她过来吗？"

关宏宇摆摆手："不用了。赶紧把闫通的伤处理好，一会儿在现场突审他。"

此刻，还没有平静下来的丰葆路加油站外，周舒桐披着衣服坐在警车旁，看着刑警和特警进进出出。

这儿其实这会儿用不上她，她有些无聊地摆弄着手机，随手打开宠物论坛，点开曾经通过私信的初级用户"和光同尘"，发现并没有收到任何回复。

她想了想，重新输入一条私信，在里面写下一段话，发了过去。系统显示发送成功。

她叹了口气，抬起头，就见两辆警车驶入现场，周巡从其中一辆上走了下来。

中金昆仑大厦内，会计裴家易在不停地拨打电话，发现什么人都找不到，对面不是"无人接听"，就是"您拨打的用户已关机"。他额头不由得沁出了冷汗，站起身走到窗前，发现大厦楼下停着好几辆警车。

裴家易直勾勾地盯着楼下的警车愣了一会儿，回到办公桌前，快速卸下手机的 SIM 卡，放在烟灰缸里烧掉了。

烟灰缸里的火还没完全熄灭，办公室的门就被推开，周巡、关宏宇和周舒桐等人带着支队刑警进了屋。

裴家易坐在椅子上，表情镇定地来回打量这几个人。

周巡向他出示证件，皮笑肉不笑地说道："裴家易——裴总，麻烦你跟我们回刑侦支队配合一下调查工作。"

裴家易向后靠了靠，平静地回答："我要是不配合呢？"

周巡一挑眉毛，没说话。他身后的周舒桐闻言亮出了手铐。

裴家易有些不屑地瞟了眼周舒桐："那就是来拘传我的。你们公安对这种事儿不该给个什么理由吗？"

周巡冷笑道："你中金昆仑操纵地产交易，惹来香港背景的公司买凶绑票。劫匪我们抓了，中间人我们也按了，买凶那部分我们移交给特别行政区处理，不过你以为你就没事儿了？"

裴家易反问道："中金昆仑？咱们市最大的地产企业，我要说没听说过，那肯定是装傻。可我什么时候有幸跟这家公司有关联了？"

关宏宇上前两步："我们已经查清楚了，中金昆仑一共有三个股东，包括董事长韦东和另外两个法人股东。韦东已经在我们的询问中承认了是替你代持的股份，而且向我们出具了代持协议。另外两个法人股东，一个是方程信息技术有限公司，这家公司的股东构成大部分是离岸公司，查起来可能还有点儿费事儿；不过另一家，朝乐食品加工有限公司，是朝乐轻工业集团的下属全资子公司，而那个轻工业集团，就是你的买卖。说白了，甭管做了多少缓冲层，你就是中金昆仑的实际控制人。"

说着，周舒桐绕过去，给裴家易戴上手铐。

裴家易满脸冷笑。

关宏宇还在旁边补充："哦对，不只是中金昆仑。我们调查后发现，与一名卧底警员遇害有牵连的捷通汽修行，还有涉嫌拆迁冲突并致人死亡的两家置业公司，都和你裴家易有着千丝万缕的联系。"

听到这儿,裴家易终于收起笑容,垂下目光,不吭声了。

周舒桐押着他站起来。

正要出门时,关宏宇忽然从旁一把按住裴家易的肩,在他耳边低声说:"还有叶方舟、安廷、黄山、张海……还有吴征一家五口。是不是听起来都很熟悉?"

裴家易恶狠狠地瞟了关宏宇一眼,还是没说话。

关宏宇微微扬起下巴:"我终于还是抓到你了。"

拾陆 抽丝剥茧

01

裴家易落网后的一个下午,整个"非正式行动小组"第一次在望京的小仓库里集合,这回就连高亚楠也抱着"小饕餮"出现了。

关氏兄弟、刘音、杨继文、朴森和崔虎围坐在那张巨大的人物关系图前,一同做了一次复盘更新。

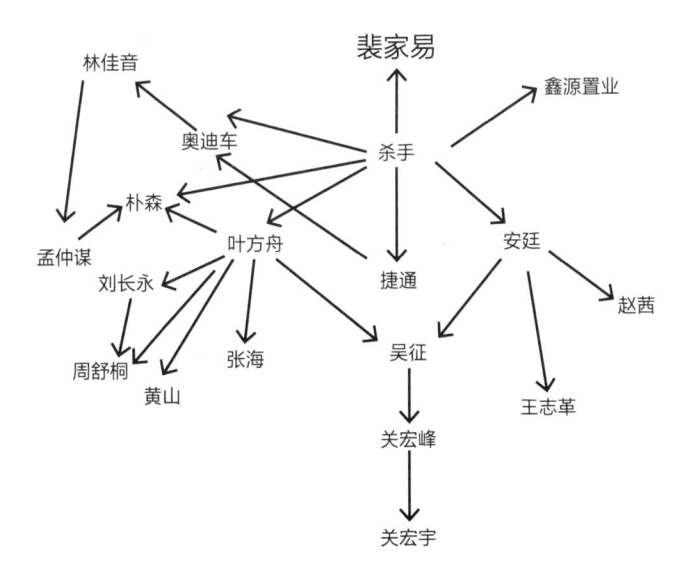

追本溯源，一切的一切，都从被灭门的吴征开始。

吴征，身份是卧底，周巡是他的秘密联络员。吴征之死，目前猜测动手的是叶方舟或者安廷。杀人当天，他们以伍玲玲案中丢失枪支的消息将关宏峰诱骗到现场附近打晕，杀完人之后将昏迷的关宏峰放置在现场，企图栽赃陷害。那晚关宏峰昏过去之前，曾迷迷糊糊看到有两个人靠近，所以不排除是叶方舟和安廷联手实施的灭门案。

而这两个人现在都已经死了，所以非要确定下手的是谁，意义不大。

当天醒来的关宏峰，为了争取时间找出真相，兵行险着，用胶带伪造了弟弟关宏宇的指纹，借此脱身。

接着，安廷因为持枪拒捕被周巡一枪崩了。这个安廷家有个收养来的异姓妹妹，正是支队现在技术部的女警赵茜。安廷死前，曾在支队外围破坏电力线路，协助雨夜连环杀人案的凶手王志革逃亡。

从这个情势来看，王志革应该就是安廷代表组织临时招募的，关宏宇曾经跟着安廷的手机定位，在歌厅见到他和叶方舟会面。照这个推断，叶方舟很可能就是安廷的上线——安廷应该是去向他汇报情况的。

这里有一个很奇怪的细节。

关宏宇说："后来在和周巡碰上之前，安廷曾经制住过我，而且他还让我摘下了口罩。他当时的反应很奇怪，看到我的脸，明显愣了愣。然后他接到个电话，虽然很困惑，但还是直接就放过我了。如果这个电话是叶方舟打来的，那么叶方舟给他的指示是不是'不要杀关宏峰'？"

关宏峰思索了一会儿，说道："在我们共用一个身份这件事上，可以假设对方还不知情。那么，看到这张面孔，他们自然会想到是我。而接了一个电话之后，他在得了一个命令的情况下，没杀的也是我。除此之外，安廷还做了另一件事——王志革案中，他把有王志革妻子唐莹指纹并给她定罪的那张房卡，塞到了宏宇身上。"

关宏宇想了想，望着他哥："这帮孙子……又是嫁祸？"

关宏峰点头："这伙儿人并不是不想干掉我，但无论死活，他们都需要让'关宏峰'这个人身败名裂。"

关宏宇一琢磨："有道理。另一件事，这伙儿人在没认出你或以为你就是我的情况下，对'关宏宇'却是痛下杀手的。很不巧，那几次被追杀的其实都是你。"

关宏峰说道："不难理解。毕竟经过我的操作，你变成了'二一三'的在逃嫌疑人，只要除掉你，吴征一家的案子就算是钉死了。根据《刑法》第十五条规定，嫌疑人在侦查阶段死亡的，侦查机关应当撤销案件。"

之后，叶方舟投毒，误杀刘长永，但这次他们原本的目标又变成了关宏峰。

关宏峰思考着说："在这个庞大的犯罪组织中，叶方舟显然是一个不太听话的问题分子。孟仲谋和金山军火集团的案子牵扯出的线索，使我们终于在长春找到了朴森，而朴森的证言是能让叶方舟彻底暴露的，所以他最后变得丧心病狂，想要不计后果毒死我。"

"我插播一句。"刘音说，"叶方舟最后在和周舒桐遭遇的时候是被爆头的……据说用的还是他自己的那支枪。可最后也没查出来开枪的是谁。"

关宏宇远远瞟着关宏峰，说："反正不是我。你问我哥知不知道。"

关宏峰想了想:"很可能是这个团伙的其他杀手。"

关宏宇说:"除了叶方舟,还有那个黄山,说是从楼梯上摔下来,把脖子摔断了。哥,他那意外死亡应该不是伪造的吧?"

关宏峰扭过头,冷静地答道:"因为涉及被咱们支队开除的叶方舟,两人的尸检都是海淀支队何靖诚法医做的,包括之前的刘长永。亚楠,都是同行,何法医的水平怎么样,你了解吗?"

高亚楠用劝阻的语气对关宏宇说:"何法医的水平不比我差,你别这样。"

关宏宇冲着关宏峰的方向不喜不怒地笑了一下,再扭过头去看高亚楠和孩子,表情又变得温和了许多:"专业水平上可能和你差不多,人还是你更靠得住。"

关宏峰感到非常无语。

崔虎愣了两秒:"那……咱接、接着说。叶方舟杀了一个支队刑警,叫张海……"

叶方舟杀死的这个张海显然也不是什么好人,应该是被叶方舟那个团伙收买了,要去杀叶方舟灭口,却被当场反杀。

然后就是林佳音。

她死在护送杨继文和朴森回来的路上,最后追她的车是一辆奥迪,而这辆奥迪最后出现在一个叫捷通的汽修行。

关宏宇将"娃娃脸"的照片重点圈了出来,接着说道:"叶方舟和安廷之后,新的'关键先生'已经浮出水面。毫无疑问,这个身高一米七八左右、体型微胖、三十多岁的家伙,不但是个凶残的杀手,而且很可能是这个犯罪组织的中层干部,地位在叶方舟等人之上。朴森是本案的关键证人,这个'娃娃脸'对朴森以及随行的杨医生的追杀,直接导致了林佳音在总队门口遇害……"

这个"娃娃脸"紧接着试图在音素酒吧寻访所有人的下落，直接撞上了刘音。要不是韩彬出手，刘音可能就回不来了。这之后他还在高亚楠家楼下出现过，和关宏宇遭遇过一次，没发生正面冲突，但也正是那次，关宏宇成功拍到了他的正脸照片。

关宏宇说道："撞倒林佳音的那辆奥迪车，被我哥寻访到和捷通汽修行有关。我哥最后一次暗中走访那家汽修行，听到他说出了另一个关键人物'裴总'，但同时也被盯上了。

"然后，就像刚才说过的，那回他大概是又把我俩给认反了，一路追杀我哥到三道林业开发区。最惊险的一次莫过于昨天，我和小汪他们去追捕闫通的时候，差点儿被他迎面一枪爆了头。"

关宏峰抬头接过话来，说道："这个人在佳音从长春接走杨医生他们的时候，双方隔着马路打过一个照面，而通过这段时间对往返长春登记旅客的筛查，我们终于查到了他留下的痕迹。"

崔虎及时递上一份打印出来的文件，低声说："这小子，往返长、长春买飞机票用、用的身份证被、被我查到了。他的真、真名，叫冯康……"

关宏峰摇了摇头："这不见得是他的真名。说白了，他可以盗用任何一个人的身份证，就是在上面覆盖一张照片的事。不过，能查到这个身份证，我们总算夺回一些主动权。"

现在，关系图上只剩下一个人身份与动机不明了。

这个人，最初出现在高磊死亡的那个地铁站。当时他戴着黑口罩，穿着一件皮衣，关宏宇在监控里看到过他，留下了深刻的印象。这个人第二次出现是在刘家窑农行附近。当时警方正在蹲守周子博，关宏宇曾经上去和他说了几句话，也就是这个时候，远远地用手机拍过一张照片。

"直到昨天晚上，"关宏宇敲敲那块白板，说道，"他不但帮我击退了那个叫冯康的杀手，我们还发现原来他就是挟持了中间人闫通，并通过赎金数额和银行账号，变相提示我们去查这起绑架案背后的地产交易操作内幕的那个人。"

刘音惊讶地说："这又是何方神圣啊？"

关宏宇愣了一下，看向关宏峰。

此时，关宏峰在整理笔记本电脑，打开收藏夹里那个宠物网站，登录会员号，正打算注销会员信息。周舒桐在加油站外发给他的私信跳了出来。

关宏峰聚精会神看着私信内容，根本没注意到关宏宇正看他。

刘音见关宏峰面色有异，好奇地走过去看。

关宏峰反应非常快，直接关掉了浏览器窗口，抬头对关宏宇说："从昨天他在现场留下的那把匕首，再结合闫通本人的证词，我们可以确认他至少在闫通的落脚点杀了四个人。换句话说，在掌握更多信息前，我们可以把他归为和'裴家易集团'存在某种冲突的杀人犯。"

崔虎说道："要这、这么说，你、你们总算抓、抓着那个裴、裴总了？咱是不是也盘点盘点……"

关宏峰合上笔记本电脑，起身递给了崔虎："没什么重要文件，你格式化重装吧。"

他转过身，又对关宏宇说："周巡他们已经拘传了裴家易二十四小时，一直没给咱们打电话，看来是没有实质性进展。天马上就亮了，我去趟支队，看看能不能在拘传时限之内提供什么协助。"

关宏宇抢着说："熬了一宿了，你休息休息，我去。"

关宏峰笑了："都熬了一宿了。再说了，周巡被督察处带去半日游，就这么没事儿人似的回来了，我总觉得有什么不对劲的地方。还是我去看看。"

关宏宇正想说什么，高亚楠抱着的孩子睡醒了，发出了啼哭声。他犹豫了一会儿，没再坚持。

02

丰台刑侦支队审讯室里，裴家易的对面坐着周舒桐与赵茜，周舒桐负责询问，赵茜做笔录。

周舒桐问道："三个月以前，七里庄附近一家叫鑫源置业的中介公司发生斗殴事件，死了一名员工。据我们了解，这家公司和同地区的鑫全置业存在竞争关系，而且因为争抢客户资源，不止一次发生过冲突。事后，鑫源置业匆匆关门走人了。这事儿，你知道吗？"

裴家易笑了："不知道。"

"鑫全置业隶属的光华伟业投资咨询有限公司，不就在中金昆仑集团的门下吗？你会不知道？"

"不错，但你们刚才说的，有人被杀的那家又不是鑫全置业。即便是，这等小事儿，恐怕我也无暇顾及，更不知道这和我有什么关系。"

一直在记笔录的赵茜抬起头："刚才跟你说的是发生斗殴，有人死了。你怎么知道是被杀的？"

裴家易面不改色，笑了笑，没说话。

周舒桐接着说："而且照你的口气，中金昆仑集团的实际控制人就是你。"

* * *

隔着单反防爆玻璃,在隔壁房间的小汪问周巡:"让她俩上,能行吗?"

周巡说:"我们在缺少实证的情况下拘传他过来接受调查,不适合一上来就亮底牌。"

小汪皱了皱眉:"我们不是已经有证据证实中金昆仑的实际控制人就是……"

"证明控制人没用,牵扯不到刑事犯罪。"

小汪想了想:"那您是觉得让她俩先旁敲侧击,看看这个姓裴的会不会露出什么破绽?"

周巡似乎有意无意地瞟了眼赵茜,低声说:"对。不管是谁露出破绽来,就都好办了。还有,这些人个个贪得无厌,而且多疑得很,不会放心把自己的买卖完全交给别人。所以只要通过工商查询、财务审计、银行资金往来的记录,总能找出他和这些涉案企业的关联。裴家易也很清楚这会儿抵赖意义不大,不如在有可能涉及犯罪的环节上把牢嘴。"

"那要真等她俩问不下去了,您再过去亮底牌?"

周巡斜了他一眼:"没有底牌,我亮什么呀?"

审讯室内,周舒桐继续说道:"三月十九号,长丰家园小区建筑用地的竞标中,港资的寰都地产为击垮对手,向经侦举报了豪景地产。关于举报人这部分,我们已经和经侦核实了。但没过一个星期,寰都地产也被举报了,这一次可是实实在在的匿名举报。我们去查了一下,举报材料里一应票据齐全,举报信写得条理清晰、逻辑严谨,连寰都地产触犯的法条都给列出来了。这两家公司出事后,其他参标的公司都弃标了,说白了,他们就是陪标的。换句话说，如果豪景地产拿不到长丰家园，就谁都别想拿，也没人敢拿。"

裴家易笑着点点头："你的意思是说，这家豪景地产也是由我控制的吗？"

周舒桐说道："目前还没有证据支持这一点。不过你看，想让哪家企业做大，就扶持；想让哪家企业滚蛋，就打击。这个套路是不是很眼熟啊？"

裴家易耸耸肩："我不明白你说的'套路'是什么意思。事实上，你们二位刚才说了这么多，我就是不明白这和我有什么关系。"

"寰都地产的香港老板一怒之下祭出了古惑仔的那套思路，通过中间人闫通雇凶绑架了中金昆仑的法定代表人，显然他们很清楚该找谁报复。"说着，周舒桐扭头去看赵茜，"不过，他们事前的尽职调查好像做得不太完备哦？"

赵茜附和道："是啊。他们只查出了是中金昆仑在背后操纵着一切，但没发现中金昆仑的实际控制人并不是韦东。"

她没接着往下说，因为审讯室的门打开了，周巡带着小汪和小高走进来，把手里的几页纸扔到桌上。

周巡盯着裴家易看了会儿，冷笑道："你以为烧了电话卡，就什么都查不出来了？你这两年的通话记录都在这儿，我们会逐一核实每一个和你联系过的人。"

他翻开那一沓通话记录，指着上面几个用红笔勾出来的号码："不过有几个一看就眼熟，连核实都不用。叶方舟的、安廷的、张海的，还有黄山的……光你跟这几个人之间的交情，就够咱们好好聊聊的了。"

裴家易盯着周巡用手指着的通话记录愣了一会儿，冷笑着扬起头:"要这么说,您何不把这些人叫来,大家一起聊呢?"

周巡似乎料到他会这么说:"我现在在和你聊。"

"我对此保持沉默。"

"你是中华人民共和国公民,有义务配合公安机关进行调查。我提醒你,在这个问题上,你没有沉默权。"

"娃娃脸"穿过有多名保镖把守的楼道,走进一间茶室。

韦东坐在茶室里,见他进来,微微点了下头。

"娃娃脸"说道:"大哥。"

韦东指了指自己对面的座位,示意他坐下,同时朝旁边递了个眼神,屏退左右的保镖。

"娃娃脸"坐了下来。

韦东看了看他身上还裹着纱布的伤口,关切地问:"伤怎么样了?"

"娃娃脸"笑了:"没事儿。裴总那边……"

"不用太担心。"韦东扬了扬下巴,"他不会说什么的。"

"娃娃脸"说:"丰台支队在'鑫全'和'捷通'两边抓了咱们二十多个人,还把公司的账都拿走去做司法审计了。现在该怎么办?"

韦东拿起茶杯,说道:"能怎么办?风平浪静的时候,好好开船。真遇上大浪了,先小心别翻船。"

"难道不应该……"

韦东失笑道:"采取非常手段?什么手段?杀几个公安?还是组个律师团把那些阿猫阿狗打捞出来?事儿不是这么做的。我们的对面是司法系统,你要记住,永远不要正面对抗国家机器。"

"娃娃脸"想了想，说："好，大哥怎么安排，我就怎么做。"

韦东放下茶杯，用手点了点"娃娃脸"："我就欣赏你这点，有分寸，知进退。虽然把裴家易顶上去了，但我也得表现出一个刚刚险些被撕票的人质的惊魂未定，譬如打算举家出去度个假什么的。"

"娃娃脸"忙问："您要离开北京？"

韦东笑了："公安不会让我走的，但你得赶紧走，最近大家都低调一点儿。再就是，如果有机会，查查那个好几次进来搅局的家伙到底是什么人。你确定他跟公安不是一伙儿的？"

"娃娃脸"回答道："他好像哪头儿都不是。"

韦东低下头嘀咕了一句："又一个哪头儿都不是的……好吧，你尽快离开。商凯啊，'冯康'这个身份可能已经不保险了，不要再用了。"他指了一下茶海旁边放着的一个提包，"东西都给你准备好了。新的手机是做了反定位改装的，先避过这阵风头再说。"

"娃娃脸"，也就是这个真名叫商凯的杀手没再说什么，点点头，拎起提包就往外走。

出门的时候，韦东叫住他："商凯。"

商凯回过头。

"自己多保重，我随时可能叫你回来。"

商凯点了点头。

03

清晨，关宏峰回到支队院落的时候看见门口停着一辆豪华轿车，保安不让进，双方正在僵持。

保安喊着："不行不行！我不管你是来接谁的，倒回去，倒回去!"这个时候,在值班岗亭里,居然还站着一名支队的配枪刑警。

关宏峰觉得有点儿奇怪。他走进院里,发现支队的刑警进进出出,俱是行色匆匆。他刚走到大楼前,就迎面遇上了裴家易在律师的陪同下从支队大楼里走了出来。

两人面对面,在一个很近的距离停下来。

相对沉默了片刻,裴家易率先露出一个笑容。

关宏峰面色如常地看着他这略显得意的笑容,脸上竟也慢慢浮现一丝微笑。

裴家易颇有些错愕,没吭声,收起了笑,离开了。

关宏峰走进支队大楼时,周舒桐正急匆匆地穿过楼道,抬头看到关宏峰,像是看到了主心骨,迎了上来,颇有些委屈:"关老师……"

"我看见了。"关宏峰摆摆手,"放人肯定不会是周巡的意思。他是不是找施局闹去了?"

周舒桐低下头:"是。师姐刚才也叫我过去一块儿拉着周队,他那气冲冲的样子,有点儿吓人。"

关宏峰又摆了摆手,带着她去施广陵办公室。

刚拐过楼道,他们就看到顾局、周巡、小汪和赵茜围成一圈儿站在施广陵的办公室门口,每个人都在发愣——似乎,没闹起来?

关宏峰心里反而咯噔一下,快步上前。

办公室里,几名刑警正在帮施广陵收拾私人物品。关宏峰回头去看周巡,周巡表情震惊地朝他微微摇了下头。

关宏峰犹豫了一会儿,还是走进办公室,问道:"施局,您这是……"

他人走进来,才发现屋门一侧——他这会儿站着的斜后方,站着郑力齐。郑力齐上前两步,伸手一搭关宏峰的肩膀,笑着说:"关队,你也来了。正好,给咱们施局送个行。"

关宏峰看了看郑力齐,又看了看表情有些尴尬的施广陵,竟然一时间没反应过来。

郑力齐搓着手:"哎呀,施局,您说这事儿闹得,申请内退也不跟大伙儿打个招呼,搞得这么突然。您这一撂挑子,总队手忙脚乱的。要么您再多留两天,除了交接交接工作,让队里上上下下也有个适应的过程。"

施广陵已经收拾好东西,交给了随行的两名刑警。

他绕过办公桌,回头看向办公桌的方向,苦笑着对郑力齐说:"力齐,桌子后面就一把椅子,我不走你坐哪儿啊?"

他越过面色有些尴尬的郑力齐,来到关宏峰身旁,握着他的手说:"小关,我当初就是从丰台出来的,退也退在咱们辖区,挺好的。以后丰台就靠你们了。"

他走到门口,周巡明显有些控制不住自己的情绪,走上前说道:"施局,您这是替我扛的——"

施广陵挥挥手,打断了他将要出口的话。

他上前和顾局握手道别,最后又搭住周巡的肩膀,低声对周巡叮嘱道:"保护好你自己,保护好小关,保护好支队。"

这位老局长交代完这句,似乎松了口气,没有再多话,朝众人摆了摆手,干脆利落地走了。

也是同一个清晨,杀手商凯戴着帽子,拎着提包,敲开了居民楼一层一间棋牌室的门。

一个伙计模样的小伙子上前,打量了一下商凯:"您是……"

商凯客气地说道:"我找单老爷子。"

伙计继续上下打量他,表情颇为狐疑。

商凯又说:"你就说是'娃娃'找他。"

伙计想了想,招呼他:"那您坐。"

伙计去了里屋。没过多会儿,他出来,拉开里屋的门,冲商凯点点头。

几分钟后,商凯在最里面的房间见到了五十多岁、灰白寸头的单云瑞。

单云瑞很客气地招呼商凯坐下。他看了看商凯戴着的帽子、手腕上裹着的纱布和拎的提包,问:"我听说最近不太平,出去待两天?"

商凯微笑道:"也不一定。"

他大大方方地打开提包,从里面拿出一个鼓鼓囊囊的信封放到桌子上:"托付您老个事儿,费费心。"

单云瑞犹疑不定地看着信封里的钱:"是你东家的事儿?"

"是。但也是我的事儿。"

他特意抬起手腕展示了一下纱布包裹的伤口,自嘲地笑了:"吃了点儿亏,想找回场子来,您应该能理解。"

单云瑞叹了口气:"你既开了口,也就无可无不可了。说罢!"

商凯笑道:"麻烦您老帮我找个人。男的,不到四十岁,比我高一点儿,不胖也不瘦。他这两天一定会找个地方治疗枪伤,子弹应该是从右侧大腿股直肌附近打进去的,有没有对穿我不知道。"

单云瑞问道:"什么枪打的?"

"制式手枪,七点六二毫米口径。"

单云瑞想了想:"这个人扎手吗?"

商凯站起身:"不重要,也不需要您老解决他,有消息告诉我一声就行。"

"要打听着了,我怎么通知……"

商凯一扶单云瑞的肩膀,同时拎起地上的提包:"我会联系您老人家的。"

他说完站起来,走了出去。

外屋的伙计送商凯来到棋牌室门口,只见小区前一辆警车正开过去。商凯有些警觉地瞟了眼警车。

一旁的伙计说:"没事儿,好像是军博那边儿最近要有什么活动,警察才多了点儿。"

商凯没说什么,把帽檐儿往下压了压,走了。

当晚,关宏峰匆匆赶回小仓库,摘下围巾,宣布:"支队出了大变故。"

04

关宏峰带回来的消息比较复杂。

由于警方有人在丰葆路加油站人质挟持事件中开了枪,市局的问责下来了。施广陵替整个支队把处罚扛了下来,按内退离职。接替他成为支队一把手的,是市局督察处副处长郑力齐。这显然不仅仅是一个过渡性的临时委派,因为他同时兼着督察处副处的职。这意味着，市局和总队打算要整顿整个丰台支队了。

当天下午，周巡、关宏峰等支队人员围在会议桌两侧。郑力齐站在会议桌头，态度和善地给大家开会。与会众人中，关宏峰倒是显得很冷静，周舒桐有点儿错愕茫然，赵茜前后左右察言观色，小汪看着周巡的反应，郜君然还是一副我行我素的样子。周巡则有些不耐烦，掏出烟来刚要点，郑力齐突然不说话了，笑眯眯地盯着他。

周巡看了眼郑力齐，也没把烟收回去，直接在手里捏碎了。

关宏宇一边陪高亚楠哄孩子一边问道："除了周巡以后不能肆无忌惮地抽烟之外，这对支队——或者说对咱们会有什么影响吗？"

关宏峰盯着关宏宇看了一会儿，叹了口气。

关宏宇不解地看向高亚楠。

高亚楠似乎已经明白过来："变天了。"

关宏峰叹了口气："第一，郑力齐收紧了人事管理。我的这个顾问身份，成了正式编制，发聘书、签合同、领工资、上社保。合同我已经签完了。"

关宏宇一拍巴掌："这是好事儿啊，哥！这一年多，你的积蓄都被咱俩吃差不多了，我还琢磨着，再这么扛下去，恐怕以后买奶粉都得找虎子借钱了。"

崔虎一脸不满，刘音翻了个白眼，高亚楠埋怨他拍巴掌把孩子吓到了。

而关宏峰盯着他看了一会儿，继续说道："先别急着乐……第二，全支队强化了考勤管理。从明天开始，所有支队在编人员，上到郑力齐本人和周巡，下到我这个外聘的顾问，都必须按工作时间进行指纹打卡。不能按时打卡导致迟到早退的，要么事前报备，事后提供行动记录，要么就按规定接受相应处罚。郑力齐这会儿已经带着周舒桐在支队大楼门口查阅人事档案了，等我们回去，大概率指纹打卡机已经装好了。"

"指纹打卡？"关宏宇的脸色变了，"那你还把聘用合同签了！"

关宏峰苦笑道："这么长时间了，我们从未离真相如此近过，现在离不开支队的资源。虽说有些冒险，但我想了解决办法。周巡也会配合协助咱们。"

关宏宇肉眼可见地焦虑起来，说道："你不会还有'第三'等着我呢吧？"

关宏峰面无表情地说："第三就是，郑力齐对支队可能存在的管理漏洞进行了有针对性的处置。他增派了一名轮值的持枪刑警驻防在大门口，算是弥补安全漏洞。今天到任伊始，他就把没能按时到岗或没能提供行动记录的两名刑警直接沉到了派出所。"

"嚯！这是新官上任三板斧啊。想杀鸡儆猴，周巡吃这套吗？"

关宏峰摇摇头："他不止沉了两名刑警。因为违反工作规定，郜君然被停职了。郑力齐要求当初被周巡停职的亚楠在'立刻复职'与'接受辞退'中二选一。"

高亚楠微微皱眉："复职还是辞职我倒都没所谓，不过照这么看，他郑力齐显然做得了周巡的主啊。"

"确切地说，郑力齐现在已经收回了支队所有的管理和决策权，他能做支队每一个人的主。"关宏峰顿了顿，说道，"还有一件比较重要的事，三天后，在咱们和海淀辖区交界的军事博物馆即将开幕大型两岸文物巡展。由于涉及文物捐赠仪式，会有重要领导到场，所以丰台和海淀两边除了治安支队以外，刑侦、巡查、国保，乃至派出所的警力都被抽调过去支援安保工作。整个行动的委派和人员调遣，都是由郑力齐来决定的，周巡根本说不上话。"

刘音在一旁问道："那你也需要去吗？"

关宏峰摇头："我是聘任的顾问，不属于外勤人员。安保工作没我什么事儿，我只要按时去支队打卡上下班就行。"

关宏宇想了想，说："那要这么说的话，时限没到就把裴家易给放了，也是郑力齐的主意？"

关宏峰点点头。

崔虎说道："这个姓、姓郑的，他、他到底……"

关宏峰瞟了崔虎一眼，刘音也忙给崔虎递眼色，让他别说了。

关宏峰接着说："这一年来支队出了太多事儿了，市局和总队迟早会加强管理，这没什么不对。而且这次一把手的调换是以施局离职为开端，继任者的铁腕政策也就不奇怪了。放了裴家易是因为缺乏实证，我们不要因为这些变故就混淆了敌我关系。郑力齐是公安，是我们的人，裴家易才是敌人。既然把他放了，我们就要想办法再把他抓回来。如果说没有证据，我们就找出证据。"

听完关宏峰的话，关宏宇站起身，走到那张人物关系图前来回踱步。看了又看，他终于停了下来，顺着"裴家易"的位置往下捋，到"冯康""叶方舟""安廷"……最后，在吴征的照片上点了点。

关宏峰点头，也站起身，走到关系图前，说道："对，吴征是二月十三号遇害的。不管是叶方舟、安廷，还是他俩联手实施的这起灭门凶杀，吴征作为卧底，一定接触到了这个组织的某些重要信息。裴家易的通话记录里有叶方舟和安廷的电话，他跟这事儿绝对脱不了关系。"

关宏宇问道："'二一三'灭门案查了这么久都没什么结果，咱们又能做些什么呢？"

"吴征是十三号那晚遇害的，但想杀他，绝不是那晚的临时起意。"

"也就是说，在那之前……"

"对，我们姑且确定一个起始日期。"关宏峰在白板上写下了"二月一日"，在旁边标注着"安全联络"，"如果我没记错的话，每个月的一号和十六号是卧底人员固定的安全联络时间。也就是说，作为'牧羊犬'，周巡最迟也在二月一号和吴征联络过。以此为节点。"

他在后面依次写下二月二日一直到二月十三日一共十二个日期，接着说道："我们要寻访出从二月一号一直到他全家遇害的那天，吴征都联系过什么人、见过什么人、去过哪里、做过什么，总之，围绕着吴征到底都发生了什么。"

关宏宇看着白板上列出的日期，又看了看关宏峰，会意且坚定地点了点头。

崔虎疑惑地说："可、可这个人，不、不是市局的卧、卧底吗？他的行、行动记录在市局才有备、备案吧？"

关宏宇说："那就想办法从市局把行动记录找出来。"

"吴征家的现场现在可还被封锁着呢。"刘音补充道。

"那就扯下警戒线，进去看呗。"

高亚楠皱着眉说道："'二一三'的物证存放在支队。现在郑力齐来了，管理这么严，想再看到可是难上加难了。"

关宏宇不说话了，嘬着牙花子，看了看他哥。

关宏峰思索着点点头："你们说的这些困难，都是现实存在的。但我们要想办法克服。"

关宏宇若有所思地看着他："你总能找到办法克服的，对吧，哥？"

日暮西垂。

关宏峰在仓库门口，神情有些惆怅。他弟一弓腰，从开了半截的卷帘门里钻了出来。

关宏峰看到他出来，愣了一下，关宏宇忙作势抻起衣领遮住脸。

关宏峰笑了，摆摆手，示意他放下衣领："这天都快黑了，没人看得清楚。再说，这么偏的地儿，哪儿有人啊？一起露面就一起露面呗！"关宏峰轻声叹口气，替这间歇性不靠谱的弟弟整理了一下衣领，"真要被认出来，我和你就一块儿认命吧。"

听到这话，关宏宇有些担忧地看着他："你太累了，待会儿吃完饭，早点儿休息。"

关宏峰笑了："怎么？你不陪朴森下棋了？"

"唉，别提了！他用那个什么劳什子翻译装置一点儿不便利啊。我走一步，杨医生拿莫尔斯电码跟他说半天，他再想半天，然后用电码告诉杨医生，杨医生才替他走一步，我早都忘了后面的战术是什么了。还是让他们自己下吧。"

关宏峰笑了："那杨继文既是裁判，又是选手，岂不是很好作弊？"

"这就得说人杨医生比咱哥儿俩都高。我出来之前看了一眼，他根本就没下，纯粹编排了一堆路数告诉朴森，让朴森在一个根本不存在的棋局上瞎琢磨呢。"

两人对视一眼，没忍住，都笑了。

关宏峰念叨着："等这些事儿都处理完，看能不能给朴森弄个更便利些的传译工具，这老可怜的。"

关宏宇也说："唉，这看不见听不着的，哪怕能占一样，打个哑语什么的也方便。在武警受训那会儿，大部分情况都可以用战术手势解决，可方便了。"

关宏峰好奇地问："那些战术手语是不是稍显复杂？"

"没有啊，很多最基本的连咱们一般人都能理解，就好比数数。一是啥？"

关宏峰听罢，伸出一根手指。

关宏宇继续问："二、三、四、五、六、七、八、九……"

关宏峰配合地打出了相应的手势。

直到关宏宇说道："十。"

关宏峰两只手分别伸出一根手指，交叉在一起。

关宏宇笑了："这不行，你用了两只手。能用一只手的，尽量别用两只手。"

关宏峰略一思忖，随后伸出了一个拳头。

关宏宇说道："这个意思倒是对，但是容易跟'stop（停）'混淆。"

关宏峰问："那应该怎么表示？"

"可能各军区也不太一样，反正我们那会儿教的是这样——"说着，他伸出右手的食指和中指，两个手指叠交在一起。

关宏峰学着关宏宇的姿势，比画了一个"十"，然后点点头："哦。那如果表示男性……"

关宏宇立刻伸手放在喉结下面,做了一个"调整领带"的姿势。

"女性呢?"

关宏宇伸出两只手,托在乳下。

关宏峰瞥了他一眼:"兄弟,你也用上两只手了。"

关宏宇瞧了他一会儿,爆发出一阵大笑。

拾柒　困兽之斗

01

关宏峰他们始终无法定位的那位"神秘人"此刻的境况并不太妙。他的右侧大腿上裹着厚厚的绷带,外面还缠了厚毛巾遮挡,但依稀可以看出裤腿上泅出的血迹。

他跛行穿过一条胡同,手上拎着个提包,正在用手机与人通话。屏幕是暗的,他却不以为意,继续说道:"我拿到小费给我准备的医疗工具了,但是朗文斯汀那边不方便处理伤口,我另找个地方。公安那边已经开始着手调查那个组织了。你猜对了,那个姓关的还真是针对他们的……"

他说到这里停下了脚步——胡同口外的一片开阔地上围着四五个人,正在争吵和推搡。

他低头:"先不说了,等我安顿好再联系你。"

神秘人挂断电话,走出胡同,看了一会儿,发现是两拨不同口音的人因为批发市场的价格竞争问题起了冲突。

他边走边观察两侧,只见空地两边各有至少几十人在不约而同地往冲突地点靠拢。这些人有男有女,而且边走边从墙根或路边捡了砖头和木棍之类的东西。男人预感两伙人即将爆发群殴,低下头,拖着伤腿尽可能快速地穿过空地,走进了对面的胡同。

迎面跑来一只小土狗，紧接着，一个穿着保安制服的年轻人追着狗跑了过来。两个人一个跑得急，一个低着头，擦肩而过的时候撞了一下肩膀。

年轻保安手里拎了几个装着空瓶子的塑料袋，趔趄了一下，即使这样，他还是下意识地声音温和地道歉："对不起，对不起！"

他大约是看到男人的腿不方便，还扶了他一把，语声急促地说："您……您当心，那边公园有长椅，要是腿不舒服，可以去坐会儿。这边穿过去还有卫生所……"

他讲话连珠炮似的，说完赶紧又去追那狗。

男人皱了皱眉："等一下！你……"

不等他叫住人，这小保安已经跑进空地了，而冲突双方一共百十号人正一拥而上，他的身影瞬间就被裹挟在人群里，看不见了。

男人盯着身后空地上互殴的人群，又低头看了眼自己的腿，犹豫了会儿，叹了口气，最终还是拎着包走开了。

他在前面的路口转弯，又拐了几拐，来到一栋破落的平房前，门边贴着非常劣质的宣传单，写着"男炎之隐，一针就灵"。

男人上去，用手砸了两下门。

门开了，一个穿着脏兮兮蓝布褂子的谢顶中年人站在屋内，上下打量了一下面前的人，问："您……是哪儿不合适？"

男人问："你这儿有抗生素吗？"

"谢顶男"转着眼珠："这啊……我说兄弟，你别当它就是打抗生素那么简单。咱得先化验，而且得看你那不合适的地儿长成什么样儿了。我的意思是，先别慌，弄不好，没准儿是疱疹……"

男人漠然地说:"怎么治随你,我就问你有没有抗生素。"

"抗生素那肯定有啊。但那玩意儿不能乱用,我都跟你说了……"

男人冷笑一声,没有耐心再听他多说,一拽他脖领子,拎着他就进了屋。

门在身后"砰"的一声关上。

此刻,军事博物馆保卫处会议室里,保卫处刘处长指着投影仪上一幅写着"和衷共济,血脉相连"的书法作品,对与会的安保管理人员及公安干警介绍道:"这幅由两岸文学界领袖于一九五一年共同书写的作品,是这次巡展的重点保护目标。尤其是展出结束时会有作品捐赠仪式,多名高层领导会到场参加并发表讲话。上午已经把安保预案跟大家都说清楚了,由于活动期间以展览场地为中心,半径三公里内实施二级戒备,大家能看到海淀和丰台辖区的公安干警同志们也都赶来指导我们工作了。今天下午两点半,大家准时到各自的指定岗位进行安保预案的处突演练……"

周巡和赵馨诚在会议室的角落并肩靠墙站着。

赵馨诚低声嘀咕:"市局督察下来抓你们队的管理,这看来是玩儿真的了。我说老周,你那脾气收敛收敛吧。"

周巡显然还不大买账:"咱们这行有纪律,有规章制度,这都没问题。可要说刑侦工作有它的特殊性。这种毫无弹性的标准化措施,大家放不开手脚不说,真出现危急情况,谁还心甘情愿往上冲啊?"

赵馨诚瞟了他一眼:"会往上冲的,怎么都会往上冲。这么多年了你还没看明白吗？能在刑侦口坚持三年还不申请调岗的，都有这个觉悟。"

"觉悟那也不是没有。"周巡小声嘟囔道，"可我也有难言之隐啊。"

会议室旁边的展厅里正在做模拟冲突测试，两人溜达了过去，一群"观众"正在封锁线外围观展品，安保人员在展柜旁负责监控现场。

周巡有一搭没一搭地看着，掏出一包零食。

这时，一名拿着手机试图凑近拍摄展柜的"观众"已经蹭着警戒线往里跨了一步。一名保安立刻上前制止，告诉他不许拍照，并要求他把手机里的照片删掉，而那名"观众"竟和保安理论起来。两人理论的声音越来越大，语气也越来越激烈。

另外几名保安看到，又走过去了两人。

周巡吃着东西，不耐烦地挥了挥手。

小汪会意，立刻喊道："停！"

周巡递了个眼色，小汪上前说道："首先你选择的处置地点就有问题。这里是展台的最边缘，也是参观群众的最前端。先不说你在这儿和他理论，对其他参观群众的影响好不好，如果冲突进一步升级，你不能把他拽进封锁的展区内，也不能把他往外推——因为那样有可能引发参观群众混乱甚至踩踏。所以正确的方法应该是和颜悦色地制止，别一上来就吹胡子瞪眼。如果对方不听劝阻，第一时间把他带离这个展区，在外围处置。"

说完，小汪向后退了两步："再就是，眼看要发生口角了，你们又过去两个人，这有什么用？是三个人一块儿跟他吵就能吵赢了吗？展品旁边一共四个人，为这么一个人你们过去三个人，封锁区内的安保力量还能应付同时发生的其他突然事件吗？"

他说完扭头去看周巡，周巡指了指"参观群众"靠后方的一名女性。

小汪会意："哦对，还有，你们所有人都在盯着这个拿手机拍照的，把这个人漏下了。"

他说着，躬身钻过警戒线，从那个女性手上拿起一瓶可乐。

"门口的安检是不允许自带饮料入场的，展区内销售的都是无色无味的矿泉水。那这瓶可乐是哪儿来的？"他又晃了晃瓶子，里面的液体并没有气泡，"颜色和质地都不对，这瓶子里装的也很可能不是可乐。"

他拿着瓶子回到封锁区内，拧开瓶盖递给一名保安："不信你尝尝。"

几名保安面露崇拜之色。

小汪指着他们，数落道："都长点儿心……"

这时，郑力齐带着周舒桐走了过来，朝周巡招了招手。

周巡一边吃着零食一边溜达到郑力齐面前，边嚼边问他："怎么，我这是不符合安保规定吗？"

郑力齐明知周巡在找碴儿，没往下接，笑了一下："刘处长那边好像发现有状况，让咱们两个区刑侦口儿的过去商量一下。"

周巡没再说什么，把手里的零食往周舒桐手里一塞，躬身钻过警戒线，跟郑力齐一起离开了。

军博这活动，关宏峰用不着参加，于是他趁白天拜访了施广陵。这位老领导生活简朴，没有儿女，和老伴儿生活在一起。

施广陵对于关宏峰的到访颇为惊讶,端起茶杯,笑道:"小关啊,你说也真有意思。当初我在丰台的时候,你连政治处的门都不进。等我升到市局了,你也不过来烧香。反倒是我卸任赋闲了,你是第一个来看我的。"

关宏峰低声说:"施局,这次您替整个儿支队把责任都扛了,大家都不知道该说什么好……"

施广陵摆摆手:"刑侦工作啊,早不是十几年前那个样子了。我们那会儿会什么啊?挨家挨户走访、摸排、查户籍登记,去用人单位了解情况,找居委会的负责人聊天儿。现在是什么?定位、监控、DNA,还有什么面部识别之类的。我们这伐儿人,早就过时了。我一直都觉得刑侦是年轻人才能干的活儿,要么是你这样有脑子的高才生,要么是周巡那样浑不懔的愣小子。我们这些老家伙,脱衣服之前能保住你们,就算是尽了本分。"

关宏峰垂下头,一时间不知该说什么好。他环顾了一圈屋里简单的陈设,尴尬地笑道:"您怎么说也是局级领导,我还以为分的房子会大一些。"

施广陵抿了口茶,放下茶杯:"不就是三居室吗?我们两口子这辈子也没要孩子,用不上那么大的房子,有两间就够了。那天聊天儿的时候还说呢,这两室一厅挺好,现在耳朵也不那么好使了,真要房子大了,饭做得了还得靠喊。"

两个人都笑了。

关宏峰终于开口:"说来惭愧,我这次来找您也是有事相求。"

"你说。"

"不瞒您说,我一直在私下调查'二一三'灭门案。"

施广陵点点头,面色凝重起来。

关宏峰继续说道:"吴征作为卧底警员——这个您肯定也是知道的,在市局那边一定有行动记录。我是希望……"

"你是想看吴征的行动记录?可问题是,小关啊,吴征的行动指挥并不是我。"

关宏峰愣了。

施广陵轻声说:"吴征卧底行动的具体内容我不清楚,但行动指挥是我的前任。也正是由于吴征一家惨死,卧底行动失败,他才主动请辞,局里又把我派过去的。这里很不巧,有个时间差。"

说到这儿,他也变得有些伤感:"要这么一想,佳音也牺牲了。就算局里不下命令,我也早该辞职才对。"

关宏峰犹豫道:"那……"

施广陵从茶几下面拿出便笺纸,边写边说:"没事儿,不会让你扑空的。"

他写完,把便笺纸撕下来,递给关宏峰:"这是原行动指挥的联系方式和任职单位。你就说是我拜托他的,他会见你的。"

关宏峰接过便笺纸,看了看上面的字,愣了。

施广陵叹了口气:"下属殉职,谁都难免心灰意冷。他会做这种选择,也不稀奇。"

02

城中村小黑诊所里,"谢顶男"清理、包扎完神秘男人腿上的伤口,颤颤巍巍地说:"哥们儿,你……你现在得打吊瓶。"

男人满脸是汗,显然在刚才处理伤口的过程中受了不少罪。他一边指挥"谢顶男"把所有用过的棉花、纱布等医疗工具都收进他的包里，一边伸手搭了下自己的额头："我现在体温应该很高，这是感染症状吗？"

"谢顶男"回答道："我、我哪儿知道去……但像这种吧，你就打打抗生素点滴，打完就会好多了。"

"没那么多时间，给我几支抗生素。"

"谢顶男"拿了支体温计给他："你先量量。"

他转身去里屋拿了盒抗生素针剂出来。男人接过那盒针剂。

"谢顶男"说："我给你拿一次性针管。"

男人打开抗生素的盒子，看了看里面的玻璃瓶，把盒子放进提包里，说："不用了。"

他小心翼翼下了地，从身上数出一千块钱放到桌子上。"谢顶男"刚躬身去拿钱，男人一把按住他脖子，把他的脑袋按在桌子上，右手拇指一别，折断了体温计，把装着汞的体温计举在"谢顶男"眼睛的上方。

"谢顶男"吓得连声求饶。

男人微微垂下头，对他说："如果有人来找你问起我……"

"谢顶男"惊恐地说道："我不说！我肯定一个字儿都不说！"

男人把那半截儿体温计往"谢顶男"的嘴里一塞，拎着包一跛一跛地出了门。在他身后，"谢顶男"整个人滑落到地上，狂吐不止。

关宏峰从施广陵家出来，正打算去拜访施广陵介绍的迟文江，周巡就给他打了电话，说有个保安失联。本来也不是什么大事，但是这天上午，警方刚向这些人公布了安保预案。

"这事儿可大可小。由于两边都有刑侦支队在场，所以准备就地开展调查。"周巡说，"姓郑的让我把你也叫来。另外，今天晚上要在打卡机录入指纹，你……"

"有准备。"关宏峰低声说道，"放心吧。"

这两天崔虎给他俩一人做了一个透明指套，不过他还不太理解，问："你说，既、既然已经做了假指、指模，录峰……峰哥的不就行了？然后宏宇每次套上峰哥的指模呗，何必非、非要你们哥儿俩一人录一个手、手指印儿，多、多冒险啊。"

"你不明白。"关宏宇笑了笑，"冒险也不光是我们哥儿俩冒险。"

此刻的城中村，神秘男人从诊所出来，拎着包，一跛一跛地顺着胡同走回刚才发生群殴的那片空地前。

他来回打量着那片略显泥泞的空地，看到四处散落着砖头、木棍、各种垃圾和杂乱的脚印，有的地方好像还有血迹。他出神地看了一会儿，望向空地对面的胡同口。

人群已经都散光了。

没有狗，也不见那个聒噪又多事的小保安。

远处停着几辆警车，赵馨诚带着海淀支队的人下了车，几名辖区派出所的民警迎了上来。双方也没打招呼，就点点头。

辖区民警说："赵队是吧？这片区域的情况和人口分布略显复杂，所以我们建议……"

赵馨诚摆摆手："治安那边儿已经跟我说过了，放心。"他又回头招呼手下，"你们几个没穿制服的跟我进去。其他人留在这儿待命。通知小姜，随时把更精确的手机信号定位发给我。"

他扫了一圈聚到身旁的四名便衣刑警，伸手一拍其中一名刑警的后腰："别带家伙。"

刑警依言把配枪放回了警车。

赵馨诚打开手机上收到的实时定位图，带着四名刑警走进了城中村。

赵馨诚几个人没走出多远，迎面走来一个男人，似乎腿脚不太灵便。

男人先是看到外围停着的警车，随即注意到迎面走来的五名刑警，迅速地上下打量了一下赵馨诚，忙向旁边走了两步，将手提包往路边的杂物后面一隐，一手扶着墙根儿，假装在小便。

赵馨诚等人从旁边走过，他倒是看到那男人了，但见他在路旁小便，也就没再多注意，带人走过去了。

等他们离开了一会儿，男人又重新拎起提包，从旁边的一条胡同匆忙离开。

交完班的关宏宇下了出租车，等待多时的周巡迎了上来："失踪的那个内保叫于航，佳木斯人，二十四岁，在这儿工作两年多了。从今天上午保卫处开会到中午十二点休息，他都还在。因为下午到晚上要进行处突演练，所以中午让他们休息到两点。结果下午他没再出现，打电话手机也关了。海淀那边的技术队定位他手机在南侧不远的一个城中村，赵馨诚已经带人过去了。"

关宏宇随手把一个文件袋递给周巡："南边儿的城中村不是咱们辖区吗？怎么让海淀的过去了？"

周巡说:"领导说要等你来了再一块儿行动。"他说着瞟了眼站在远处的郑力齐。关宏宇跟着他的目光,看到站在郑力齐身旁的人。

周舒桐。

关宏宇倒没觉得什么,笑了笑:"小周现在成了支队长助理了?"

这时,又一辆银色的凌志停在路旁,高亚楠从车里下来。

周巡略带调侃地朝关宏宇递了个眼神:"哟,关队,你和高法医……你俩这还前后脚呢?"

郑力齐上前两步,迎上高亚楠,边握手边说道:"是高主任吧?我是郑力齐。你总算是复职了,这支队没你可不行啊。周巡之前将你停职,到最后也没给出个说法,这方面你大人大量也就别和他计较了。中间这段儿,就当是个带薪休假。回头我通知财务,把该补、该结算的尽快搞定。"

高亚楠不冷不热地说:"既然我已经回来工作了,那您有什么指示?是协助咱们这儿的安保工作吗?"

"不用不用,因为咱们现在确立了新的打卡制度,所以一会儿录个指纹,从明天开始,算正式复职。这也是先提前碰个面儿,彼此认识一下。而且高主任离开这么久,正好跟队里的其他人也都打个招呼吧。"

高亚楠瞟了眼远处的关宏宇和周巡,又瞟了眼警车旁的小汪和赵茜,最后微微侧头,看了眼郑力齐斜后方站着的周舒桐,故作姿态地朝周舒桐招了招手。

周舒桐笑得有点儿尴尬。

郑力齐接着说:"哦对,高主任啊,咱们法医队这边工作比较特殊,很多时候接到命案,为了赶着出尸检结果,经常一加班就是一通宵。所以你这边儿的工作时间可以机动一些，只要每天在岗时间够七小时就行。中间要有什么事儿得处理，你可以随时去忙。"

高亚楠冷冷地说道："我有什么事儿要去处理？"

郑力齐笑了："我怎么知道？就是表达一下原则立场，毕竟从级别上咱们是平级的嘛。"

高亚楠点点头："成。"

她转身，准备朝关宏宇他们走去："那我就谢谢郑……"说到这里她停下来，略带冷讽地说道，"我该怎么称呼您呢？是'郑队'还是'郑督'？"

郑力齐好脾气地说："怎么称呼都行，我虚长你几岁，要不介意的话，叫我老郑都行。"

"行。"高亚楠也不客气，"那我就先谢谢老郑了。"

她在"老郑"两个字上加重了语气。

郑力齐笑眯眯地扭头去看周舒桐。

周舒桐有点儿尴尬："呃，高法医她从来都是……"

郑力齐点头："早有耳闻。既然关队也到了，就通知周巡他们出发吧。"

03

小仓库内，关宏峰边接听电话，边站在人物关系图旁边吴征生前的行动列表前，依次做着标注。

二月一日：周巡例行安全联络。

二月四日：单向联络，申请见行动总指挥。

二月五日：与行动总指挥会面，地点在车道沟汽配城，周巡随行。

他想了想,在"行动总指挥"的位置拉出一条箭头,在旁边标注:"随行安保人员,女?"又在四、五日同时拉出箭头,标注:"向迟文江核实"。

二月十一日:吴征单向紧急联络,周巡随行护卫,天客隆商务大厦附近。

二月十三日:单向联络周巡。

最后,他在"天客隆商务大厦"底下画了两道加重线,在旁边打了个问号。

周巡把手机递还给副驾上的关宏宇:"还原吴征生前的行动脉络,对给裴家易定罪有用吗?"

关宏宇说:"吴征一家就是死在叶方舟和安廷手上的,你又已经查出裴家易和他俩在那段时间有过直接联系。这样的灭门凶杀,再加上栽赃陷害给我哥,筹划和准备工作都需要时间。现在涉案的这些人都死了,而吴征身为卧底,是我们中最有可能查出线索的一个人。他生前最后这十几天的轨迹中,很可能存在某种和裴家易有直接关联的重要线索。"

他扭头望向周巡,继续道:"你刚才电话里不也说了,他遇害那天早上跟你进行过一次单向联络,告诉你有个'不得了的发现',就是丰台支队很可能遭到了犯罪集团的渗透。"

周巡若有所思地点点头,又摇摇头:"那天早上他的状态很奇怪。"

"恐惧?不安?"

周巡想了想:"说不清楚,肯定是很焦虑,好像还有点儿兴奋。话说回来，你哥去找施广陵干吗？想知道行动指挥是谁，来问我不就好了？"

关宏宇说："我和我哥都顺理成章地以为施局一直在负责市局的卧底行动。谁想到这个位子也是铁打的营盘、流水的领导啊。"

"迟文江是原来市局治安总队的主管副局长，当年也是个铁腕人物，据说执掌市局的卧底行动近十年，是除了一把手和政委王局以外的第三号实权人物。谁曾想最后落到这么个境地。"

关宏宇长出一口气，忽然说道："周巡，这一年多来我大概想明白了个事儿。"

周巡转头看着他。

关宏宇继续说："刑侦这行，只要往前冲，不是直面生死，就是把握着别人的生死。"

"什么意思？"

关宏宇叹了口气："我是说，像咱们这样冲在最前面的，恐怕都不会有什么好下场。"

周巡沉默不语。

两个大老爷们儿在车里又坐了一会儿，这才下车，朝城中村窄巷的案发现场走去。

越过警戒线，赵馨诚迎面朝两人走了过来。

就在他身后不远的一片泥泞中，一具尸体只穿了一条内裤，衬衫还剩一只袖子套在右臂上，整个人几近赤身裸体，面朝下趴着，显然已经死了。

不等赵馨诚开口，关宏宇立刻抬右手，示意他"停"，同时抬左手拦下周巡。那两人都停下脚步,对视了一眼,一起看向他。

关宏宇指了下那具尸体,问:"是那个保安吗?"

"是。"赵馨诚说,"我们找到他的时候,他已经没有生命体征了。刚才我通知了队里,老白说这儿是丰台辖区,而且你们支队长坚持要用自己的法医,所以我只是把现场封锁了。"

关宏宇又问:"固定现场前后,有多少人进出过这里?"

赵馨诚往四周看了看:"只有我,还有另外四个弟兄。"

周巡大概领会了关宏宇的意图,扫视了一圈现场的地面:"这片泥地做足迹采样再理想不过了。可你看这遍地脚印儿,再加上海淀支队刚才进出,还有价值吗?"

关宏宇先是对赵馨诚叮嘱道:"你现在往右边撤,在外围确保不要再有其他人进现场了。"

然后他拍了下周巡,示意两人沿进来时的足迹倒退往外走,边走边对周巡说:"足迹乱没关系,慢慢择就好了。肯定能筛出有价值的线索。"

周巡一边后退一边瞟着他,打趣道:"你是说对'关宏峰'而言有价值的线索吗?"

关宏宇弯了弯嘴角,皮笑肉不笑地说道:"老子就是关宏峰。"

正牌关宏峰这会儿正在摆弄崔虎格式化后又重新装过的笔记本电脑。他想了想,又登录上那个宠物网站,点开周舒桐发给他那个账号的私信。

关老师的小跟班:您好,可能很快您就会从报纸上看到,丰葆路加油站发生了人质挟持事件。事发的时候,我恰好被困在了加油站里，虽然找机会控制了一名绑匪，但还是好惊险。不过现在总算没事了。其实我想说的是，您上次教给我对于心理盲区的判断，让我在关键时刻拿到了劫匪的手机。这不但使我有机会对外取得联系，更让队里能同步追查劫匪幕后的操控者。算上上次，这已经是您第二次帮到我了。我也不知道该怎么感谢才好，只能说，希望有机会还能向您多多请教。

关宏峰盯着这封私信思忖了一会儿，开始键入回复。

这时，崔虎在不远处喊他："峰、峰哥！你不、不来一起哄哄你、你的大、大侄儿？这、这小玩意儿可、可逗了。"

关宏峰笑着应了一声，迅速写完回复，合上笔记本电脑，走了过去。

案发现场内的警员都在忙碌，郑力齐和周舒桐站在封锁线外围，看着技术队在封锁区域周围支起了灯，又从离尸体最近的方位用木板搭了一条临时的栈道，供法医和技侦人员勘验尸体。

关宏宇正命令小汪带着技术队对封锁区域内所有足迹进行拍照和灌模采样。郑力齐似笑非笑地看着关宏宇，问身边的周舒桐："虽然之前和你们关队长在内部调查工作中打过交道，不过作为咱们公安系统的王牌刑侦骨干，今日一见……"

周舒桐等着郑力齐说后半句，过了半晌，却没见他继续往下说。

这时，她的手机蹦出一条推送，显示在宠物论坛的账号收到了私信回复。

周舒桐打开这封私信。

和光同尘：最近没怎么看新闻，还真不知道出了这么大的事儿。既然你平安无事，那就再好不过了。上次我说的什么"心理盲区"，也只是一些不成熟的概念和理论，能误打误撞帮到你，只能说是赶巧了。你们公安一定有很多经验丰富、专业能力拔尖的刑侦前辈。多向他们请教和学习，肯定比从我这个半瓶子这儿取经有用得多。保重。

周舒桐呆愣愣地看着这封私信回复，完全没有听到旁边郑力齐在叫她，好一会儿才回过神来："啊？"

郑力齐朝正沿栈道走向现场的高亚楠扬了扬头，问："你们高法医的那个孩子是关宏宇的吗？"

周舒桐愣了，完全不知道该如何回应。

看到周舒桐一脸无措的表情，郑力齐倒不再追问了，笑道："联系一下队里，如果那边的人都已经录完了，就让他们把指纹机器送过来吧。"

不远处的关宏宇顺着栈道来到高亚楠身旁。

高亚楠站起身："这个叫于航的，生前遭受了多次严重的外力打击，背后可见的瘀伤至少有十几处。我大概简单过了遍手，应该有两到三处骨折或骨裂。不用解剖也可以推测，他体内有不止一处器官内出血。"

关宏宇皱眉发问："那他是死于内出血？"

"确切地说，可能是器官衰竭。你现在把现场封锁了，我们怎么把尸体运出去？还是说在你们完成足迹还原之前，尸体就这么晾着？"

关宏宇摇头道："让小徐他们顺着栈道把人抬出去吧。"

他顺着栈道来到现场外围，对周巡说："海淀支队是追踪着手机信号在这附近找到于航的,那手机在哪儿呢?找到了吗?"

周巡一拍脑袋:"欸?对!"他朝远处的赵馨诚摆了摆手,"哎我说,你们队是追着手机信号找着人的,那手机呢?"

赵馨诚说道:"技术队那边儿小姜一直给我报位置,走到这条路上,就见着尸体了。然后我们忙着轰散闲人、固定现场,就没继续追。"

关宏宇说:"被害人毫无疑问是死于他杀,他的手机或许能提供重要线索。你看要不要让两边的技侦人员交接一下三角定位,或是……"

赵馨诚摆手道:"关队,咱们又不是第一次合作了。我现在就带人去追。"

关宏宇看着他的背影,想了想,还是没忍住:"对了,你那个做律师的顾问,这次没带在身边儿啊?"

"别提了,那家伙越来越懒!我刚才还打电话跟他说呢,这边儿出了命案,关队你们也在,让他过来一块儿看看,他死活都不来。"

关宏宇不易察觉地暗自冷笑了一下,又叮嘱了一句:"高法医那边初步判断,于航可能是遭群殴致死,再加上发现现场时尸体的情况,不能排除抢劫杀人。你们多加小心。"

赵馨诚点点头,带了两名海淀支队的刑警,配上枪,拿起无线电出发了。

"小饕餮"终于睡着了,关宏峰回到白板前,盯着吴征生前的行动列表,边思考边做着笔记。

刘音在旁边看了一会儿,饶有兴致地问:"怎么了?这上面能看出什么？"

关宏峰喃喃道："在十三天的时间里，吴征五次联络周巡，两次要求周巡进行随行护卫，还见了一次行动总指挥。对于一个卧底人员而言，如此频繁地联系上级，太冒险了。"

"我不太懂，这很反常？"

关宏峰回答道："极其反常。卧底行动中保密和安全从来都是第一位的，联络得越少，保密性就越强。何况到了十五号就又是例行安全联络的时间了，可吴征在十三号还忍不住给周巡打了个电话，说有一个'不得了的发现'。据周巡说，最后那次通话中，吴征显得既焦虑又兴奋，甚至让人怀疑他的精神状态已经有些失控。"

刘音说："那看来他真是有了不得了的发现。"

关宏峰微微摇头，目中笼罩着一层愁云："或者，他是预见到了自己的死亡。"

同一时间，城中村的小诊所里，"谢顶男"正在给一个三十岁出头的大汉肩膀上缝针。大汉把玩着一部老旧的手机。

"谢顶男"一边给他缝针，一边盯着他手中的手机，调侃道："这么破的电话，还能使吗？"

大汉说道："我们那片儿几个小子捡的，我花二十块钱买回去给我儿子玩儿。小孩子也不懂啥，能亮、有画、能响就行。"

他俩正说着，外面传来砸门声。

"谢顶男"过去打开门，外面站着两个男人，朝里面望了一眼，跟"谢顶男"打了个招呼。

"谢顶男"来回打量着他俩，询问道："二位这是……"

两人探头探脑地往里张望,看到了正在缝针的大汉,双方互相都有些敌意和忌惮。

其中一人说道:"您这儿除了看病,还管治伤是吗?"

"谢顶男"迟疑了一下,还是回答道:"嗐,这都是一个村儿的,捎带手儿。"

两个人互相递了个眼色,伸手推开"谢顶男",闯进屋里。

大汉有些警觉地站了起来。

两个男人在屋里踅摸了一圈,又看向大汉:"兄弟,除了肩膀,还哪儿伤了?"

大汉莫名其妙:"关你们俩屁事儿?"

一个男人伸脚踹了一下大汉的右侧大腿:"腿没事儿就行,我们找一个腿上有伤的男的。"

大汉平白无故挨了一脚,正要发作,赵馨诚带着两名便衣刑警从门外走了进来。

屋里的四个人都愣了。

赵馨诚掏出证件,屋里的人又都是一惊。

他刚要开口,眼睛一瞟已经看到大汉手里攥着的手机,于是朝旁边递了个眼色,一名刑警上前拿过手机,开了机。

赵馨诚拿起步话机,说道:"小姜,拨个号。"

没过一会儿,刑警手里的手机响了起来。

赵馨诚看了一眼,问那个大汉:"这手机你的?"

"我、我捡的。"

"哪儿捡的?"赵馨诚继续追问。

大汉支支吾吾,回答不上来了。

赵馨诚懒得和他多说,转向"谢顶男",问道:"缝针呢?赶紧把剩下的两针缝上。"随即一指大汉,"你,缝完了跟我们走一趟。"

之前进门的那两个男人见势不妙,贴着墙边想往外溜。

赵馨诚很警觉,一回头,另一名刑警同时故意挡住了门。赵馨诚打量了这两人几眼,问:"你们俩是跟他一块儿的?"

两个男人赔着笑脸摇头:"不是,我们是来……瞧病的。"

"瞧病的不打完针再走啊?"赵馨诚皮笑肉不笑地说。

两个男人不吭声了。

赵馨诚左右看看,意识到房间里几个人的表情都不太对劲,走到两人面前,低声说:"身份证拿出来给我看一下。"

两人对视一眼,不约而同地说:"没带。"

"没带没关系啊,把身份证号报给我。"赵馨诚边说边把玩手上的步话机。

两人对视一眼,神色愈发慌张,拔腿就往外冲。

赵馨诚冷笑一声,一拳放倒跑在后面的那个。跑在前面的那个在门口和把守的刑警撕打起来,伸手摸向后腰。

赵馨诚从后面追上来,一脚踹在他的手腕上。这人惨叫一声,跪倒在地。

刑警绕到他身旁,撩起他的衣服,往后腰上看了眼,对另一名刑警说:"怎么扎屁股里了?"

另一名刑警说道:"甭管扎哪儿,这怎么看都是管制刀具。"

赵馨诚从另一个男人身上也搜出了一把匕首。他拍了拍那男人的肩,说:"得,哥儿几个,都跟我走一趟吧。"

04

案发现场外,关宏宇在现场监督着技术队对足迹拍照采样。

周巡走到他身旁，吐了口气，问："这还得折腾多久啊？"

"现在能清晰辨认出的至少有十一组不同的足迹，这还不算海淀支队留下的。而且很多足迹存在重叠覆盖的现象，所以肯定还需要进一步严格筛查。一旦这边差不多了，我就赶紧回队里看看验尸结果。"

周巡点点头："遇上事儿就都是急茬儿，可我刚才已经打发咱高主任回去了。"

关宏宇斜了周巡一眼。

周巡小声说："瞪我干吗？孩子这么小——"

关宏宇摆摆手打断他："毕竟是条人命，而且小徐手太慢……算了，真要明天才出来验尸结果也行。刚才我听海淀那边说已经找到于航的手机了，还扣了几个人。"

"肯定不愁没活儿干。话说，你们哥儿俩要这么不分昼夜地倒班连轴转，我倒要看看他郑力齐能不能扛得住。"

"给时限了是吧？"

"现在不知道安保预案是不是泄露了。这次的巡展是有特殊意义的，如果有人试图盗窃或者毁损参展文物，甚至借机行刺到场领导，事儿可就大了去了。市局给出咱们四十八小时，要么破案，要么至少搞清楚于航的死是否牵扯到安保预案的泄露。否则，三天后的活动叫停，大家准备集体写检查就行了。"

关宏宇瞟了他一眼："安保这部分不是治安支队大型活动队负责？咱写什么检查啊？"

周巡指了指现场："案发地在咱们队辖区啊，我的关队长。"

关宏宇冷笑了一声。

周巡不耐烦地说："你还别拿这不当事儿——"

关宏宇打断他："不，只要有命案，在不在咱们辖区，我都当事儿。我就是好奇。"

"好奇什么?"

关宏宇慢悠悠地说:"你说这督察处的领导,写检查会写成什么样?"

他俩正说着,周舒桐走了过来:"周队、关老师,郑处想让你们过去一下。"

关宏宇和周巡心照不宣地传递了个眼色,并肩走了过去。

周巡一过去就讥讽道:"郑督,您这管理工作都执行到办案现场来了,也太拼了吧。"

郑力齐神色不动,笑着说道:"嗐,这不两不耽误吗?而且有不少同志可能今晚在现场连轴加班,让他们录完提前把卡打了,明天上午就可以倒休了不是?"

"要不说呢,"周巡拍了拍郑力齐的肩膀,"就是比我像领导。"

他率先上了车,周舒桐跟上去,拿过指纹打卡机,周巡在上面印下了右手食指的指纹。

周舒桐小声说:"周队,麻烦您,再多留一两个指纹备用。"

周巡冷哼一声,又在打卡机上录下了拇指的指纹,还问:"我给你把十个手指头都录上去?"

周舒桐低着头,没吭声。

周巡下车的时候朝关宏宇递了个眼色,随即揪住车门旁的郑力齐,拉着他转了个圈儿,背对着车门,抱怨起来:"我说,这所有的弟兄都打卡上班,有缺勤的提交行动报告。那要是我缺勤了,是不是就向你提交行动报告?哎,你别摆手。可要是郑督你缺勤的话，你的行动报告找谁提交？是顾局还是你们督察那边的冯处啊……"

关宏宇趁这时猫腰上了车，瞧了眼举着打卡机的周舒桐，淡淡地笑了笑："你看，当初你在探组的时候我就跟你说来着，只要你有学习的态度，跟谁学不是学啊。现在做支队长助理不也挺好的。"

周舒桐被他这么一说，显然有些惶恐，也有些委屈，低着头辩解道："我……我其实还是希望能跟关老师多学习破案的……"

关宏宇亮出右手的中指："学什么破案啊？跟郑力齐好好学学怎么当领导呗。"

他把手按下去，录下了右手中指的指纹。

周舒桐接不上话来，头垂得更低了。关宏宇趁她不敢看，动作麻利且隐蔽地把硅胶指套套在食指上，录下了第二枚指纹。

窄巷里，赵馨诚和两名刑警押着四个可疑人员回到现场。小汪迎面走了过来："赵队辛苦！怎么一下抓了这么多？"

赵馨诚掏出一个装着手机的物证袋递给小汪："手机找到了，麻烦给关队他们。人也转你们队收押吧。"

小汪接过物证袋，忙回身招呼几个刑警过来押人。交接的时候，赵馨诚依次指着四个人说："无照行医的，持有被害人手机的，携带管制刀具的，携带管制刀具还插进自己屁股里的……"

听到最后，小汪看着队伍最后走路一瘸一拐的男人，诧异地眨眨眼。

赵馨诚摊手道："那个……所以说……携带管制刀具真的很危险，对吧？"

* * *

当晚,赵馨诚抓的这几个人被带至丰台支队审讯。周巡和关宏宇并肩站在单反防爆玻璃前,看着审讯室里赵茜和另一名刑警对其中一个携带管制刀具的男人进行讯问。

小汪在一旁打着哈欠汇报道:"在那个专治花柳病的住所——也是经营场所,起获了不少处方类试剂,还有少量吗啡,这就是个非法行医的。到底是直接转预审还是改签到治安,看您二位。那个肩膀挨了一刀的是这周围的一个菜商,亭湖人,手机是他从几个小伙子那儿花二十块钱买来的。明天带着他去周围转转,看能不能指认出来。"

周巡问道:"他那刀伤是怎么回事儿?"

小汪回答:"哦,他说这个城中村里主要住的是亭湖和淞安人。两边人有点儿不对付,昨天因为小卖部价格不统一的事儿闹起来了,发生了聚众斗殴。两边都抄着家伙一顿招呼,他连挨的这刀是谁砍的都没看见。"

"昨天咱们辖区里并没有接到聚众斗殴的报案啊。"

关宏宇摇摇头:"这类事情肯定常有,只要不闹出人命,也没人愿意惊官吧。"

周巡有些不解地眨眨眼:"为了小卖部定价的事儿,就能抡着刀打群架,这不成了法外之地了?等这案子完了,得让治安支队过去好好整治整治。"

关宏宇叹了口气:"你这是居庙堂之高……不理解他们生存的艰难啊。"他转头叮嘱小汪,"先都押到暂看,谁都别送。"

小汪听完,看了眼周巡。

周巡表示同意,小汪应声出了屋。

关宏宇对周巡说:"那俩都是长期居住在这儿的外来人口。

倒是这俩腰上别着刀的,我觉得蹊跷,得好好问问。"

周巡点点头:"可也是,持有管制刀具又不是多大罪过,犯得上当时就拒捕逃跑吗?"

他俩正说着,小高敲门进来。打了招呼后,他把查询到的身份信息递给了周巡。

周巡扫了一眼,递给关宏宇,笑道:"真不禁念叨啊,还真让咱俩说着了。"

赵茜仍在反复盘问,里面这个自称涂欣太的男人正不停地辩解:"警察同志,我真没什么可交代的。身上带刀是不对,可你来这么个乱糟糟的地儿,不带个家伙防身,心里不踏实。"

审讯室的门突然被打开,周巡进来,把几张身份信息的打印件往桌上一扔:"甭废话了。你说你叫涂欣太是吧?还有那个屁股上挨了一刀的张麒,你俩在网上抓逃都有备案。"

涂欣太眼神闪烁:"啊?什么……什么抓逃……"

"跟我装傻是吧?南磨房那边儿聚赌,还有大柳树那边儿的寻衅滋事。揣着刀又不是去治病的,见了警察就跑,还真有脸跟我这儿装安善良民。成吧。小赵,把这俩都收了,什么时候他们打算老实交代了,再提过来好好问。"周巡说完转身就往外走。

涂欣太急得几乎从椅子上站起来:"哎,同志!我那次在南磨房不是……"

关宏宇倚在门边,冷冷地打断了他:"没听明白是吗?周队长现在是给你们立功的机会。立功这事儿,是有时效性的……过时,可就不候了。"

* * *

当天一早，关宏宇回到小仓库，兄弟俩交接案情。

关宏峰问："那俩混混受命在找腿部受了枪伤的人？"

关宏宇答道："是。几天前跟杀手'冯康'的那次短兵相接中，'冯康'开枪打中了那家伙。弹头找到了，现场还有血迹。我已经让技术队去那个'男科医生'的住所搜查，看能不能找到去他那儿治枪伤的那个人的血迹样本进行比对。如果是同一个人的话……"

关宏峰沉吟道："那就说明，不光是我们，裴家易集团也在找他。"

交接完毕后，关宏峰准备出门。关宏宇见高亚楠也穿好了衣服，忙上前劝阻："你跟现场待了半宿，回来又照顾孩子，先别去了，休息休息吧。"

高亚楠斜瞥了他一眼，说："我倒是得说你这个当爹的，别光哄着玩儿的时候起劲，一到换尿片儿的时候就手忙脚乱。"

关宏宇苦着脸："我来我来，我都行！我、我是说你……"

不等他说完，高亚楠忽然伸出手，抱了他一下。

关宏宇安静了下来。

高亚楠拍拍他的肩膀，笑道："有时候我还真羡慕你，能有个孪生兄弟。"

关宏峰没有再看两人，转身走出了仓库。

也是差不多的时间，在某幼儿园操场外，男人一瘸一拐地走到栅栏围墙外，站在一棵树后。透过栅栏，他在幼儿园操场上玩耍的一群孩子中搜寻着。

他的目光慢慢聚焦在一个小女孩身上。

小姑娘看上去四五岁，穿着一条黄色的小裙子，长得很可爱，也很活泼。

男人看着她和同学们跑跑跳跳，目光不自觉地显出一丝柔和来。

关宏峰回到母校公安大学，在门口站了会儿，就看到了自己要找的人——原治安总队总管副局长迟文江。

迟文江正和另一个人一起走出来，那个人出来之后率先走向路旁一辆白色的SUV。

关宏峰看到那辆车，觉得眼熟，愣了愣。

果然，韩彬紧接着从车里下来，替这个人拉开了车门。韩彬也看到了关宏峰，微微朝他点头示意——关宏峰忽然意识到那个男人是谁。

韩松阁，韩彬的那位教授父亲。

关宏峰看着两人驾车离开，再回过头，迟文江已经来到他面前，向他伸出了手："关宏峰是吧？我就是迟文江。"

关宏峰上前和他握手："迟局……"

迟文江拍了拍他的手："我现在没这个公职了，别这么叫。你联系我的时候说是为了吴征的事儿。我也知道，你弟弟作为'二一三'案的嫌疑人，目前被通缉。"

关宏峰垂下头："是。"

迟文江笑了笑："你来找我，是为了替自己的同袍讨个公道，还是想替自己的孪生兄弟脱罪呢？"

他的话虽然客气，但是切中要害。

关宏峰一时之间竟不知道应该怎么回答。

拾捌　拨草瞻风

01

迟文江退下来已经很多年，但吴征的那一段往事，每一个细节他都记得很清楚。这件事对他和关氏兄弟的打击程度其实是同等的。

吴征要求直接见他的那天，他们约在车道沟汽配城某商铺。

迟文江轻声说："那次吴征告诉我，六号会有一次由他牵线搭桥的不法交易，但应该只是一次接触和试探，不会有什么实质进展，也不存在什么危险，所以向我报备一下。"

关宏峰问："就这些吗？"

迟文江点头："就这些，那是我最后一次见到他。"他从公文包里拿出一张纸，递给关宏峰，"这是他二月一号到十三号所有报备过的行动记录。其实也没几天。你看还能不能找出什么线索吧。"

关宏峰看了眼那张纸，略微犹豫了一下。

迟文江给他这些东西，显然是违规违纪的。

"我都已经退下来教书了，"迟文江也看出关宏峰的顾虑，无所谓地笑笑，"还能把我怎么样？"

他一把将行动记录塞了过来，看着教学楼的方向，有些沮丧地说:"我老伴儿不到半年前走了,孩子成了家,我现在回去也是孤零零一个人。真要有个机会进监狱度过余生,没准儿还热闹点儿。"

关宏峰惶恐地说道:"您别这么说……"

迟文江摆摆手:"开个玩笑。真以为我退下来就不守纪律了?这事儿我跟总队的路局打过招呼的。"

两个人围着教学楼走了半圈。关宏峰抬起头,看到教学楼墙上写着"忠诚求实,勤奋创新"的校训,出神片刻。

"小关啊,"迟文江在一旁说道,"我记得,你是那茬儿学生里的状元吧?"

关宏峰难得地有点儿不好意思。

迟文江感慨道:"汇集到这儿的,都是咱们公安系统的好苗子。但这也是广种薄收,最后能脱颖而出的不过就那么几个人。知道咱们培养一个优秀的刑侦骨干,要付出多么高昂的代价吗?所以我说,你小子真是自毁前程。"

关宏峰沉默了会儿,低声说:"我现在还在队里协助工作。"

"好好儿的支队长不做,非去当什么劳什子顾问。我要是你的直属领导,非大嘴巴子抽你不可。"

关宏峰低头沉默了片刻,问道:"您最后一次见吴征的时候,他的精神状态怎么样?"

"不好。很正常,但是不好。"

关宏峰微微皱眉。

迟文江解释道:"你应该知道卧底警员的极限服役期有多久吧?"

"十一个月左右,最长不能超过一年。"

说到这儿,关宏峰骤然明白过来。

吴征是超期服役的卧底警员,他的精神状态已经很不好了。但正因为是超期服役,所以这种"不好"反而是正常的。

迟文江继续说:"吴征的行动目的,是通过渗透外围的各类犯罪团伙,尝试打入并摸清丰台区乃至全市存在的大型有组织犯罪团伙。这种必须谨慎小心、循序渐进的任务,是不可能在一年之内完成的。中途撤出会前功尽弃,同时增加后续衔接人员的渗透难度。但即便如此,我曾经两次在心理评估报告上做了背书,要求把他撤出来。"

"他本人拒绝了吗?"

迟文江没正面回答,抬头看向教学楼上的校训:"小关,走出这个学园的大门,干了十几年,你觉得这八个字的四条训诫里,哪一条最难做到?"

关宏峰抬头瞟了一眼,不假思索地答道:"忠诚。"

迟文江微微一笑:"对谁忠诚?"

关宏峰看着他,没说话。

"都是干一线工作的,别跟我说套话,你明白我的意思。"

关宏峰想了想,再度抬头看教学楼上的校训。这时他的手机收到信息,是周巡在催他赶紧回去打卡。

他想了想,向迟文江道别。

临了,迟文江叫住他,语重心长地说:"小关啊,我从不怀疑你和吴征一样忠诚,但我不想你和吴征有同样的结果。自己多保重吧。"

关宏峰回到支队报告,在门口打了卡,迎面遇上小汪正送韦东出来。小汪边走还边对韦东说:"您的遭遇我们很同情,心情也能理解。可刚才您也听周队说了，在调查期间，我们不建议您离开本市。是'不建议'啊，不是强制。您懂我意思吧？"

韦东一路唯唯诺诺地应承着，一抬头看到关宏峰，反应过来，连忙上前握手感谢："关队长。哎，您是关队长吧？我这还一直没机会好好儿感谢您，要不是您，我……"

关宏峰不太想和这人多说，应付了几句就寻隙朝旁边的周巡走去。

周巡压低声音说："你弟弟那个指纹，我已经把队里的存档记录调换过了。不过总队和公安部的底档，我动不了，谁都动不了。"

"郑力齐肯定已经把指纹打卡机联网了，但会不会即时和队里的指纹比对还不好说，你没必要冒这个险。"关宏峰说。

周巡略有深意地瞟了他一眼："我才琢磨过来为什么你们不让你弟每次戴着你的假指模来打卡。闹了半天，是让我也下水啊。真等出了事儿，咱们谁都别想全身而退了。"他又叹了一口气，说道："其实老关，不用这么复杂的，这里早就怎么说都有我了。走一步看一步吧。"

人来人往的技术队办公室里，小高上前递过几张查询记录："这是我们从于航手机里提出的通话记录。昨天和他联系过的号码并不多，这也和保卫处介绍的于航社会关系相对简单吻合。"

关宏峰看了看查询记录，递给周巡。

周巡问道："这个打了七八个电话的号码用户叫什么？葛芳？"

"对，据了解，这个葛芳应该是于航的女友，比于航大两岁，是个单亲母亲。我们联系了于航的家属，他家里人也知道这个事儿，虽说……不怎么赞成吧。"小高回答。

"于航的家属已经来认尸了吗?"

"还在路上呢。"

"那把他女朋友先叫来谈谈吧。"

"这个……我们打过电话,那边一听是公安就挂了。再打就没人接了。"

周巡嗤笑一声:"嘿,这是生怕自己没嫌疑啊。做三角定位。通知小汪带个探组在门口等我。"

关宏峰叫住了正要领命离开的小高,问:"现场的足迹还原得怎么样了?"

小高说:"差不多了。为了确保昨晚没有遗漏什么,赵茜刚才过去再核查一遍,看看采样有没有出入。"

关宏峰点了点头,和周巡一起下楼。两人正准备上车,郑力齐从楼里追出来,他们相视一眼,不约而同停下了脚步。

郑力齐笑眯眯地迎上来:"周队,我正在组织内勤对案卷整理归档,统计未结案。'二一三'的案卷不在档案室啊,也没有调阅记录。"

周巡迟疑了一下,低声说:"'二一三'的案卷在王志革袭击咱们支队的时候已经……"

郑力齐摆摆手:"我知道。他焚毁的那本应该是正卷,副卷呢?"

周巡挠了挠脖子,装作回忆得很努力的样子:"我想想啊……是不是我放在办公室抽屉……"

郑力齐笑眯眯地再次打断他:"我找过了,好像也没有。"

周巡脸色瞬间沉了下来。

关宏峰没参与讨论,绕过车头,隔着车窗玻璃观察两人的交谈。

郑力齐语带安抚地解释道："别见怪啊周队，我本来是想去办公室找你问的。你没在屋里，而且抽屉又都没上锁。我想应该也没有见不得人的隐私，就随便翻了翻。"

周巡怒火中烧地盯着对方看了好一会儿，最终还是强忍下来，一脸冷笑地打开后备厢："还真没看出来，你郑督是个这么'随便'的人。"

他从后备厢里拿出装着案卷的文件袋，递了过去，皮笑肉不笑地说道："不好意思，我忘了。当初为了保险起见，老刘遇害之后，我就把案卷搁车上了。"

郑力齐笑吟吟地看着他，从兜里掏出一次性手套戴上，从他手里接过文件袋。

周巡微微一愣，瞟了眼关宏峰，见关宏峰镇定自若，就恢复了冷笑的表情，也没多说什么。他招呼关宏峰上车，驶出支队的院落。

郑力齐看着两辆车先后驶出支队，依旧满脸和善的笑容。随后他返回支队大楼，来到周舒桐办公室，把案卷放在办公桌上，交代道："这是'二一三'灭门案的案卷副卷。你去找技术队拿一下设备，在尽可能保护案卷完好的前提下，把这本案卷从头到尾每一页上的指纹都给我扫出来。"

周舒桐听罢，有些震惊地望着郑力齐，良久，才记起来点头。

关宏峰和周巡没再管郑力齐这边，一起上了车。车子驶到主路上，关宏峰低声说道："我见过迟局了。他向我提供了吴征从二月一号到二月十三号前的行动记录备案，上面的信息很少，主要来源于你和他之间有过的安全联络。其中二月五号那次见面，你也在场,对吗?"

周巡说:"我只是沿途护送他到了汽配城,然后就在外围警戒,没有进去。"

"迟局说,吴征突然临时要进行这次会面,向他呈报第二天即将发生的一次违法交易,或者确切地说,是预谋进行违法交易的前置会面。"

周巡点头:"我知道,六号那天吴征确实安排了两拨人在沙河大桥附近会面。时间不长,而且怎么进去怎么出来的,没发生任何意外。"

关宏峰问道:"这么点儿小事儿,需要专门见总指挥进行汇报吗?"

周巡眨眨眼:"要这么说,也是挺奇怪的。除了这些,他跟老迟就没说别的?现场还有第三个人吗?"

"不清楚,不过你跟我提过迟局带了个随行的安保人员,好像是个女的?"

"哦,吴征从汽配城出来的时候,我看见有一个女的背对着我在跟他说什么。有可能是迟文江的随行护卫,也可能是汽配城的'治安耳目'。怎么了?"

关宏峰用手指轻轻敲着腿:"无论迟局的话有没有保留,我需要看一下'二一三'的物证。"

"开什么玩笑?你也看见姓郑的现在盯得多紧,想偷偷把物证拿出来……"

关宏峰摇头:"不能偷偷摸摸。既然郑力齐盯这么紧,而且已经能看出有明显针对性了,他一定在等我们出纰漏。不能冒险。"

周巡叹了口气:"除了'二一三'的物证之外,还有什么别的方向吗?"

关宏峰郑重地说道:"我需要回案发现场,也就是彩虹城四区,吴征的家。"

"行,那你借出外勤的机会随时去。汪儿他们都是自己人,嘴严得很。"

"先把于航他女朋友的事儿搞清楚,至少得有个大致的侦破方向。"他轻声叹了口气,想起那个年轻人并不体面的死状,低声补充,"不管上面给没给出时限,谁的命都是命。"

02

城中村案发现场外,赵茜刚刚结束手头的工作,正准备去车上拿件外套,手机响起。她接通电话,对面又是上次那个在绑架案现场和她通话的男人。

男人低声说:"说话方便吗?"

赵茜微微一惊,走到一旁压低声音说:"你上次差点儿害死我们关队长和另外几个同事!你还想干什么?"

对面,也就是高级杀手,真名商凯的男人笑了起来:"这个问题该我问才对。你把我们的弟兄捞出来,又不断向我们提供情报示好,你想干什么呢?"

赵茜语气镇定地说:"这事儿我犯不上和你讲。遇到合适的人,我会说的。"

"哦,不和我讲,你可能就没机会讲了。我知道你是安廷的妹妹,你们领导也知道。你现在背景有污点,在公安这行想往上爬是没什么希望了。但这似乎不足以让你死心塌地地投靠我们,或者说,这个理由说服不了我们相信你。"

赵茜冷笑道:"无所谓,反正之前的示好已经结束了。以后再想让我提供任何信息,拿钱来换。"

"我做不了这个主。"商凯那边沉默了片刻,忽然笑了,"不过你的提议很合理,理解。"

赵茜语气森冷地说:"你难道不想威胁我什么?如果不继续帮你们就揭发我之类的?"

商凯柔声笑道:"姑娘,我不干这种下三烂的事儿。哦,对了,昨天海淀支队抓了几个人,移交给你们了……"

赵茜打断他:"我刚才说了,再想问我任何事儿,拿钱来——如果你不想当下三烂的话。"

对面冷笑一声,直接挂断了电话。

小仓库内,关宏宇坐在崔虎身旁看他操作电脑,同时推着婴儿车哄着"小饕餮"。小家伙挺给面子,在噼噼啪啪有规律的打字声中睡得香甜。

过了会儿,崔虎指着电脑上的搜索结果说道:"你、你看。冯、冯康这个身份信息曾、曾经用于这、这么多次的买、买机票、火、火车票,还有入住酒、酒店。"

关宏宇看着电脑上的信息,低声嘀咕:"公寓式酒店啊?"

他将婴儿车小心翼翼地推到一旁,然后凑到屏幕前,指着上面几个住宿登记的时间点:"把他入住这几个公寓酒店的时间串到一起,是不是就可以衔接上了?"

崔虎盯着屏幕看了一会儿,恍然大悟:"这、这家伙只住酒、酒店,他没、没有家。那、那就是说……"

关宏宇指着最后一条入住喜来登公寓酒店的登记信息说:

"要么他已经弃用这个身份,要么他人还在这儿,根本没走。"

死者的女朋友葛芳信号定位在台村路,小汪指着路边的一间小饭馆说:"应该就是这里面。我拿手机GPS的地图定位覆盖了一遍,错不了。"

周巡和关宏峰正要往前走,小汪带着探组跟了上来。

周巡一拦他:"你们在这儿等着。去一大帮人,再给人吓着。"

他向关宏峰使了个眼色,两个人一起走了进去。一进门,俩人都愣住了。小饭馆一共就几十平方米,后厨敞着门,站在门口就能看见连吃饭的顾客带跑堂的老板加后厨的厨师一共五个人,全是男的。

周巡扭头去看关宏峰。关宏峰后退两步,来到饭馆外,冲小汪比了一个"打电话"的手势。随后,他朝周巡递了个眼色,两人来到一张桌子旁坐下。

关宏峰密切关注着在屋里吃饭的三个人,周巡倒是装模作样地点起菜来。

很快,关宏峰注意到在同一张桌子吃饭的两个人,其中一个人座位旁放着个斜挎包,包里隐约传出手机震动的声音。桌子上还有一个手机,不论包里的手机怎么响,他都毫不理会。

吃着吃着,桌上那个手机又响了,那人接通电话:"马总您好……我知道我知道,这个月的目标是没能实现,但请相信,我一定能在这个季度追回来!这一批五星会员约过来的新朋友都还不错,本身是带着志向来的,蹦都不蹦,相信在月底之前就能成为新会员……"

他正讲着呢,斜挎包里又传出手机的震动声。

关宏峰看了眼坐在对面已经开始吃炒饼的周巡。

周巡吃了一大口,会意地低声说:"老鼠会啊。"

关宏峰也压低声音:"如果葛芳的手机就在那个人的包里,很可能他是这个传销组织的'培训员'。他们'培训'的时候往往会把下线的手机收走,不允许他们对外联系。传销组织人数众多,不知道和于航看上去被群殴致死会不会有关联。要么你等这两人吃完饭,跟着他们,要么现在就把他们拿下,直接突审。"

周巡会意,朝刚把菜摆上桌的伙计点点头:"等吃完的。哎,老关,你要不要来点儿?这味儿还行。"

"我就不跟你争食儿了。这边你和小汪他们搞得定吗?要不要再多叫点儿人过来?"

"放心吧。你是不是要去彩虹城四区?"

关宏峰微微点了下头:"保持联系。"

他起身出了饭馆,小汪他们还在外面等待。他交代道:"葛芳的手机在一个疑似传销组织参与人员的手上,就是两个人一桌的那个。你们注意周巡,他一旦给出指示,就可以贴靠了。我跟他商量好了,先去现场核查下足迹。"

"好的,关队。您要开车吗?"小汪问道。

关宏峰摆摆手:"不用。"

他说话的时候手机响了,他冲小汪等人挥挥手,头也不回地走了。

小汪歪过头,透过半开的门,他能瞧见饭馆里正狼吞虎咽的周巡。他摊了摊手,无奈地朝身旁的探组翻了个白眼。

* * *

关宏峰匆匆离开几辆警车，接通电话，关宏宇的声音在那头说道："哥，是我，方便吗？"

"你说。"

"我跟虎子大概查出了冯康最后的落脚点是喜来登公寓酒店。这家伙如果还没跑的话，很可能现在还住在那儿。哦对，从记录上看，他似乎就是以各种公寓和酒店为住所，没家没业，倒是符合一个亡命杀手的人设。"

关宏峰皱眉道："等等，你最好不要……"

"瞧给你紧张的，我已经当爹了，很稳重的。"关宏宇说，"这不是没贸然行动吗？先找你打个招呼。你那边儿现在怎么样了？"

关宏峰说："还在找于航的女朋友，她很可能与某个传销组织有关联。周巡和小汪正在现场盯着，我抽空去一下彩虹城四区。"

"明白了，那喜来登那边怎么办？"

"你没轻举妄动是对的，容我想想。且不说咱们自己的风险，这个冯康毕竟是很危险的杀手。回头让周巡看看能不能另派别人去……对了，你昨天把案卷还给周巡之前清理过没有？"

"放心吧。就像你叮嘱的那样，我让虎子把每一页案卷上的指纹都擦干净了。怎么了？"

"郑力齐刚才从周巡这儿要走了案卷，是戴着手套接的。"关宏峰低声说，"他果然打算从上面查找指纹。"

关宏宇嗤笑了一声："这家伙……"

关宏峰望着远处，轻轻叹了口气："看来这次，市局的指派不是那么容易就能蒙混过关了。"

* * *

周舒桐有些惴惴不安。她手里拿着"二一三"的案卷,来到郑力齐办公室,汇报道:"郑处,案卷每页都检查过了,一个指纹都没有。"

郑力齐微微抬眼,倒显得不甚吃惊:"一个都没有?案卷本身有毁损的痕迹吗?"

周舒桐摇摇头:"我怕是自己水平有问题,还叫高哥帮忙复查了一遍。"

郑力齐笑了:"技术水平很高嘛……行,你把卷放这儿吧,没事儿了。"

周舒桐把案卷放在办公桌上,转身正要走,想了想,还是鼓起勇气,回头问道:"郑处,您来了之后对支队进行整顿的方式,大家还是能够逐渐接受和理解的。可已经到了一本案卷上都要调取指纹的程度,是不是有些太过严苛了呢?"

郑力齐信手翻开案卷,笑着对她说:"你都已经检查过一本来回翻阅了两年的案卷,上面一个指纹都没留下,我所谓的'严苛'也不是没道理吧?"

周舒桐低下头。

她忽然想起了什么。那天,在军事博物馆外,她其实好像看见周巡递了个文件袋给关队。关队当时接了,手接触到文件袋,当时他并没有戴手套。

她的心跳猛烈加快。匆匆和郑力齐打过招呼后,她第一时间回到办公室,坐到自己的办公桌前。

她拿起落在桌上的那个曾经用来放案卷的文件袋,犹豫了一秒,跑去洗手间,把文件袋撕碎——然后扔进马桶里,冲掉了。

＊　＊　＊

　　小饭店外，传销组织的两名"培训员"吃完饭，结账离开小饭馆。周巡也从位子上站起来，不紧不慢地结了账。

　　他刚走出来，小汪就凑上去，颇为幽怨地说道："师父你真成。自己一个人吃，就让我们在外面干看着。哎，对，关队刚才说……"

　　周巡一挑眉："哪儿那么多废话。跟上没有？"

　　小汪拿起步话机："报一下位置……"

　　几个探组刑警跟着这俩"培训员"，一路跟到附近一个老旧的小区五号楼的二单元楼下，看着他们进了一〇一室。

　　周巡让手下叫增援，顺便把小区的保卫处负责人也叫来。

　　这是典型的老楼，一层两户，都是一室一厅，据保安说，一户有百十平方米。

　　周巡听完，眨眨眼，琢磨着，还是有些犹疑。

　　小汪没心没肺地说道："哎，我没带枪啊。周队，你是不是也没带枪？"

　　周巡瞟了他一眼："现在领枪都得找郑力齐签字，你们谁找他签过字吗？"

　　"哦……那、那还是等增援算了。咱们人少，又没带武器。"

　　周巡看了看时间，知道不一定拖得起，想了想，低声说："先叫门探探风。人多的话就别往里进了，走。"

　　他带着另外两人走进二单元，来到一〇一门口，敲了敲门。

　　没人应声，门就很快打开了。开门的是个女人，见到周巡等三人，先是一愣："欸？你们是……"

周巡见过葛芳的照片，这人不是葛芳。

他也没多废话，亮出证件："靠边儿站。"

三人进了屋，周巡对那名刑警叮嘱了一句："看住门。"

女人惊慌失措地站开，看着周巡带着小汪往里走。房间内的布局很奇怪，就是一条狭长的过道，两旁都是一个个关着门的小隔间。周巡和小汪一路走进去，左右观察。小汪没忍住嘀咕道："就这么大点儿地儿，打了多少隔断啊……"

他话还没说完，一名刚才在饭馆里露面的"培训员"端着个茶杯从走廊尽头经过，一扭头，目光和周巡与小汪撞了个正着。

"培训员"疑惑地看着他们，问："你们俩……你们是哪个组的？"

周巡和小汪正准备搭话，站在门口的那个女的忽然大声喊道："他们……他们是警察！"

众人都是一愣。紧接着，过道两侧的门纷纷打开，从小隔间里涌出的男男女女足有不下三十人。这伙人交头接耳，议论纷纷，但眼睛都死死盯着周巡和小汪。

一下子变戏法似的冒出来这么多人，周巡和小汪也有点儿蒙了。两人背靠背站着，周巡咬牙切齿地低声念叨："百十平方米，现在你知道能装几个人了吧？"

小汪犹豫了一下，说道："我……没事儿，师父，看我的。"

他说着，从周巡的身旁蹭过去。

周巡大惊："你干什么？"

小汪突然冲向那名"培训员"，嘴里念道："擒贼先擒……"

话没说完，过道里一名传销组织人员伸脚一绊，小汪一个马趴摔到地上。

"培训员"彻底醒过味儿来，大喊道："揍他们！"

三十多人发一声喊,开始围殴小汪、周巡和另一名刑警。

看门的刑警顶住拳打脚踢,死死堵住门口,不让这些人往外跑。

小汪倒地之后就有无数只脚往他身上踹,他只能护住头胸要害后可怜巴巴地缩成一团。周巡抬起臂膀抡着拳头,面无表情地盯着逐渐靠近的人。

03

事隔几年,关宏峰终于又回到了彩虹城四区。

他在门口沉默地戴上手套,撬开吴征家的门,小心翼翼地走进房间。地上,吴征尸体倒下的位置,现场留下的轮廓痕迹还在,他绕了过去。

当天他在这里醒来的时候,手里还握着一把鲜血淋漓的尖刀。走的时候,他曾从工具箱里带走一个手电筒。

他又在客厅里绕了一圈,最后来到门口,望着卧室里墙上四溅的血迹,再一次陷入了沉默。

也不知道过了多久,他才重新开始动作,逐一搜查房间内的物品。

他将这间屋子里里外外搜了个遍,没有什么特别的收获,但经过写字台的时候,看到写字台中间空着块地方,旁边还孤零零地放着鼠标垫。

他半伏下身,吹了一下浮灰,发现台面上留有一个放置过笔记本电脑的痕迹。写字台的笔筒里放了些零散的票据,他一张张翻开来看,发现大多没有什么特别的用处,但其中三张电影票的票根引起了他的兴趣。

这时，身后似乎传来了一声轻响。

关宏峰微微一惊，不动声色地把三张票根揣进兜里，转过身。在他身后，郑力齐拿着本案卷站在客厅过道的位置，正笑眯眯地看着他。

关宏峰的动作一滞。

郑力齐走上前，表情温和，语气诚恳地说道："关队，你果然还是对这个案子念念不忘。"

关宏峰不动声色地看着他，没说话。

郑力齐自顾自地点点头："不管你心里带着什么样的成见在琢磨我，我都可以告诉你。第一，一母同胞的兄弟之情，再加上案件本身的疑点，你死抓着这个案子不放我能理解。换言之，你为什么还愿意回队里来担任顾问，除了做刑警的这份责任感以外，另一个原因全队上下都知道。第二，仔细看看这一年来丰台支队发生的事儿，自从你不再担任支队长，里里外外乱成什么样子了。局里派我当这个空降兵，不是为了打压谁，也不是为了整治谁，而是为了保证支队还能在一个可控的范围内正常运转。第三——"

关宏峰打断他："被害人于航尸骨未寒，活动组委会那边又给出了时限，我还是尽早协助队里破案，对吧？"

郑力齐听完笑着点点头："不愧是关队，就是识大体。"

他一抬手，把手里的案卷递给关宏峰。

关宏峰接过案卷，发现正是那份郑力齐刚从周巡那儿收回的"二一三"案卷，微微一愣。

郑力齐耸肩道："我从周巡那儿把卷要过来，一是为了归档记录，再就是为了给你看。这东西我又看不懂，破案不还得靠你吗？"

关宏峰勉强笑了一下，说："这么点儿小事儿，还劳郑督费心——"

郑力齐轻声打断他："这可不是小事儿啊，关队。"

关宏峰一怔。

郑力齐继续说道："于你于我，这都不是个小事儿。只有过我的手，你才能像现在这样拿到它。"

关宏峰微微冷笑，点头说道："明白了。"

他低头翻了两页案卷，合上卷宗："光有案卷不够，我还需要核查'二一三'案的物证。"

"和之前说的一样，随时来找我。"

关宏峰听完点点头，朝门外走去，走了几步，又停了下来，回过头说："话说回来，郑督，你是在跟踪我吗？"

郑力齐一愣："跟踪你？没有啊。我还以为你和周巡去协查于航的女友了呢。"

关宏峰笑了一下："那看来，对这起灭门案念念不忘的，不仅是我一个人。"

他转身离开。郑力齐似笑非笑地看着他，过了片刻，也跟着走了出去。

将台村路某老旧小区楼下，五号楼二单元门外，警灯闪烁，增援到场的刑警把三十多名传销人员依次押解出来。小汪坐在一辆警车旁，和另一名刑警正接受包扎。周巡也是一脸瘀伤和擦伤，正没好气儿地对支队刑警下令："就这么一个窝点，猫着三十多人！治安支队是干什么的？辖区派出所都不知道吗？还有这小区的物业……"

这时，赵茜上前低声说道："周队，现场清点一共羁押了三十三个人。葛芳也在其中。您看要怎么处置？"

周巡说："先把其他人押上车。把那女的带过来。"

葛芳二十几岁，面容憔悴，有些畏畏缩缩。

周巡也懒得多废话，直接问："你有个男朋友，对吧？"

葛芳惊疑不定地想了想，忙答道："不关他的事儿，警察同志，他不知道我是做这些……真的不关他的事儿！"

"你昨天联系过他吗？"

葛芳结结巴巴地答道："没、没有。"

周巡接过赵茜递来的装在物证袋里的手机，打开通话记录，又拿起技术队打印出来的通话记录，比对了一下。

周巡抬眼问道："从一早到下午这十来个电话，都不是你打的吗？"

葛芳低头支支吾吾地说："他……他说要买块二手的浪琴表送我当生日礼物，就是跟我商量个款式什么的……"

周巡冷笑："别蒙我，你们手机平时都是被'培训员'收走的。他能让你们为了商量个手表的事儿，就随便打电话吗？"

葛芳想了又想，过了许久，才轻轻叹了口气，说道："于航……他都告诉你们了，是吧？"

听到这儿，周巡和赵茜对视了一眼，没说话。

他抬眼一看，见周舒桐不知道什么时候也来了。周舒桐看他没有继续问话，连忙走过来："周队……您这脸上……"

周巡这会儿最讨厌看到她，不耐烦地摆摆手："你干吗来了？"

"呃……郑处说，案发地处于朝阳辖区，是否需要他进行管辖交涉或是把传销团伙移交给朝阳支队？想问您的意见。"

周巡冷笑："打个电话的事儿,还让你跑一趟,这是来监督我工作啊。郑力齐他自己怎么不来?"

关宏宇焦躁不安地在仓库里走来走去,一旁的崔虎和刘音看着他的样子,互相递了个眼色。

崔虎赶紧说:"你、你哥不都说、说了,别、别轻举妄、妄动。你这么来、来回转磨,也没、没用啊。"

关宏宇忧心忡忡地说道:"这个叫冯康的受了伤,而且不出意外的话肯定在试图外逃。"

"就算你猜、猜得都对,他如、如果试图外、外逃的话,你去了喜、喜来登,也是扑、扑个空啊。"

"那也比什么都不做强啊。"

说到这儿,他眨了眨眼,拿起电话,开始拨号。

刘音有些担忧地看着他:"你哥现在在外面呢。你别乱打电话啊。"

关宏宇瞟了她一眼,没说话。

那头的人很快接起了电话。

关宏宇压低了声音:"是我。周巡,你方便说话吗?"

周巡明显愣了愣,然后很快分辨出了他是哪一个,装模作样地说道:"哦,等会儿啊。"

那边传来脚步声,显然周巡走到旁边,压低了声音说:"你他妈疯了啊,现在给我打电话?"

关宏宇打断他:"我有很急迫又很重要的事情通知你。你现在听好。裴家易手下那个不知名的杀手,我们查到了一个他的身份,现在他很可能正在外逃,我需要你利用支队的资源追捕他。

"啊?"

那边,葛芳的情况也交代清楚了。

葛芳是个传销组织的新晋参与者,因为完不成这个月的"业绩",所以对于航谎称孩子生病,让于航打钱过来给孩子看病。于航答应了,但昨天迟迟没有打钱,所以葛芳的"上线"让她不停地打电话催于航。葛芳说,于航最后跟她通话的时候说自己在光明商场附近,当时的时间是下午一点多。

商场那边已经在调监控了。

其间葛芳和于航并没有见过面,传销组织的其他人可以证实这一点。葛芳还提到于航给她选购了一块二手的浪琴表做礼物,技术队通过检查于航手机上的网购记录,发现于航确实买了这块表,前天已经到货了。

但外勤探组在他的宿舍和租住的住所都没有发现这块表。

周巡打电话将这些事都跟关宏峰交代清楚,然后拿出关宏宇提供的那个"杀手"的照片及一些信息资料,递给坐在电脑前的小高,压低声音说:"这个人是咱们需要抓捕的一个重要目标,他用的这个身份和姓名,有可能是真的,也有可能不是。查一下他用这个身份留下的所有登记信息。再就是,看看有没有什么途径可以申请在机场和火车站进行面侦识别。"

小高接过这两张纸看了看,犹疑地问道:"周队,那这个事儿……"

周巡按了按他的肩膀:"你知我知。"

小高略有些犹豫:"可……"

周巡瞪了他一眼:"没有'可是'。"

* * *

关宏峰挂断周巡的电话,望着车窗外若有所思。和他一同坐在后排座位上的郑力齐瞟了他一眼,笑道:"关队,你从公安大学出来,又从事了这么多年的刑侦工作,应该能理解为什么会有回避制度。"

关宏峰嘴角露出一丝冷笑:"为了显示我们还是很在乎程序正义的。"

郑力齐不以为然地笑了:"难道你不觉得在一个奉行无罪推定的法制体系中,任何主观的'预设立场'都是要不得的吗?"

关宏峰正要开口说话,郑力齐摆手,示意他不要打断自己:"我知道这有些矛盾。事实上,无论是我作为督察,还是你作为刑警,我们奉行的应该是'证据立场'。换句话说,就像当初伍警官殉职的时候,我对你展开的调查,是建立在没有完整的证据链条还原事实前。既不确认是你的过错,也不排除是你的过错。同样,在'二一三'灭门案中,我既不确定你弟弟就是凶手,也不排除他的嫌疑——我能做到这一点,但显然你不能。当事情和自己有关联的时候,你无法秉承一个公正客观的立场。"

关宏峰问:"何以见得?"

"你不就是不相信你弟弟是嫌疑人吗?"

关宏峰冷静地答道:"用你的话来讲,郑督,我必须在形成完整的证据链条后,才能确定嫌疑人是谁。"

郑力齐笑着摇摇头:"不好说吧。当初调查结束,有充足的证据证实伍警官遇害不是你的过错所致,但是你从来都不相信,还记得吗?"

关宏峰沉默不语。

郑力齐笑了笑,安抚似的拍了拍他的手:"所以我就说嘛。

'预设立场'——在你的预设立场中,你弟弟就是无罪的,你自己则是有罪之人。是这样吧,关队?"

04

关宏峰是和郑力齐一起回到支队的,一回来两个人就撞上了正准备出发的周巡。周巡正在低声叮嘱着准备出发的小汪:"现在不方便去枪库拿武器,所以你到了那个喜来登公寓酒店之后,只负责外围观察。如果发现这个冯康出没,立刻通知我,但千万不要试图实施抓捕。"

小汪回道:"放心吧,师傅。我现在浑身上下就没有不疼的地儿,绝不会傻到去送死的。"

他一抬头看到关宏峰和郑力齐迎面并肩走来,愣了,回头看周巡。郑力齐和关宏峰看到这浑身是伤的两个人,也愣了。

双方同时开口问道:"你们这是……"

沉默了片刻后,小汪先挠挠头道:"那师父,我先走了。关队,郑督。"他匆匆忙忙打了个招呼,逃也似的跑出了支队大楼。

郑力齐瞟了眼小汪的背影,又看着周巡,皱眉说道:"不是个传销团伙吗?怎么搞成这样?我听说你们在现场也叫了增援啊。"

周巡一时语塞:"这个……啊……是吧……那些家伙都是被洗了脑的,特死性。三十多人呢,一起拒捕。"

郑力齐摇了摇头:"外勤工作果然风险很大。我刚才看小汪身上也有伤,一共伤了几个人?都做治疗了没有?要不要回去休息几天?"

周巡摆摆手:"难得郑督这么殷勤,心领了。老关啊……"

关宏峰接过话茬:"不好意思,我中间开小差去了赵吴征家,被郑处抓了个现形。"

周巡一愣。

郑力齐笑着打圆场:"关队这是新案旧案一起抓,我正好也想走一圈彩虹城四区的现场,这不,赶巧,碰上了。"他轻轻拍了下关宏峰的肩膀,"案子分个轻重缓急,拜托你了。辛苦。"

他拍完这个,又拍了拍周巡,没再说什么,径直走进办公楼。

周巡一边作势用手去掸刚才被郑力齐拍过的地方,一边上前要和关宏峰说话,一低头看见他手里的"二一三"案卷,彻底蒙圈儿了:"这姓郑的……你俩……这是在搞什么啊?"

关宏峰压低声音:"不知道为什么,他也突然出现在吴征家里,还在现场把案卷塞给了我。"

"什么意思?"周巡一脸疑惑,"是说,咱们快有好日子过了吗?"

"拉倒吧。我听他话里话外的,再不搞定于航的事儿,大家就都别想有好日子过了。"

"光明商场那边的监控已经找着了,我刚才通知他们把监控送过来。"

"不用送过来了。叫上保卫处的刘处长,通知技术队把现场足迹的建模样本也带过去。咱们过去看监控,还原一下于航昨天遇害前的经历。"

丰台支队技术队里,小高正根据周巡的"私下指示",在一台笔记本电脑上看着面侦识别系统画面。赵茜走过来叫了声:"高哥。"

小高手忙脚乱地合上笔记本。

赵茜说道:"周队和关队出现场,让咱们把现场的足迹采样建模也带过去。"

小高眼神闪烁:"哦,都放隔壁屋了。老赵的桌上。"

赵茜点头离开,又问道:"欸,高哥,你不一块儿去吗?"

"这不周队还给我派了一堆活儿吗,你们先去吧。"

赵茜离开后,小高重新打开笔记本电脑,边看着屏幕上显示的监控画面边打了一个电话:"喂,我丰台支队。我已经看到你们的视频平台系统上线了,现在是要求覆盖'四站一场'。我们这边人手有限,肯定盯不过来,所以需要你们多派人手,盯紧一点儿……"

赵茜不知何时又走了回来,但没有进门,只是站在外面无声地望着他。

小仓库内,关宏宇对正在操作电脑的崔虎说:"周巡那边应该已经把视频侦查系统架在了北京的所有火车站和机场监控中。这玩意儿有那么好使吗?"

崔虎说:"面、面侦这个东西,拿监控探、探头筛只是其、其中一方面,更重要的是,不、不管他换什么身份,照、照片儿也得差、差不多。只、只要他用有自己照、照片的证件买、买票或者检票,面侦系统都、都会有反应。"

"那剩下的……"

崔虎摊手:"就、就是等了。"

关宏宇叹了口气,转身要走。

崔虎叫住他:"对了,你哥发过来的这三、三张电影票票根的照、照片，我看了。就是在二月八号、十号和十二号，他去看了三、三次电影，也没、没什么特别的啊。要、要查什么啊？"

关宏宇凑到电脑屏幕前，看着那三张票根的照片："《007：大破天幕杀机》？同一部片子看三遍，还是他自己一个人看的？他有病啊？"

"那、那没准儿……咱不、不是说死人坏、坏话啊，吴征也、也是人吧，保、保不齐外面有个相、相好儿什么的……"

刘音在一旁说："去看同一部电影不说，去外面跟相好约会，他把电影票带回家干什么啊？这么痴情，留纪念？不怕他老婆看到？"

关宏宇点头："吴征三次单独去电影院，要这么看，很可能是为了见什么人。不过这也说不通。"

说着，他扭头去看刘音。

刘音耸耸肩："去电影院接头，怎么听着跟冷战时期的桥段似的。"

关宏宇摇了摇头："吴征是非常老练的卧底警员，不会中二到使用二十世纪的联络方式吧？"

"不、不是啊。"崔虎认真地辩驳道："这、这有什么中、中二的？我就觉得去电、电影院接头老、老有感觉了！"

刘音和关宏宇顿时无言以对。

忘了这儿有个真中二的！

赵茜正开着车，手机响了。她看了眼来电显示，在车载上接通电话，低声说："你居然不换号，就不怕我定位你？"

那一头传来了商凯的声音："你不妨一试。"

他周围的环境听上去很嘈杂。

赵茜咬了咬唇:"我不是已经跟你说过……"

商凯爽快地说道:"开个价吧。"

"什么?"

"不是说再让你提供任何信息,都要付钱吗?"商凯淡淡地说道,"我现在有事儿问你,你开价吧。"

赵茜略一思忖,说道:"那我得听听你想问的是什么。"

商凯抬起头,看着悬挂在北京站正门两侧高处的监控装置,似笑非笑地说:"我想知道,如果现在我想走的话,能安全离开北京吗?"

拾玖 萤火之辉

01

某一天清晨,一个佝偻的身影徘徊在军事博物馆大门附近。

老人看上去年纪已经很大,半弓着腰,头发雪白。门口一侧的隐蔽处有几个大垃圾桶,她正想去里面捡几个瓶子,脚旁跑来一只棕黄色的小土狗,浑身都是泥水,但摇着尾巴,欢快地在老人的脚边转来转去。

老人伸手摸了摸小狗的头。有个保安朝她这儿走过来,厉声喝道:"喂,干什么呢?这么大个牌子没看到吗?这里不准捡垃圾。"

老人吓了一跳,下意识地后退了一步。

旁边另一个穿着保安制服的年轻人赶忙拉住同事,小声说:"咱们好好说,人家年纪都这么大了。"

他走到垃圾桶前,从里面捡出几个塑料瓶子,装在塑料袋里塞给了老太太,轻声说:"你拿着。"又给她指了指远处的光明广场,"那里有公共的大垃圾桶,可以去那边看看。"

老人千恩万谢地走了,原先那个保安打趣道:"于航,你还真是什么闲事儿都要管。"

于航笑笑,没说话。

＊　＊　＊

而此刻，关宏峰在军博门口，听刘处长与几个同事聊起于航的这些往事。

"所以，于航认识了个拾荒的老太太，觉得人家可怜，中午常出去给她帮忙或者买吃的？"

保安处的刘处长和几个同事都说是。

其中有个同事小声提醒："出事的这天中午，他休息的时候也换掉了制服，会不会也是去光明广场找……找那老太太了？"

根据这个线索，关宏峰等人在一个小时后从商场保卫处的监控视频里找到了于航的身影。视频里，案发当天中午，身着便装的于航拎着一塑料袋的空瓶子来到商场门口，似乎在找人，但没有找到。中途他好像接了个电话，没说两句就挂断了。这时候他看到一只小狗，上前哄了会儿，小狗跑开了。

于航追了上去。

门口监控拍到的内容，仅限于此。

一个多小时后，高亚楠这边的结果也出来了。关宏峰翻阅了一会儿验尸报告，抬头问道："他是遭踩踏致死的？"

高亚楠点头："由于被剥除了衣物，死者身上遍布的瘀伤难以在第一时间判断是受打击所致还是踩踏所致。但解剖发现，死者自右后侧背部至左前肋部有着方向一致的各种压力创伤，包括皮下软组织损伤、筋膜破裂、骨裂和骨折、脊椎移位性损伤、断裂肋骨插入脏器导致的内出血等。不过这都不是他的直接死因。"

关宏峰看着验尸报告："颈动脉窦的反射效应……心脏骤停？"

高亚楠接着说道:"死者的胸廓严重受损,胸腔膜破裂,他的肺部无法扩张,也无法形成呼吸供氧所需的负压。再加上上腔静脉压力增大,导致脑部血液回流阻塞……这么说吧,无论是哪一种,都导致他在遭遇踩踏后出现了严重的窒息性休克。遭到伤害后,他的身体机能也许还维持了一两分钟,但最多也就是这样了。"

周巡听完,喃喃道:"那要这么说,于航被发现的地方还算不算第一现场呢?"

关宏峰问高亚楠:"在他生理机能最后还能运作的那两分钟里,他有意识吗?"

高亚楠想了想,微微点了下头。

关宏峰合上验尸报告,还给高亚楠,对周巡说:"走吧。不管你说的'第一现场'是否成立,咱们都去找一找。"

小仓库里,关宏宇还在和崔虎讨论吴征那几场电影的蹊跷事。影城的监控一般都存在硬盘里,滚动录的,用不了个把月,之前的监控视频肯定就被顶掉了。

关宏宇抱怨:"这好歹是个大型公共场所,怎么也得有个安防监控吧?"

崔虎敲了几下键盘,看着屏幕显示说:"有,好几十个呢。"

"那简单啊,你就把这些监控视频黑出来呗?咱们看看他到底见谁去了。"

崔虎瞪大了眼睛:"哥们儿,我黑、黑的可是实、实时监控,最、最多是还没有导、导出的监控视频存档。像、像这种一两年前的,早、早已经进数据库了,公、公安部的后台信息数、数据库。大哥,我还真不嫌寒、寒碜,那个数据库,攻、攻不破。而且别说想黑、黑进去了,它的外、外围防火墙是有反、反制措施的,哪怕我去做、做嗅探,也会被——"

关宏宇打断他:"知道了知道了,你把来龙去脉告诉我就完了。既然在公安部的数据库,我让周巡去想办法。"

他拿起手机拨打电话。

刘音在一旁忙制止:"哎,你哥还在外面呢,你别总直接打给周巡啊。"

"当我傻吗?"关宏宇得意地说道,"我跟我哥说。"

关宏峰蹲在城中村的那片空地上接听电话:"好的,知道了。但这事儿恐怕不像你我想象得那么简单。我现在在于航遇害现场附近,这事儿要尽快解决,你也做好准备。"

说完他挂断电话。

蹲在一旁的周巡拿甩棍扒拉着地上被踩成碎片的空塑料瓶残骸,问道:"于航难道就是在这儿……"

关宏峰问道:"那个持有于航手机的,就是肩膀挨了一刀的叫……"

周巡提醒:"申亚军。"

"对。说到这儿,赵馨诚抓的那四个人,怎么发落的?"

"那两个持有管制刀具的在网上有协查通告,该刑拘刑拘,该移交移交。非法行医那个倒是事儿不大,我做了些安排。至于这个申亚军,他一时半会儿是走不了了。"

"这个申亚军不是供述,昨天中午在这附近发生过淞安和亭湖两地人的群体斗殴事件吗?不出意外,于航就是在这里被裹挟进去的。"

"是这两拨人打的他？"

关宏峰微微摇头："验尸报告你也看了，于航身上基本都是压迫性损伤，不是打击伤。这个现场没有做过保护，现在已经很难辨认足迹了。我们也只能推测……"

"于航追着狗，无意中跑入了互殴的人群。很快，他就在拥挤的互殴人群中被撞倒。尽管他几次试图爬起来，但根本没有任何空间，只有无数只脚从他身上踩过，连同他拿的那一袋空瓶子也都被踩得支离破碎。"

关宏峰站起身，看着对面的窄巷的入口，边走边说："按照亚楠的推测，于航在遭到踩踏、受了致命伤的情况下，生理机能还维持了一两分钟的运作……"

前方，不远处就是用封锁线围起来的现场。

周巡来回看了看："不到二十米。"

关宏峰轻轻叹息了一声："这恐怕就是他生前最后一段路了。"

他们一路沿着窄巷走出封锁线外，周巡若有所思地说："那要照这么看，之所以我们发现他的时候他近乎裸体，是有人趁机捞浮财啊。"

"如果于航是去找那个拾荒老人的，想来这附近肯定住着不少拾荒者。他们倒不一定发现于航已经死了，没准儿以为他只是喝醉了，或者……"

"你就甭好心眼儿替那家伙开脱了，等我找着那孙子……"

"不是一个人。"

周巡一愣。

关宏峰解释道："由于现场被及时保护了下来，所以从地面的足迹不难看出，除去赵馨诚他们几个，至少还有六七个人来到过于航的尸体旁。"

他说着朝赵茜招招手。赵茜走过来，把一沓现场拍的照片递给周巡。

关宏峰继续说："被覆盖在下面的痕迹显示，有可能最早来到他身旁的是两个孩子，年龄应该在八岁到十二岁之间，穿三十四码的童鞋。

"接着，有个穿四十三码胶底鞋的成年男子，从空场方向走过来。他也许察觉到于航已经没有生命体征了，尽管和自己的尺码不符，他还是拿走了于航的鞋。

"拿走外套和裤子的是一男一女两个人，分别穿四十二码的皮鞋和三十七码的运动鞋。从于航身上脱下外套和裤子的，应该是那个男的。女的一直在旁边站着，变换过两次位置，也许在指挥这个男的，也许在劝阻他。

"于航的钱包也不见了，但我们现在无从得知到底是其中哪一个人顺手拿走了它。最后一个试图脱掉他衬衫的人是个穿着四十码布鞋的……从步伐距离上看更有可能是个男的。他试图把于航的衬衫脱下来带走，不过最后受某种外力影响而放弃了。"

周巡想了想："是因为海淀支队的人赶到了吧？"

关宏峰指着警戒线边缘的地面："我个人更倾向于是有这么个人——"

周巡循着关宏峰指的方向看去，发现封锁线边缘，也就是离于航尸体还有六七米的地方，有一对大且深的足迹。

关宏峰说："四十四码以上的马丁靴。这应该是个身材高大魁梧的男性。从足迹的深浅程度不难判断，他在这儿站了好一会儿，但不知道为什么，却没有再往前走。"

周巡咬着牙,环视现场,说道:"如果真是这样,就挨家搜、挨门访,把参与聚众斗殴的和从被害人身上偷东西的,全抓起来。"

关宏峰盯着他看了一会儿:"你真打算这么做吗?"

周巡没说话。

关宏峰也没再说什么,从封锁线外面绕过现场,继续往窄巷深处走去。

02

一名刑警把"谢顶男"押送到丰台刑侦支队院门口,一番训导教育后,放他离开了。

等到"谢顶男"出了支队大院,躲在暗处的商凯盯着他沿街走了一段,打算跟上去,但随即发现在他身后不远处,小汪和另一名支队刑警正身着便装不紧不慢地跟踪。两人边若无其事地溜达,边低声交谈。

刑警问道:"汪哥,跟着这货有意义吗?"

小汪回答说:"喜来登酒店公寓那边咱们扑空了,而且显然那个冯康不会再回去了。这家伙治了个腿上有枪伤的,将现场的血迹做了比对,和我跟关队抓闫通的时候现场一个身份不明的杀手血迹是一致的。而这个冯康当时也在现场。再加上张麒和涂欣太已经撂了,他俩是被派来寻访腿上挨过一枪的那个人的。虽然这两个废物并不掌握他们上线大哥的关键线索,但这么说吧,冯康和腿上受了枪伤的不知名杀手,他们的关系在这个游医身上再一次交汇了。监控好他的一举一动,真没准儿能有什么收获。"

商凯看着小汪他们一路跟着"谢顶男"走过去,暗自思忖片刻，猛地想到了什么，脸色忽变，匆忙地离开了。

城中村里，关宏峰和周巡沿着窄巷向前走着。在他们身后不远处，跟着两个探组的刑警。

两人边走边低声交谈。

周巡说："都查着那个家伙叫冯康了，你不早点儿跟我说，还得等你弟冒冒失失地给我打电话。"

关宏峰抹了把脸："我们最近一直在研究怎么从吴征身上找到突破口，给裴家易定罪。再加上又是郑力齐接管支队又是突发命案的，我还真没顾上，不是不相信你，别见怪。"

周巡摆了摆手："行了，不见怪，不多想。我已经让小高申请在火车站和机场的监控里都架上了视频侦查软件。可你知道吗？上线一核查，发现我们在前不久刚核对过这家伙的身份证，就在丰葆路加油站旁边一个小区居民楼的天台上。当时特警要在那里设置狙击点，协同的刑警看到有人正在天台上看热闹，核查过身份信息，就是这小子。失之交臂啊。"

关宏峰想了想："说到申请，你能有渠道帮忙申请调取公安部信息数据库的一些安防监控视频吗？"

"什么意思？说具体点儿。"

关宏峰神色凝重地说道："吴征一家遇害前，他在二月八号、十号、十二号曾经三次独自一人前往中影千禧国际影城看同一部电影。这显然过于反常了，我们怀疑他很有可能是去见了什么人，需要调监控看一看，确认一下。"

"公安部的数据库。"周巡说道，"老关，我叫你一声老大，你也是当过支队长的人，能办这事儿的，得手眼通天才成。"

关宏峰认真地说道："我想过了，你去找路铭嘉吧。他父亲是总队的主管副局长，应该能有办法。那小伙子跟你一起出生入死过，你卖卖你这张老脸，他肯定信你。"

周巡无奈地叹了口气，抬头看了看天："不早了，今天肯定还得连轴转，赶紧把你家那小子换过来呗。"

"宏宇会在前面城中村的出口外等我，还有时间。我想在交接前找到于航生前想去的地方。"

周巡看了看泥泞的地面和地面上杂乱无章的各种足迹、车辙印："还真是不服不行。就这横七竖八的脚印儿，你让我看，真能看蒙了。"

关宏峰指了下道路边缘的位置："不用看人的脚印，跟着狗走就行了。"

周巡顺着关宏峰指的方向，发现道路两旁断断续续出现狗的足迹。两人又并肩走了一会儿，看到前方不远处有一个用波浪瓦搭建的小窝棚，门口趴着一只没精打采的棕黄色小土狗。

周巡说道："这不监控视频里那只吗？"

二人走到近前，关宏峰抚摸着小狗，随后朝周巡递个眼色。

周巡敲了敲简陋的房门，没人应声，随手一推，门就开了。周巡刚往里走了一步，就被一股刺鼻的腐烂味熏了出来。

关宏峰抬头看着周巡。周巡深吸两口气，朝关宏峰点点头。关宏峰躬身从矮小的房门钻进了窝棚。

在狭小脏乱的窝棚里，到处散落着收集来的塑料瓶和废纸板，角落中蜷缩着拾荒老人的尸体。关宏峰远远看着老人的尸体，有些动容。

周巡也有些不忍，走了出去，对跟随的探组刑警说："把法医队的人叫过来吧。"

* * *

半个多小时后,关宏峰和关宏宇完成交接。他把手机递给关宏宇,说道:"大概就是这样。于航是个心地善良的孩子,每天中午都会去光明商场门口看那个拾荒的老人,给老人带一些捡来的空瓶子和废纸板。昨天中午,由于老人没有出现,于航就随老人收养的那只小狗一路跑进了城中村。恰逢淞安和亭湖两地的人发生群殴,于航不慎被裹挟其间,遭到踩踏,伤重身亡。那个拾荒老人的尸体已经被发现了,有可能是自然死亡的,亚楠说从外表体征上看像是脑梗。所以说这里面既不涉及安保预案的泄露,也无关到场领导的安全。淞安、亭湖两方斗殴的参与人员,回头还是交给治安支队来筛查。这案子基本算是破了。"

关宏宇接过手机,隔着车窗望向城中村的方向:"哥,你说,这案子破了,可我怎么就高兴不起来呢?"

关宏峰似乎想安慰他一句什么,但又没说出口,转而说道:"于航的随身物品和衣服应该是被这附近的其他拾荒者扒走了。另外就是,他女友说,于航要给她买一块二手的浪琴手表。网购系统显示,他确实买过一块二手的浪琴女表,货也送到了,但在整理他遗物的时候并没有找到这样东西,也许无关紧要。至于吴征去电影院那件事儿,周巡会找路铭嘉,通过他在市局的关系调一下数据库里的监控。剩下的,你看着办吧。"

关宏宇瞟了眼放在车座上的"二一三"案卷:"这郑力齐到底什么意思?咱非得陪他玩猜谜游戏吗?"

"不清楚,但要让我来押的话,我觉得更像是欲擒故纵。"

关宏宇骂骂咧咧地下了车。

* * *

那一头，商凯从丰台支队离开，第一时间回去找到单云瑞。

不等单云瑞开口，商凯便抢先说道："单老，公安在盯着这条线上的事儿，要我看，那小子可能确实扎手。这事儿我考虑得不够周到，就算了吧。下面那俩人如果连累不到您，就别管了。说实话，我劝您最好也暂时避一避。"

听到这儿，单云瑞笑了："'娃娃'，这话什么意思？是说自己一个人跑路太寂寞，想让我跟你就个伴儿吗？"

商凯欲言又止地盯着单云瑞看了会儿，面无表情地说道："这话我说得不合适。先走了，您老保重。"

他说完起身，在门口谨慎地张望了一阵子后，离开了。

他自然不会注意到，街对面的一家小卖部里，有一个男人正轻轻抚摸着伤腿，目光牢牢地盯着这间棋牌室。

军事博物馆的保安失踪事件告一段落，保卫处刘处长正在向郑力齐和赵馨诚等人握手致谢，关宏宇忽然气冲冲地进来。

郑力齐看了眼关宏宇，作势和他打招呼，刘处长也上前打算和关宏宇握手，这人却看都没看他们，直接走到一众保安面前。左右看了一圈之后，他厉声质问道："于航生前曾经给他女友买过一块浪琴表，手表还没送出去，他就遇害了。那块表我们没找到。谁拿了，现在赶紧站出来！别等到我们去调监控。"

刘处长走过来，赔着笑脸说："那块表，我听周队提过一句，还不好说是不是搜得不够彻底。不过您放心，这事儿就算您不查，我们内部也会严肃处理的……"

关宏宇斜了刘处长一眼，冷冷道："我们现在就在严肃处理。"

刘处长被噎住了，求助似的去看郑力齐。

郑力齐上前两步，低声笑着对关宏宇说："关队，这个事儿和案件有关吗？要是不归咱们管——"

关宏宇毫不客气地打断他："你一个负责支队管理的，业务上的事儿跟你有关吗？"

郑力齐听完一愣，似乎在努力掩饰脸上的不悦之色，向后退了一步，不说话了。

关宏宇上前一步，对一众保安说道："一个和你们朝夕相处、共事的兄弟，因为挂念一个孤苦伶仃的拾荒老人，在离这儿不到三公里的地方被踩踏致死，近乎全裸地曝尸在一片烂泥里。而你们当中的某个人，居然还觍着脸拿走他的遗物。我刚才的话，不会再问第二遍。如果那个人不现在就站出来承认的话，我保证他今天晚上住看守所！"

过了半晌，仍旧无人搭话。刘处长正想再上前打圆场，一名保安低着头举起右手，畏畏缩缩地走了出来。

刘处长脸色变得有些难看："小许，你这是怎么回事儿……"

关宏宇两步走到他面前，居高临下地盯着他问道："叫什么名字？"

保安答道："许、许丰。"

"于航买的那块表是你拿的吗？"

许丰说："头两天我看他……我寻思那小子是吹牛，指不定在哪儿花二十块钱买了块水货……"

关宏宇瞪着他："东西呢？"

"啊？"

"我问你东西呢？"

许丰眼神闪烁地看着他。

* * *

是夜，某洗浴中心包房内，韦东和已经被释放的裴家易坐在一个宽大的浴池里，随行的保镖和服务人员在浴池边放好了茶水和点心。韦东摆摆手，让他们出去了。

裴家易盯着韦东看了一会儿，冷笑道："这么敏感的时期还叫上我一起消遣，不怕惹祸上身吗？"

韦东一扬手："外面都是盯着你的公安。你不是让云磊也藏起来了吗？我这不过是堂堂正正给生意伙伴压压惊，大家一起叙叙旧。"

裴家易说："合作这么多年，这好像是我第一次和韦总一块儿洗澡。不就是怕我身上有公安的监听装备吗？怎么，想搜我身就搜，还这么破费，是怕大家撕破脸吗？"

韦东笑了："撕破脸？家易，你不是这种人。"他喝了口茶，"当然，我也不是这种人。"

"那找我来，是有什么吩咐？"

"吩咐……谈不上。你是个明事理的人，知道什么该做什么不该做，什么该说什么不该说。在外面呢，就好好享受生活，真要还得进去，安分守己就是了。"

裴家易冷哼一声："又想让我背锅，又指望我不撕破脸。韦总，这事儿你觉得合适吗？"

韦东摆摆手："哎，怎么又提这个呀？我都说了，你肯定不是那种会跟自己人撕破脸的人。"

说着，他又把茶杯端到嘴旁，随即一翻眼皮，说道："再说了，大哥觉得无所谓。"

裴家易的表情僵住了。

* * *

小仓库内，刘音从路铭嘉那儿搞回了监控，关宏峰拿着那个硬盘观察的时候，她正调侃："西城支队这个小伙子挺帅的啊，白头发不是染的吧？"

崔虎结结巴巴地说："比、比我帅啊？"

刘音白了他一眼："你还是快点儿干活吧。"

崔虎嘟嘟囔囔地打开移动硬盘，看了看里面的几个视频文件："就、就这么点儿东、东西？"

关宏峰说："吴征留下的票根有明确的日期和场次时间，那部电影不到两个半小时，我在前后都打出富余量的情况下，要出了四个小时的监控，三天加在一块儿就是十二个小时。再多的话，就凭咱们几个也没有精力做筛查了。"

崔虎有点儿疑惑："筛、筛查？你、你们不是有那个面、面部识别的……就那个面、面侦系统？"

"那套系统得是跟公安有合作的，还得是公安部入围选定的技术企业才有。先不说找他们做需要什么审批手续，这个费用咱们都不见得承担得起。更何况，这会把我们调查的进度暴露出去。别忘了，你现在看到的这几个监控视频，可是从公安部数据库调出来的。到时候怎么解释？"

"啊？那难、难道说……"

刘音在旁边拍了拍他："对咯，咱们现在就是人肉面侦系统。一格一格画面看呗，帅哥。"

03

晚上，关宏宇和周舒桐和衣躺在一张大床的两侧，气氛略有些诡异。

据那个保安许丰交代，他拿走那块浪琴表后出来"约炮"，当天就被人"仙人跳"了。这会儿关宏宇和周舒桐两个人搭档出来钓鱼——好在这样的事也不是头一遭，两个人居然都已经挺习惯了。

关宏宇双手交叉枕在脑后，看着天花板上的镜子，冷哼道："这么件小屁事儿，郑力齐还得让你来看着我。"

周舒桐看着天花板上镜子里的关宏宇："这里是海淀辖区。郑处是觉得，关老师在这起事件上略有一点儿情绪，怕干扰到海淀支队的正常执法。"

关宏宇笑了："周巡当一把手的时候，你是他派来的眼线。现在郑力齐当了一把手，你又是他派来的监督。你这刑警当得也是有点儿意思，是打算一辈子当我的小尾巴？"

周舒桐想了想："当初周队让我盯着关老师的时候，我确实是抵触的。但郑处不一样，我觉得他不是不信任关老师，或者说，他对支队的每一个人都谈不上信任或不信任。他是来咱们支队确立规则和维护制度的。我觉得他要做的事和让我做的事，都是光明正大的，是对的。"

关宏宇笑了："可以呀，现在已经学会跟我一套一套的了。我就觉得你以后能当领导。"

周舒桐侧过头去看关宏宇，认真地问："关老师是在讽刺我吗？"

"我一个做过支队长的，讽刺你什么啊？其实都一样，在一线打拼，辛苦又危险，等真当了领导，自有另一番难处。"

正说着，响起敲门声。关宏宇下床走到门口，打开门，外面是一个浓妆艳抹、穿着暴露的年轻女性。

那女的上下打量了一下关宏宇："关哥啊？"

关宏宇笑道:"你可来了,赶紧的吧。"

他说着侧过身让她进了屋,还非常殷勤地接过这名女子的拎包和脱下来的外套。

一进卧室,女人看到床上还躺着一个周舒桐,愣了,随即扭头笑着对关宏宇说:"关哥,这是干什么?我可不玩儿'3P'。"

在她身后,关宏宇已经从拎包里翻出了她的手机。他把手机扔给周舒桐,把拎包和外套往旁边随手一撇,似笑非笑地对她说:"上床再等会儿吧。三个人不够 P 的。"

很快传来了砸门声,关宏宇在卧室里冲外喊了一句:"进来吧,门没锁。"

门随即开了,两名彪形大汉一脸煞气地闯了进来,嘴里还骂骂咧咧:"臭娘们儿!你他妈背着我在外面偷人!我看你这回往哪儿跑……"

两人边说边走到卧室,愣住了。

只见关宏宇和周舒桐一左一右跨着两侧床沿坐,那个假扮妓女的同伙双手抱膝,坐在床中间,满脸惊恐。

关宏宇看了眼刚才骂骂咧咧的那个大汉,又瞟了眼坐在床中间的女同伙:"他还真是你老公啊?"随即又探头看了看周舒桐,"你自己行吗?"

周舒桐下了床,从后腰的皮套里抽出了两副手铐,像表决心似的点头:"没问题!"

两名大汉对视了一眼,似乎明白了些什么,转身就往外跑,但赵馨诚和周巡早已并肩把门堵住了。

大汉惊慌地说道:"你、你们……"

赵馨诚似笑非笑地说道:"你就当我们是专门找茬'仙人跳'的。听得懂吧?"

在他俩身后，关宏宇和周舒桐也堵住了路。

关宏宇一脸不耐烦："废话少说。昨天晚上你们从一个叫许丰的保安身上诈骗了若干财物，其中有一块浪琴女表在哪儿？"

房间里，两名大汉结结巴巴地对关宏宇承认诈骗的犯罪事实以及浪琴女表的去处。

堵在门口的赵馨诚和周巡聊了会儿天。

赵馨诚小声说："老周，之前还真没见着过，你们关队脸黑的时候可真够吓人的。"

周巡说："这俩小子最好悠着点儿，赶紧把实话撂了，要不然老关能审到他俩有创伤后应激障碍。等回头转到你们队，不知道看守所还收不收啊。"

"放心，尽管审。甭管有什么PTSD，我认识一姐们儿，是全中国最牛的心理医生，什么精神创伤都能给抹平了……"

关宏宇在里头隐约听到了赵馨诚和周巡的交谈。尤其听到"心理医生"那一段的时候，他不自觉地瞟了他们一眼。

商凯从出租车上下来，随后敲开一家怀柔本地农家乐的门。户主是个五六十岁的中年人，打开门，疑惑地问："您是……什么事儿？"

商凯问道："有闲房吗？我住一间。"

户主有些不解地打量着他："您……来玩儿的？"

商凯和气地笑了笑："约了朋友们过来钓鱼，我来早了，就索性先住几天吧。"

户主听完也笑了，把他迎进院里。一番寒暄和介绍后，把商凯安顿在了院子角落的一间屋内。

商凯和户主聊了几句,点了饭。趁户主出去做饭的功夫,他独自坐在床头,打量屋里简单的陈设,随后拿出手机,给赵茜打电话,一接通就说:"给我个账号。"

赵茜不解:"你说什么?"

"给我账号,我安排人把说好的钱给你打过去。"

赵茜微微一惊:"你已经离开北京了?"

"不管怎么说,你卖给我的消息还挺有用的。发账号吧,姑娘。"

电话被干脆利落地挂断了。

赵茜看着手机屏幕,踌躇不定。

丰台刑侦支队一楼,几名参与传销组织的人员在接受批评教育后被释放。于航的女友葛芳也跟在人群中,低着头走了出来。

关宏宇和周舒桐在门口拦下她,周舒桐上前,把一块浪琴女表递给她。

葛芳摩挲着那块表,沉默不语。

关宏宇上前一步,语气平静地对她说:"这块表是于航通过电商上的日本中古货卖家买来给你的,打算当作生日礼物,花了四千块钱。于航每个月的工资七扣八扣,能到手的大概就是这个数。他租住的小隔断,每个月是七百块钱。他在银行的全部存款,一共是一万五千九百块钱。而你昨天以孩子生病为名跟他索要的用来购买传销商品的数额是八千块,如果他没有发生意外的话,应该会把这笔钱打给你。我就告诉你这些,剩下的,自己想吧。"

他讲完,也不理会葛芳的反应,转身走出支队大楼。周舒桐略一犹豫,打算跟着关宏宇出去,回头发现郑力齐就站在门口。

周舒桐点头打了个招呼:"郑处。"

郑力齐饶有兴趣地问道:"你们关队一向是这么……有意思吗?"

周舒桐不知道怎么回答。

郑力齐接着说道:"不过,这块表就算是追赃回来,似乎也属于于航的遗产。关队拿来直接送给一名……怎么说呢,既不是他的直系亲属,也不是遗产继承人。"

听到这儿,周舒桐一愣。

郑力齐摆摆手:"把这事儿写个情况说明,附在案卷里。别到时候真有于航的家属找来,责任归属都分不清。"

郑力齐回头往大厅里走,周舒桐追上一步:"可郑处,关老师他这是……"

郑力齐回过头轻描淡写地说:"或者,如果在于航的遗物清单里没有这样东西,也就无所谓了。总之,你看着处理一下。"

"可,海淀支队抓获那个诈骗团伙的情节……"

郑力齐微微皱眉:"那不是海淀辖区里面他们自己办的案子吗?跟咱们有什么关系?就不用附卷了。"他拍了拍周舒桐的肩膀,笑道,"年轻人,要会变通。"

望京小仓库内,刘音、关宏峰、崔虎和杨继文四个人围在监控视频前。

很快,刘音就说了句:"停。"

崔虎暂停画面,吴征从电影院里走出来的身影出现在监控视频中。

崔虎向后靠了靠:"三次都、都这样。"

杨继文说:"对,每次都是电影开场不到二十分钟他就走了。那看来,这个吴征确实是去见什么人的。"

崔虎挠着后脑勺:"这、这吴征也、也是,那片儿也不、不是很烂,至、至少得看完一次吧。"

关宏峰瞟了崔虎一眼:"那咱们还是在散场的时候找找出来的人。"

刘音问道:"也没准儿他们就是不想一块儿出来,所以……"

"我知道,所以在吴征离开之前和之后都有可能。但我们并不知道他去见的是谁,所以恐怕希望很渺茫。不过既然费这么大劲拿到了监控,还是尽量看一看吧。"

这时,崔虎突然说:"哎,怎么是这小子……"他敲了下暂停键,指着电影散场时监控画面当中一个身材高大但略有佝偻的男性说,"我可有、有年头儿没、没见着他了。这、这小子叫、叫穆已,我认识。他原、原来是一个白、白帽子联盟的成员,很擅、擅长渗透和安、安全设置,后来因、因为到处乱扔IP炸弹被、被联盟除名了。我零零散散听人说,他后、后来到处接、接活儿,而且好、好像什么活儿都、都接,嗅探、解、解密、远、远程篡改后、后台数据什么的,挺、挺没溜儿的,基本上被、被归为'灰老鼠'一类。"

杨继文问道:"灰老鼠?"

"联、联盟里面管这行儿的高、高手或资深人员叫'灰鸽子',而那些水、水平不行的或是人、人品不好的,就是'灰老鼠'。一个天、天上,一个地下。"

关宏峰看着视频问:"这个穆已三场电影都去了吗?"

崔虎立刻打开另外两次监控视频,并调到电影散场前后,很快就都发现了穆己的身影。

刘音在旁边嘟囔着："看来你们这号儿人还真是品味差不多啊，都觉得在电影院接头很高级是不是？也对，同一部《007》的电影能看三遍，我大概明白这个风格了。"

崔虎辩解道："什么叫我、我们这号儿人，我、我跟他不、不一样！"

关宏峰朝刘音递了个眼色，刘音会意地打断崔虎："别说这没用的，你就说能不能找到这个人吧！"

"这小子……可不、不见得好找。"

"但你总会有办法，对不对？"

崔虎听了句奉承，不好意思地笑了。

城中村窄巷内，关宏宇和周舒桐站在现场旁边，看着丰台支队的刑警解除了现场周围的封锁线，并拆掉了为了运尸体搭建的栈道。

这时，周围很多拾荒的人和城中村住户已经起床了。大家纷纷侧目围观，还有一个拾荒者想去捡刑警拆下来的木板，但被拦了下来。那个拾荒者似乎对此很是不满，跟刑警理论起来。

关宏宇突然觉得非常不耐烦，对围观的人说："围在这儿看什么呢？知道这儿是案发现场吗？一个二十四岁的小伙子，因为卷入你们淞安和亭湖两帮人的群殴中，遭踩踏致死。他为什么会来这儿，他又为什么会死在这儿？因为他长年照顾这里的一个拾荒老人，对，就在这条路往南不到一百米的地方。那个老太太在前天因为脑梗过世了。这个小伙子因为没有见到她，很担心，所以跟着老人养的狗一路走过来，想去看她，就是为了这么一个跟他毫无关系的人,一个死后四十八小时都没有人知道的孤零零的老人。你们当中很多人可能也以拾荒为生,可能也无亲无故,可能有朝一日也会像那个老人一样孤单地死在自己住的小窝棚里。你们是怎么对待这个年轻人的?看到他的尸体倒在这片泥泞中,你们有谁想过要救他吗?有谁想过要报警吗?没有。是你们当中的某些人,拿走了他的钱包,拿走了他的手机,脱掉了他的鞋,脱掉了他的裤子,脱掉了他的外套……你们对死者连最起码的尊重都没有!"

他的语气越来越激烈,围观的人纷纷垂头散开了。

周舒桐在旁边轻轻地拉了拉关宏宇,低声说:"关老师,高法医问,那个拾荒老人已经确定是自然死亡,现场是否还要勘验取证?如果不用的话,就解除封锁了。"

关宏宇听完,没说什么,顺着这条路向南走去。

周舒桐跟在他后面。

关宏宇一路穿过窄巷,走到那个去世的拾荒老太太生前居住的窝棚前,刑警们正在拆除周围的警戒线。

高亚楠走到他身旁,低声说:"我还得回去安排死者后续的手续。你早点儿回去跟你哥换一下吧。咱俩都在外面,也不是个事儿。"

关宏宇微微点了下头,低声问道:"这个老人的身份查出来了吗?"

"户籍登记和周边的走访都核查过……没查出来。"

关宏宇轻叹一声,拍了拍她的肩膀,转身走开了。

不远处的周舒桐见关宏宇离开,也跟了过去。这时,趴在窝棚旁的小狗忽然站起来,亦步亦趋地跟着周舒桐。周舒桐作势轰了它两次,小狗还是摇着尾巴跟着她。

周舒桐看着小狗可怜巴巴的眼神，叹了口气。

04

曲弦走出朝阳支队，沿着路旁走了一会儿，钻进一家便利店，在便利店的角落找到了戴着帽子和口罩的关宏峰。

看到他这副扮相，曲弦乐了："你要有事儿找我就直接来队里呗，还非搞得神神秘秘、偷偷摸摸的……"

她讲到这里，话头一停，忽然意识到了什么："哦，等等，我知道了。你们俩可真成。行了，冒这么大险来找我，什么事十万火急啊？"

关宏峰从货架上取下两瓶饮料，递给她一瓶，来到收款台结了账。随后两人走出便利店。关宏峰摘下口罩，打开饮料喝了一口，对曲弦说："两年多以前，迟文江是市局治安总队的主管副局长，也是市局卧底行动的总指挥。吴征遇害前，在二月四号那天，曾经和迟文江在车道沟汽配城碰过面。我想找你核实一下那次会面的情况。"

曲弦把那瓶饮料塞还给关宏峰，点了根烟："何以见得我就知道那次会面的情况呢？"

"据周巡说，那天迟文江的随行护卫人员是个女的。他作为行动总指挥，随行的安保人员不可能次次都从下属分院局抽调，而应该是身边某个比较信赖的人。据我所知，当时的治安总队里，你是唯一从事外勤工作的女性。而且曲队，好像你就是在迟局退下去之后才调任来朝阳做的支队长吧？"

曲弦听到这儿，微微眯着眼看了关宏峰一下，笑了。

"好吧。"她说，"确实是我。那天迟局和吴征见面的时候，我一直在外围协调安保工作。他们具体聊的什么，我不知道。不过，吴征离开的时候是我送他出去的。见他神色黯然，我还宽慰了他两句。"

关宏峰盯着她看了一会儿："只是宽慰了两句吗？"

曲弦笑了："他向我抱怨，自从做了卧底，反而越来越分不清谁是好人、谁是坏人，更不知道可以信赖谁。"

关宏峰略一思忖："言外之意，他是不是对迟局并不信任？"

"我也是这么想的。"曲弦说，"我旁敲侧击地问了两句，他没正面回答我。"

关宏峰点点头，没说话。两人又沉默地走了一段。

曲弦突然站住，深吸了口气，轻声说："看来你们兄弟是铆上这事儿了。也好，总得有人为吴征出头。我就跟你直说了吧，那天送吴征出去的时候，我向他推荐了一个可以信赖的同伴。"

关宏峰想了想："连行动总指挥都不信任的话，吴征还能信任谁呢？"

曲弦提醒道："你别忘了，吴征是卧底……"

关宏峰明白过来，说道："你给他推荐的是另一个卧底……"他恍然大悟，"你向他推荐了林佳音？"

关宏宇往城中村外走着，经过已经清理完的案发现场时，发现在于航尸体被发现的位置附近放着一个纸箱子。纸箱子旁边站着个人，那人似乎把一件衣物放进了纸箱子，一扭头看到关宏宇后，慌慌张张地跑开了。

关宏宇有些疑惑地瞟了那个人一眼，走到纸箱旁，看到纸箱子里放着于航的鞋、裤子、外套和钱包。在他逐一翻检这些物品的时候,发现纸箱里还放着张纸条。他打开纸条,上面写的是一个棋牌室的地址。就在他盯着这个地址思忖时,手机响了。

关宏宇看了一眼,发现来电号码是一串〇。他想了想,接通电话。

对面,又是那个在车站见过一次的神秘男人:"关队长,你拿到那个地址了吧?"

关宏宇微微一愣,想了想,辨认出了这人的声音:"上回你好像受了点儿伤,怎么,这么快就好了?忘了疼了?"

对面的人似乎笑了一下:"说话还是这么不客气。不过没所谓了。希望那个地址能帮到你们。"

"怎么讲?"

男人说道:"你们抓到了那个姓裴的,又把他放了,显然是没有能定他罪的证据。我当然在给你们提供线索。"

关宏宇冷笑道:"按你的话讲,咱们又不是一路人,更不可能合作。你为什么要给我提供线索?"

男人笑道:"那你可以选择不领我这个情。"

关宏宇好整以暇地说道:"反正地址你已经给了,领不领情在我。我就是好奇,你为什么这么做。你不是相信凭借自己才能实现正义吗?"

那头的男人没有说话,似乎陷入了沉思。隔了好一会儿,他才低声说:"因为那是个好人。我本来有机会的,但是犹豫了,最后没能救下他。"

"你说什么?"

男人回过神来:"就算是我给你的谢礼吧。"

关宏宇疑惑:"谢我什么?"

* * *

于航倒在地上,已经没有了知觉。一个拾荒者正在脱他的衬衫,还剩一只袖子没脱下来的时候,听到旁边有响动,抬头去看,发现有个身材高大的男人正恶狠狠地盯着他。男人的腿上好像有伤,用一只手撑着膝盖——另外一只手上还拎着一把刀。

他脸上没有什么表情,但目光冰冷、愤怒,怒火仿佛已经化为利器,要在他身上戳出几个窟窿来。

拾荒者吓得落荒而逃。

男人盯着地上于航的尸体,双目中显露出痛苦、懊悔的神情。

关宏宇最后听到那男人低声说:"谢谢你,给了那个小伙子一个他应得的公道。"

电话被挂断了。

贰拾 巨细非真

01

深夜,一群少年正聚集在网吧角落里玩联机游戏。但今天的战况十分蹊跷,菜得要死的人竟然狙击奇准,摇身一变成了神枪手。

队友乐呵呵地调侃:"你丫不会开挂了吧?现在服务器上查挂查得可严了。"

几个人嘻嘻哈哈在闹,吧台后面坐了个男人,面前同时打开着几台电脑,其中一台电脑上打开了几个窗口,显示的正是那几个少年的游戏画面。他随意拖动几个程序窗口,远程操控着他们的游戏人物。另外几台电脑显示器上,有的在播放动画片,有的弹出一堆聊天窗口,还有一台正在进行黑客软件的暴力破解运算。

男人嘴上叼着烟,脸上挂着自负的微笑。这时,他似乎突然从一台电脑上看出什么异样,上前敲了几下,随即发现自己的这台电脑被"劫持"了。男人一惊,看到摄像头的灯亮了,反应还算快,慌慌张张从桌上拿了片创可贴贴在摄像头上。

紧接着,电脑屏幕上跳出来一个视频窗口,露出了崔虎的脸。

男人盯着崔虎看了一会儿,没吭声。

崔虎在画面里探头探脑，嘴里念叨着："穆己啊？心眼儿够、够多的啊，还把摄、摄像头给挡上了。拿什么挡的啊……那是什么？胶、胶布吗？还是创、创可贴？"

被叫作"穆己"的男人一愣，随即反应过来，回头看到屋顶墙角处的监控探头正对着自己。

崔虎这会儿正坐在电脑前，看着显示器上远程"劫持"穆己电脑的画面以及网吧里的监控画面，大刺刺地说："你、你说你这没、没出息的玩意儿，网管这种只、只要会重启，人人都能、能干的活儿，你也来。连小孩儿打个游、游戏，你还远、远程挂马。要、要我是联盟首、首席，也得开除你。"

电脑的"劫持"画面里，穆己索性揭掉了遮住摄像头的胶布，阴沉着脸问："你怎么找到我的？"

"就、就你那浪张儿德行，找、找你还不容易啊？我都跟你聊、聊了好几天了。"

穆己一惊，扭头去看旁边的显示器，搜索了一圈之后，震惊地说道："那个、那个'百媚如花'就是你？"

"怎么样？哥儿们戏、戏还可以吧？"

"可……可你当时发我的那些照片……"

刘音在一旁探过身来，扶着崔虎的肩膀，朝屏幕那边的穆己招了招手："嗨。"

穆己知道自己被算计了，目瞪口呆地愣了一会儿，总算接受了事实："成吧。废话少说，这么费劲找我想干吗？"

显示器的屏幕上，崔虎朝穆己嘿嘿一乐，没说话，伸手向上指了指，摄像头画面随即一黑。

穆己愣了愣，身前已经罩了一片阴影。关宏宇两肘支在吧台上，正似笑非笑地看着他。穆己也斜眼瞟着他，把面前的鼠标和键盘一推，猛地站了起来。

瘦高瘦高的他比关宏宇还高出大半个头，他一挑眉，冷声道："你想干什么？"

关宏宇由俯视变成仰视，不过这次是真的笑了。

十几分钟后，关宏宇开着刘音的车，停在丰台支队马路对面。他把车熄了火，扭头去看坐在副驾席上的穆己："哥们儿，认得这儿不？"

穆己捂着青了一大块的一边眼睛，看了看马路对面，惶恐地问："带我来这儿干什么？"

关宏宇手仍旧搭在方向盘上，漫不经心地答："你挨了打，不得来报案啊？我也省得让公安来抓，跟你一块儿进去自首就完了，多给你省事儿啊。"

穆己松了捂住乌眼青的手，愣了："可……可你不就是这儿的……"

关宏宇掏出几张纸，干咳道："顾问，现在是顾问了。所以你可别在网上瞎嚷嚷什么警察打人，我不是警察。"

穆己眼珠转了几圈，确定自己孤立无援，最后只能哭丧着脸问："你到底想干什么啊？"

"本想跟你好好聊，你非较劲。现在还能不能聊？不能聊我就把你送了。"

他说着又把手上那几张纸扔给穆己："看看呗，虎子查出来你有这么多事儿，估计还不全。没事儿，队里有网监。"

"我也没干什么杀人放火、伤天害理的……"

"那倒是,归了包堆,也就几个月的拘役。回头我托人说说情,看能不能把你转到网瘾治疗中心去。据说里面条件可好了。"

穆己的脸色这下是真的变了,换上讨好的微笑,说道:"既然你是虎子的朋友,也都不是外人。不打不相识,都算了吧。咱们,呃……江湖再见?"

他转身去拉车门,关宏宇笑眯眯一抬手就把中控锁上了:"浪费我宝贵时间啊,行,那进去呗。"

他发动车,驶离路旁,一个掉头就要往刑侦支队里开。

穆己立刻急了:"哎,咱们好说,想聊什么都行!大爷,我叫你大爷成了吧!"

"哎,乖孙儿。"关宏宇哈哈大笑,"早说不就完了吗?"

同一时间,市局政委办公室内,郑力齐正站在办公桌前,向市局的政委王绛汇报工作。

王绛把手上的几页纸扔到桌上,略有些不满地说道:"你说的这些情况,咱们不是早就掌握了吗?而且我听说,你现在让丰台支队上下班打卡,搞得跟民营企业似的,没打卡的就沉去派出所,合适吗?"

郑力齐冷静地说:"我知道刑侦工作有它的特殊性,但这回局里派我过去,针对的是他们的组织性和纪律性。如果不一上来就乱世重典,像周巡这类赳赳武夫肯定不服管。"

王绛笑了一声:"那个关宏峰……"

郑力齐不紧不慢地说道:"我在报告里写了。"

"不谈书面上的东西,你个人对他的印象怎么样?"

郑力齐想了想,说道:"非常聪明的一个人。"

"废话。局里会默许他们返聘一个傻子回去当顾问吗?他那点儿聪明用对地方没有?"

郑力齐琢磨了一会儿:"这个……恐怕见仁见智。"

"你呀你……行了。"

郑力齐正要转身离开,王绛叫住他:"哦对,他们队有一个借调过去的副主任法医师,据说一上来就被你给开了。"

"哦,郜君然。那个人……"

王绛打断他:"还能用,停薪留职就够了,也不用追加后续处罚。"

"是。那您看,这次的事儿,还入档吗?"

"该怎么写怎么写。我看过了,那小子,还差这一条处罚记录吗?"

郑力齐交代完工作回到支队,刚下警车,就看到周舒桐站在大楼门口,好像是专门在这儿等他。

他走过去,直截了当地问:"怎么,有话要说?"

周舒桐有些支支吾吾,面色尴尬:"我……今天的考勤记录已经传到您邮箱里了。"

她给郑力齐往旁边递了个眼神,郑力齐侧头,这才看到周巡就在门旁的一个死角抽烟。

周巡看到他,把烟头扔到地上踩灭:"老郑啊,今天一天没见着你,打卡了吗?"

郑力齐豁达地一笑:"我今天回督察处那边……"

"我知道我知道,肯定是有正事儿。这样,明天让小周把你的行动报告送我办公室去吧。都是当领导的,你得给队里的弟兄们做个表率是不是?"周巡说完拍了拍郑力齐的肩膀,"那今儿晚上辛苦你带班,我先撤了啊。"

看着周巡扬长而去的背影,郑力齐有些哑然失笑。他从地上捡起周巡踩灭的烟头,扔进旁边的垃圾桶里,在指纹打卡机上打了卡,和周舒桐走进支队大楼。他说道:"是不是如果我允许周巡在他自己的办公室里抽烟,能让他对我的态度有所转变?"

周舒桐考虑了一下说道:"这个……我也不明白周队为什么有这么大抵触情绪。"

郑力齐笑了:"要说抵触情绪,恐怕不止他一个人有吧。"

周舒桐垂下目光:"其他同事都还好……"

郑力齐打断她:"哦对,之前装'二一三'案卷的那个文件袋还在你那儿呢吧?"

周舒桐微微一怔,随即神情自然地答道:"不好意思郑处,我以为那个袋子没什么用,又有点儿破损,我就给扔了。"

郑力齐点点头,也没看她,轻描淡写地说:"下次直接扔办公室就行了,不用特意跑到洗手间去扔。"

他说完,留下愣在原地的周舒桐,一个人回办公室去了。

02

火锅的热气蒸腾而上,关宏宇和崔虎隔着热气,看坐在一旁穆己的大快朵颐。

穆己一边吃着串一边含含糊糊地说:"吴征?吴征是谁啊?我去看了三遍《007》不假,可这不代表……"

他话没说完,关宏宇把一把串扔进红油火锅里,红油四溅,吓得穆己往后一闪。

关宏宇冷冷道:"别记吃不记打。"

穆己觉得眼眶又痛起来,小心地瞟了眼崔虎。崔虎闷着头,自己拿了碗开始吃东西,同时把座位挪得远了一点儿,不想被连累的姿态摆得很明确。

穆己心虚地放下串:"我就这么一说,虎子你看你这朋友,老跟吃了枪药似的……我是帮过他忙,就是朋友介绍,我也不知道他是什么人、干什么的,他要犯了事儿真跟我没关系。"

关宏宇看着崔虎,崔虎拿着根吃完的签子,朝他轻轻挥了挥,关宏宇于是回过头继续瞪着穆己。

穆己被这眼神看得发怵,忙改口道:"是他找的我,是他找的我!那会儿我还在六道口有个落脚点,这哥们儿神通广大,直接就摸上门了,说有活儿找我干。"

关宏宇问:"什么时候的事儿?"

"一月……中下旬。因为被他吓了一跳,觉得不安全,一月底我就把那房子退租了。"

关宏宇微微点头:"所以你们就改在电影院里碰头。他让你做什么?"

"也不是多大的事儿。我看这老哥挺诚恳的,而且能直接摸着我,肯定不是一般人,不敢得罪他……我可没收钱啊,就是纯帮忙。"

关宏宇又瞟了眼崔虎,崔虎攥着桌上的啤酒杯横着划拉了两下。

关宏宇瞪着穆己。

穆己也急了:"虎子!你这人怎么……"

关宏宇没好气地说道:"到底收了多少钱?"

"五千。"

"他委托你的是什么工作？"

"他让我帮他在一个U盘上安个'后门'。哦，对了，那U盘本身就是个军工级的加密型号，可不是什么便宜货。"

关宏宇完全没想到是这剧情，愣了愣。

一旁的崔虎反而眼睛一亮："CE-LINK 的？ CORSAIR 还是 LASIE？"

穆己回答道："CE-LINK，而且应该是定制的。"

关宏宇追问："怎么说？"

"CE-LINK 在售的U盘最大也就是64G，他给我那个是256的。"

关宏宇瞟向崔虎。

崔虎点头："那、那可真是下、下了本儿了。放心，这稀缺玩意儿，反而有地儿查。"

"成。"关宏宇回头看着穆己，"那接着说'后门'的事儿吧。"

入夜，关宏峰出神地看着墙上巨大的人物关系图，属于"神秘男人"的位置拉出一条线和裴家易相连，旁边标注着两个字："敌对"。

他面前的笔记本电脑响了一声，左下角显示宠物论坛收到了私信。他瞟了一眼正在逗玄凤鸟的朴森和坐在他身旁看书的杨继文，点开了私信。

关老师的小跟班：您好，冒昧地再次打扰。之前在办案过程中，我不得已收养了一只流浪小狗，就是只小土狗，棕黄色的。

我带它打过疫苗了，也办了证。可我就自己一个人，平时只能把它关在家里，尤其担心需要加班不能回去的时候，它会挨饿。不知道您或您认识的其他朋友愿意领养它吗？

关宏峰盯着这封私信沉思片刻，逐字敲下回复。

和光同尘：上班的时候不能带着它吗？我以为公安不会太避讳这些。

很快，对面再度回复。

关老师的小跟班：我们这边来了个新领导，最近正在大力整顿支队。规矩很严，再加上我正好被调到他身边做助理……总之，我现在的处境无比尴尬，都有点儿自身难保的感觉。

关宏峰读了两遍私信，显然正在思考。他几次键入回复，但又觉得不妥，都删掉了。最后，他似乎打定了主意，直接关掉了私信窗口。

刘音在他身后，冷不防带着调侃的语气说道："欸，怎么不聊了？"

关宏峰微微一惊，回头看她。

刘音连忙摆手："放心，你不说，我跟谁也不会说的。这孩子怎么也算你徒弟，你就真大撒把了？"

此时，右下角再度跳出私信通知。关宏峰犹豫了一下，还是点开了。

关老师的小跟班：对不起，可能是我太冒昧了吧，就这样平白无故地……毕竟您也不认识我。只是，我身边实在找不到什么人可以说这些了。狗狗的事情，我自己想办法吧，打扰了，抱歉。

关宏峰看到这里，猛然想起已经牺牲了的刘长永。

刘音低声说："其实，她这也不算矫情。叶方舟死了，刘长永又牺牲了，再加上支队上上下下估计都以为她是郑力齐的亲信，她的日子肯定很难过。你别这么冷漠，好歹宽慰宽慰人家。"

其实这话不用刘音说。

他本身对周舒桐这个小姑娘就是心存愧疚的，良久，他叹了口气，键入一则回复。

和光同尘：狗的事情，我尽量想想办法。至于你的尴尬处境，我既不了解，也帮不了你。但如果你想找人聊聊的话，我可以听一听。

就在这时，卷帘门处传来"滴滴"的响声。门开了，崔虎和关宏宇先后进屋，刘音转身挡了下笔记本电脑，方便关宏峰不着痕迹地关上电脑屏幕。

刘音笑道："撸串儿撸到现在！那个穆己呢？"

关宏宇回答道："我放他走了。总不能非法拘禁吧。不过，放心，需要知道的都问出来了。"

此话一出，立刻引起了所有人的关注。

关宏宇不等脱下外套，急匆匆地走到人物关系图前，说道："一月中下旬，吴征找到了穆己。鉴于他是市局的卧底，掌握着黑白两道的各类信息资源，这倒也不奇怪。二月八号，两人相约在中影千禧国际影城碰面。根据之前商定好的，吴征把一个军工级的加密U盘给穆己，同时支付了他五千块钱的酬劳，要求他给这个加密U盘设置一个所谓的'后门'。双方本来约定的工作完成时间是在二月十五号，也就是当年的大年初二。但是两天后，也就是二月十号，吴征似乎改变了主意，于是就有了他们在电影院的第二次会面。吴征要求穆己最晚在十二号完成工作并交还U盘。为了这个，他还多付了三千块钱。

"穆己加班加点，终于赶在二月十二号那天完成了木马的植入和设定,把U盘交还给吴征。那也是他们两人最后一次见面。"

关宏峰和关宏宇对视一眼,叹了口气:"明知道穆己是个白丁,吴征在三次会面中还都用到了反侦查技巧。据穆己讲,最后一次,吴征进了电影院后甚至连招呼都没打,把U盘直接从穆己身上偷走了——看来他当时的状态一定非常多疑和焦虑。"

刘音问道:"那这个吴征花了这么大代价找穆己,到底往里安了什么'后门'啊?"

关宏宇疲惫地将自己扔到一张椅子上,一指崔虎:"虎子,这部分还是你来吧,我可讲不了。"

崔虎依言来到白板旁边,开始解释:"这个军、军工级的U盘是定、定制的,本身带有密、密码保护。而穆己在这重128位加、加密算法的'门锁'后面多设置了一重指、指纹认证。据穆己说,密、密码无论是输、输入通过,还是暴、暴力破解,都绕、绕不开后面的这重指纹认证。更何况,这个指、指纹认证是挂、挂了木马的。"

关宏峰若有所思,问:"是硬盘内容的删除机制吗?"

"峰哥,你肯、肯定知道,一个删、删除机制是没用的。"

"对,删除、粉碎、格式化,文件都是可以被恢复的。"

"所以说,穆、穆己这小子的确有点儿贼机灵,他用了一个恢、恢复不了的方法。"

崔虎走到白板前,画了一个圆圈,在里面写上"吴征"两个字:"讲得浅、浅显一点儿,这是一块儿数、数据载体,这两个字儿就是里面的内、内容。就像刚才峰、峰哥说的,你把它擦掉——"他说着伸手抹掉了上面的字,又重新写上"吴征"两个字,"还是可、可以恢复的。"

随后,他又用手比画了一下这个圆圈:"你、你把它弄成碎、碎片,还是可以拼、拼回去。"

关宏宇有些不耐烦地说:"行啦行啦,别那么多废话,你就直接说那小子到底做了什么手脚。"

"简、简单地说,就是通、通过触发恶意程序,对这个载、载体的内容进行超饱、饱和轰炸。"

"逻辑炸弹?"

"触、触发机制是什么都无、无所谓,关、关键是破坏的手段。"

听到这儿,关宏峰明白了,站起身来:"覆写。"

崔虎一拍巴掌:"厉害!他往、往里加了 Peter Gutmann 算法,可以实、实现对 U 盘内容最多三十五次覆写。"

说完,他回身在"吴征"的名字上覆盖着写下了"关宏峰、关宏宇、高亚楠、刘音、周舒桐、周巡"等字。很快,本来写着吴征名字的地方就成了一团黑疙瘩,再也看不出来底下的"吴征"两个字。

他最后总结道:"完美的毁灭手段,超级覆写。"

03

三元桥下,赵茜已经等了一会儿,正警惕地四下观望。有一辆车从桥下驶过,赵茜立刻后撤两步。这辆车开到她附近时减速,车窗摇下来,从车里扔出一个鼓鼓囊囊的纸袋,随后,这辆车又加速离开。

等到那辆车消失在夜色中,赵茜才小心翼翼地上前捡起袋子,打开看了看里面的钱。这时恰好手机响了,她看了眼来电显示,接通电话。

商凯的声音从那头传来:"只收现金,不让转账,你们做公安的还真是谨慎。"

赵茜低头,似乎在清点袋子里钱的数目:"非大半夜叫我来这种没人的地儿,咱们谁更谨慎啊?还转账,能不能有点儿常识。我干脆给你个反贪局的账号算了。"

商凯笑了笑:"不管怎么说,合作还算愉快。我现在另有个事儿拜托你,或者说是先提前打个招呼吧。"

"说。"

"你们抓到了那个闫通,却让挟持闫通的人跑掉了。不管是周巡还是关宏峰,以你们支队的风格,不会放过他的。如果在这件事儿的调查上有什么进展的话,我希望能第一时间知道。"

赵茜冷笑:"你这种人什么时候开始关心公安的办案进展了?"

商凯神秘一笑:"哦,私人恩怨。"

那头,关宏峰极其迅速地去了一趟 CE-LINK,也就是那个 U 盘的生产公司。定制记录里只登记了"吴先生",但他们销售部经理认出了吴征的照片,也证实了穆己的部分说法。也就是说,二月二号,吴征的确来这里取走了一个定制的军工级三防加密 U 盘。

他与关宏宇电话交流了这一信息,并核对了吴征遇害前的日程,也因此得以添加进去许多细节,做了一次补充还原。

一号,吴征和周巡联络,说有个不得了的发现。

二号,去买了 CE-LINK 的 U 盘。

三号，还是空白的。

四号，和周巡联络，要求见迟文江。

五号，见到迟文江，说六号有次由他牵线的不法交易，出来的时候曲弦向他推荐了林佳音。

六号，吴征安排两拨人在沙河大桥会面。

七号，还是空白。

八号，在电影院约见穆己，给了他U盘和酬金。

九号，尚不清楚。

十号，第二次见穆己。

十一号，去天客隆大厦附近，原因不明。

十二号，最后一次见穆己，拿回了改装的U盘。

"那看来，只有三号、七号和九号……哥，从已经掌握的行程来看，不难想象，他三号有可能在安排那两伙儿人去沙河大桥会面的事儿。当这个事儿坐实之后，他才会在四号让周巡约见行动总指挥，五号和迟文江当面做汇报。"关宏宇说道，"穆己一月中下旬就被吴征找到了，而吴征的U盘是二号就已经到手的，八号才决定让穆己对U盘进行改装。那七号很可能是有什么事情让他确定了这个U盘的用处。以此类推……"

关宏峰接着说："十号，吴征要求穆己加快进度的话，肯定是九号发生了什么事情，让他必须在最晚十二号就拿到这个改装好的U盘。"

关宏宇说道："这些确实是合理的推测。不过咱们既然已经知道有这个U盘了，难道不应该更关注它的下落吗？"

关宏峰蹙眉说道："咱们都看过案卷，物证清单里并没有这样东西。吴征的家经过这么多次搜查，包括我也去看过，都没发现。如果这东西不是他生前另找了个隐秘所在藏了起来，就是被叶方舟和安廷带走了。"

关宏宇叹了口气。

也就是说，他们费了那么多力气，找出关键人物，定位了 U 盘这种关键证物，找出来的这玩意儿却早就遗失、损毁或者已经落入凶手手中了。

"又是空欢喜一场啊？"周巡开着车，望向副驾驶的关宏峰。

关宏峰回答说："既然找到 U 盘的希望很渺茫，也有了一定事实和证据基础的推测，我们还是要尽力调查清楚空白的那三天。再就是，穆己给吴征完成改装的，是一个空白 U 盘，吴征拿到 U 盘，肯定需要把他想传递的信息文件拷贝进去。那么，这些信息文件的原始载体在哪儿？"

两个人都沉默了一会儿。

"对了，"周巡低声说，"你说关于六号的那次行动，行动记录上写得不具体，我也只是听他提过一嘴，不过印象还是挺深刻的。其中一方的头目叫何侬，外号麻子，是做毒品生意的。还记得么鸡吗？那小子就曾经在他那儿拿过货。这人已经归案了。"

关宏峰微微皱眉："毒品的批发商都已经归案了，我不用指望还能见着活人了吧。"

周巡一拍方向盘："总算咱们命好一次！我查了，因为他的同案比较多，涉及的数量又大，案件本身光补侦就退过两回卷。再加上这小子不认命，还上诉。"

"你就直接告诉我，他的死刑执行时间吧。"

"还有不到一星期。人现在在市看羁押。"

关宏峰再次蹙眉："那咱们得赶快了。"

*　*　*

周巡驾车驶入院内,停车后,两个人都叹了口气,走到大楼门口,双双按下指纹打卡。

小汪从楼里走出来,和两人打过招呼后,对周巡说:"师父,小屯路那边儿昨晚有伙儿人把美廉美超市给撬了,据说偷了好几车的东西,跟搬家一样。"

周巡皱眉说:"那他们内保肯定有问题啊。这一看就像监守自盗。"

"反正郑督的意思是让咱们也去一趟,争取一半天儿把案子结了。挺大一超市,还等着恢复营业呢。"

"成。他没说让老关也去吗?"

"没有,他说关队找他有事儿。"

周巡听完,朝关宏峰递了个眼色,跟小汪离开了。

关宏峰径直走进支队大楼,一路来到郑力齐办公室,敲了敲门。

里头的郑力齐说了声"请进"。

关宏峰推门走进办公室,正碰上周舒桐往外走,周舒桐和他打了个招呼。

关宏峰微微点了下头,目光一转,随即看到坐在办公桌后的郑力齐面前放着7173号物证箱。

他踱步走到办公桌对面,看了看物证箱,又看了看郑力齐。

郑力齐笑道:"关队,早啊。"

关宏峰两手支在办公桌上,上身前倾:"郑处的意思,是让我在这间办公室里看证据?"

"兹事体大,我这已经有违规之嫌了。只要不出这屋,还好说是我要看物证,让支队顾问陪我一起参详参详。"

关宏峰冷笑了一声，拿起物证箱，走到一旁的沙发坐下，把物证箱放在茶几上。他打开箱子盖，从里面拿出几个小物证袋后，看到了放在箱底的笔记本电脑。

他犹豫了一下，说道："按说这些物证应该都仔细勘验过……"

郑力齐打断道："我问过技术队，因为这个案件的重要性，每样物证都勘验了不下十遍，能发现的，案卷里都有了。当然，也不排除关队看完之后能有一些新的角度。"

关宏峰对照着证据目录，正打算依物证序列号逐一查看的时候，郑力齐走到他身旁，递过来一副手套。

关宏峰抬眼看着他。

郑力齐笑道："保险起见，还是戴上吧。万一真不小心留下了指纹，还得一个个擦干净，多累啊。"

关宏峰若有所思地瞟着郑力齐，接过手套。他刚戴上手套，传来敲门声，不等郑力齐回应，高亚楠直接推开门，正要开口，见关宏峰也在屋里，愣了一下。

关宏峰朝她递了个眼神，高亚楠略一犹豫，没说话。

郑力齐倒是和颜悦色："高主任，有什么事吗？"

关宏峰趁机指了下物证箱上"7173"的编号，又从物证箱里拽出半截笔记本电脑，随后，往郑力齐那边递了个眼色。

高亚楠彻底明白了，沉下脸来："老郑，法医实验室里里外外哪儿都是人，这活儿还干不干了？"

"眼下正在对之前的所有案件进行复核。而且据我所知，这几天没有需要验尸的工作。稍微忍耐一下。"

"没问题。"高亚楠立刻打蛇随棍上，"那我是不是打个卡就可以回去了？"

"现在复核的案件基本上都是由郜法医处理过的，遇上不懂的专业问题，他们不还得请教你吗？"

高亚楠不为所动："您别搞错了，我干的是验尸，不是稽查。您有没有仔细看过任何一份验尸报告？在缺少尸体的情况下，推翻或认可一份验尸报告上所有的描述判断，都是轻而易举的事儿。"

郑力齐犹疑着："这个，不至于吧。"

高亚楠冷笑一声，转身就要往外走。

郑力齐叫住她："等等，高主任。要不这样，你找一份验尸报告出来，咱们就具体问题统一一个复核标准，你看行不行？"

高亚楠翻了翻白眼："你是大领导，想看随时来，我可不想一趟趟往楼上跑。"

她说完掉头就走。

郑力齐想了想，无奈地摇了摇头，对关宏峰说："关队，那你先看着，我去去就来。"

他刚一出门，关宏峰立刻起身从办公桌上拿了个空文件袋，把装在物证袋里的笔记本电脑塞进文件袋内，推开办公室的门看了看楼道情况，然后迅速离开大楼，并给关宏宇打了个电话。

关宏宇刚接起来，关宏峰低声急促地说道："我拿到吴征的笔记本了。时间很紧，让刘音开车带上崔虎来我制定的地点会和。需要什么工具让崔虎都带上。你别露面。"

"知道了。"关宏宇说，"不过，事后怎么交代？"

"来不及想这么多。赶紧吧。"

他说着走出支队院门，拦下一辆出租车，上车后对司机说："往东北方向开，师傅。我待会儿跟您说具体位置。"

随即，他又拨了个电话："崔虎，你们出发了吗……好，保持联系。"

04

小屯路美廉美超市里,周巡正在听赵茜汇报现场情况。小汪从一旁跑过来:"师父,安排妥了。我让东部队的二探组对那个棋牌室……"

周巡恶狠狠地瞪了小汪一眼。

小汪一愣,不说话了。

周巡对赵茜敷衍地说道:"行,我知道了。对圈进范围里的那几个保安分开单独问话,然后把监控拍到的那几辆车的牌照号发个协查通告。"

赵茜目光闪动,但仍旧点点头:"好的。"

等到赵茜离开后,周巡回过头看小汪:"监控上好了?"

"搞定了。师父,这事儿还不能让别人知道啊?其实我也想问,您说的这个姓单的是什么人啊?"

周巡伸出右手点了点他:"我当初教你什么来着?"

小汪眨眨眼:"呃……眼勤、耳勤、手勤……"

"还有呢?"

小汪萎了:"嘴、嘴别那么勤。"

"还记得就好。市局看守所那边的申请递了吗?"

"我找了,那边儿说这一半天儿就安排。"

周巡想了想:"查一下那个案子的承办人,看能不能把何侬的案卷调出来。"

"好嘞。那师父,这个何侬又是……"

周巡又瞪了他一眼。

小汪连忙一捂嘴,脚底抹油。

* * *

关宏峰这边下了出租车,和刘音崔虎接上头。

他钻进后座,对刘音说:"上主路,沿三环一直开。"又对崔虎叮嘱:"戴手套。"

崔虎有些不解:"峰、峰哥,这个……都是……"

关宏峰抬手打断他:"时间非常有限,你现在少说话,赶紧干活儿。郑力齐说技术队已经反复查验过这个笔记本电脑了,并没有什么发现。据我所知,卧底人员使用的电脑有可能会在主板上安插一个防止文件恢复的硬件设备,所以技术队什么都没有找到也很正常。而吴征一旦把电脑里的文件转存到那个 U 盘上,清空原始载体也是符合逻辑的。你先赶紧扫描他的硬盘,看能不能找出有价值的线索或是可能恢复的文件。如果不能,就拆开电脑,做进一步检查。"

崔虎听完,长吸了一口气,不再说什么,立刻插上另一台笔记本电脑,开始操作。

同时,刘音驾车驶上三环主路,问道:"咱们能有多长时间?"

"不知道,但肯定很有限。"

崔虎把两台电脑连在一起——吴征的那台电脑亮了,电源启动。

郑力齐和高亚楠在人来人往的丰台支队法医实验室里看着同一份验尸报告,正在讨论着什么。

高亚楠时不时故意地抛出一些尖锐的问题,而郑力齐大多只是敷衍地笑笑。

这时,郑力齐的手机响了一下。他看了眼手机,脸色微微一变，立刻对高亚楠说："高主任，咱们容后继续商量。"

他说完转身就走，高亚楠赶紧叫住："哎，老郑！"

郑力齐却没搭理她，头也不回地离开了法医实验室。

高亚楠忙掏出手机，给关宏峰发送信息。

"郑已离开办公室。"

关宏峰收起手机，刘音从倒车镜里看了一眼，担忧地问："怎么了？"

关宏峰简短回复道："没事。"

他看了眼崔虎，崔虎一边操作着电脑一边说："什么都没、没有，这台电脑感、感觉跟新买的差、差不多。"

顿了一下，他又补充道："确、确实什么都没有，而且有点儿奇、奇怪，我用虚、虚拟网络查了这台电脑的上、上网记录，只、只有一个内网IP，应该是你、你们技术队留下来的。"

关宏峰问："这台电脑连网都没上过？"

"我说了，跟、跟新的一样，还是'嘎嘎新'的那种。"

关宏峰看了眼时间，对崔虎说："拆开看看。"

崔虎应了一声，立刻切断电源，拿出了螺丝刀。

郑力齐一路小跑回到办公室，推门发现人去屋空，转身刚往外走，正好碰上楼道里走来的周舒桐，立刻嘱咐："马上安排两个探组开上车，我现在就下去，把技术队的小高也叫上。"

他不等周舒桐说什么，转身就往楼下走。

周舒桐愣了愣，扭头往办公室看，一眼就看到了7173号物证箱。她走进办公室，装作无意地瞟了眼物证箱，似乎也注意到笔记本电脑不见了。

正在这时，门口传来郑力齐的声音："你是来帮我锁门的吗？"

周舒桐吓了一跳，回头看见郑力齐面无表情地站在门口，愣了愣："郑处，我……"

郑力齐严肃地说："把桌上的其他物证先收回箱子里，把门锁好，赶紧通知探组备车。快点儿！"

周舒桐和小高一起跑下楼的时候，郑力齐已经和两个探组上了警车。

周舒桐边跑边低声问道："郑处为什么让你带定位装置啊？"

小高答道："我也不知道。前不久，他让我在7173号物证的那台笔记本电脑里安装了一个定位芯片，一旦那台电脑启动，就会实时显示出所在位置。我还想问你呢，怎么了？是物证丢了吗……"

话没说完，郑力齐摇下车窗："小高，快点儿上车。"

周舒桐也想跟上，郑力齐摆摆手拦了一下："你不用去了，继续核查已结案的卷宗吧。"

两辆警车很快驶离了支队。周舒桐望着警车消失的方向，若有所思。

她犹豫了大约一秒钟，拿出了口袋里的手机。

崔虎正对着已经拆开的笔记本电脑，指着主板上的一块芯片对关宏峰说:"峰哥你说得没、没错儿,应该就、就是这个。这、这是一个自带粉碎程序的芯、芯片。做这种硬、硬体拦截,是为了保、保证在电脑运行当中看、看不出痕迹来。它的功能是让删、删除的文件彻、彻底无法恢复。"

关宏峰思考着说道:"那就是说,这肯定是吴征的,确切地说,是一个卧底行动人员使用的电脑。"

崔虎又用螺丝刀扒拉着电脑主板上另外一个芯片,嘴里嘀咕:"不过这边这个……又是个什么改装啊……"

关宏峰的手机响了,他看了眼,是周舒桐。

她的短信来得莫名其妙,没有前后文,只有两个字:"定位"。

关宏峰却立刻明白了,对崔虎说:"把电脑装回去,快点儿!过大钟寺之后立刻出辅路。靠边停车!"

极速前行的警车内,郑力齐看着小高电脑上显示的定位画面,问:"这个定位装置的距离误差有多少?"

小高回答道:"不会超过十米。"

"那这个移动速度,可以推测他是在一辆车上,对吧?"

"对。"小高看着屏幕说,"而且这辆车正沿着北三环主路往前开。"

他说到这儿,有些心虚地问郑力齐:"郑处,咱们要真追到了,那关队不就知道是我们给那台笔记本电脑安了定位装置……"

这时,定位画面上的信号标志已经离开了三环主路。

"你也不用担心。"郑力齐笑道,"他应该已经知道了。"

* * *

刘音将车停在蓟门桥附近的北三环辅路路边。关宏峰看着崔虎又把两台电脑连在一起做软件测试，焦急地说："来不及了，赶紧装进物证袋里。"

"等一下。我、我再最后测、测试一下。"

他在吴征的电脑上随便创建了一个新文件，然后删除、粉碎、清空回收站，再在自己的电脑上用黑客软件进行恢复。很快，那个被删除的文件就恢复出来了。

他愣了："欸？那、那个拦截硬件，完、完全没起作用啊……"

关宏峰一脸疑惑："什么意思？"

"你看。我很容易就把刚、刚才销毁的文、文件给恢复出来了，那安装那个文件销毁的芯片还、还有什么意义呢？"

关宏峰想了想："可你刚才说过，这台电脑上的任何文件和使用痕迹都已经恢复不了了。"

"是啊。我说了，跟、跟台新的一样。"

关宏峰略一沉吟："没准儿，它就是新的。"说完，他合上笔记本电脑，拔掉连接线，把电脑塞回物证袋里，又把物证袋塞回文件袋，匆匆下车离开。

刘音的车驶离没多久，两辆警车下了三环主路，来到辅路旁停了下来。

郑力齐看着定位画面上的信号显示，用手指圈了一下那片区域，问："这是哪儿？"

小高想了想，回答道："应该是政法大学。关队好像是从北门进去的，正在向东门走。这个速度，大概是步行。"

郑力齐随即吩咐："让后面那个探组从北门进去，咱们走东门。"

两辆警车分别驶离路旁。

同一时间,关宏峰拿着装着笔记本电脑的文件袋,不紧不慢地顺着台阶走向正门。在他身后,一辆闪着警灯的警车驶入院内,停在了门前。

车门打开,郑力齐和小高等人下了警车。

关宏峰回过头,面无表情地看着郑力齐。

郑力齐递了个眼神,示意随行的探组不要动,带着小高走上台阶。他瞟了眼门口挂着的"中国政法大学物证鉴定中心"的牌子,心下了然,笑道:"关队,咱们怎么说的?你想把物证拿来做鉴定,也该跟我打声招呼吧。"

关宏峰不动声色地说:"给我看那些物证你都涉嫌违规,我要跟你说的话,这东西还能送来吗?其实要我说,你应该晚点儿再出现,那样什么锅都由我来背。"他扬了扬手里的文件袋,"小高,技术队把这东西来来回回查了那么多遍,有什么发现吗?"

小高尴尬地答道:"没有。"

关宏峰说:"郑处让我看这东西,是希望我能发现什么新的切入点。来物证鉴定中心就是新的切入点。"

"可……就算是要送物证鉴定中心,咱们也应该事先发个申请什么的。"郑力齐仍不放弃。

关宏峰毫不慌张:"哦,这儿的研究员我熟。"

郑力齐好奇地问道:"你常和他们打交道吗?"

关宏峰似笑非笑地说:"去年我们抓走了这儿的主任,就是那个后来持枪闯入支队的王志革,您应该也听说过吧?"

贰拾壹 正义使者

01

物证鉴定中心的范立云，之前因为王志革的事和丰台支队打过交道，彼此还都很客气。她对吴征的笔记本电脑进行全面检测后，问道："咱们公安肯定也对这台笔记本电脑尝试过数据恢复了吧？"

关宏峰和郑力齐都不约而同地看向小高。小高点头："各种分区格式，包括HFS、FAT、NTFS……只要是系统支持的，我们都尝试过了。但是我刚才看您……"

范立云说："我们的研究员尝试建立了一个RAID重建器。在进行RAID数据重组恢复的过程中，我们试图在阵列中分析出盘序及盘块的大小。"

"您这种方法，我也不是没考虑过，可我以为……"

范立云摆摆手："没别的意思，您别误会。关键是我们用了重建器之后，发现并不是恢复不了硬盘数据，而是硬盘里根本没有存在过任何可供恢复的数据。除了这个操作系统本身以及一些日常软件之外，这台电脑没有什么人为使用过的痕迹。"

郑力齐和关宏峰对视了一眼。关宏峰问："那能否干脆拆开做一下硬件检测呢？"

"可以啊。"范立云随即让另一名研究员拆开了笔记本电脑。当看到主板上的改装芯片，范立云和另一名研究员同时"欸？"了一声。

范立云问："这是个清除模块吗？"

研究员插上另一台笔记本电脑测试了一下："应该不是啊。我在这里建立的文件是可以被恢复的。"

范立云低头看了看，扭头跟小高说："你们也试验过是吧？"

小高愣了一下："啊？"

"这里面有一个新建文件删除之后又被恢复的记录，时间就是今天。"

小高眨眨眼，没说话。郑力齐瞟了眼关宏峰，关宏峰神色不动，也没有要吭声的意思。

范立云又问："我们能把这个芯片拆下来做检测吗？这个是插拔式的，不是焊上去的，应该不会损坏电脑主板。"

郑力齐点点头。

芯片被拆了下来，研究员拿走去做检测。

趁这个空当，范立云和关宏峰叙了会儿旧。

范立云说："关队，我们一直跟各个分院局有合作，但从来没想到自己单位里就有一个杀人狂。说起来，真的只觉得后怕。"

关宏峰笑了："王志革是非常罕见的连环杀手。如果在西方犯罪学的类型当中，他应该算有组织力的类型。而且他基本上只会对特定的目标类型实施侵害，是不会对身边的人下手的。"

"是啊。"范立云叹了口气，"其实我就是想说，挺感谢咱们支队的，尤其是关队长您。"

关宏峰客气道："破案是整个支队的工作成果，而且这也都是我们该做的，谈不到谢。"

他说着，瞟了眼主板上安装的定位装置，伸手指了一下："这是个什么芯片啊？"

范立云微微皱眉，低下头仔细看了看："哎，对啊，这块主板上怎么做了这么多改装？不过，这个看起来是个定位芯片……"

她话说到一半，研究员拿着去做检测的那块芯片回来了，对范立云说："范主任，检测过了，这根本就是一个废芯片，里面什么都没有。"

"哦？那还真是挺奇怪的。"范立云感到十分不解。

关宏峰想了想，扭头去问小高："现场勘验取走这台笔记本电脑的时候，你确认这个东西没被人调换过吗？"

小高想了想，点了点头："其实在现场，我们就通电进行过初步检测，发现里面什么内容都没有，但又怀疑是文件被删除了，就拿回去尝试恢复。"

关宏峰扭头去看郑力齐："案卷上并没有关于这台电脑的指纹记录，上面发现过指纹吗？"

郑力齐听完眨眨眼，也看向小高。

小高摇摇头："没有，这上面没有发现任何指纹。"

郑力齐似乎明白过来："那这个无用的芯片之所以安在主板上——"

关宏峰接着说："就为了让咱们相信，这是一台卧底行动人员使用的电脑。"

范立云在一旁听着，指着那个定位芯片问："那您看，我还要不要检测……"

郑力齐思考片刻，摆摆手，颇有些疲倦地说道："不用了，麻烦您，把它装回去吧。"

* * *

关宏峰走出物证鉴定中心，周巡的车已经停在路边。他刚坐进后座，周巡看了眼后视镜里的他："嚯！我就去抓几只搬仓鼠这么会儿功夫，郑力齐还搞了这么一出。这家伙到底什么意思？卷也给你看，物证也给你查，然后又扫指纹又查定位的。他会不会是……"

关宏峰说："现在还不好说，但他显然有备而来，而且绝不是只充当橡皮图章。"

他俩正说话，车门开了。戴着帽子和口罩的关宏宇穿着和关宏峰一样的衣服上了车。

关宏峰把手机、钥匙和钱包等东西递给他，关宏宇则摘下帽子递回去。其间，关宏峰飞快地向关宏宇讲述了今天发生的事。

周巡从后视镜里看着他俩交接："要我说，你们哥儿俩这么长时间以来，几乎每天都在换班，我还真担心出纰漏……对了，除了我，还有谁看出来了？曲弦我知道，亚楠就更别提了，还有没有啊……"

关宏宇斜了周巡一眼："又来了。甭想往外套人名。我不都跟你说过了？死了这条心吧。"

周巡干脆从驾驶席上回过头："谁跟你们掰扯这个了？我的意思是，我是第几个识破你俩的？"

关氏兄弟对视着眨眨眼，

关宏峰想了想："第六个？算上佳音的话，是第七个？"

关宏宇纠正道："不，你记错了，是第八个。"

关宏峰说："是吗，我怎么记得没那么靠后啊？"

"还不够靠后啊？"关宏宇瞥了眼周巡，"就他天天都见，偏偏最好糊弄……"

周巡听得脸都青了:"你俩够了!老关,你们要交接完了你就赶紧走,那边儿看守所约的人还等着呢!"

关宏峰不慌不忙,又叮嘱了弟弟几句,随后戴上口罩和帽子,谨慎地观察了一下车外的状况,下车离开了。

周巡挂上挡,驾车缓缓驶离路旁,边开边从后视镜里往后看。

关宏宇在后面没好气地说道:"别瞎寻摸了,我哥不会让你看到是谁来接他的。赶紧走吧。"

周巡露出一个苦笑来。

此刻郑力齐正坐在办公桌后,他戴上手套,用螺丝刀小心地拆开面前那台属于吴征的电脑。他正忙的时候,外面传来了敲门声。周舒桐进来,低声说道:"郑处您找我?"

郑力齐"哦"了一声,从桌上拿起一本案卷递了过去:"有个案子——是高磊、高栋兄弟的,你应该还有印象吧?"

周舒桐点了点头。

郑力齐低声说:"案件中对高磊死亡的定性是'意外、事故或畏罪自杀',但我看关队专门对高磊死亡的地铁站口监控拍到的一名形迹可疑的男性做了截图标注。这个人是怎么回事儿,你知道吗?"

周舒桐翻开案卷,看到了那个"神秘男人"进出地铁口的监控截图。她想了想,慎重地说道:"关老师当时是觉得高磊的死亡多少有些蹊跷,但也没有直接证据能证实视频中出现的这个黑衣人与高磊的死存在直接关联。"

"嫌疑人死亡,案件终结,这事儿没毛病。但如果引出了案中案,就是另外一说了。这件事儿,让你们关队和周队最好能做出书面解释。别等到真有一天查出问题来，那可就是错案追究了。"

周舒桐犹豫道："好的……那郑处，您是让我通知关老师他们？"

郑力齐话里有话地说："对啊。不一向都是你通知的他吗？"

周舒桐愣了一下，没说什么，点了点头，离开办公室。

等到周舒桐出了办公室，门重新关上，郑力齐低头继续拆解吴征的电脑。他把电脑主板卸了下来，从主板背面小心翼翼地拆下一个改装在上面的微型录音装置，从中取出一张SD储存卡。他把储存卡插入读卡器，在电脑上用播放软件打开。

崔虎的声音顿时从音响里传了出来，似乎离录音设备有些远，但讲话声音很清晰："确、确实什么都没有，而且有点儿奇、奇怪，我用虚、虚拟网络查了这台电脑的上、上网记录，只、只有一个内网IP，应该是你、你们技术队留下来的。"

郑力齐听着他和关宏峰的对话录音，似乎想到了什么，轻轻地叹了口气。

关宏宇和周巡驱车赶到关押何傀的看守所。

何傀属于重刑犯，戴着手铐和脚镣坐在审讯室的椅子上。两名看守所的民警和周巡打过招呼后，一左一右靠墙坐在何傀身后。

周巡低声给关宏宇解释："这种准备执行死刑的，必须看紧点儿，出了事儿谁也兜不起。"

他说着，用目光示意在场的两名民警。

关宏宇点点头，和周巡一同坐到何傀对面。

周巡略一沉吟，问道："何侬，大晚上的提你，是有点儿小事儿跟你核实核实……"

不等他说完，何侬一摊手："兄弟，怎么称呼？"

周巡嘴皮子动了动："丰台刑侦支队，我姓周。"

何侬听完又瞟向关宏宇。

周巡替他回答："这位姓关。"

"哦！丰台的关队，有所耳闻……我说二位，就算我不是一只脚都在鬼门关里的人了，找人帮忙，上来也至少得给根儿烟抽吧？"

周巡笑了一下，没去掏兜儿，而是瞟了眼何侬身后的民警。民警朝周巡微微摇头。

周巡拍了拍身上："不好意思啊，身上没带着。"

何侬冷笑一声，假装打了个哈欠："那我也不好意思，有点儿困。"

周巡既有些为难，又有些不耐烦，看向关宏宇。

关宏宇问道："你现在肯定不是单独羁押的，对吧？"

何侬冷笑："怕我寻了短见，可不得找人盯着我吗？"

关宏宇微微歪过头，问坐在他身后的民警："他现在羁押在哪屋里？"

民警回答："九筒三。"

关宏宇听完，扭头对周巡说："号儿里还得专门派人看着他，也够辛苦的。老周，过会儿完事儿，给他们学习号儿捎条烟吧。"

周巡会意地点了下头："小事儿。我回头跟里面打个招呼。"

何侬听完，眼珠转了转："还是关队场面。想问什么，尽管问。"

周巡开口："去年二月六号，你……"

话没说完，关宏宇注意到何侬皱起眉头，忙打断周巡，接过话茬儿："去年春节前，有一个叫吴征的给你们牵线搭桥，撮合过一笔买卖。有印象吗？"

何侬想了想："哦，吴征啊。那小子后来不是全家都被……"

周巡大声问道："问你事儿呢，有没有印象？"

"就和那边碰了个面儿，也没谈拢，还闹得挺不愉快。后来吴征翘了，这事儿也就黄了。他妈的，说起这事儿，我是一肚子气。买卖没做成不说，黄山后来还跟着他们跑了。"

骤然听到"黄山"的名字，关宏宇和周巡都是一愣。

关宏宇问道："黄山？是那个会制毒的黄山吗？"

"对啊。那家伙原来是我一手带出来的，好不容易把纯度做上去了，被人给撬走了。你说说……"

关宏宇接着问："跟你们会面的是什么人？"

何侬想了想："吴征做的保，那些人底细我也不是很清楚。带头的应该是个姓裴的。"

关宏宇想了想，拿出一个文件夹，从里面抽出黄山的照片放在桌子上："你说的黄山，就是他吗？"

何侬骂道："还能有谁？这孙子烧成灰我都认识！吃里爬外的东西……我说关队，我是要被枪毙了，等你们逮着他，托梦跟我说一声，我在那头儿等他。"

周巡从文件夹里拿出裴家易的照片，放在桌子上："那这就是那个姓裴的咯？"

"这谁啊？"何侬一皱眉，"不是，不是这家伙。那是个瘦高个儿，白白净净的，不长这样。"

周巡愣了。

关宏宇想了想，问道："能把那天的情况详细说一下吗？"

"详细说……我也记得不是很清楚了。你们不是说六号吗?应该差不多就是那天。两三天前,吴征就给牵了线……地儿是我挑的,在沙河大桥边儿上的一栋废楼。连我带黄山,一共去了四个人。那边儿来了五个人。一开始那姓裴的没来,他们说还要等等'掌柜的'。等后来那小子来了,我听见有人管他叫裴哥。

"过程……我也忘了怎么聊的。那伙儿人瞎摆谱儿,特牛,没几句话就谈崩了。我的兄弟当时就想掏家伙,那边儿也要炸,吴征就赶紧出来说和。结果那伙儿人可能是怂了,借机会把枪口转向他。

"我们一看没我们什么事儿了,就散了。走的时候我记得当中有一个黄毛儿和他们起了内讧,为了保吴征跟他们吵吵起来了。"

黄毛。

会是叶方舟吗?

关宏宇和周巡对视一眼。关宏宇从文件夹里拿出一沓照片,依次放在桌上。照片里有周巡、关宏峰、小汪、安廷、王志革、叶方舟、施广陵、迟文江、中金昆仑的那个律师和会计裴云磊,还有裴家易、韦东、商凯……甚至还有金山、幺鸡等人的照片,共三十张。

他把这些照片一字排开,问:"这些人里,有没有那天你在沙河大桥会面中见到过的人?"

周巡见状,拿出笔录纸,快速写下抬头,配合做照片的辨认笔录。

何侬一张张看过去,伸手就去拿叶方舟的照片。

在他身后,两名民警起身要制止。

周巡赶在何侬前面按住照片,对他说:"认识谁,直接说就可以了。"

何侬很肯定地说道:"这就是那个黄毛儿。长得挺精神的,认不错。"

周巡和关宏宇对视一眼,关宏宇点了下头。周巡忙记录下来。

就在关宏宇盯着周巡的笔录时,何侬又指着裴云磊说:"这不就是那边儿那个……"

关宏宇瞟了一眼,不动声色地问:"他也在当天交易的那伙儿人当中?"

"是啊。"何侬有点儿不明所以,"他不就是那个带头儿的'掌柜的'吗?年纪很轻的,姓裴。"

关宏宇情不自禁地站了起来。

02

仓库里,其他人都已经入睡。

关宏峰没睡着,他先是在吴征行动轨迹复原图前思索了良久,随后坐下来,打开笔记本电脑。屏幕右下角,弹出宠物论坛里周舒桐发来的私信。

他略微犹豫了一下,点开私信。

关老师的小跟班:我们单位里,老领导和新领导之间……也谈不上矛盾吧,就是总感觉有些怪怪的。但自从给新领导做了助理,大家明显都疏远了我,包括我一直以来最尊敬的师父,现在基本上不怎么和我说话了……而且有时候,他们的做事方式明显是针锋相对的。我夹在中间,左右为难。他们任何一方的想法或做法都谈不上有什么错。为什么总觉得,做人没法两全其美呢?

关宏峰关了这条私信,发现下面还有一条新的跳了出来。

关老师的小跟班:就在刚才,我又不得已做了点儿亏心的事儿，可能心里总还是向着自己的师父吧。不知道这算不算是所谓的"站队"。我从警校被调到这儿的时候，从来没想过会有这种事儿，只是想跟着我师父这样的前辈一起办案，多学学刑侦工作中的技巧。可现在每天都是各种人事和管理上的指派，业务学习完全被搁置了。唉……

几乎能想见她打下这行字时愁眉苦脸的表情与语气，关宏峰苦笑着叹了口气，过了一会儿，才开始在电脑上键入回复。

周巡和关宏宇离开看守所，两人边走边打开了关闭的手机。

周巡笑骂："这回真是撞上门来了，我还发愁怎么能把裴家易收回来呢，原来突破口在这儿啊。哎，对，是应该给他们号儿里面买条烟，反正这小子也快上路了，就当他举报有功吧。"

关宏宇说："何侬制售毒品，不知道害了多少人，这就算有功了？这钱你还是省了吧……"

两人刚打开的手机同时响起了信息声。

周巡看了眼自己的手机，周舒桐给他打了很多通电话，还发了个信息叫他们快回去。他哼了一声，说道："姓郑的八成又在作妖了……"

他一转头，发现自己已经走出四五步，关宏宇却低头盯着手机，脚步都停下来了。

周巡纳闷，往回走了几步，叫他："哎，你干吗呢？"

关宏宇没说话，盯着手机上的一个未接来电。

周巡上前看了看："怎么了，谁啊？我不认识的小姑娘？"

关宏宇没理他，回拨了号码，同时示意周巡别吭声。

对面很快接起了电话，声线熟悉，正是几次和他们短兵相接、不明敌友的神秘男人:"关队长,你们公安都是这个办案效率吗?"

关宏宇说:"你本人就是多起案件的嫌疑人,公安要是都按你的指挥去办案,岂不更是笑话?再说了,你给出的线索我们在跟进,至于具体办案的方式,总不能跟你汇报吧。"

男人低声说:"看来公安就是靠不住。让裴家易这种人逍遥法外,无异于亵渎正义。"

"只要有确凿的证据,我们自然不会放过裴家易一伙儿。他们设置了很多反侦查的障碍,给调查取证带来了不少干扰。"

男人笑了笑:"日光之下,并无新事……再说,你们不就是干这个的吗?"

听他说这么句话,关宏宇稍微愣了愣,过了会儿,才接着说道:"我倒还觉得奇怪呢,你不一向都喜欢自己来吗?你要是真认定裴家易有罪,怎么不早下手啊?"

男人说道:"你拖拖拉拉说这些干什么,是不是想定位我的手机?我可以告诉你——"

关宏宇打断他:"你这种组织力非常强的暴力型罪犯,肯定掌握最基本的反侦查技巧。话说回来,裴家易是跑不掉的,倒是你,我们肯定不会容忍你逍遥法外。"

男人无所谓地说道:"那就看我和姓裴的谁更高杆了,对吧,关队长?"

对方率先挂断了电话。

关宏宇听着手机里的嘟嘟声,回看周巡,没忍住吐槽:"一个罪犯迫不及待地催咱们去把另一个罪犯捉拿归案,这事儿是不是有点儿荒诞?不知道的还以为他是我领导呢。"

周巡冷笑着哼了一声:"总有这种自以为聪明的。依我看,就四个字。"

"哪四个字?"

"入牢为安。"

兄弟俩又换了个班,把关宏峰调了过来。他和周巡回到支队,打卡后并肩走进办公大楼。

周巡边打哈欠边低声说:"我终于发现有孪生兄弟的优势了。你们俩可以倒着班儿连轴转,我真是自己一个人生扛啊。"

关宏峰安慰道:"你和宏宇昨天的收获还是很大的。"

"你是说那个姓裴的财务?我已经让小汪去调取……"

"我们查过,他叫裴云磊,仔细查询户籍登记之间的关联,会发现裴云磊其实是裴家易的远房堂亲。说来也合理,财务嘛,总会找个知根知底、信得过的人。"

周巡瞟了他一眼:"昨天被你们哥儿俩在车上这通训,我就不问是在哪儿查到的了。你觉得裴云磊会是给裴家易定罪的突破口吗?"

"逻辑上是成立的。裴云磊带头出面有叶方舟和黄山参与的不法交易,说明他本身就属于这个犯罪集团,而且地位不低。何侬对他的指认,可以成为我们迫使他合作的筹码。这个'掌柜的'掌握的信息,应该很有价值。"

周巡也点点头:"虽然是条曲线,不过那头还有棋牌室的单云瑞垫底,总归是能挖出点儿什么的。"

"不仅如此……我们终于把二月三号和六号的两项空白填补上了。二月三号,推测是何侬和吴征在联络接洽六号的会面。那么四号,他联络你,要求见迟文江;五号见到迟文江汇报……前前后后，就能串起来了。"

周巡问："那你们还差哪天的行动轨迹没还原出来？"

关宏峰还没来得及答，郑力齐和周舒桐迎面走了过来。

郑力齐先笑呵呵地和两人打了个招呼："周队、关队，正等你们呢，小周说昨天一直没联系上你们。"

"太累了，睡得早。"周巡说道，"有什么事儿吗？"

郑力齐朝周舒桐递了个眼色。

周舒桐拿着案卷上前说道："郑处让我们做已结案的复核工作时，认为高磊、高栋兄弟的那起案件还存在一些疑点……"

郑力齐在一旁补充道："也可能是尚未侦结的工作。"

周巡一皱眉头，刚想开口，关宏峰已经从周舒桐手里接过案卷，非常自然地应道："是那个在地铁站口监控里出现的黑衣男子吗？"

他这话一出，另外三人都是一愣。

关宏峰打开案卷，抽出监控画面的截图："这个人我们一直在关注，而且也快摸到他了。"

郑力齐若有所思地点点头，对周舒桐说："既然关队已经有规划了，通知技术队和地区队队长，都来会议室听一下。"

众人又愣了。

关宏峰倒是很平静地说道："好啊。"

03

朝阳支队旁，身着便服的曲弦走进便利店，四下张望了一圈。

戴着帽子和口罩的关宏宇出现在她身后，低声说："曲队，找个僻静的地儿聊两句。"

"你们兄弟俩还有完没完了?"曲弦侧头瞟了一眼,冷笑道,"你哥好歹还给我买瓶水,知道客气客气。"

关宏宇笑了:"等聊完了,我请曲队吃饭,好不好?"

曲弦哼了一声,推门走出便利店。

关宏宇连忙跟了上去。

郑力齐并没给关宏峰太多准备时间,很快,支队的骨干人员基本到席。其中小汪进来的时候,把几页纸偷偷塞给周巡,周巡看了几眼,是裴云磊的身份信息。

关宏峰站在白板前,边写边说:"这个身份不明的男子,仅在咱们辖区涉及的案件中,就至少出现过四次。"

他说着翻开案卷,抽出那张地铁站出入口的监控截图,贴到白板上。

"这是第一次,在'高磊故意杀人案'中。监控画面显示,很可能高磊是受到此人的威胁,才会选择返回地铁站并试图从列车隧道中逃亡。至于高磊的死到底是逃亡过程中遭遇意外还是这个人干的,从现有证据上无从判断。第二次,在'周子博脱逃案'中,我们有理由相信是同一个人。他先是截下周子博,但没杀他,随即出现在陶军去农行取拆迁款的那个布控现场。"

他顿了顿,继续说道:"当时我也在现场,觉得这个人似曾相识,就跟到了公交站,还和他说了几句话。他显然是发现了我们的布控,知难而退。

"至于第三次,就是前不久的'丰葆路加油站绑架案'。这个人在海淀辖区杀死四名保镖后,挟持了中间人闫通,并通过闫通左右整个儿绑架事件。同时,他把中金昆仑——裴家易集团的线索,暴露给了我们。在最后解救闫通的战斗中,他受了枪伤,现场留下了血迹和指纹。换句话说,我们现在已经拥有这个人的指纹和 DNA 信息了。

"而最近的一次,他出现在'于航遭踩踏意外致死案'中。虽然没有任何证据显示他与案件有直接关联,但为医治腿上的枪伤,他曾经到访过那个城中村的一家黑诊所。"

郑力齐问道:"那关队,这个人是……"

关宏峰陷入沉思,没说话。

周巡接道:"故意杀人犯啊。老关,这叫什么来着?哦对,连环杀手。"

郑力齐又问:"他当然是一名涉嫌多起故意杀人案的犯罪嫌疑人。我是说,这是个什么……嗯……"

关宏峰说道:"从掌握的情况推断,这大概是个试图在法律之外以暴力行为'主持正义'的犯罪人。"

郑力齐的眉头皱了起来:"主持正义?"

关宏峰点点头,用笔在白板上写下"义警"两个字,并在这两个字上打了个引号。

"林佳音的行动记录?"曲弦看向关宏宇,"这种事,你不是应该去问施广陵吗?"

"我哥已经麻烦过一次施局了。何况,我不认为这件事儿会出现在林佳音的正式行动记录中。"

曲弦懂了:"那在你们哥儿俩看来,我肯定是个很'非正式'的消息来源了,是这个意思吧?"

关宏宇笑了笑:"我听我哥讲过一些卧底人员的行动守则。

无论是在同一个行动中,还是在不同的行动中,卧底人员互相知道真实身份吗?"

"除非有特殊的安排,否则应该不知道。"

"对呀。"关宏宇说,"那你向吴征推荐林佳音,这事儿你后来跟林佳音打过招呼吗?"

曲弦思考着,微微点了下头,没说话。

关宏宇继续说:"那好,从某种角度上,我是不是可以理解为,你既向吴征出卖了林佳音,也向林佳音出卖了吴征呢?哎,你先别急,我知道你是好意,但这么超常规的事儿,你觉得我应该去看市局的行动记录呢,还是来问你呢?"

曲弦想了想:"在二月五号,也就是我最后一次见到吴征的时候,我的确向他推荐了佳音。这件事儿我也和佳音打过招呼,两天后他们应该见过面。但他们具体都说了些什么,我就不清楚了。"

关宏宇想了想:"你怎么能确定他俩见过面?"

"两天后,我收到了佳音从保密线路发来的信息,上面说的是'已会面,有暴露风险'。"

关宏峰写完那两个字,继续说:"首先,我认为这名犯罪人可能不是孤身一人,而是一个两到三人的小型团伙。感觉上,他的所有行动都是有足够的信息和情报支持的,甚至不排除有远程的实时技术支持。其次,这名犯罪人,或者说这个小型犯罪团伙,既然自视为'义警',那么他们在实施谋杀犯罪前,对目标是否构成犯罪应该有一定的衡量标准。再者,由于这伙儿'义警'现在把注意力放在了裴家易犯罪集团上,双方显然已经存在严重的矛盾冲突。最后就是，从丰葆路加油站的事儿来看，我认为，他们会在实施犯罪的过程中主动避免伤及无辜，无论直接还是间接。"

郑力齐思索着说道："关队说的虽然大多是推测，听起来也有道理。可即便如此，我是说，即便他没有伤害无辜群众的行为，咱们也不能放任这样一群危险的罪犯在辖区里游荡啊。"

听到郑力齐这话，周巡偷眼看向关宏峰。

关宏峰依旧面色如常，只是随手圈了一下身后的白板："郑处多虑了，我们从来没有放纵过这伙儿人。只是DNA和指纹在网上比对都没有结果，说明他们没有前科，也不属于网上抓逃的嫌疑人。但昨晚，我接到了他直接打来的电话，电话内容是质疑我们为什么迟迟没有对裴家易一伙儿全面收网。也正是这个电话，终于让他暴露出了可供我们跟进的关键线索。"

不等郑力齐说什么，周巡情不自禁地问道："什么线索？"

"在电话里，他无意间说——"关宏峰停了一下，"他无意间说了一句话——日光之下，并无新事。已有之事必再有，已行之事，必再行。"

周舒桐第一个反应过来："高栋病房里那个护工！"

关宏峰看着她，轻轻点头："他说得没错，'日光之下，并无新事'。随着作案次数的增加，他终于暴露了。"

04

朗文斯汀医院大门口停着数辆闪烁着警灯的警车，车上下来几十名刑警。

周巡下车后朝小汪点了下头，小汪立刻指挥刑警封锁医院出入口，包围整栋大楼。

周巡看着从另一辆警车下来的郑力齐和周舒桐，没好气儿地问："郑督来抓捕现场，是要指导工作吗？"

郑力齐笑呵呵地说道："我就是来观摩的，你们当我不存在好了。"

周巡冷笑："我也想当你不存在——"

关宏峰从旁边走过来，拦下了周巡的后半句，看了眼周舒桐，问："要一起来吗？"

周舒桐听完，立刻满眼期待地看向郑力齐。

郑力齐笑着指了指自己："那再算上我一个，不多吧？"

关宏峰笑了，摆摆手，几个人一同走进医院大楼。

缀在队伍最后面的周巡朝旁边一个探组递了个眼色，五名刑警立刻跟在他们后面。

医院的副院长陈教授和护士长曾女士在办公室里接待了关宏峰等人。

陈教授告诉众人："高栋先生在我们这里治疗结束后，回了纽约。上个月我们做电话回访，得知他已经不幸过世了。至于他住院期间的护工人员安排……"

他说着朝曾女士摊了下手。

曾女士在电脑上调出排班表，说道："我们这里的护工大多是慈善机构推荐过来的志愿者，所以高栋先生住院期间，他的护工是轮换的。前前后后一共有四名护工，您需要查的是哪一位？"

听到这儿，周巡和关宏峰对视了一眼，关宏峰微微皱眉。

反倒是一旁的周舒桐快速翻了翻笔记本，说道："二月二十二号，那天当值的护工是哪位？"

众人都看向她，她轻轻晃了下手上的笔记本，有些不好意思地说道："跟关老师工作的时候，我都有做记录。"

众人相视莞尔一笑，郑力齐也有些赞许地微微颔首。

曾女士调出了二月二十二日的排班记录："那天是……哦，小费啊，是费辛。"

周巡等人立刻警觉起来："他今天来了吗？"

"没有。"曾女士说道，"我们这个月用的是另一个公益机构的护工，下下个月才再轮回来。"

关宏峰问："这人的身份信息，方便提供一下吗？"

曾女士和陈教授互相看了一眼。

陈教授解释道："是这样的，由公益机构提供的护工，我们只做他们的形式要件审核。身份信息都是由推荐的机构做实体审核并且备案的，我们这里没有。"

关宏峰问："哪个公益机构？"

陈教授提供的这个公益机构叫作生命之舟，总部就在市内。一整批人集体转移阵地，周巡让各探组在外围待命并关闭警灯。

费辛如果在这里当志愿者，可能会有相熟的人，他们不能打草惊蛇。大部分人都留在外面，最后只有关宏峰、周巡、郑力齐和周舒桐四个人进去了。

生命之舟的活动中心负责人赵主任接待了他们，听他们问起，有点儿疑惑："小费啊，挺好的一个人。怎么了，他惹了什么麻烦吗？"

关宏峰连忙笑了笑:"这倒没有,是我们已经结案的一名涉案人员家属病逝,现在家里面有些财产纠纷,我们找他了解一下被继承人生前的情况。"

"哦,他今天应该不在。"赵主任说,"我印象中,他一般都是周一和周四来。没事儿,等一会儿把他的资料送来,我可以让秘书处打电话通知他。"

关宏峰和周巡交换了个眼色。

周巡笑眯眯地说道:"不用那么麻烦,回头把资料给我们,我们直接联系他就行。"

郑力齐在一旁看着,脱口问道:"这个叫费辛的,平时是个什么样的人啊?"

关宏峰垂下目光,没说话。周巡和周舒桐不约而同地瞪了郑力齐一眼。

赵主任愣了一下,似乎觉得气氛有些不对,答道:"小费这个人……性情挺温和的,不是很爱说话,但是在中心里绝对是相当活跃的志愿者了,什么工作都愿意参与,而且任劳任怨。"

郑力齐又问:"那他平时在这里有什么关系不错的同事吗?"

周巡继续瞪着他,周舒桐已经捂着脸开始翻白眼了。

赵主任回答说:"关系不错的同事……这个我倒没注意。"

几个人正说着,秘书处的工作人员送来了打印好的资料。

关宏峰接过来,翻了翻,抽出身份证复印件递给周舒桐。

周舒桐拿出移动警讯通,在上面输入费辛的身份证号。很快,她抬起头,对关宏峰说:"查无此人。这个身份证是假的。"

关宏峰立刻向周巡点了下头。

周巡拿起步话机:"汪儿,封锁这个公益机构活动中心。派一个探组马上来负责人办公室。咱们要对这儿的每一个人展开询问。"

赵主任和秘书被突如其来的变化搞得直发愣。

关宏峰注意到两个人的表情，急忙安抚道："两位先留在这里，马上会有支队的人过来对你们进行询问。在此期间，我们不会收缴你们的通信设备，但请不要对外联系，谢谢配合。"

他说完就和周巡一起走出办公室。

郑力齐在一旁还有点儿发蒙，问同样往外走的周舒桐："怎么，这个费辛的身份证是假的？可那也不至于……有必要封锁和排查这儿的所有人吗？"

周舒桐叹了口气："郑处，如果您刚才不问那两句的话，可能不需要搞成这样。现在赵主任他们明显发现我们是冲着这个费辛来的，在不了解他们关系的前提下，难保有人把咱们到访的事儿通知他。那就又白干了。"

探组开始逐一询问活动中心内的各个志愿者。关宏峰则站在一面照片墙旁边，看着志愿者协会各种公益活动的照片。

郑力齐走了过来，摸了摸鼻子，说："不好意思，我是不是给你们添乱了？"

关宏峰不以为忤，反而笑笑，说道："你看这些照片。"

郑力齐扫了一圈，疑惑道："怎么了？"

关宏峰低声说："这个化名费辛的人，没有出现在任何一张照片里。从现在已经结束的询问来看，他在这个机构里虽然是活跃分子，但非常有尺度地和其他人保持着不远不近的距离。热情、开朗、温和、善解人意，却也不会跟任何人交心。既然身份证是假的，那他给协会提供的履历信息恐怕也真不了。"

郑力齐叹了口气："按说我在督察处这么多年，也是办案查人，我还以为都差不多呢。没想到刑侦还真是另外一个领域。"

关宏峰朝他点点头："查自己人容易，查坏人难啊。"

郑力齐看着他，意有所指地叹了口气："自己人真要变坏了，更不好查。"

正说着，赵主任走来，说道："关队长，咱们这个……我是说，您这边的工作什么时候能结束？现在大家人心惶惶，而且明天有个活动，我们正在筹备，照这么耽误下去……"

关宏峰正要开口安抚，郑力齐又在一旁问道："为什么这些活动照片里都看不到那个费辛呢？"

赵主任先是微微一愣，随即答道："哦，因为他就是摄影师。每次有大型活动的时候，都是他找朋友的网络媒体公司帮我们做活动宣传。而且他说自己就在那家公司做兼职摄影师，所以这些照片都是他拍的……"

关宏峰眉毛微微一挑："他朋友的网络媒体公司？"

这个网络媒体公司的营业点设置在西格玛大厦内，这回周巡没让郑力齐跟去。关宏峰赶在最前面进了楼，在一楼洗手间里和早已等在那里的关宏宇迅速换了班。

关宏宇从洗手间走出来，正遇上晚了一步的周巡和周舒桐。他调整着脖子上的围巾，随口问："郑处呢？"

周巡调侃道："咱领导这回决定远距离观摩。"

办公室里，经理瞟了眼身份证上的照片，垂下目光，说道：

"费——辛，哦，我记得好像是有这么个人。我们外聘的采编人员很多，这个我回头给您详细查一下。"

周巡问："你们公司是不是经常和那个叫生命之舟的公益机构有合作啊？"

"有。"经理点头，"我们董事长一直比较热衷于报道这种公益活动……"

他一边答话，一边不由自主地往一个方向瞟。周巡顺着他的目光望去，只见关宏宇站在一扇大玻璃门前，周巡和周舒桐也走了过去。

透过玻璃门，能看见里面是一间异常宽敞的办公室。

关宏宇回头问经理："那是你们老总的屋吗？"

"是。他今天没来。"

周巡问道："他平时都不来的吗？"

"这……除了周一和周四，他基本都来的。今天应该会来。"

听到这儿，周巡一愣。他看了眼关宏宇，伸手去拉门把手，对经理说："把门开开，我们进去看一眼。"

经理指了下门旁的墙上："董事长的办公室是指纹锁，我也开不开。"

关宏宇看了看那个指纹锁，嘴里咕哝："这么高大上的网络媒体公司，怎么还用第一代光学指纹锁呢？"

他灵机一动，对周舒桐说："案卷在身边吗？"

周舒桐点头，立刻把案卷递给他。

关宏宇从案卷里取出那枚"神秘男人"的指纹，叠了叠，把右手食指的指纹单独放在指纹锁的扫描传感器上。

门开了。

* * *

同一时间，男人开着车回到西格玛大厦附近，正要进停车场，突然发现停车场里停着周巡的越野车和另外一辆警车，而郑力齐就站在警车旁。

他略一犹豫，没进停车场，直接靠边停车，接着走下车，观察着停车场里的状况，满脸警觉。这时，手机响了。

他接通电话："喂。"

电话那头是经理："邢总，有……"

"喂，喂？"

男人看了眼手机，发现电话被挂断了。

周舒桐一把从经理的手上夺下手机，冷着脸说道："手机暂扣一下，现在不允许往外打电话。你们公司所有人都交出通信设备，暂时不允许离开。"

周巡正对着步话机说："汪儿，所有备勤探组立刻过来。嫌疑人就是这家公司的老总！"

关宏宇在办公室里走来走去，这儿翻翻那儿看看。最后他来到落地窗前，低头往楼下看，看到了停在路边的车和站在车旁的男人。

男人也正抬头往楼上看。

两个人的目光对上了。

贰拾贰 旧案疑云

01

　　关宏宇冷笑着挑了挑眉，回头叫周巡。周巡凑过来朝下面一望，也咧开嘴笑了。

　　送上门的馅儿，不包饺子还能干吗？

　　楼下停车场里，郑力齐正守着话台，里面就传来了周巡的声音："各探组注意，目标出现在西格玛大厦南门路边。男性，三十岁左右，平头，穿灰色半长外套，黑色裤子，驾驶一辆黑色奔驰。各探组立刻收缩包围！"

　　郑力齐吃了一惊，回过头就看到那辆黑色奔驰，自然也看到了正钻进车内的男人。男人动作很快，转眼间车子已经驶离路旁。

　　郑力齐来不及细想，一步跨上警车，开出停车场，径直追了出去。

　　奔驰车上的男人边开车，边拿手机拨打电话："喂，是我……你是不是暴露了？现在还能说话吗……他们可能盯上我了，我后面现在跟着一辆警车……那你说我该怎么办……直接启动应急方案不行吗……好，世纪金源，我记得……那小费呢？我联系不上他……是吗……好，那你多保重……放心吧，我一定会完成最后的使命！"

他略一低头，在手机上打开一个共享汽车的软件，操作几下后，摇下车窗，把手机抛了出去。

手机掉在马路中间的隔离绿化带中。

周巡押着戴着手铐的经理和关宏宇、周舒桐从楼里跑出来的时候，楼下已经停了好几辆警车，数名刑警迎面赶来。

周巡把经理交给手下的刑警，同时指了指楼上的方向："封锁义讯公司！"

交代完，他和关宏宇、周舒桐跑向停车场，上了车。

周舒桐看着周围，发现郑力齐和车都不在了："郑处人呢？"

几个人面面相觑。这时，步话机里传出郑力齐的声音："我郑力齐，嫌疑人驾驶车辆刚驶入北三环东向西主路，是一辆黑色的奔驰E300，车牌号是京NP789。请所有外勤人员在三环路前方设置封锁，并实施包围。还有就是，刚才嫌疑人从车里往外扔了个东西，好像是一部手机，应该是掉在大钟寺附近的三环主路隔离绿化带里了，后面跟进的人员注意找一下。"

周巡冷汗都下来了，对着步话机喊："郑力齐，这他妈是个杀人犯，你别自己一个人往上冲！"

郑力齐笑了笑："感谢周队关心。我没那么傻，也不想做烈士。我会保持一个安全的距离跟着他，你们尽快增援吧。"

* * *

西北三环交界处，小汪已经带人在主路路段上限制车流。奔驰车拐过弯来，里面的男人瞟了远处的警车一眼，一打方向，从苏州桥出口驶离三环主路。

小汪对着步话机说："他离开主路了，正驶向苏州桥！"

桥下路口是红灯，男人从右转道直接绕了过去，直行闯红灯通过，还剐蹭了一辆正常行驶的车。

郑力齐开到路口前，踩下刹车，对着步话机说："嫌疑人闯红灯冲过了苏州桥路口，继续向西行驶。我现在暂时跟不上去，包抄和包围的探组到位了吗？"

步话机里有其他刑警说道："我们是增援的北部队，已经到远大路了。"

周巡急躁地说道："你怎么跟不上去了？出事儿了吗？"

"呃，"郑力齐愣了一下，"我在等红灯……"

"你在追逃犯啊你还等红灯？"周巡简直要气疯了，"打爆闪！冲过去啊！"

郑力齐有些为难地皱着眉头，看了看仪表盘，打开了警报器，小心翼翼地开过路口，继续跟了上去。

男人将车驶入购物中心停车场，把车随便一停，下车看了一眼围拢上来的警车，扭头一瘸一拐地走向购物中心。

除了郑力齐的车，四面八方都有闪烁的警灯朝购物中心飞驰过来。十几分钟后，周巡等人和增援的警力全都赶到了。

周巡下车，问："那家伙跑进去了？"

郑力齐点点头，指了下购物中心："他走路有些跛脚，大概是之前受的枪伤还没痊愈。"

小汪跑过来，苦着脸说道："师父，这购物中心可太夸张了，分东西两个大区不说，地面停车场和复合停车楼还是分开的。光车辆出入口就有十二个，步行的出入口更海了去了。"

郑力齐在一旁问道："咱们是不是应该赶紧封锁……"

周巡没好气地说道："封锁个屁。这么大一地儿，几十个人怎么封锁啊？"

周舒桐在一旁提醒："这里是海淀辖区，离他们的刑侦、治安和巡查支队都不算远，能不能……"

郑力齐醒过神来："我马上打电话协调。"

关宏宇在一旁摇头："来不及。他在这儿一出一入，就算是直着穿过去，最多十分钟就突围了。有没有可能立刻通知购物中心的管理处，把整个儿区域的出入口全关闭？"

"这……不太现实吧。"郑力齐说道，"里面人那么多，突然把所有出入口全关了，会造成恐慌和混乱，甚至导致踩踏事件。"

关宏宇说："试试看吧，哪怕只能关一半儿，咱们需要监控的出入口也能少很多。"

他们正说着话，一名刑警匆匆跑来，拿着一个装在物证袋里的手机："从绿化带里找到了嫌疑人丢弃的手机。"

关宏宇接过物证袋，按了一下，发现有开机密码，随即递给赵茜："你处理一下。"

周巡说道："小汪赶紧联系管理处，能关闭多少出入口，就关闭多少出入口。剩下的人，小赵，你和技术队待在外面——"他瞟了眼郑力齐，"保护领导安全。其他人每三人一组，跟我进去搜索。"

他头也不回地带着人进了购物中心。

周舒桐一看这架势，回头匆匆说道："郑处，那我也去帮忙了。"

郑力齐还没来得及批准，她人已经小跑着跟上了前面的人。

关宏宇脚跟一抬，下意识也想跟上去，却被郑力齐一把拉住了："关队，咱们都不是做外勤工作的，进去可能也添乱。还是在外面策应吧。"

关宏宇有些幽怨地看了看前面匆匆进去的几人，心说：这脚底抹油反应也太快了，跟不上啊。

警方介入后，购物中心管理机制开始无声地运行起来。管理处负责人立刻通知安保人员，关闭了部分出入口，同时协助安抚和疏散购物中心内滞留的群众。

周巡指挥各个探组把守在电梯、自动扶梯和剩余开放出入口附近，并带着其他警力逐层搜索，已从一层开始对人流进行筛查。

郑力齐这边给海淀分局去了电话，赵馨诚等人接到了增援命令，正在赶来的路上。

停车场里，赵茜解开了手机密码，递回给关宏宇，随即又把一部移动警讯通也递过去："在逃的嫌疑人应该就是义讯公司的董事长，也就是法定代表人。他这个在工商登记的身份信息经核查是真实有效的。"

关宏宇接过警讯通，看到了上面的身份资料，立刻拿起步话机。

周巡正带人筛查商场一层，步话机里传来关宏宇的声音："各探组注意，我是关宏峰。技术队已经核查出嫌疑人的身份信息，大家注意看一下各自的警讯通。"

周巡低头，从旁边刑警手上拿过警讯通，看着上面显示的身份信息，低声将这人的名字念了出来："邢钊。"

此刻，神秘男人邢钊急匆匆地走向购物中心的东南出口。离着大约几十米远，他发现东边的出口关闭了。他知道南侧出口已经有刑警把守，一抬头，还有三名刑警正朝他的方向走来。

他忙低下头，回过身，动作缓慢地走向自动扶梯——自动扶梯口还站着一名刑警。

他微微怔了一下，仍旧保持原来的速度，低头走了过去。

刑警起初没瞧见他，正对着步话机说："收到。"

接着他拿出警讯通，低头不知道看到了什么，等再抬头，正看到邢钊经过身旁。他猛然一惊，低头确认了一下，抬头喝道："你！"

邢钊意识到自己被认了出来，伸手抓住刑警的胳膊往怀里一带，借势一肘砸在他脖子上。刑警被重击，顿时倒地。邢钊蹲下身，看到警讯通上显示的自己的身份信息，冷笑一声丢下警讯通，伏身拿起步话机，走自动扶梯上了二层。

停车场里，关宏宇正在检查"邢钊"的手机，飞快浏览了他的通话记录、信息以及聊天软件，并没有什么特别的发现。

他想了想，点开手机上应用软件的使用记录，发现这部手机最后打开的应用是一个共享汽车软件，愣了愣。

他打开页面，屏幕上显示出周围有十几辆车。他皱了皱眉，叫来赵茜，指着定位显示问："这些都是可以随时开走的车吗？"

赵茜上前看了一下，指着其中几个移动的光标说："这是已经有人在使用的车。"又指着一片比较集中的光标说，"这……应该是一个共享汽车的交接停车场？"

关宏宇问："这个停车场在哪儿？"

周巡正带着两名刑警走向西侧的自动扶梯，边走边对着步话机说："管理中心已经责成安保人员，在东西两个区域中间拉开了缓冲带。西区一层基本筛查得差不多了。所有在这一区域的探组，封锁好出入口，开始搜二层。"

步话机里纷纷传来其他探组"收到"的回应。

这头邢钊拿着抢来的步话机，听到周巡的话，压低了声音对着步话机说："东侧区域南二门附近扶梯处发现嫌疑人。他好像瘸得很厉害，正往南二门跑。请求增援！"

周巡一挑眉，对着步话机说："收到，你跟上去，我马上过去。"

他说完调了下步话机，对身后的一名刑警说："跑一圈儿，让周围的人换成第三行动频道。这个邢钊肯定拿了咱们的台子。南侧大门都有咱们的封锁，往那边跑，他傻呀？"

随后他又交代另一名刑警："你赶紧往东区去，叫上小汪，看看是不是咱们的弟兄被袭击了。收缩包围，这孙子肯定上楼了。"

两名刑警各自跑开。

周巡啐了一口，乘自动扶梯奔向二楼。

* * *

周舒桐和老王、老张、老刘一块儿走过电梯间,迎面跑来一名刑警,急匆匆地说:"周队说了,改到第三行动频道,嫌疑人邢钊可能抢了一部手台。周队推测他已经上楼了。"

周舒桐快速切换行动频道,对三人说:"咱们直接坐电梯到楼上,从上往下包夹搜索。"

他们到达四楼母婴儿童用品区,周舒桐说:"张哥,你们往东,我往西,咱们分开找。"

老张本想叫住她,平均分配一下人手,但一个不留神人已经跑远了。他无奈地摇了摇头,和另外两个人往东跑去。

走了没几步,老王率先发现坐自动扶梯上来的邢钊,拍了拍身旁的两名同伴,转身边对步话机汇报情况,边走了回来。

邢钊瞟了他一眼,扭头就往西走。

老王拿起步话机:"小周,回头。"

西侧的周舒桐一回头,看到邢钊朝自己走来。

周舒桐正要迎上去,商场里的一个儿童跆拳道训练馆刚好下课,很多孩子跑了出来,奔向训练馆外等候的父母。周舒桐被人流阻止,速度慢了下来。

邢钊看到一群孩子,愣了一下,站住了。

周舒桐有些疑惑地看着他。邢钊犹豫了一两秒后,转身冲那三名刑警迎了上去。

三名刑警都从腰上拔出甩棍。邢钊一个箭步上前,用手里的话台砸中了老张的脑袋,随后三两下把三个人全打倒了。他正要往东跑,周舒桐从后面追了上来,也抽出甩棍,照着邢钊就打。

邢钊挡了两下,连退几步,却不还手。

周舒桐紧逼不舍,邢钊瞅个空当,上前抓住周舒桐持棍的手腕，控制住了她，依旧没有攻击。周舒桐却不客气，抬脚狠狠蹬在他受枪伤的腿上。邢钊疼得单膝跪地，顺势把周舒桐往肩上一带，甩了出去。

他站起身，往北跑进了购物中心配楼。

周舒桐浑身酸痛，爬了起来。后面赶过来的老刘龇牙咧嘴地掏出枪，周舒桐忙伸手一拦，冲他摇摇头。

与此同时，周巡等人从扶梯处跑了上来，看了眼周舒桐等人，问道："人呢？"

周舒桐指了指配楼的方向，步话机里传出关宏宇的声音："我是关宏峰，邢钊的手机显示，他曾经在丢弃手机前用共享汽车软件查询了这周围可用的共享汽车。大厦四楼的配楼停车场是这个共享汽车的交接点，邢钊有可能想去那儿开辆车。"

周巡对步话机说："我们就在这儿，正好。封锁配楼的四层停车场，别说共享汽车了，一辆车都别给我放出去！"

邢钊走进配楼四层停车场，但并没有走向共享汽车的停车区域，而是从螺旋车行道下到三层。走出一段之后，他从口袋里掏出一把车钥匙，远远打开了一辆灰色大众车的车门，然后钻进车里，开车出去，驶离停车楼，离开了购物中心。

迎面，几辆警车呼啸而过，停在购物中心外围。赵馨诚带着海淀支队的人下车，开始对购物中心外围实施封锁。

02

望京小仓库内，关宏峰放下手机，叹了口气。旁边刘音和崔虎眼巴巴地看着他。

关宏峰摇了摇头："宏宇说，他应该是跑了。"

崔虎说："我就说嘛，他手、手机都扔了，拿、拿什么去扫码开共、共享汽车啊？"

刘音反驳道："你傻啊？他如果有另一部手机，只要用相同的账号登录，不是一样可以扫码吗？"

关宏峰摆摆手："宏宇在现场的判断和推测是合理的。以有限的人手，对这么大的一个人流稠密区域进行搜捕，他们也是尽力了。我听说海淀支队接到增援请求，第一时间集结赶到现场……只能说，这个邢钊是个厉害的对手。"

赵馨诚来到关宏宇和郑力齐等人身旁，神色凝重地汇报："调取监控发现，邢钊从停车楼开走了一辆灰色的大众轿车，那辆车已经在四季青桥被发现了。至于他弃车后往哪边逃，可就不好说了。"

郑力齐问："那辆车是他偷的吗？"

赵茜摇了摇头："通过对车牌的查询，我们了解到这辆车是义讯公司长期租赁的，一直就停在这儿。"

郑力齐听完，有些不解地微微皱眉。

关宏峰解释道："说白了，这辆车显然是他一早就准备好的逃亡应急措施。这个邢钊不但具备超强的反侦查能力，而且利用自身拥有的资源，采取了很充分的预防措施。"

周巡在一旁恨恨地说："就在咱们眼皮子底下来去自如，这也太猖狂了！"

他一指站在旁边鼻青脸肿的老王、老张和老刘："瞧瞧，三打一，连人家一根寒毛都没伤着，还不如小周呢。我就说你们这把式不行嘛。"

三人有苦说不出，低头不语。

周舒桐在一旁说道："周队，邢钊和张哥他们交手的时候，我也在场。我发现两件很奇怪的事儿。我是说，张哥他们并不是不如我，这里面恐怕另有原因。"

"怎么讲？"

"我们在四楼分头去找的时候，邢钊是从三楼的自动扶梯上来的。他本来朝我的方向走，但当时有一群跆拳道班下课的孩子聚集在四楼。邢钊似乎犹豫了一下，转身往反方向走去。也就是说，他选择放弃从我这一侧突围，宁可正面迎战三名成年男性。"

周巡挑了挑眉毛，看向关宏宇："倒也不难理解。这小子不是自诩什么'义警'吗？他要冲过去和你打，很容易误伤到孩子或者引发混乱，造成踩踏，这人设不就崩了吗？"

"可……后来我追过去和他交手的时候，他似乎只防御，不还击。事后想来，无论是从格斗能力还是身高、体重以及性别这类生理条件上来讲，他对我的优势都应该是很明显的。他能三拳两脚就放倒张哥他们，对上我，应该也出不了两个照面。"

听到这儿，周巡有些疑惑地眨眨眼。

"有意思哈。"关宏宇在一旁冷笑，"一个杀人犯，宁可冒着被抓捕的风险，也不打女人。"

嫌疑人在眼皮子底下跑了，谁的心里都不得劲。几个小时后，茶餐厅里，周巡和关宏宇围坐在桌旁吃早茶。戴着帽子和口罩的关宏峰则坐在桌旁翻看现场勘验的资料和已经调取到的一些证据信息。

周巡边吃边说:"这个邢钊是一九八〇年一月五号出生的北京人。父母在他上小学前就离婚了。母亲后来出国了,好像就再没回来过。父亲娶了个比自己小十几岁的女人,第二年两口子直接跑去深圳开餐厅,把孩子留给他爷爷独自抚养。我们沿着这条线查了一下,发现他父亲到了深圳之后没多久又和那个小媳妇儿离婚了,然后娶了一个去深圳务工的安徽人,过了几年还是离了,然后再娶再离,前后折腾了四次。他最后一次打离婚官司是五年前,官司还没打完,就因为长期酗酒得了晚期肝硬化——好像是什么凝血功能障碍,不治身亡。"

关宏峰翻阅着调查资料说:"爷爷是在他读研究生的时候过世的。也就是说,这个邢钊,应该比较早熟。"

关宏宇也边吃边说:"他从小学起,成绩就一直是拔尖儿的。连夜走访的笔录里都记了,包括初中、高中、大学……这是个典型的学霸。保研之后,要不是因为爷爷过世,他没准儿能一路读下去,读到博士。"

关宏峰说:"我看了走访的询问笔录,你们没有注意到吗?他的老师和同学对他的评价基本都是'性格内向,成绩优异'。换句话说,他是个成绩一直很好、很稳定,却不怎么出类拔萃的学生。"

关宏宇问道:"什么意思,这有很大分别吗?"

"我发现他父亲邢峦前后五次婚姻都存在不同程度的家暴问题,而且他年纪那么小的时候父母就都离开了,这种原生家庭会给他带来什么样的影响?对于一个未成年的孩子,有时候'内向'就暗示着'自卑'。"

周巡拿筷子敲着碗边:"老关,这段儿回头你得好好跟二探组说说，让他们知道知道是被个什么样的人给撂躺下的。"

关宏峰摆摆手："我们之前一直以为这是一个小型犯罪团伙，至少也是三个人组成的共同犯罪。现在已经可以证实，在医院做志愿护工的'小费'，以及在外面四处游荡、主持正义的'义警'，和这个义讯公司的董事长邢钊是同一个人。而从他丢弃的手机上还可以发现，他有两个经常拨打的手机号码，甚至在他驾车逃亡途中还在拨打，而这两个号码是根本不存在的。"

周巡听到这儿愣了。

关宏宇想了想："不是……合着我们追了半天，这是个神经病？"

关宏峰答道："确切地说，邢钊很可能是一名介于多重人格与人格分裂之间的、精神状态异常的暴力犯罪人——摆在工作立场，不要用'神经病'这种称谓。"

周巡放下碗筷，咋舌道："这也太玄乎了吧。"

关宏峰说："按照弗洛伊德的理论，人会有本我、自我和超我三种状态。本我，往往是凭本能和天性行为处事的。自我，是人格当中社会性最强的一种表现，我们会在规则和道德的约束下，确定自己的社会位置，尽可能展现出所处位置应有的角色状态。至于超我……"

关宏宇接道："超我是道德规范和价值内化的更高追求，属于人格完善的理想境界？"

"对。但在邢钊这个个案体现上，超我还有另一层含义，也就是他为了内在价值体系中的'正义'，会坚定不移地实施暴力犯罪。"

周巡一抬手："等等，我捋捋，那我现在是不是可以理解为——"说着，他把一个包子放在桌上，"那个叫费辛的假身份，相当于他的本我。"

他又把一双筷子放在中间:"这个规规矩矩、看上去人模狗样的义讯公司董事长,是那个自我。"

接着他在桌上摸索了一阵儿,把关宏宇喝了一半的奶茶拿过来,放在一旁。被关宏宇瞪了一眼,他也不理,继续说道:"而这个手上一堆人命,还在购物中心放倒咱们四个弟兄的,就是他那个超我。"

关宏峰点头:"差不多。你们昨天一连串的调查行动,导致志愿护工和义讯公司董事长的身份都暴露了,而他晚上又从咱们队的包围布控中成功脱身,说明他很有可能在这种危机情况下关闭了本我和自我两个人格。"

关宏宇说道:"那现在主导他人格的,就只有那个有'实现正义'执念的超我了?"

"没错。"关宏峰说,"如果是这样的话,他不会逃亡,而会继续在这个城市作案。"

周巡听完,眨了眨眼,和关宏宇对视一眼,两个人几乎同时脱口而出:"装家易!"

关宏峰不动声色地拿过关宏宇的手机,拨了个电话。

关宏宇已经戴上了口罩和帽子,趁周巡找服务员结账的时候对关宏峰说:"对了,哥。昨天晚上我和周巡正好见到了赵馨诚,他今天会跟你联系,说一下心理医生的事儿。你跟他商量商量,安排个时间,别再拖了。"

关宏峰听完,点点头。

关宏宇拿着早点的菜单对另一名服务员说:"他结的是刚才

的，我再单点一些东西打包。这个……来一笼水晶虾饺……"

周巡听到关宏宇的话，瞟了他一眼，又看了看关宏峰，笑了笑。他把找回来的零钱揣进兜里，和关宏峰并肩往外走。

关宏宇还站在原地滔滔不绝："再来两屉灌汤包、一碗公仔面、一碗馄饨、一份叉烧肉、一份豉汁排骨、一份凤爪，还有那个菠萝油……"

周巡边往外走边听得目瞪口呆，斜眼直瞟关宏峰，试探道："你们哥儿俩这背后是养了一个加强排啊？"

03

清晨，怀柔水库，商凯正和农户户主在水边晨钓。户主频频起竿，不停地上鱼，而商凯这边一直没动静。

这时候他的手机震动了一下，他低头看了眼来电显示，把竿架好，走开几步，接通了电话，带着笑意说道："有什么好消息要告诉我吗？你们抓到那个人了？"

电话那头的赵茜说："还没。但我们已经查清他的身份了，这个人目前在逃。"

"我要他的身份信息，顺便把价码一并发过来。"

"发给你能有什么用？今天早上连通缉令都发了。我们队在集中警力搜捕他，估计很快就能抓到了。"

"那小子不简单哪，万一要是让他跑了……"

"他应该不会跑。从队里开会的汇总意见来看，这个人还有要谋杀的既定目标，应该不会离开北京。"

"这个不用你管。"商凯转着眼珠想了又想，"发给我就是了。"

说完，他挂断电话，走回水库旁，在后面盯着架竿钓鱼的户主的脖子，思忖着从袖口里抽出了半截钢弦。正在这时，他自己架在那儿的鱼竿上鱼了，农户户主忙起身帮他起竿，拽上一条鱼来。

户主一边从鱼嘴上摘钩一边笑着说："钓鱼这事儿就是邪性，运气来了，挡都挡不住。您说是吧？"

人这一辈子，谁活着不是靠运气呢？

商凯盯着他的后脖颈又瞧了会儿，掂酌着在这个节骨眼儿上闹出点儿事情来的后果，慢慢地收回了袖口里的钢弦，莞尔一笑："您说得对。运气，有时候真的至关紧要。"

他说着又坐回凳子上，优哉游哉地继续钓。

清晨，丰台刑侦支队会议室内，郑力齐、周舒桐、小汪、赵茜以及技术队的刑警聚集在一块儿。郑力齐一手架在桌子上撑着脑袋，不停地打瞌睡。关宏峰和周巡走进会议室，两人走到白板前，郑力齐还没有醒。

周巡笑了笑，关宏峰则冲周舒桐扬了扬头。周舒桐会意，小心翼翼地叫醒了郑力齐。郑力齐有些错愕地醒来，正好迎上周巡的冷笑和关宏峰面无表情的扑克脸。

周巡说："通宵连轴转，大家都辛苦。但对付这种具备反侦查能力又存在持续作案可能性的嫌疑人，效率是很重要的。如果不能想在他前面、做在他前面，昨晚的抓捕失败就很可能重演。外勤这边……"

他望向小汪。

小汪立刻站起身："在四季青桥查获邢钊从金源开走的那辆

大众车之后,我们调取了监控,发现从他弃车开始已经过去两个多小时了。和海淀支队汇总意见后,推测他应该逃出了封锁包围。现在对购物中心周围的布控已经撤了,技术队凌晨送来了指纹和DNA证据的比对结果。现在已经对邢钊发出了通缉令。"

周巡点点头,瞟了眼赵茜。

赵茜接着说:"邢钊名下有两处房产及两辆车,均已查封。两处房产,一处在北小街,是他爷爷留下的遗产,还有一处在望京。其中北小街那处房屋一直无人居住,也没有对外出租。屋里到处都是灰尘,显然很久都没进去过人。而望京那处更像是一种投资,房屋常年对外出租给一对韩国夫妇,租金是每季度转账支付的。那对夫妇只接触过中介,都没见过邢钊本人。"

周巡问道:"那这小子自己住哪儿?"

赵茜回答:"邢钊的住处是租的,在安贞医院旁边的安贞里三区。我们查询了他的房屋租赁信息,发现他即便拥有两处房产,但一直是租房住。之前租住在双榆树北里小区,今年一月份才搬到安贞那边。"

关宏峰想了想,冲赵茜伸手道:"我看一下。"

他接过赵茜递过来的资料,低头翻了翻,又从桌上拿起案卷。

周巡看了看关宏峰,见他也没说什么,就冲赵茜点点头:"你接着说。"

"我们第一时间对安贞里三区进行了布控,但他没有回去。调取监控发现,他从昨天早上出门后就没再回来过。"

周巡问:"技术队进行勘察了吗?"

小高回答:"我们在邢钊的住处未搜查到任何涉案或与伪造身份相关的证据,但是采到了指纹和DNA样本。比对后,证实与闫通被挟持现场那名嫌疑人是同一个人。"

"那除了发通缉令以外，我们现在还有什么别的搜捕手段吗？"

众人面面相觑，都没吭声。

过了一会儿，周舒桐说道："既然关队推测这个邢钊还会继续作案，那他的目标是……"

关宏峰说："从他之前的行为和给我打电话谈及的内容来看，他的目标应该是裴家易。"

周巡又问："裴家易那边咱们一直上着布控，要增派人手吗？"

关宏峰摇头："闫通那么多保镖护身都拦不住他，他要想杀裴家易，早就得手了。"

"那他在等什么？"

关宏峰苦笑："他在等咱们呢。"

与会众人都有些疑惑，一起看向他。

关宏峰继续说："他在等咱们找到证据。"

"证据？"周巡一脸疑惑，"什么证据？"

关宏峰低声说道："对他而言，足够给裴家易定罪的证据。"

会议结束，关宏峰和周巡带着小汪等一批刑警走到楼门口。周巡低声对关宏峰说："这个裴云磊已经人间蒸发了，我们监控了他的家人，也监控了中金昆仑其他高管，一直没有线索。话说回来，就算我们真的找到了裴云磊，他合作不合作还是一回事儿，这邢钊又如何能得知咱们找到了证据呢？"

"不好说。"关宏峰想了想，"但我有预感他还会联系我的。"

周巡摸了摸鼻子："别告诉我，他的手机跟你的手机一样，都是没法被定位的。"

"别说,很有可能。而且邢钊现在所处的人格状态虽然异常,但还稳定。他现在除了要杀裴家易,并不会伤害其他人。"

"你是说,如果我们把他从超我挤兑成'浑蛋我',他下手杀人没有任何顾忌,反倒更不好办了,是吗?"

关宏峰笑了:"不管怎么说,咱们现在兵分两路,你继续搜捕裴云磊,我去查这个邢钊。无论咱们谁先得手,案子都差不多能结了。"

周巡点点头,招呼其他人上了警车,离开支队。

关宏峰刚走下台阶,周舒桐从楼里追了出来:"关老师。"

关宏峰微微点头:"领导同意了?"

周舒桐笑着点点头:"我看郑处也需要休息一会儿。"

"那还等什么?"关宏峰意味深长地看着她,"赶紧开车去吧。"

周舒桐应了一声,赶紧开来了车。她问:"关老师,咱们去他原来租住的双榆树北里小区,是为了做走访吗?"

关宏峰合上正在看的案卷,不动声色地问道:"你觉得我们为什么要去那儿做走访?"

周舒桐想了想,说道:"邢钊是今年一月才搬到安贞里的,之前将近五年的时间都住在双榆树。以当前这个时代的人际交往状况,就这么几个月的时间,安贞里三区的人恐怕都不见得意识到住进来这么个新租户。相比之下,他住了将近五年的双榆树北里小区更具备走访价值。"

关宏峰点点头:"除了这个原因呢?"

周舒桐想了想:"邢钊名下有两处房产,他却偏偏一直在外租房住，多少有些奇怪。"

关宏峰翻开案卷："邢钊既没有成家，也没有恋爱对象，他在双榆树北里租住的是一间一百平方米出头的一居室。为什么呢？"

周舒桐看了关宏峰一眼："那他……乂讯公司是……"

"二〇〇八年年底成立的，注册和办公地点就在西格玛大厦。"

周舒桐试探着说道："那他就是为了办公场所离家近一些。从双榆树北里小区到西格玛大厦也就十分钟。"

关宏峰点点头，没说话。

周舒桐察觉到关宏峰在鼓励她继续往下想，又说道："但他今年一月份搬到了安贞里三区，那个房子好像只有八十多平方米，租金比这里还要贵，而且去公司的距离反而更远了。"

关宏峰点点头，合上了案卷："我最后给你补充一点。据咱们掌握的情况，邢钊最早的涉案记录是在今年的二月份。"

周舒桐听到这儿，恍然大悟。

关宏峰说："他为什么会租住在双榆树北里小区，也许并不重要。但他为什么会离开那儿呢？"

04

关宏宇和周舒桐到达双榆树北里小区院门口的时候，赵馨诚已经带着两名海淀支队的刑警等他们了。

赵馨诚看着小区里，心有不甘地念叨着："关队，这地儿离乂讯公司确实近，离我们支队可更近。这么个家伙，就住在支队隔壁，你说我怎么就……"

关宏峰摆手宽慰道:"他在你们辖区又不曾涉案,总不能做个人口普查,就把看着像罪犯的人往里抓吧。"

赵馨诚若有所思:"邢钊有没有'涉案'记录不好说,不过这小区我怎么记得……"

他话没说完,物业经理正好来到小区门口迎接他们。一行六人进入小区,来到一号楼楼下,并坐电梯来到六层。

物业经理指着六〇三说:"这就是那个邢钊当初租住的一居室。"

他上前敲了敲门,居住在这里的租户打开房门。赵馨诚掏出证件,说明情况后,征得了租户的同意,一行人走进屋里,简单地看了看。

周舒桐在询问现在的租户。

关宏峰看了看屋里的陈设以及房屋的新旧状况,听到租户对周舒桐说:"其实上一个租户很多东西都没带走,还都挺新的,像什么窗帘、茶几、沙发、床和大衣柜,我现在都觉得挺划算的,几乎是能拎包入住的状态。"

听到这儿,关宏峰抬眼发现周舒桐正认真地做记录,同时看了自己一眼。

关宏峰打开阳台门,走出去,发现这是一个开放式阳台。他左右看了看,然后回到屋里。

周舒桐迎上前说:"从这个租户和中介公司给出的信息来看,邢钊搬离得相当匆忙,而且很'大方'。他不仅留下了大部分家具,连多买的中水和自来水也没和现任租户做结算,就走了。"

关宏峰听完点点头,朝周舒桐递了个眼色,一行人离开了六〇三。

他们来到楼道里,关宏峰指着隔壁的六〇二说:"把这层的住户都走访一遍吧，看看他们对邢钊有什么印象。"

物业经理看了眼六〇二，对众人说："这家没人。咱们去六〇一吧。"

赵馨诚盯着六〇二的门牌看了看，似乎想起了什么："等等，这六〇二是不是就是……"

物业经理有些惶恐地点点头。赵馨诚苦笑了下，对关宏峰说："我说怎么一提'涉案'这俩字儿就觉得熟呢。关队，我想起来了。去年年底，这六〇二出过起命案。当时我在外面执行抓捕，这头应该是曹伐处理的。案子好像也挺简单。"

关宏峰挑了挑眉："很'简单'的'命案'？"

"我扫过一眼，这家应该是一个离异的女的带个孩子。她前夫找上门来，两人发生口角，发展至肢体冲突。两人一路扭打到天台，那男的把那女的给捅死了。当时闹得动静挺大，周围的邻居和物业都报了警，辖区派出所也赶到了。我们的人往楼上跑的时候，那男的正顺着楼梯往楼下跑，结果失足从楼梯上摔下来，把脖子给摔断了。嫌疑人死亡，案子也就结了。"

关宏峰意味深长地盯着赵馨诚："去年年底？"

赵馨诚反应过来，对身后的刑警说："回队里，立刻把案卷调来！"

此刻，正在丰台支队的郑力齐没有知会任何人，从支队大楼里出来，沿着路走了一段，径直走向路旁停着的一辆黑色帕萨特轿车。

走到车旁，他低头透过车窗往里看了看，从容地拉开车门，坐进后座。

后座上坐着个人，瞧不清面孔，低声说："不需要汇报得这么频繁吧？你看看你这脸色，一宿没睡？"

郑力齐苦笑："跟着这群干刑侦的外勤跑，真能把命搭进去。不过，总算有收获。关宏峰周围确实有人在暗中协助，目前已经发现一名年轻女性和一名有些口吃的男性。"

那人说道："那关宏宇呢？"

郑力齐想了想，摇了摇头。

"那就不要贸然下手，耐心一点儿。关宏宇人肯定在北京。"

"好的。"

那人似乎沉思了片刻，问："支队其他人的立场都摸清楚了吗？"

郑力齐略一迟疑，低头不语。

那人似乎了然："周巡也是关宏峰的同伙？"

"这个……不好下定论。"

那人顿了顿，又问："那周舒桐呢？"

郑力齐愣住了。

双榆树北里小区门口，赵馨诚从刑警手上接过一本案卷，递给关宏峰："关队，这本就是六〇二那起命案的案卷。"

关宏峰瞟了一眼："这是副卷，你把内部卷都给我看了？"

赵馨诚闻言笑了："咱们不说什么交情，关队现在可是堂堂正正的在编顾问，借阅已结案案卷算不上违规吧？"

关宏峰接过案卷，斜瞥着他："你就不怕我从这案子里找出什么纰漏，再搞出错案追究来？"

"那正好。"赵馨诚呵呵一笑，"反正我一直看曹伐那小子不顺眼。"

两人还在说着话，一名海淀支队的刑警从警车里出来，手里拿着步话机，对赵馨诚喊道："赵队！"

赵馨诚回过头。

刑警说："支队刚发了重案通告。一名孕妇被绑架了，白局让所有地区队正副队长立刻回去报道。"

赵馨诚听完，微微一惊，点点头，回身对关宏峰说："关队，那我失陪。要有什么疑问或需要帮忙的，给我打电话。"

"彼此彼此，你那边如果有需要帮忙的，也尽管开口。哦，对了，你有韩彬那个顾问在，应该用不上我。"

赵馨诚摆摆手："别提了，这家伙好像带女朋友出去旅游了……对了，关队，记个电话吧，就是之前老周跟我说帮联系的那个心理医生。"

关宏峰拿出手机："哦，多谢多谢，你说。"

赵馨诚说了个手机号码："她姓夏。"

关宏峰边输入手机号码边说："是法证中心的吗？"

"已经辞职了。不过放心，这姐们儿超厉害的，而且我跟她大概提了一句，好像说是什么感光综合还是什么……"

关宏峰脸色微微一变，立刻打断他："好的，我尽快联系她。案子要紧，你赶紧忙去吧。"

赵馨诚火急火燎地走了。关宏峰合上案卷，转身看了眼周舒桐。

周舒桐表情很平静，看不出什么异样："关老师，那咱们……"

关宏峰把案卷递给她："六〇二的案发时间太巧了，咱们无论如何得过一遍。"

他抬步走进小区。周舒桐一边翻开案卷一边跟在后面，又回头瞟了眼赵馨诚那辆越开越远的警车，若有所思。

物业经理回去找六〇二的钥匙了，他们坐在小区里的一个长凳上等。

关宏峰翻着案卷，周舒桐在一旁说道："去年十二月九日下午四点钟，六〇二的户主任菲正准备给女儿王璐瑶过四岁生日，他的前夫王学敏找上门来，从现场的遗留物品来看，似乎是想给女儿送生日礼物。据王璐瑶陈述……小孩子受了惊吓，而且认知能力很有限，只说了个大概。似乎是王学敏提出想留下给孩子庆生，而任菲不同意，两人发生口角，后来发展至肢体冲突。王学敏拿着那把本来准备用来切生日蛋糕的单刃厨刀划伤了任菲。两人一路扭打到门外，任菲撞上房门，并且大声呼救。情绪再度遭到刺激的王学敏在楼道里持刀捅上任菲的左臂。任菲顺着楼道跑到楼梯间，被王学敏追上，腰部右后侧被划了一刀。

"这一刀造成的伤害可能迫使任菲不得不改变去向，顺着楼梯往楼上跑。两人一直追逐到楼顶天台，继续扭打，并且被楼下的小区居民与保安看到。最后，王学敏在任菲的胸、肋、腹部连续捅了七刀，导致任菲多处脏器内出血死亡。物业和保安在第一时间报了警，双榆树派出所在通知刑侦支队后，几分钟就赶到了现场。

"王学敏在天台上抛下凶器，顺着楼梯往下跑，跑到九层的位置。由于九层到八层的灯坏掉了，很黑，王学敏仓促之下意外失足跌落，导致颈椎骨折，当场死亡。"

关宏峰说："因为女儿生日找上门来，凶器也不是自己携带的,从房间内到楼顶前后捅了九刀,在现场抛下凶器惊慌逃跑……听起来倒是很符合激情犯罪的特征。他俩为什么离婚?"

"哦,卷里附有相关说明。"周舒桐翻了翻案卷,"王学敏婚后一直酗酒,并且对任菲多次实施家暴。去年二月份是最严重的一次,王学敏在家中因为日常口角殴打任菲。后经鉴定,任菲所受伤害已经符合轻伤标准。双榆树派出所接到报案后赶到现场,将王学敏羁押,并在勘验取证后,以故意伤害对王学敏提起公诉。"

"怎么判的?"

"拘役六个月。他们就是在这期间离的婚。"

关宏峰叹了口气:"六个月啊,才六个月。"

关宏峰从周舒桐手上拿过案卷翻了翻:"十月份刚释放,十二月就……"

他说到这里沉默下来,只是静心翻看案卷。

周舒桐在一旁看了他一会儿,掏出手机,打开宠物论坛,在上面写了封私信发了出去。紧接着,关宏峰的手机传来了震动声。

周舒桐微微一惊,转头看着他。

关宏峰依旧低头看案卷,拿起手机按了两下,笑了一声,把手机亮给周舒桐看:"咱们得抓紧,看来你领导补完觉了。"

周舒桐去看屏幕,上面是一条短信。

郑力齐:关队,进展如何?

她诧异的神色略有缓和,注意力重新放到案卷上。

关宏峰翻到案卷当中的一页现场勘验记录,上面有一枚在现场提取的指纹。他低声说:"海淀支队案子办得还真细致。任菲二月份遭家暴后,他们对六〇二进行了详细的现场勘验取证。不过这枚在六〇二阳台窗户外侧提取到的指纹,不属于任菲、王学敏或王璐瑶中的任何一个人。这是怎么回事儿？"

周舒桐接过案卷，看了看："哦，按说这个没必要附卷的。因为根据王学敏的供述和任菲的陈述，当天的家暴行为是在卧室发生的。而且天气那么冷，阳台门是锁死的，他俩也没去阳台。之所以提取到这枚指纹，我记得有个情况说明……"她翻了翻，接着说，"哦，这里有写，是因为任菲在现场指认的时候说，曾经被王学敏推搡导致头部撞在阳台的窗户上，而技侦人员在勘验窗户玻璃时看到外侧还印有一枚指纹，就给取下来了，结果发现与案件无关。有可能是当初安装工人或到他们家造访过的客人留下的。"

关宏峰想了想，问道："邢钊的指纹，你的卷里带了吧？"

周舒桐愣了一下，随即从自己携带的卷宗中找出邢钊的指纹记录，递给关宏峰。

关宏峰拿着邢钊的指纹记录，挨个儿和六〇二阳台窗户外侧的那枚指纹进行比对，比对到右手食指的位置时，两枚指纹的斗箕大致分布以及纹路轮廓竟然高度相似。

周舒桐的眼睛都瞪大了。

关宏峰则抬头望向一号楼的六层阳台，轻声说："看来，邢钊曾经用很特殊的方式拜访过他的邻居。"

贰拾叁 钓鱼者我

01

清晨,邢钊坐在小区门外的咖啡厅,透过落地玻璃盯着小区门口,里面就是单云瑞的棋牌室。除了小区门口的一名保安之外,在值班室里还有一个穿着便衣的男子。

邢钊一边喝咖啡一边盯着这个人看了一会儿,发现这个人过了一阵子之后拿起步话机说了句什么,然后又把步话机收回腰上。

基本可以确认,这个小区已经被刑警布控了。

他低头想了想,慢条斯理地喝掉面前的咖啡,伸手叫服务员结账。

服务员走来,结算的时候忽然问:"先生,您的腿没事儿吧?"

邢钊低头一看,才发现右腿的裤子上渗出了血。他摆摆手,示意没事,然后匆匆忙忙结了账,起身一跛一跛地离开了咖啡厅。

双榆树北里小区花园里,关宏峰看完案卷,物业经理已经把钥匙送来了。他接过钥匙,递给周舒桐,带着她往小区外面走。

"关老师,"周舒桐忙跟上来,"不去六〇二勘查吗?"

关宏峰摇摇头:"海淀支队案子办得没什么毛病,案卷里该有的都有。去六〇二之前,我还是想多了解一下邢钊这个人。"

两人来到院门口上了警车,周舒桐继续问:"那……我们需要了解什么?"

"他的生活。"

"他的……生活?"

"对。我想知道,他是如何从本我转变成自我,再突破自我,成为现在这个超我的。"

邢钊离开那个小区,来到某间茶楼,要了个包间。等待服务员离开后,他关上门,手脚利落地脱掉裤子,重新包扎伤口。

等处理好伤口,邢钊靠在沙发上,闭起眼睛休息了一会儿,然后掏出手机,犹豫片刻后,拨通了一个电话。

关宏峰和周舒桐刚刚到达邢钊就读的小学。关宏峰站在学校办公室里,盯着来电显示看了会儿,才慢条斯理地接通电话。

邢钊问:"这么久才接,是在安排信号定位吗?"

关宏峰说:"我看这串乱码显示,在想是不是你而已。顺便告诉你,通话里静电噪音这么大,你大概是装了'幽灵芯片'。这种反定位技术早就过时了,超过五分钟,还是能定位到的。"

邢钊笑了笑:"但你知道,我不会跟你交谈超过五分钟的,对吧?"

"邢钊,你腿上的枪伤一时半会儿好不了,名下的产业也都被查封了,我们有你所有的身份信息。顶着公安部的通缉,你既不可能再去谋害任何既定目标，也没可能逃得出北京。"

"我没听错吧？劝我自首？"邢钊笑道，"我还以为关队长是个明白人。"

"我是在劝你放弃。"

"放弃谁？是那个棋牌室的老混子，还是中金昆仑的裴家易？"

"不是放弃谁，我是希望你能放弃杀人的执念，或至少，放弃那段你化解不开的怨念。"

"你说什么？"

关宏峰深吸口气："那不是你的错。"

邢钊脸上的表情瞬间僵硬。

关宏峰很耐心地等着，对面一阵沉默，紧接着电话就被挂断了。

他在手机上按了几下，回头对周舒桐说："通话的语音文件我发给你了，回头一起附卷做备案吧。"

他转过头，对面坐着的是这所中学的教导主任，姓田。田主任看他挂了电话，说道："那我继续说？从教育心理学上来讲，单亲家庭的孩子或像邢钊这种双亲都不在身旁的，心里的安全感会弱一些。所以小时候，经常会有同学欺负他，这孩子又内向，从来不说。直到后来，他爷爷来学校反映，我们才知道……"

关宏峰认真地听完。

之后，他们先后去了邢钊就读过的北京第四中学和北京理工大学，以及之后他工作过的几个户外俱乐部，大致拼凑出了邢钊这个人的性格与经历。

中学的时候他的体育成绩很好，却不喜欢参加团体竞技活动，因此和其他人处不来，一般都是自己跑圈儿锻炼，身体素质倒是很好。长大后虽然内向，但他精力充沛，学习成绩好。他为人很热心，除了平时的课业，还长期在很多公益机构做志愿者。遇上班里或系里有什么活动的时候，脏活累活总是他干，一直到读研究生的时候各方面仍旧很拔尖。可惜后来他爷爷去世，他也就没有继续读书。

据各色户外、格斗俱乐部的负责人回忆，邢钊这个人徒手攀岩和攀冰的技术是数一数二的，会的格斗技巧不算最精，但绝对是最多的，拳击、巴柔、泰拳、桑搏……基本叫得上名字的现代格斗技巧，他都掌握。他是那种反应很快的比赛型选手，换句话说，实战能力相当强。

他们甚至回了一趟那个生命之舟公益机构活动中心。赵主任感慨道："小费真的……怎么说呢，反正在我们这儿，他绝对算得上合格甚至是优秀的公益志愿者。"

周舒桐说："像您所说的，他除了热衷于参与公益活动、与其他志愿者相处融洽、有教养之外，还有什么其他因素让您对他有这么高的评价呢？"

赵主任笑了："参与的时间长了，很容易从动机上区分志愿者。有的是为了给自己的学业或事业上加一条好看的履历，有的是沽名钓誉、另有所图，有的天生一颗圣母心但其实格外脆弱。说出来可能你不会相信，还有专门跑到我们这里来，就是为了骗骗年轻女孩儿或找男朋友的。但小费不是任何一种。"

周舒桐好奇地问道："那他是哪种？"

"很纯粹的那种。纯粹，且理智。"赵主任叹了口气，"他给我的感觉，就是希望能亲手做些什么，改变一些事情，或是帮助一些人。就这么简单。"

02

傍晚,关宏峰和周舒桐回到丰台支队,分别在指纹打卡机上打了卡。周舒通和关宏峰打了个招呼:"关老师,那我去和郑处汇报。我们明天再回双榆树北里勘查六〇二?"

关宏峰说:"在邢钊的人格彻底失控前,我们必须快马加鞭。我去食堂吃个饭,你汇报完了直接去食堂找我。再说,任菲的案子,发案时间就是晚上。咱们晚上过去,还原现场的环境相似度更高一些。"

周舒桐想了想:"可任菲的案子……我记得是下午发生的啊。"

关宏峰从她手上拿过案卷,往腋下一夹,淡淡地说道:"我说的不是这一起,是任菲遇害之前的上一起。"

他夹着案卷走向配楼,等周舒桐进了支队大楼,他改变了方向,拿出手机拨通电话,向支队院门口走去,途中还和开车进来的周巡点了个头,打了个招呼。

郑力齐站在办公室的窗前看着这一幕,无声地笑了。

天色渐渐暗了,商凯把装了钱的信封放进一个密码储物柜。他关上储物柜的门,储物柜上随即打印出一张密码条。他取走密码条,拨通手机:"钱我放在美廉美超市入口的储物柜里了,密码是2933。这家超市好像是晚上十点关门,你务必在晚上十点前过来把钱取走。"

赵茜在这头沉默了一会儿,说:"支队现在忙成一锅粥,我哪儿有时间去什么超市啊?"

商凯低声说:"这家超市离你们支队一共才两公里,往返都用不了二十分钟。还有,你们现在肯定已经制定好对这个叫邢钊的抓捕方案了,我要你把所有的细节都告诉我。"

赵茜迟疑了一下:"抓捕方案非常复杂,不能约个时间见面说吗?那样你干脆当面把钱给我,也省得折腾。"

商凯笑了笑:"赵警官,咱们之间恐怕还没有这种程度的信任。你要真给我设了套,我就不得不杀死你。对咱俩都不好。"

赵茜沉默了一会儿:"但这确实不是一两句话能说明白的,而且我也不可能把书面的预案发给你。你的要求,我做不到。"

商凯这会儿已经走出美廉美超市,想了想,叹了口气:"那这样吧,别的我不多问,一旦你们确定了这个人在哪儿,务必第一时间通知我。"

"你跟这个邢钊是不是有同样的毛病啊?"

"你什么意思?"

"一定要亲手干掉对方是吗?你们也太不拿公安当回事儿了。"

商凯笑了:"我不是告诉过你吗?这就是私人恩怨。"

赵茜无奈地说:"好吧,那再联系。"

商凯挂断电话,拨通了另一个号码:"大哥,我回来了。咱们能不能见个面?我有事情要告诉你……好的……我知道了,叫上王铭震和倪军。

"对了,我还需要枪。"

周舒桐到食堂的时候,和高亚楠坐在一起的已经换成了关宏宇,高亚楠还朝她招了招手。

周舒桐连忙上前："关老师，高法医。"

关宏宇点点头："把案卷搁这儿，你赶紧吃点儿饭，吃完了咱们出发。"

周舒桐放下案卷听话地去打饭。关宏宇把案卷从桌上挪给高亚楠，朝她眨眨眼："专家，帮看看呗。"

高亚楠瞟了眼卷皮，又翻了翻里面的验尸报告，翻到最后一页，看到有何靖诚的签字，对关宏宇说："海淀那边儿案子办得都挺靠谱的，而且这还是老何经手的，他可不比我差。"

关宏宇压低声音："我哥也这么说。但我俩都觉得，还是让自己人过一遍为好。我哥特别提到，法医都是尽可能不带任何预设立场地对尸体现状进行检验并分析死因的。"

"当然了。"

"那……要是咱们现在带着一个'王学敏可能死于他杀'的预设立场，重新来看待这一切呢？"

高亚楠会意，开始低头看资料。

关宏宇掏出一个戴着皮套的辣椒喷雾递给她："一直还想跟你说呢，把这个带上。"

高亚楠瞟了他一眼："我又不出外勤，带这个干吗？再说了，你能领这种装备吗？"

"不是警用的。我让虎子给我找了一个专门喷熊使的，可带劲儿了。"

高亚楠接了过来："可……我、我带这个干吗呀？"

关宏宇掩住半张脸，乐了一下："你想啊，这熊都能干跑了，你拿着防个狼肯定没毛病。"

高亚楠没好气儿地笑了一下，把喷雾放进兜里。

"哎，你别揣兜里！别腰上啊。这得随身……"

*　*　*

周舒桐吃完饭和关宏宇一起回到双榆树北里小区，用钥匙打开六〇二的门，两个人一起走进房间。

屋内一片漆黑，关宏宇走进黑暗中，摸到电灯开关，发现没电。

关宏宇皱眉："是没电了，还是物业干脆把这户的闸拉了……通知物业，不管是拉闸了还是欠费停电，让他们先给点亮儿。"

周舒桐看了看遁入黑暗的关宏宇，应了一声，掏出手机准备打电话。

关宏宇忽然问："带手电了吗？"

周舒桐从身上掏出警用手电，按下开关，正好照到站在黑暗中的关宏宇。

关宏宇用手挡了下刺眼的手电光："干吗呢？手电给我。"

周舒桐把手电递给他，来到楼道给物业打电话。回过头，她看到黑暗中拿着手电四处照明的关宏宇，突然想到了什么，愣了愣神。

周巡正在丰台刑侦支队副支队长办公室里的办公桌旁吃面，郑力齐敲门进了屋。

周巡瞟了他一眼："哟，郑督够敬业的啊，连加班的岗都查，是不是有什么犒劳啊？"

郑力齐也不客气地在他对面坐了下来："小周跟我说，今天她和关队走访了邢钊以前居住的小区。你今天带着大批探组去排查的是哪条线索？"

周巡面不改色地继续吃着面："探组当然是撒出去布控了。这邢钊都上了通缉令，他既没来得及收拾什么金银细软，又是孤身一人，只要他还没离开北京，我们就肯定要加紧搜捕。"

郑力齐低头沉吟了片刻："电子巡逻图显示，各探组很分散，而且有很多都不在咱辖区。"

"这不就是全面撒网吗？邢钊涉案的区域、工作的地点、居住的地点、曾经的居住地点、业余时间经常出入的娱乐场所、周围关系相对密切的朋友或同事的工作地点或居住地点，还有主要的交通枢纽……"他从桌上抄起本资料，往郑力齐面前一扔，"你自己看，上面都有。这人手还不够呢。"

郑力齐瞟了眼那本资料，也没动手去翻，微微点了下头，还是盯着周巡不放。

周巡放下叉子："怎么？郑督是觉得放着Ａ级通缉犯不抓，我带着半拉支队趁机出去摸鱼了？"

郑力齐摆摆手："那倒没有。我就是确保支队的资源在指定的范围内得到了充分利用。"

周巡笑了："那除非你事必躬亲，像我一样，每天开着车在各个布控地点来回串。哦对，不行，你还得看家呢。这一出去巡视，队里面再懈怠了……要不这么着，郑督，咱俩分配一下，一人一天。明天你做外勤指挥，我看家。后天再轮回来。"

郑力齐站起身："业务上的事儿，还是你来吧。"他正要离开，又转过身问道，"七号和九号巡逻车的位置一直没变过。我看了下，那好像是中金昆仑公司所在的位置。这也跟邢钊有关吗？"

周巡斜眼瞄着他："这个邢钊，就是因为在中金昆仑的董事长韦东被绑架时挟持了中间人，并且把这家涉黑公司彻底暴露给咱们，最后才会落得'金榜题名'的。你就说有关没关吧？"

郑力齐听完没再说什么，转身离开。

等他出去后，周巡掏出手机，拨通了关宏宇的电话。

电话进来的时候关宏宇正在用手电照着屋里的陈设，那头周巡说："我带着人在中金昆仑及其下属的关联企业走访一整天，没有裴云磊的下落。"

关宏宇问："他家里呢？"

周巡说："做了布控，电话也监听了。你说，他会不会是被灭口了？"

关宏宇想了想："就算这裴家易能大义灭亲，裴云磊的家人就能那么踏实地不闻不问？再说了，裴家易知道咱们现在死盯着他和中金昆仑，杀人容易，处理尸体难，顶风作案，风险太大了吧。"

"你还是觉得他藏起来了？"

关宏宇思索了会儿，问："咱们查出裴云磊这个事儿，除了你我，还有谁知道？"

"那多了去了，撒出去布控的探组都知道。包括咱俩那天跟何侬谈话，市局看守所的人应该也知道。"

"我的意思是说，在咱们刚查到这条线索而你也还没有通知各探组的时候。"

"那也就是你我，哦对，还有另一个你呗。"

"但我们前脚得到消息，后手再去找人，人就不见了。"

周巡愣了一会儿："所以你是觉得，是市局看守所那边把消息泄露出去了？"

关宏宇皱眉说道："我说不好，但这个巧合多少有些奇怪。既能掌握咱俩行踪，还能随时从市局看守所调取到谈话监控和录音的，级别可不低啊。"

"除非他是督察……郑力齐一直在死盯着我，肯定也盯着你呢，多加小心。"

关宏宇说了声"知道了"，挂断电话。屋里的灯亮了，关宏宇扭头一看，来电了，周舒桐打开了灯。

他把手电还给周舒桐，在客厅转了一圈，走进卧室。

周舒桐边跟着他走进去边问："这些家具陈设都是收拾过的了，关老师，这个现场还有什么勘验价值吗？"

关宏宇从她手上拿过案卷，翻了翻："去年二月份那次家暴，就是在这个房间里发生的，对吧？"

03

关宏宇站在卧室阳台的玻璃窗前，看着上面的那块玻璃。他对照着案卷内的阳台窗户照片和指纹记录，低声说："任菲那晚就是在这块玻璃上撞破的额头，而就在同一块玻璃同一位置的外部，留下了邢钊的指纹。"

周舒桐想象着那个画面，打了个寒战："您是说，那晚邢钊就……藏在阳台上？"她打开阳台门，在阳台上左右看了看，"这地方也没什么能藏人的地儿啊。"

话音刚落，"咣当"一声，阳台门被锁上了。周舒桐站在外面，一脸错愕地回头看向卧室里的关宏宇。

关宏宇用手指了指，示意她移动到窗户旁，随后，又摆手示意她蹲下。

周舒桐照做了。

关宏宇退后两步，观察着：在室内灯光明亮而室外一片漆黑的情况下，其实很难分辨窗外的阳台上是不是有人。

隔壁这时正好传来足球比赛进球后解说员兴奋的喊声。关宏宇贴到墙上，发现这栋楼的隔音并不是很好，能听到隔壁播放电视节目的声音。

他思考了一会儿，转身走出卧室。

被关在阳台上的周舒桐蒙了，一边拍着阳台门叫"关老师"，一边拧阳台的门把手，发现自己被反锁在阳台上。她忙掏出手机，拨打电话，却发现对方的电话一直无人接听。

她简直哭笑不得，只能继续打电话。谁知道电话又响了两声之后，隔壁阳台上传来关宏宇的声音："甭打了，在这儿呢。"

周舒桐郁闷地挂了电话。关宏宇大约是征得了隔壁六〇三租户的同意，从人家家里出来到了阳台上。

周舒桐看了看两个阳台之间三米多的距离，明白过来，说："这个距离，邢钊过不来的。"

关宏宇朝她伸手："手电。"

周舒桐掏出手电扔了过去，关宏宇接住，仔细照了照，发现两个阳台的下沿之间并没有任何可供落脚的地方。他关上手电，刚要往回扔，想了想，又重新打开手电，往上面照，这才发现，在两个阳台之间的顶部位置，楼体上有一条内凹的槽。

周舒桐跟着抬头，也看到了，犹犹豫豫地说："这个……难度有点儿大吧……"

关宏宇把手电放在下颌的位置，光源向上，照亮了他正陷入思考的脸，随后突然关掉手电，转身离开了阳台。

周舒桐又蒙了："哎！关、关老师……你又去哪儿啊？"

***

夜里,关宏峰在望京小仓库内对着电脑,呆坐了一会儿,打开了周舒桐白天在宠物论坛发给他账号的那封私信。

关老师的小跟班:您好,不是我非要催得这么急。这两天队里又有重要的工作,需要加班,我可能大部分时间都要待在支队。如果一时半会儿找不到能领养狗狗的地方,能否帮我找人临时寄养几天?所有的费用我都会承担的。我也知道可以把它送去宠物店寄养,但那里基本上只是把它关在小笼子里,我觉得太可怜了。不情之请,如果您方便的话,希望能帮忙,万分感谢。

"非得让我宽慰,"关宏峰叹了口气,斜眼去看站在他身后的刘音,"宽慰出毛病了吧。"

刘音耸耸肩:"嘻,大不了跟她约个时间,我去把狗领过来。反正这仓库地儿也大,不在乎多养只狗。"

"你不能去。"关宏宇略一思忖,"小姑娘挺敏锐的。齐卫东那个案子……不排除她对你还有印象,没必要冒这个风险。"

刘音顺着关宏峰的目光往旁边看,最后停留在正戴着耳机摇头晃脑、手上还做着弹吉他姿势的崔虎身上。

正沉浸在自己世界的崔虎睁开眼睛,突然发现刘音和关宏峰都目不转睛地盯着他,吓了一跳。

周舒桐还在双榆树北里小区和阳台门做斗争——她从阳台旁边的窗户探进去一根铁丝,勾住阳台门内侧的把手,费了老大劲儿,终于打开了阳台门。

她推开阳台门,有些愤愤地叹了口气,刚要往屋里走,关宏宇和物业的人一起出现在六〇三的阳台上。

关宏宇叫住她："哎，等会儿，先别走。"

他干脆利落地脱下了外套，张开双臂，物业人员把一套高空作业的全身五点式保险带系在他身上。随后物业人员把安全绳的另一端在阳台围栏上固定几圈，又缠在另外两名物业人员的腰上，协力绷住。

穿戴完毕，关宏宇踩着阳台围栏，伸手去够楼体上的凹槽。

周舒桐这下真的觉得自己要脑神经衰弱了："哎，关老师，您这又……这太危险了吧！现在外面这么黑，就算有物业人员和安全带，万一您要是失足跌落，撞上阳台或其他楼体之间的突出部分……"

关宏宇抠住楼体间的凹槽，稍微试了试劲儿，对她说："下策呢，反正我也摔不死，最多是个磕磕碰碰，你赶紧打一二〇急救，让人过来给我包扎伤口。"

周舒桐心惊胆战地听着，点点头："那中策呢？"

"没有中策。"

"啊？"

关宏宇恨恨地说："对！也没有上策，反正你会直接选下策的，我还费那么多心思干吗？"

他说完，扒住楼体之间的凹槽，两脚悬空，仅靠臂力，从六〇三的阳台一路攀爬到六〇二的阳台。关宏宇轻松落地，掸掸手，解开了身上的安全带，朝六〇三阳台上的物业工作人员挥了挥手，对周舒桐说："怎么样？你说，邢钊会不会就是这么过来的？"

周舒桐松了一口气，却也不大想给他好脸色，揶揄道："邢钊是户外运动俱乐部的攀岩高手，估计爬得比您利落些。"

她往卧室里一退，回手就去关阳台门。

关宏宇忙伸脚别住:"哎!"

周舒桐心想"叫你刚才关我那么久",不过她手上刚想用力,突然手机响了一声。她看了眼,发现是宠物论坛的私信通知。她眨眨眼,没再说什么,也没再抵着门,一边打开私信一边走开了。

凌晨四点,周巡和小汪靠在车里打着盹儿。手机传来震动,周巡迷迷糊糊地掏出电话:"喂?"

"是我。"关宏宇说,"姓单的还在里面吗?"

周巡连眼都没睁:"里面现在一共有十一个人。除了他,估摸着还有两桌牌局。"

关宏宇说道:"我这边儿基本摸差不多了。亚楠刚才通知我,对王学敏的验尸提出了一些新的看法。"

周巡睁开眼,坐了起来:"那是可以动手了?"

"就按咱们布置好的来。这点儿也合适。如果他正在睡觉,这个时间人的意志力最薄弱,诈他一下。"

周巡挂断电话,看旁边的小汪也醒了,问他:"照片带了吗?"

小汪拍拍口袋:"在身上呢。"

就这么一两分钟的工夫,周巡已经完全清醒,精神抖擞,拿起步话机,语气兴奋但森冷:"各探组注意,收网。"

单云瑞被从被窝里提溜起来的时候人完全是迷糊的,但他到底是个老江湖,稍眼往外面一看就知道外头自己的人全被控制了。他没慌，看着周巡亮到面前的证件，冷静地先问："公安同志，为什么抓我？"

"找你配合工作，打听点儿事儿。"周巡皮笑肉不笑地收了证件，"配合得好，就把你抓进去。"

单云瑞皱着眉头，满脸疑惑："您、您这都说什么呢？"

小汪上前，掏出邢钊的照片："认识这人吧？"

单云瑞仔细看了看："不认识。"

"你派两个背着案的马仔满世界找他，还跟我们说不认识他。"

单云瑞转着眼珠想了想："我派人找他是……"

小汪不给他思索的时间，又掏出商凯的照片："是这人让你找的？"

这次单云瑞只匆匆一瞥，立刻答道："这又是谁啊？"

小汪冷笑一声，没说话。

周巡走过来，从小汪手上接过照片。小汪退后几步，敞开了门。单云瑞看到外屋打牌的人正一排排抱头蹲在地上，已经被刑警控制了。

周巡坐在床边，伸出右手，满脸笑容地要和单云瑞握手。单云瑞犹犹豫豫地伸手，却发现手被周巡紧紧抓住，抽不回来了。

周巡笑着举起邢钊的照片："这个人手上至少有五六条人命，他现在知道你的身份。只要把你的人都带去看守所，你就有机会和他单独见面了。"他又举起商凯的照片，"这个人你肯定认识，弄不好，你比我们更清楚他是什么人。现在你的人在外面都能看见你正在配合我们的工作。当然，作为回报，虽然涉嫌聚赌和窝藏，我们就不把你一块儿拘进去了。那时候，估摸着他就该来找你了。至于这哥儿俩谁先找上你，随缘吧。"

单云瑞听完瞟了眼外屋，发现蹲在地上的那些手下也都用疑惑的目光看着他，立刻就变了脸色，一边试图挣开周巡的手一边说："哎，我可没有……"

不等他说完话，小汪把门关上，说："你刚才也听我师傅说了，你现在要好好儿配合，就把你一块儿收回去。"

单云瑞冷汗都下来了，忙指着邢钊的照片："这个人我真的不知道是谁。'娃娃'让我帮着找，只说他腿上挨了一枪……"说着，他指着商凯的照片，"这、这个人就是'娃娃'，真名我不清楚。跟他们这伙儿人过事儿，从来都是他们找我，我是找不到他们的。"

周巡松开手，用手指敲了敲商凯的照片："你就没有联系他的方法吗？"

"这种人，手机号一天到晚老换，而且我上次见他，听说他跑路了……"

周巡不轻不重匀了他一脑瓢："甭跟我这儿装傻，你又不是义务干活儿。事儿干了，总得要钱吧，连人都找不着，你怎么要钱啊？"

单云瑞苦着脸说道："这伙人有钱。数额不大，都是来找我的时候见面就给了。就算事先没付的，只要我把事儿办了，之后找他们'掌柜的'结账就行。"

听到这儿，周巡和小汪对视了一眼。

小汪插着兜走上前，大剌剌地说："你这又拿裴云磊糊弄我们是吧？他停了手机，也跑路了。"

单云瑞连忙说道："不是，我、我知道他还有一个号儿。平时处理下面这些事儿，他都有一个单独的手机号。"

04

路边关着卷帘门的数码印刷店透出一丝灯光。店内，裴云磊正用一台碎纸机销毁大批账簿和文件。

手机响了，他看了眼号码显示，不耐烦地接通电话："我跟你说了多少遍了，这他妈关我什么事儿？难道说，你被抓的每个手下都得让我掏钱保吗？集团有什么义务……"

那头的单云瑞说道："可这明明是'娃娃'找我……"

裴云磊冷笑："是不是'娃娃'找你我不知道。现在是非常时期，我和'娃娃'没有联系。但这个事儿，集团和大哥都没通知过我。"

"没通知你？没通知你你不会问一声吗？"

裴云磊也逐渐暴躁起来："你他妈听不懂人话啊？我都告诉你了这是非常时期。"

"什么意思……掌柜的，你、你不会也跑路了吧？"

"我跑什么路？我又没犯法，踏踏实实跟家待着就行了。只是说，对于现在的集团来讲……"

他话还没说完，身后的卷帘门突然开了，周巡、关宏宇、小汪及数名刑警正押着单云瑞站在门外。

单云瑞露出一个比哭还难看的笑来。

关宏宇从他手上拿过手机，笑了笑："你瞧，他撒谎吧，这叫没跑？"

周巡挥了挥手，刑警上前铐上了裴云磊。

周巡随即示意刑警把单云瑞也押走，压低了声音对关宏宇说："这单云瑞可以靠吓唬，裴云磊可是管账的，对他应该用什么审讯策略？"

关宏宇左右看了看，见其他人要么在搜查起获现场的账簿和文件，要么在外面押送人贩，他压低声音对周巡说："要依了我呢，就照方抓药。不过'关宏峰'的意思是，除了威逼还可以试试利诱。辩诉交易，你懂吧？"

"你美剧看多了吧？"周巡皱眉，"中国法律哪儿来的辩诉交易？"

关宏宇似笑非笑地说道："你急什么啊……他也说没有，但咱们可以管这种方式叫'立功'。"

周巡秒懂。

日头下，郑力齐走出丰台支队大楼，见周舒桐正在警车旁站着等他，神色显得有些局促。郑力齐不解，上前拉开后排的车门，顿时了然：车后座上趴着一只棕黄色的小土狗，正瞪着大眼睛好奇地望着他。

郑力齐扭头看周舒桐，周舒桐有点儿不好意思，解释道："郑处，这是我收养的一只小狗……最近队里一直有任务，实在没时间照顾它，就找了个愿意寄养的朋友。您看能不能顺路……"

郑力齐莞尔一笑，关上后排车门，绕过车头，坐到副驾。

确实也是顺路，七八分钟后，周舒桐将车停到约定的地点路边，老远就看到个戴着夸张狗头帽的胖子正抱着一袋包子大快朵颐。

周舒桐下了车，打量了一下崔虎："您、您就是……'和光同尘'?"

胖子嘬了嘬手指上的油，伸手去跟周舒桐握手："'小跟班'?"

周舒桐略一迟疑，还是有些勉强地跟崔虎握了下手。随后她打开后车门，牵出那只小狗，把牵引绳递给胖子，又从后座上拎出一袋子宠物用品，带着笑意说道："它叫'包包'。"

胖子接过狗和宠物用品，问道："包、包子的包？"

周舒桐点点头。

胖子也点点头，转身就要走。

周舒桐想了想，还是追上去："哎，您看，咱们是不是互相留个电话？我是说，万一它有什么状况，或者您养了一段时间觉得实在还是不方便，也好随时通知我。我再把它领回来。"

"咱们怎、怎么说的来着？说好了，不问真、真名，不问联、联系方式。还是走论、论坛上的私信吧。"

周舒桐被噎住了，无话可说，只能依依不舍地冲"包包"挥手告别。

副驾的郑力齐没下车，这会儿听到口吃的声音，转过头来，若有所思地盯着那胖子，不过没说话。

关宏峰推门进了审讯室隔壁的小房间。周巡看到他，颇有些无奈和嘲讽地苦笑一下。关宏峰隔着单反玻璃，看到审讯室里裴云磊已经在老老实实地做笔录了。

再一回头，周巡点上了烟。

关宏峰瞟了他一眼："你就这么把烟点上了，看来郑力齐不在队里。"

"中金昆仑和裴家易的住所都上了布控。我现在盯这一头儿,那边现场总得有个指挥,他先过去充个数。"

关宏峰笑了一下,透过单向玻璃看着裴云磊:"都撂了?"

"你说得没错,越是这种会算计的人,越能权衡利弊得失,这家伙居然能把自己的刑期当账算。何侬证实他出现在毒品交易的现场,而且还是伙同叶方舟等人。他既是中金昆仑的财务,又是裴家易的亲属,作为中金昆仑的实际控制人,裴家易再也脱不了干系。所以这小子索性想开了,这会儿还是个人顾个人吧,保命要紧。"

关宏峰问:"他能证实是叶方舟杀了吴征一家五口的事儿吗?"

周巡摇摇头:"按这小子的说法,给叶方舟、安廷乃至于那个冯康下命令的,都是裴家易,他并不知情……不管怎么说,老关,咱们现在是不是可以收网了?"

"就差一个步骤了。技术队那边……"

周巡点点头:"都准备好了。"

两个人一块儿离开了房间。

邢钊戴着帽子,缓步从单云瑞居住的世纪坛附近某小区外面走过,边走边拨通电话。

那头的关宏峰很快接起电话,声音听起来挺轻松愉快:"喂?"

邢钊也笑了:"你们抓了那个棋牌室的所有人,得到裴家易的罪证了吗?"

关宏峰说道:"这家棋牌室的老板叫单云瑞,是个地头上的老混子,承办过很多中金昆仑涉黑组织下游的工作。我们通过他,拘捕了那家公司目前在逃的财务人员裴云磊。而这个裴云磊,恰恰是裴家易的旁系亲属。"

"那就是这个裴云磊能证实裴家易的罪行。"

"你等等。"关宏峰不急不缓地说,"我特别想跟你讲一下这个问题。经过连夜突审,裴云磊已经招认,其实中金昆仑所有的涉黑犯罪行为都是由他和另一名已经被击毙的犯罪分子叶方舟一手策划并实施的。这个裴云磊对外号称'掌柜的',换句话说,他才是真正实际控制中金昆仑的人。而他的供述,与我们目前掌握的人证、物证都是吻合的。"

"你什么意思?"

"很简单,你搞错了。裴家易与这个犯罪集团并没有太大关系,裴云磊才是幕后黑手。我们已经可以通过裴云磊的供述,将这个涉黑团伙的所有人员逐一抓捕。一切都结束了。邢钊,你为案件侦办提供了重要线索,趁早投案自首吧,我们是可以认定你有立功表现的。"

邢钊猛然停下脚步,愤懑地说:"不可能。你们就这样放过裴家易了?一个财务人员怎么可能掌控如此庞大的犯罪组织,你们他妈傻啊?"

"你觉得我们聪明也好,傻也罢。公安办案,要讲证据。无论是裴云磊的供述,还是我们掌握的证据,都表明中金昆仑是由裴云磊欺上瞒下、一手操控的。"

邢钊愤怒地提高声音:"你们真就以为……告诉你,我知道……"

他说到这里放下了手机,喘着粗气,试图平复自己的情绪。

过了好一会儿,他才重新举起电话,听筒里传来关宏峰不停的"喂喂"声。

邢钊冷静下来："如果你说证据确凿,那我要看那些证据。一对一,就咱们两个人。"

"没问题,但你也要认真考虑下自首的事儿。"

"好吧。时间地点,我会另通知你。"

"你最好尽快。这起有组织犯罪牵扯到多个辖区,一旦裴云磊这边都问完了,我们就要把案卷移交市局了。"

邢钊冷冷说道："知道了,今天之内。"

说完,他挂断了电话。

关宏峰看着挂断的电话,随即看向赵茜。

赵茜摇头："关队您说得没错,邢钊的电话做了反定位改装。我们无法确定信号源的位置。"

周巡在一旁兴致勃勃地问道："老关,你认为他相信你的说法了吗?"

"从他一度中断谈话以及后面态度上的转变来看,他大概相信我们已经放弃了追查裴家易而把所有的嫌疑都固定在裴云磊身上。邢钊不傻,如果我们告诉他已经坐实了裴家易的嫌疑并且准备去实施抓捕,他会猜到抓捕现场一定是龙潭虎穴,他一旦现身,很可能会被我们给围死。另一方面,如果这种方式能够逼迫他放弃坐实罪证才实施谋杀的行为模式,也更有利于我们在裴家易周围设下埋伏。"

小汪说："可关队,他刚才电话里不是说要单独和你见面什么的……"

"他也是怕咱们不相信。他不会见我的,他不再需要什么给裴家易定罪的证据了。在他看来，我们这边是将错就错，他是在顺水推舟。不过唯一可能缩小的范围，就是他会在今天动手。"

这边结束后，赵茜来到暗处，又一次和商凯通话，语气里带着不满："你上次就摆了我一道，咱们这回必须说好了，不能伤害我们的人。"

商凯笑了："你们的人……哈哈，就眼下这形势，杀公安于我没什么好处。我只要这个邢钊。"

赵茜叹了口气："我们关队诓他相信裴家易周围已经没有布控了，邢钊应该随时会出手，而时间很可能就在今天。"

"知道了。"

他挂断电话，回身看着坐在沙发上喝茶的韦东："大哥，那我去了。"

"这是安廷的妹妹吧？"韦东瞥了他一眼，"你真信她？"

"这个女的到底可不可信，我觉得这是个试探的好机会。公安现在在设埋伏抓邢钊，我想抢在公安之前……但无论如何，裴总身边都会有公安的布控。我能得手也好，失手也罢，都不难看出这女的是不是和咱们一头的。"

韦东问道："但如果这就是个连环计，公安是想把你和邢钊都抓到呢？"

商凯没所谓地笑了笑："那对集团而言，最多是损失一个我。"

韦东听完，思索片刻，点了点头："那两个人和枪，都准备好了。多加小心吧。"

商凯转身刚要走,又回过头问:"对了,虽然那边没有明说,但听口气,'掌柜的'多半是撂了。如果邢钊没得手,需要我来处置吗?"

"留他活着,我猜他什么都不会说的。他要是死了,公安必定认为是有人在灭口。那个关宏峰和周巡,谁都不是省油的灯。"

商凯点点头,没再说什么。

这天傍晚,邢钊戴着帽子,站在幼儿园的围栏外,看着一群孩子在户外游乐设施上奔跑嬉戏。他专注地看着其中一个小女孩。

她正蹦蹦跳跳地,跑来跑去和几个小女孩讲话,一边玩一边咯咯地笑。

邢钊盯着她看了好一阵子,直到老师喊:"王璐瑶,王璐瑶!你姥姥来接你了!"

小女孩立刻转过头,跑向一个老人。

邢钊拽了下帽檐,把脸遮住,转身走了。

贰拾肆 一举成擒

01

　　傍晚，郑力齐回支队安排备勤，周舒桐留下来支援。布控早已完成，周巡、关宏峰、小高和赵茜坐的指挥车停在中金昆仑公司所在的写字楼附近，所有人都在盯着各个屏幕上的监控画面。

　　周巡懒洋洋地说道："我说老关，这邢钊既没联系你，现在也没露面……我是说，你的推测大多是准确的，但有没有这样一种可能，就是这小子已经溜了啊？"

　　关宏峰说："如果说一开始对他的人格分裂做的只是表象推测，那么实地勘察双榆树北里小区并复核六〇二发生过的两起案件之后，则巩固了这种推测的可靠性……"

　　说到这儿，车外传来敲门声。赵茜打开车门，周舒桐上了车。

　　周巡扬了扬头，示意周舒桐坐下，回过头说："老关你接着说。"

　　"从走访得知，邢钊自幼被父母遗弃，是由爷爷抚养长大的。这种缺失严重的原生家庭，在他的成长阶段带来了显而易见的影响。他孤僻、自卑，同时极其刻苦和努力。归其根本，我们能够看到，这是一个对世界充满了不安感，又在不断努力强化自身，希望从中获得安全感的人。"

周巡琢磨了会儿，说道："可要这么说，他学习成绩一直拔尖儿，最后都保研了，也算因祸得福。再说，这和精神分裂什么的有什么必然联系吗？"

"因为他从来没有彻底消除过自身的不安，即便在成年后，优秀的知识技能水平和强健的身体素质使他逐渐在社会上寻找到了立足点。这个时候，可以视为他从弱小、恐惧的'本我'，成长为拥有正常社会属性的'自我'。虽说，他依旧会感到不安。"

周舒桐听到此处，不自觉地说道："哦，所以说，我和关老师在走访中发现邢钊把相当多的时间和精力投入到了一些可以强化自身的活动中，譬如户外攀岩和格斗训练。"

关宏峰笑了一下，补充道："帮助别人会让他感受到自身的强大，从而增加他的安全感。在某种意义上，同情和怜悯，从来都是强者的特权。"

周巡想了想："那是不是说，他这种通过展示自身强大来寻求安全感的手段在不断地升级，以至于杀人？"

"或者也可以说，由于童年安全感缺失太过严重，所以他在被激发出'超我'状态之前，无论怎样磨砺自己，无论变得多强，无论通过公益活动帮助了多少人，那个弱小、自卑、恐惧的'本我'始终隐藏在他心中。直到双榆树北里小区发生的事情，成为他人格属性一个决定性的拐点。"

周巡说："我听你们提过，是说他隔壁六○二发生的案子吗？"

关宏峰答道："对于这部分，除了少得可怜的间接证据外，基本都是靠推测了。

"六○二住着慈爱温柔的母亲、可爱的孩子，以及一个酗酒成性、忽略妻女的父亲……还有，显而易见的家庭暴力。

"这个组合是不是很眼熟?

"这样的一个邢钊,遇到这样的一个组合,会发生什么?首先,我们推测他正面遭遇了那场家暴。当时他可能刚下班回家,在楼下听到或者从邻居的口中得知了大致经过。当时应该已经有人报警,但是警察还没有到。他应该很快上了楼,没有坐电梯,而是从安全通道上去,因此避开了所有摄像头。

"但等他跑到天台,任菲应该已经被王学敏杀死。王学敏很可能还握着刀,情绪可能很激动,看到跑上来的陌生人邢钊,王学敏下意识地质问、挥刀。邢钊大约就在那个时候意识到了自己的强大,意识到凭他的能力可以掌控全局,轻易地控制住王学敏。他们两人之间可能有过一次单方面碾压式的打斗,王学敏是挑衅者,然而双方的实力差距实在过大……"

关宏峰说到这里停了停,看向周巡。周巡从王学敏的验尸报告里抽出一张照片,上面是王学敏左颈处的瘀伤痕迹,他边说边用手比画着:"这个角度……从上往下……应该是一个比王学敏高的人留下来的。任菲只有一米六三,比王学敏矮将近一头。"

周巡想了想,继续说道:"可是,就算这个防卫性瘀伤的角度有些奇怪……按你的推测,邢钊躲开了电梯的监控,是走的楼梯,现场没有留下他的指纹或血迹,甚至在场的居民和物业人员也没有目击证明——当然,那会儿场面乱哄哄的,大家可能都没顾上注意这些。别说这王学敏是不是被他推下楼梯摔断的脖子,咱们就连邢钊当时到底有没有进出过现场都无法确认。"

"我看了办案说明,双榆树派出所是第一时间赶到的,随后海淀支队就接管了现场。我查了那天派出所出警人员的执法记录仪影像备份。"说着,关宏峰把案卷里的一张视频截图抽出来,递给周巡,"这是民警在进楼的时候,执法记录仪拍下的视频截图。"

周巡接过那张截图,从图里可以很清楚地看到楼门口的位置,画面正中偏下一点点,邢钊正低头往外走。

周舒桐也凑上前看:"关老师,那就是说,正是任菲的死催生出邢钊人格中的'超我'?"

关宏峰点点头:"如果天台那场接近于正当防卫的搏斗确实存在过的话。但我更愿意相信这重突破法律界限的极端人格早在十个月之前就蠢蠢欲动了。"

周舒桐很快明白过来:"就是您说的'上一起案件'……王学敏的上一次家暴?"

关宏峰点点头:"那个食指指纹,记得吗?小区建筑隔音并不好,王学敏上一次殴打任菲的时候,邢钊可能就听见了,并且他有可能爬了过来,站在外面看着——这才能解释指纹为什么会出现在那种地方。"

"嚯!"周巡惊讶地说,"大半夜的,也没什么安全措施,就徒手从楼体上爬过去。行,这小子还真是个情种,为了一个暗恋的有夫之妇,也是拼了。"

关宏峰眨眨眼:"不,他对任菲的感情恐怕不是你想的那样。小周,在金源四楼的那次围捕,你那边只有你自己,另外一侧是二探组的三个人。放着一个女的和三个男的,邢钊偏偏挑了难度和风险都比较大的那边。一开始咱们推测,他不往你那个方向冲,是因为通道里有很多结束了跆拳道课的孩子——这关乎他作为'义警'的准则。而他与你缠斗时又基本上不还手,是因为原生家庭以及任菲一家都存在一个实施家暴的男性,他痛恨这种人,自然不会让自己成为这种人。"

周巡说:"这很合理啊,没毛病。"

"那你说，以咱们后来对邢钊的了解，他又不是不会溜门撬锁，为什么不选择撬门或干脆敲门去六〇二，而非要冒险从阳台间爬过去呢？"

周舒桐听完也点点头："对呀，就算爬到阳台那边，阳台门是反锁的，他照样需要破一道门。"

周巡想了又想："那可能是……没准儿……是不是因为……哎，老关，你就直接说吧。"

周舒桐似乎明白过来："是因为王璐瑶，那个孩子……"

周巡还是没懂："那个孩子怎么了？"

关宏峰赞许地微微点头："那个孩子，就是他自己。"

02

傍晚，裴家易坐在办公室里，眉头紧锁。秘书拿进来一个包裹，放在办公桌上，轻声提醒："裴总，您的快递。"

裴家易点点头，低头看了一眼，叫住秘书："这上面没地址，也没快递公司的名称，谁送来的？"

"啊？就是一个男的……他说是给您的快递，我没多想。"

裴家易听完想了想，拿起快递包裹，轻轻晃了晃，听到里面传来东西磕碰的声音。他摆手示意让秘书出去，随后小心翼翼地拆开包裹，从里面的盒子中倒出一个手机。

裴家易拆开后盖，取出电池，仔细地检查了一遍，随后开机，发现通讯录里只存了一个号码。他略微犹豫了一下，还是拨了过去："'娃娃'？"

商凯带着笑意的声音果然从那头传了过来："裴总，好久不见。"

裴家易苦笑："云磊是不是撂了？怎么，大哥不放心，怕我嘴不够严是吧？是你亲自动手，还是让我自己了断？"

商凯说道："都不是。公安那边已经在楼下布控了，据可靠消息，他们应该在等逮捕手续。大哥让我想办法帮你离开。"

裴家易转了转眼珠，低声说道："哦，是吗……"

"你们之前没说好吗？你死了对大哥并没有好处。"

"是。"裴家易说，"之前我也以为谈妥了。这个锅我可以背，只要我扛下所有事儿，他们就不伤害我的家人。"

"你们怎么谈的我不管，反正我接到的指示不是杀你。裴总，你知道的，如果是，我会直说的。"

裴家易似乎动心了，不自觉地缓缓站起身："跑，怎么跑？跑哪儿去？跑了我就是通缉犯……"

"好歹也是有自由的……裴总，我不是来劝你的。我是来做事的。"

裴家易踌躇片刻，问道："那你说，要我怎么做？"

楼下的指挥车里，众人正盯着各个监控画面。

周舒桐嘀咕着："邢钊现在都没出现，会不会是等着天黑再下手？"

周巡伸了个懒腰："好啊。真要等天黑了，裴家易也得回家，住宅区比这种大型公共场所更好布控。"

关宏峰说："那时候也就更难得手，邢钊肯定知道这一点。我是担心路上会出什么问题……"

周巡看了眼时间，朝他递了个眼色："老关，能不能给大家买点儿吃的？我跟这儿盯着。"

关宏峰会意，故意转头看向周舒桐。

周巡扭头看了眼，笑着摆手："嘻，就别让小孩儿花钱了。"

关宏峰点点头，正要离开，周舒桐忽然说："我陪关老师去吧。"

关宏峰和周巡都是一愣。

周舒桐神情自然地撩了一下外套："我带了配枪和话台，万一凑巧遇到什么情况，也好支援关老师。"

周巡语塞。

"行。"关宏峰不动声色，点点头，"一起来吧。"

商凯走进中金昆仑附近写字楼的停车场，钻进一辆黑色的奥迪轿车并发动了车子，同时拨通电话："裴总马上就要动窝儿了，你们俩各开一辆车，一个往莲石路去，一个奔京石高速的路口。后面具体怎么安排，我会通知你们。"

他低头，用手机又发出一条短信。

坐在指挥车监控屏幕前的赵茜手机立刻震了一下，她避开别人的目光低头一看，是商凯发来的一条短信："方便通话吗？"

赵茜略显紧张地看了眼周围，见没人注意自己，回道："不行，我正参加布控，周围都是同事。"

商凯也快速回复："好，一会儿把你们的跟踪路线告诉我。"

赵茜微微皱眉，回复道："什么跟踪路线？"

她刚放下手机，指挥车里的总台传出布控刑警的声音："六组报告，裴家易的司机去地库开车了。""四组报告，裴家易离开了办公室,正坐电梯下楼。一楼和地库的探组都注意一下。"

周巡一下精神起来,嘴里念叨:"今儿个下班有点儿早啊。"他拿起步话机,"电梯里有没有咱们的人跟着他?"

"放心,跟着一个。"

周巡对着步话机大声说:"各布控探组注意,中金昆仑今天早打烊,姓裴的要离开了。跟紧点儿。"

赵茜眼看着周遭的变故,若有所思。

关宏峰下了车,领着周舒桐去了附近的一个小超市,从货架上捡出一些方便食品扔进周舒桐拎着的购物筐里。

周舒桐说:"关老师,那天在郑处的办公室……您看过'二一三'的物证了吧?"

关宏峰背对着她,脸上的表情微微一变,头也不回地应道:"嗯,好歹那也是个未结案,郑力齐让我把案卷和物证都过一遍,看看有没有什么遗漏或是能否找出可跟进的线索。"

周舒桐笑了:"郑处为什么要这样做?关老师真要发现什么抓捕线索,会告诉支队吗?"

关宏峰微微一侧头:"我相信宏宇是被陷害的和查明真凶这两件事儿并不冲突。"

周舒桐低下头:"我一直都相信关老师的判断,也相信您的立场……那可不可以问一下,关老师有什么发现吗?"

关宏峰看着她,眨了眨眼:"有一些不太方便透露的发现。"

两人心照不宣地笑了。

关宏峰来到收款台正要结账,周舒桐在他后面说:"对了,几个月前周队也让我过了一遍'二一三'的物证。我跟物证清单核对了一下,发现现场——吴征家里的工具箱中,似乎少了个手电筒。当然,这个手电筒也许是他借人了或是丢了,但也不排除……"

关宏峰听到这儿,回头瞟了她一眼:"是凶手拿走的?"

周舒桐说:"对。是凶手,或者……"她说到这里顿了顿,"当时在场的人拿走的。"

关宏峰不由自主地笑了下,点点头,回头看了一眼周舒桐。

过去这几个月里发生了许多事,这姑娘的外表看起来没什么大的变化,但当初那个懵懂、莽撞的小女孩,似乎已经渐渐褪去了保护壳,露出内里坚韧的实质来。她有自己的思考,有自己的立场与做事方法。

关宏峰没再说什么,继续结账。

周舒桐盯着他的背影,想了又想,鼓起勇气说道:"我这也是班门弄斧啦,关老师肯定早发现了。我只是觉得——"

关宏峰转过身来,打断她:"你是个聪明的孩子,一直都是。"

他将沉甸甸的购物袋递过去,周舒桐接过购物袋,关宏峰却没撒手,而是盯着她,微笑着说道:"记住,看得出来,是表面聪明;不说出来,是真聪明。"

他一松手,购物袋坠得周舒桐的手臂向下一沉。关宏峰转身推开小超市的门:"回去吧。"

两人刚出门,周舒桐身上的话台里传出周巡的声音:"小周,小周。你还和老关在一起吗?"

周舒桐拿起话台:"收到,我和关老师在一块儿。"

"裴家易可能要回家了,我已经安排了探组跟踪,其他跟踪单位直接去他家附近部署。我让一探组在北广场多留了辆车,你去开车,接上老关,我们就不等你们了。"

周舒桐回复:"北广场,收到。"

她把购物袋递给关宏峰:"关老师,那您稍等,我去开车。"

她头也不回地跑开了,关宏峰若有所思地看着周舒桐远去的背影。

一分钟后,刘音将车停到他身旁。

关宏峰拉开车门,坐进后座。穿着同样衣服的关宏宇摘下帽子递给他,抱怨道:"再不交接,这天就真黑了,我都开始担心你甩不掉这丫头了。"

关宏峰掏出手机和钱包递给他,又摘下围巾,似笑非笑地说道:"放心吧,那孩子是真聪明,不存在甩不掉这种事。你不觉得她每次走开的时间都很巧妙吗?"

关宏宇听得有点儿发愣,眨了眨眼,没说话。

关宏峰转到另一个话题:"邢钊一直没有露面,但我很确定他就在附近,真要对上了,千万小心。"

关宏宇满不在乎地说道:"嘁,这有什么?上回在金源要不是郑力齐拖着我,我早就进去把他……"

关宏峰摆摆手:"对付邢钊,攻心为上。"

"怎么讲?"

关宏峰一字一顿地说道:"你得让他明白——'这不是他的错'。"

03

指挥车里,周巡正紧盯着监控画面。裴家易走出大厦门口,下了台阶，上了司机开过来的一辆黑色奔驰车。

周巡略有些狐疑，扭头去看赵茜，说："我听监控探组汇报，他不是每次都和司机一起直接下地库走吗？怎么今天这么高调啊？"

写字楼附近，商凯坐在车里，目送裴家易乘车离开。裴家易的车后面跟着停在大厦门口的那辆警车，同时一些便衣刑警驾乘的民用车辆也都跟了上去。

这时，手机传来短信的声音。

他打开手机，看了眼上面的信息，随即拨通电话："你们俩都到地儿了吗……好，莲石路那边，按我说的办……"

就在商凯打电话的时候，邢钊鬼魅般弓身出现在车尾。他从反光镜里瞟了眼正在打电话的商凯，默不作声地从身上掏出一个定位装置，吸在车尾的底盘上。

周舒桐驾车回来的时候，路旁的人已经换成了关宏宇。他站在路边，一手拎着购物袋，另一只手已经拿着东西在吃了。

他拉开车门坐进副驾的位置，一边吃东西一边说："跟踪方案和布控方案都定了是吧？咱们算哪头儿的？"

周舒桐的目光似乎有些闪烁，不敢直视身旁的人："呃……周队让咱们跟在跟踪探组的后面。"

关宏宇也察觉到了她的异样，故意吧唧嘴吃出一大串噪声，大概是觉得这小姑娘实在有点儿意思。

* * *

裴家易的车开到易家别墅门口已经有一会儿了，周巡盯着监控画面，念叨着："到家了怎么半天不下车啊……"

话音刚落，只见车门打开，裴家易拎着公文包下车，走向别墅。

周巡拿起步话机："各探组注意，目标已经回家了。严密监视别墅及别墅小区所有出入口，协同别墅区的安保人员把这里的监控画面都调过来。"

他又抬头看了眼监控画面——黑色奔驰车开走了。

车外传来敲门声，小高打开车门，周舒桐和关宏宇一起上了车。

周巡接过周舒桐手上的购物袋，从里面拿出吃的，对关宏宇说："行了，估计又得一整宿，该吃吃该喝喝吧。"

赵茜的手机震动了一下。关宏宇有意无意地看着她，赵茜没敢看手机。

步话机里传出郑力齐的声音："周队，我是郑力齐。收到请回话。"

周巡看了眼关宏宇，一挑眉毛："得，纪律委员来查岗了。"

他拿起步话机："我是周巡。"

郑力齐说："技术队这边有台电脑的识别警报响了。"

周巡微微皱眉："识别警报？技术队的人基本都在我这儿啊。队里看家的，有人开了监控识别吗？"

"我叫人过来看了一下，小高的电脑上开着视频侦查系统，而且还加了面侦的插件。这事儿我怎么不知道？"

周巡和关宏宇互视一眼。

周巡放下手里的吃的："先不说这些，面部识别有结果了？"

郑力齐说道："大概五分钟前，京石高速收费站入口的监控拍到了你们锁定的目标。我看上面显示，是一个叫冯康的人。"

"娃娃"！

周巡"噌"的一下坐直，说："让队里马上把识别画面发过来！剩下的事儿等我回去再跟你解释！"

赵茜很快就收到了技术队发来的识别画面，可以看到从收费窗口的角度拍到了杀手"冯康"正坐在一辆黑色奥迪的驾驶席上。

周巡看完之后，压低声音对关宏宇说："这家伙露头了，现在怎么办？分出几队人进行围捕吗？"

关宏宇在一旁琢磨着："这个冯康像是要往外跑。可怎么现在才跑，还恰巧赶在今天？"

"你什么意思？"

关宏宇来回看着识别画面和监控画面中裴家易的别墅，若有所悟："裴家易回家之后，他的司机把车开到哪儿去了？"

此刻，和司机换了衣服的裴家易正开着车朝莲石路方向驶去，静待下一步指示。"娃娃"商凯则开着那辆奥迪行驶在京石高速上，正在和人通电话。

对面的人汇报说："裴总的车已经过去了，我在后面跟了很远，没发现公安的人。是不是真的骗过去了？"

商凯想了想："不好说，还是谨慎一点儿吧。等他上了京石，你就不用再跟了。"

他挂断电话，想了想，又用手机给赵茜发了一条信息。

信息刚发出，赵茜的电话就打进来了。

商凯愣了一下，接通电话："不是说你不太方便通话吗？"

* * *

赵茜站在离指挥车不远的地方,眼看着小汪带人从别墅里把裴家易的司机押了出来,低声对着手机说:"裴家易怎么跟他的司机调包了?这事儿是你指使的吗?"

商凯皮笑肉不笑地说道:"裴总是大人物,我怎么指使得动他啊?"

"你总不跟我说实话,还让我怎么帮你?现在关队已经识破这个伎俩了。不管你后面想做什么,动作最好快一点儿。再就是,如果你还瞒着我,今后咱们就不用联系了。我知道,你们不就是想杀裴家易吗?不管是你,还是你上面的人……"

"行啦。"商凯打断,"你也不用瞎猜,我跟你直说,裴总就是我们大哥。现在他眼看着就要被你们收进去,下面的弟兄人人自危,但毕竟共事这么多年,任谁都下不去手,我们就是想帮裴总脱离公安的监视。之后有什么打算,是他的事儿。至少我敢保证,我和我身边的人绝不会对他下手。"

赵茜说道:"光跑出布控范围有什么用?你以为到了石家庄就抓不着他了?"

"你什么意思?"

"监控发现他的车正往莲石路那边开。关队他们肯定很快就能推测出裴家易的去向了!"

"哦,我知道他有两下子。"商凯笑道,"所以……他那边有什么动作,你会通知我的,对吧?"

赵茜咬了咬牙:"看情况吧。现在我能警告你的是,别在京石高速那边瞎晃悠。收费站的监控已经拍到你了!"

* * *

商凯挂了电话，一打方向盘直接下了高速，随后在高速的桥下掉了个头，同时拨通电话："裴总，公安已经发现你逃出来了，而且根据内部消息，他们预测你正要往外跑。现在赶紧下高速，掉头往回开。"

裴家易紧张地说道："什么意思？你是觉得跑不掉了吗？"

"放心吧。"商凯微微一笑，"一切都已经安排好了。"

一片漆黑中，裴家易办公室的门被推开，邢钊悄无声息地走了进来，简单看了一圈办公室的陈设和格局后掏出手机，上面的定位显示，商凯的车正在朝这栋大厦驶来。

他走到落地窗前，向下看，只见裴家易驾驶的那辆黑色奔驰已经来到大厦楼下，驶入了地库——他露出一个不易察觉的微笑。

楼下车库里的裴家易对此一无所知。他停好车，拨通电话："我已经回来了，然后呢？"

电话那头的商凯说："在车里等着就好。放心吧，裴总，很快就有弟兄过来接你。公安一时半会儿应该反应不过来你又回来了，还有时间。"

裴家易焦躁地说道："行，你们快点儿吧。"

他挂断电话，神经质地开始四处张望，地下车库空无一人。

在他的视觉死角，不远处的一辆车后，一个黑影闪了过去。

商凯下了车，进了中金昆仑写字楼对面的一家串吧，坐在临窗的桌旁，好整以暇地看着对面的大厦。两个陌生男人先后进来，也坐在桌旁。

商凯瞟了他们一眼，说："饿了就自己叫东西吃。"

其中一个迫不及待地拿过菜单，大声招呼服务员。

另一个——显然是刚才跟着裴家易、和"娃娃"通过话的男人——瞟着窗外问："这邢钊能猜到这一步吗？咱们可是把公安都给涮了。"

商凯摆摆手："那小子是个很有耐心的猎人，我总觉得，他能跟到这里。当然了，跟不到也无所谓。"

男人说道："这话……怎么讲？"

商凯瞟了他一眼，笑了笑："你觉得，咱们为什么要带家伙呢？"

地库中，裴家易焦躁不安地坐在车里，不时低头看表。

突然，他似乎听到车辆右侧有什么声音，忙透过副驾的车窗往外看。紧接着，驾驶席一侧的车窗被一个破窗器打碎了，一只手伸进来，打开中控，拉开车门。

裴家易刚要反抗，就被一拳毫不客气地打在眼眶上。他捂着脸向后倒在座椅里。那只手从他身上搜出车钥匙，又关上了车门。

裴家易松开捂着脸的手，只见这个身影来到副驾驶席，拉开车门，坐了进来。

裴家易一看，傻眼了，颤声说道："关——关队？！"

关宏宇把玩着奔驰车的钥匙："办了这么些个案子，我发现大多数犯罪分子都有一个通病。你知道是什么吗？"

裴家易一脸疑惑地看着他,没说话。

关宏宇伸手指着他:"自以为聪明。你指使叶方舟杀害吴征一家,又让安廷做伪证,再嫁祸他人。你自以为得计,结果还是出了岔头儿。作为这么大一个犯罪集团的首脑,现在成了过街的老鼠,你以为你的手下能帮你逃脱?你以为这辆奔驰车能挡住来杀你的人?"

他说着,从兜里掏出一个破窗器,朝他晃了晃:"十块钱的玩意儿就搞定了。哦对,有个叫王志革的把这东西改装之后拿来杀人,你们还利用他闯入了我们支队。我他妈是不是觉得自己特别神机妙算?我告诉你,叶方舟、安廷、黄山、王志革……你的这帮得力干将死走逃亡,而且裴云磊都撂了。"

裴家易惊魂未定地琢磨着他的话:"那、那你们为什么兜了这么大一圈才来抓我?"

"少给自己脸上贴金,我们还跟你玩躲猫猫呢?"关宏宇笑了,"我说清楚点儿吧,你一直就在碗里。我们现在是嫌碗里的太少,吃不饱,看能不能借这个机会一勺都烩了。"

他说着靠在副驾的椅子上,活动了一下筋骨。

裴家易伸手去摸车门把手,想开门往外跑,但一回头看见周舒桐面色平静地站在车门外,一手还扶在腰间的配枪上,朝他冷冷地投来一瞥。

同一时间,邢钊顺着楼梯间来到地库,隐在门边,掏出手机,打开摄像头,照了一圈地库内的环境,发现并没有人。于是他走出楼梯间,利用地库里的柱子做隐蔽,来回移动,寻找裴家易的车。

终于，他在不远处停着的一排车里辨认出了裴家易奔驰车的车头。确认牌照号之后，邢钊正打算过去，听到地库入口处传来车辆的声音，他忙藏在柱子后面，见一辆轿车驶入地库。这一看不要紧，邢钊突然发现地库入口的值班收费亭门敞着，里面并没有人。

邢钊恍然大悟，有些释然地从藏身的柱子后面走了出来，四下观望了一圈，意识到自己已经进入刑警的包围圈。与此同时，埋伏的刑警从四面八方出现。

邢钊一瘸一拐地跑向来时的楼梯间。

刚进楼梯间，他发现有刑警从一层楼梯方向冲了下来。他无奈之下只能往楼下跑，很快进入了地下民防设施通道。

他一路跑到防空洞的门口，周舒桐从后面追了上来，飞身一跃，把他扑倒，两人一起摔进了防空洞内。

邢钊起身之后，顾不上周舒桐，抢先把防空洞厚重的大铁门锁上了。他合上上下两道锁闸，随后用身体抵在门上，双手别住下面那道锁闸的把手，用力将把手别了下来。

他回过身，发现周舒桐已经站了起来，从腰上拔出配枪。邢钊冷笑一声朝她走过去。不料周舒桐一按锁扣，卸下了弹夹。

邢钊愣了一下，站住了。

周舒桐又卸下了滑套，把拆开的枪扔到地上，低声说："邢钊，我知道你不怕死。"她说着打开甩棍，继续说道，"但我要把你活着抓回去。"

邢钊盯着这小姑娘看了一会儿，微微点了下头，随后猫腰冲了上去。周舒桐抡甩棍就打，邢钊依旧不还手，下腰一抱周舒桐，兜了半个圈把她扔了出去，夺路而逃。

周舒桐起身看了眼大门，发现锁闸的把手被破坏，从里面已经打不开了。

她咬了咬牙，毫不犹豫地转身追了过去。

04

关宏宇赶到的时候，小汪和一队刑警正在防空洞门外干着急。

关宏宇一见这情形，脸色顿时沉了下来，看向小汪。

小汪简直欲哭无泪，伸手指了指黑洞洞的防空洞里面，说道："这小子他癫得啊，进去就拽锁，这不没来得及拦——小周也追进去了。"

关宏宇冷着脸，朝正试图拽门的刑警摆了摆手："别费劲了，这是防空洞的闸门，能拽得开就什么都防不了了。"

他转头对小汪说："让物业赶紧把民防设施的结构图拿来。"

黑暗中，两人一追一跑，很快撤到了防空洞的另一端。周舒桐的狠劲儿全被激出来了，邢钊根本挪不出手开门，身上的伤也越来越多。他终于按捺不住，拔出了匕首，咬牙切齿地说道："你别逼我！"

周舒桐瞟了一眼他手上的刀，悄悄打开了腰间对讲机上的紧急通信频道："咱们沿这个防空洞只往西南跑出了几十米，你就算从这扇门逃出去，也在我们的布控范围内。邢钊，你别再负隅顽抗了。"

邢钊微微愣了一下，回手就拉下了门上方的那道锁闸。

周舒桐冲了过来，邢钊反手握刀开始还击。周舒桐连打带躲，立刻处于下风，身上接连被划伤了两处，人也被踢翻在地。

邢钊上前去踩她拿着甩棍的右手，周舒桐顺势抱住邢钊的腿，把他掀翻在地。邢钊的刀脱手了。

两人又在地上缠斗片刻，邢钊凭借身体优势压住周舒桐，连打了好几拳，打得她近乎昏迷。他刚起身要去开门，被迷迷糊糊爬起来的周舒桐又拖住一边的腿给拽倒了。周舒桐趁势越过邢钊，背靠着防空洞的门坐在地上，但意识已经有些模糊了。

邢钊起身后从地上捡起刀，看着遍体鳞伤却依旧固执地堵在门口的周舒桐，终于叹了口气："我不想杀你。闪开。"

就在这时，周舒桐腰间的步话机里传出关宏宇的声音："小周，开门吧。"

邢钊愣了一下。周舒桐用尽力气挪开身体，双手打开了下面那道锁闸。

门打开了。

关宏宇拿着步话机走进防空洞，看了眼靠在门边地上的周舒桐，皱起眉头："伤得重吗？"

周舒桐半昏迷状态下张了张嘴，没说出话来。

关宏宇放下步话机，瞪了邢钊一眼，回手关上了防空洞的门。

邢钊后退两步，似乎有些疑惑。

"邢钊，虽说官匪不两立，但我一直觉得你不伤妇孺也不殃及无辜，起码算是条汉子。"说着，他脱下外套，盖在周舒桐身上，"想不到狗急跳墙的时候，你和那些暴力抗法的平庸罪犯也没什么区别。"

邢钊冷笑："暴力抗法？法律不过是纸做的盾牌，徒有其表。"

关宏宇也冷冷地说道："这面盾牌是什么做的，取决于它拿在谁手上。"

"说得好啊。"邢钊反唇相讥，"你们现在举着这面盾牌，不是在保护那些坏人吗？"

关宏宇解开衬衫的袖扣："不错，像所有的规则一样，现实操作中，因为各种原因，难免产生偏差。就好像任菲，我看了那个案子之后也觉得很遗憾，但无论你是否干预，王学敏都不可能逃脱制裁。"

任菲的名字似乎刺激到了邢钊，他大声喊道："迟到的正义，根本就不是正义！"

他怒吼着冲了上来。

关宏宇等的就是这一刻。他毫不客气地一拳揍了过去。他的技巧、力量和实战经验是普通人无法比拟的，即使是邢钊，在身上有伤、疲惫不堪且精神有些崩溃的情况下，也无法抵抗很久。

但他仍旧不肯放弃，捡起被打掉的刀。

关宏宇冷冷地说道："任菲和于航的事儿确实令人遗憾，王学敏和高磊也实属罪有应得。"他说着，有意无意地回头瞟了眼周舒桐，"但自认为可以超越法律的你，就完全无罪了吗？"

邢钊站起身，手里握紧了刀："你不会明白的……"

关宏宇盯着他："不，我明白。被栽赃陷害、被通缉抓捕，我也曾不相信这个世界，不相信所有的规则、道德甚至是感情。但就在这一年多不人不鬼的日子里，我身边的这些同事、朋友，还有亲人，让我明白了为什么要去守护这个规则。因为它终究能保护大多数好人安居乐业，让大多数坏人受到惩治。或许在你看来，遵循规则执法偶尔会坚持正确的方法却导致了错误的结果，但我可以告诉你，无论你追求的结果是否正确，你用的方法一直都是错误的。"

"你不是——"邢钊愣了，瞬间回过味儿来，"你……你是……"

关宏宇趁他发愣的时候，上前一脚踹掉他手上的刀，顺势把他按倒在地。关宏宇再一抬头，发现周舒桐不知什么时候已经醒来了，正靠在墙边看着他俩。

关宏宇铐上邢钊，把他带到门口。

关宏宇打开厚重的闸门时，邢钊也借着外部的光线看清了周舒桐的惨状。他的手无意识地在腿边轻轻地敲打着，然后忽然在原地愣了很久，身体微微颤抖。

这已经成了他的习惯动作，无论哪一个人格，在思考、放松或者极度紧张的时候，都会不自觉地做出这个动作。在那些日夜里，当他平静地陪伴在病人身边时，这样安静、舒缓的动作节奏，或许才是他内心深处最向往的、最深层次的平静。

意识到这一点的时候，他全程紧绷的神经忽然就松垮了下来。他低下头，看着周舒桐，轻声说道："对不起。我、我不应该是这种人……"

关宏宇拉开门，看到外面赶来的小汪等刑警，扭头对邢钊说："也许你不是，也许你是。但我们都没自己想象中的那么好，但这个世界也没我们想象的那么差——你说对吧？"

串吧里，商凯一直盯着窗外。手机响了，他看了眼来电显示，发现是赵茜打来的，没接。

很快，电话又打了过来。

商凯想了想，接通电话。

赵茜问:"你是不是就在中金昆仑附近?"

"问这个干什么?"

赵茜说:"关队布了很大的局,裴家易和邢钊都已经被抓。我刚看见周队集结了几个探组,他本人也拿着枪离开指挥车了,你是不是暴露了?"

商凯听罢,立刻警觉地看了看四周,并没有发现什么异动。他想了想,对着手机说:"稍等一下。"

随后,他用手掩住话筒,低声对跟着他的两个男人说:"把家伙留下,你俩赶紧走。"

两人都是一愣。

其中一个问道:"怎么了,凯哥?要有危险,你就说话。干吗让我们先撤啊?"

另一个附和道:"对啊。当年要不是你在抚远北边那个破酒吧把我们哥儿俩救了……虽说死不死的也就是早一天晚一天的事儿,可好歹不也让我们蹦跶到现在了吗?"

商凯皱眉:"现在不是拼命的时候,真有状况,我一个人更好脱身。快点儿!"

两个男人对视一眼,齐齐拔出腰间的枪,从桌子底下递给商凯,起身匆匆离开。

商凯把两支枪收进口袋,掏出一百块钱放在桌上,起身离席,边往外走边对着手机说:"就算高速收费站的监控拍到了我,公安怎么一定知道我在哪儿?"

赵茜的语气也不太好:"你难不成以为是我出卖了你?"

"我这么想过,但这部电话不能定位。何况,你要出卖我,就不会打这个电话了。"

"你如果在附近的话,赶紧跑就是了。万一你被抓,连我都脱不了干系！"

商凯沿着路边走了几步，发现前方不远处的两辆车里走下五六名便衣刑警，个个儿手扶在后腰，迎面向他走来。

商凯立刻转身往回走，同时挂断电话，拐过街角，把手机扔进了垃圾箱。

后面的刑警不远不近地跟着。走过一段玻璃橱窗的时候，商凯发现前方的路口也围过来几名便衣刑警。他环顾四周，想了想，深吸口气，左右手各拔出一支枪，打算拼个鱼死网破。

这时，身旁的玻璃橱窗忽然响了两声，商凯扭头一看，橱窗里，周巡正用枪指着他的头。与此同时，周围警笛声大作，两辆特警的冲锋车开了过来，手持防暴盾牌和微冲的特警像潮水般围了上来。

橱窗另一侧，周巡瞟了眼商凯手上的两支枪，扬了扬眉毛，真心实意地笑了。

夜晚，关宏峰站在墙边的人物关系图前，崔虎和刘音正在追着小狗"包包"满屋跑，电话响了。

崔虎拿起安全线路手机，看了眼来电显示，递给关宏峰："峰、峰哥，是宏宇。"

关宏峰接听电话。

关宏宇激动地说："哥，行动成功了。我们抓到了裴家易和那个冯康。"

关宏峰问道："邢钊呢？"

"我亲手抓的他。"

关宏峰长出了口气："那就是一个都没漏了，好样儿的。"

那头的关宏宇似乎犹豫了一下:"哥,像邢钊这样的,是不是应该送去做精神鉴定啊?"

"那是预审和检察机关的事儿。问这个干吗?"

关宏宇支支吾吾起来,似乎有些不好意思:"也没什么……我就是觉得……你想过没有,其实,我也是有可能变成他这样的。"

关宏峰举着电话愣了一下,随即故作轻松地调侃道:"我觉得够呛,你能有他那智商?"

关宏宇倒没生气,低声说:"也许吧。而且,我不像他那样孤身一人。"

关宏峰想了想,转换话题:"咱们都别高兴得太早。既然这个冯康打算借邢钊的手杀掉裴家易……"

关宏宇立刻理解了:"我明白。我跟周巡也商量过,不出意外,裴家易的后面还有更高层的首脑,甚至不排除是内部的人。"

关宏峰说:"如果说有可能是内部的人,我倒是刚发现一个排查方向。你还记得吧,咱们前一段的核查中发现,二月十一号吴征曾紧急联络周巡,并在他的护卫下去过天客隆商务大厦附近,具体情况不明,也不知道他去见的是谁。"

"我记得。你不是让虎子拿这个地点坐标和各类相关人员的工作或住所做交叉比对了吗?"

"没错,比对有结果了。天客隆商务大厦东侧是玉景小区,有一个和案件存在密切关联的人物就住在那儿。但是,他没说那天曾经见过吴征。"

说着,关宏峰从人物关系图上拉出了一条线,郑重地贴上了迟文江的照片。

贰拾伍 图穷匕见

01

裴云磊指证了裴家易,"冯康"落网,邢钊被抓到,整体来说是大获全胜。周巡和关宏峰两人站在审讯室门外的窗台旁,周巡叹了口气:"我怎么就是高兴不起来呢?"

关宏峰轻声说:"'冯康'归案之后,到现在一个字儿都没说过,我们甚至连他的真实身份都没搞清楚。裴家易又一直闪烁其词,特别是一遇到关键问题就闭口不谈。这怎么可能让人高兴得起来啊?"

"对了,那邢钊这么快就移送市局了,你觉得他能不能提供点儿什么线索?"

"他对裴家易集团的了解很有限,何况,他涉嫌在多个辖区作案,市局肯定得把案子拿走。再说,像他这种精神状态比较特殊的嫌疑人,是需要做司法精神病学鉴定的。"

周巡皱眉:"那要照这么说,根据裴云磊的供述,岂不是裴家易也要……"

关宏峰点头:"没错,裴家易集团的涉案行为不但跨辖区,甚至有可能跨省市,估计他在咱们手里也待不了几天了。"

他起身走向审讯室,周巡在后面说:"你还真打算亲自审他？这都一天一宿了，他翻来覆去就这一套词儿。"

关宏峰回头看了眼他，没再说什么，推开了门。

裴家易已经被审讯了十几个小时，满脸疲惫，衣服上全是褶皱，脸上也冒出了胡子茬儿。坐在他对面的小汪和周舒桐见关宏峰进屋，忙起身打招呼。

关宏峰点了下头，拉把椅子，坐在他俩身旁。

周舒桐立刻把笔录递了过去。

关宏峰低头认真阅读审讯笔录，裴家易则死死盯着他。

小汪和周舒桐显然也很希望关宏峰能在审讯中找到突破口，满心期待地看着他。

看完笔录，关宏峰抬眼和裴家易对视片刻，低声说道："大到毒品买卖、军火交易，小到洗钱放贷、欺行霸市，余松堂的死、刘岩的死、劫持押运王志革的警车、指使王志革杀害模具厂工人和出租车司机，甚至让他袭击我们支队、谋杀刘长永副支队长……叶方舟、安廷和黄山等人作为你的直属手下，涉嫌主导或参与数十起刑事案件。从北京到吉林，你们在铺设犯罪网络的同时，既与其他犯罪集团互相勾结，又不得不和某些利益集团发生冲突。裴家易，这么多事儿你都认下了，还有什么是你不能说的吗？"

裴家易苦笑："我本没想说什么，谁知道有云磊这个白眼儿狼，帮你们网罗这么多罪名扣在我头上。"

周舒桐打断他："我提醒你一下，笔录里记得很清楚，这些所谓'网罗'的罪名，你可是都认了的。"

裴家易耸了耸肩，说："你们不是有各种证据吗？既然有证据，我不认也没用。"

"那其他的呢？"

"什么其他的？"

"其他的犯罪事实，还有你们团伙其他未归案的成员。"

裴家易笑着摇摇头："周警官，你们掌握了什么，就跟我说；有什么证据，就拿给我看。我这个人很痛快，赖不掉的，我都认。但我再傻，也知道目前这个境遇根本不存在什么'坦白从宽'的可能性了。"

小汪说道："你的团伙还有很多其他涉案人员，我劝你尽快把他们的身份信息提供出来。否则，他们继续作案，也等于在变相给你凑材料。"

裴家易似笑非笑："这个嘛，我虽然不是什么好人，但也不太习惯出卖同伴。"

他看了关宏峰一眼，关宏峰回望他，低声说："你们组织里最凶残的杀手已经被捕了。你心里恐怕也很清楚，他的出现是为了制造一个借刀杀人的机会，把你除掉。也就是说，有人想灭你的口，让某个见不得人的秘密跟你一起永远消失。现在最安全的方法，反倒是把这些秘密说出来。当它不再成为秘密的时候，你就安全了。"

裴家易不屑地冷笑一声，没搭腔。

关宏峰继续说："你的家人都在我们的监控中。换句话说，他们现在都受到公安的保护。我不明白，你还在担心什么，还怕什么？"

裴家易抬头眨眨眼，深呼吸了一下，说道："我也不知道我在怕什么，但我知道你在怕什么，关队长。"

听到这儿，小汪和周舒桐都偷偷瞟了关宏峰一眼。

关宏峰面色冷峻,不为所动。

裴家易笑了:"你怕你弟弟永远都是个通缉犯,你怕——那个大年夜晚上发生的事情永远都说不清。"

某会所内,前几日刚被绑架过的韦东坐在沙发上。他的神情略有些焦躁,正在与人通话:"是,我倒也不担心他敢出卖任何人,可照这样下去不是个办法。而且我没想到,连商凯都失手被抓……那该怎么办……是,我也这么想。没想到小小一个丰台支队竟然有这么大能量,我确实低估他们了……好的,那我明白了。"

他挂上电话,抬眼看了看站在茶几对面的两个男人——正是之前和商凯在串吧见面的那两个——端起了茶杯。

两个男人对视一眼,其中一个较黑瘦的迫不及待地问道:"韦总,别人也就算了,咱们……咱们得想招儿把凯哥捞出来啊。"

韦东抿着茶,翻了翻眼皮看着他俩,说道:"他被抓的时候身上带着三把枪,怎么捞啊?要不这样,趁他现在还没被转押到市局,你们俩一人拿把家伙,冲进丰台支队把他救出来吧?"

另一个较高壮的想都没想地应道:"好嘞!没问题……"

话没说完,就看到他同伴在一个劲儿朝他递眼色。

他那黑瘦的同伴低声说:"韦总,眼下,咱总得有个应对吧。我们哥儿俩虽然都是听凯哥的,但他不也是您的手下吗?到底该做什么、怎么做,您尽管吩咐,伸手往东指,我们哥儿俩绝对不往西去。"

韦东放下茶杯,想了想:"我当初一直以为安廷折了是运气不好，姓叶的属于自作聪明。到现在，连家易和商凯都被收进去了，我才明白不该小看丰台支队这帮人，尤其是那个关宏峰。"

黑瘦的那个男人琢磨着："那就是说，咱们应该除掉他？"

韦东说："关宏峰是他们的核心人物没错，但他身边那群帮忙的也很要命。不能总按了葫芦起来瓢，最好把他们一并收拾掉。"

较高的那个没太搞明白："他的党羽……不就是那些刑警吗？那不还是让我们哥儿俩杀进丰台支队……"

黑瘦的那个忙呵斥道："你闭嘴！"

韦东皱眉："这么风口浪尖的时候，你们还真敢杀警察吗？何况我指的也不是那些人。"

黑瘦的男人小心翼翼地试探道："那韦总，您说他的党羽，都有谁呀？"

韦东向后靠了靠，面色也沉了下来："首先肯定是他的孪生弟弟关宏宇……还有一个和海淀支队有密切联系的律师，叫韩彬，商凯遇到这个人是在一间酒吧。不出意外，酒吧的那个女老板也是他们一伙儿的，再加上他们让林佳音从吉林接来的朴森和杨继文……也不少人了。"

黑瘦的那个男人点点头："凯哥确实提过这些人，可除了那个律师，其他人哪儿找去啊？"

较高的男人在旁边搭话道："凯哥不是说有一次在望京附近撞见了关宏宇……对，就是他一直追到三道林场那次。他们藏身的地儿会不会就在那附近？"

"那个律师好像很有背景，而且跟海淀公安关系密切，先不要动他。至于其他人，不管他们藏在哪儿，你们需要找个办法把他们引出来。"韦东说。

02

丰台支队审讯室内，商凯戴着手铐坐在椅子上，面无表情，对面是两名无计可施的刑警。门"咿呀"一声开了，赵茜推门进来，探询道："不好意思，方便让嫌疑人录个指纹的电子档吗？纸上的我扫了好几遍，有几个死活扫不上去。"

刑警说："没问题，你弄你的。"

赵茜进屋，把笔记本电脑和扫描设备放在桌上，开始连线操作。其间，她状似无意地和商凯对视了一眼，两个人很快都移开了视线。

赵茜瞟了眼只写了一个抬头的笔录，故意露出诧异的表情。

刑警瞧见她的表情，有些尴尬地解释道："别提了。这一天一宿，一个字儿都没说。我都想请示周队用不用带他去做一下声带检查……"

话音未落，周巡进来了："做什么检查？"

刑警一时语塞。

周巡上前看了看空白的笔录，瞟了眼刑警。

刑警无奈地耸肩："还这德行……"

周巡嘴里低声嘀咕着："真他妈茅房里的石头……行了，你俩吃饭去吧。我和小汪接着问。"

说罢他又抬眼看赵茜："你这是干吗呢？"

赵茜忙举起手里的扫描仪："我……录一下指纹。因为用手印可能不太清楚，所以我扫描的时候……"

周巡不耐烦地摆摆手："得了得了，赶紧弄。"他又朝两名刑警点了下头，"你们去吧。"

两名刑警离开审讯室后，小汪匆匆进屋："周队。"

周巡往商凯对面一坐,冲小汪说:"正说找你呢。来来来,你记,我来问。"

小汪见着赵茜,傻乐了一下,说道:"先等会儿吧周队,郑处他……"

周巡抬头瞪他。

小汪意识到商凯还在屋里,上前低声说:"郑处正找您和关队呢,让你们马上过去。"

周巡微微皱眉:"什么事儿啊?"

"应该是咱们在技术队那边搞的小动作……"

周巡嘴里低声骂了一句,起身往外走,又回头叮嘱赵茜:"这家伙是个亡命徒,录指纹的时候注意安全。不行就叫门口值守的弟兄在旁边盯着点儿。"

"好的,周队。"

周巡走到门口,似乎还是不太放心。他没有关门,同时叮嘱了门外值守的刑警几句。

值守的刑警手扶腰间配枪,站在门外盯着里面。

赵茜瞟了一眼门外的刑警,又看了看墙角的监控探头。她把扫描仪放在商凯面前的桌子上,随后绕过桌子,背对着单反防暴玻璃和监控探头,门外的刑警也只能看到赵茜的背影。

她一边指示商凯在扫描仪上录指纹的电子档,一边用极小的声音对他说:"估计一两天之内,你和裴家易都会被转押到市局总队。"

商凯看都没看她,一边戴着手铐录指纹一边低声说:"在哪儿不都一样是被关着吗?"

赵茜继续低声说:"目前为止还没查到你的真实身份。要想脱身,越快越好。有什么能帮得上忙的人,我可以去联系。"

商凯录好了指纹,把扫描仪往前一推,颇有深意地说道:"不劳费心了,他们现在肯定有别的事儿在忙呢。"

高亚楠坐在妇幼保健院大厅的等候区候诊,手机响了,她一边哄着婴儿车里的孩子一边接通电话。

关宏宇问:"咱家宝贝儿怎么样了?"

"没事儿。"高亚楠轻声说,"就是还有点儿咳嗽。我已经带他来妇幼保健医院了,正等着叫号呢。"

"啊?怎么也不跟我说一声?你一个人又开车又弄他的……得了,我现在就过去。"

"哎,你别啊……你哥现在正在支队呢,你俩不能同时出门。"

"没关系,现在支队和市局都有事儿忙,没人关注我,我挡严实点儿。等着我啊。"

高亚楠还没来得及说话,电话已经断了。她无奈地笑了笑,把手机揣回兜里,低头对着"小饕餮"说:"你看,爸爸比你还不听话。"

正好这会儿诊室里叫到他们的号,高亚楠起身推着婴儿车往诊室走去。

而在等候区的角落,一个黑瘦的男人一直注视着这个方向。看见高亚楠起身走向诊室,他冲斜对角的高个子男人递了个眼色。

两人一同起身,跟了过去。

* * *

周巡带着小汪大刺刺地走进技术队办公室,发现郑力齐、关宏峰和小高都在。郑力齐面沉似水,关宏峰若有所思,小高则神色慌张。

周巡上前还没说话,关宏峰就把两张纸递给他,上面是监控的截图。

关宏峰说:"这个化名'冯康'的犯罪分子,在抓捕前曾在这个串吧驻留过。有两个提前离开的人疑似是他的同伙,同时触发了面侦系统的警报。"

周巡接过那两页纸,嘀咕着:"同伙?还真有漏网之鱼啊……"

郑力齐严厉地责问道:"既没有申请也没得到批准,随随便便就挂上面侦系统,这不仅是在浪费支队的资源,更是严重的违规违纪行为。"

周巡抬眼看了看郑力齐,低头把手中的资料翻到第二页,脸色微微一变:"这两人都在抓逃名单里!"

关宏峰点头:"这两个人,高壮一点儿的叫倪军,黑瘦的是王铭震,都是内蒙古粮城人。两年前先是倪军在商场寻衅滋事殴打一名老人,导致其中风且抢救无效死亡。后在出逃过程中,两人对长途客运站的旅客实施抢劫,开枪杀害了一名前来制止的女辅警,之后就一直在逃。"

"那个中风的老人原来是……"

郑力齐打断他们的对话:"面侦系统我已经让技术队停用了。不错,你们通过这种手段发现了在逃嫌疑人,可还是那句话,这是违规违纪的。为什么面部识别要谨慎使用,就是因为这涉及守法公民的隐私权!你们要搞清楚,之所以市局要整顿这个支队,就是因为你们为了破案什么事情都敢做,越权、越级、越辖区,在很多事情上欺上瞒下，仿佛只要结果正确，程序什么的是可以被忽略的。如果这样的话，那要规则还有什么用？甚至从某种意义上讲，要法律还有什么用？任由你们这样胡来，咱们就是穿着制服的犯罪分子！"

周巡抬头盯着郑力齐看了一会儿，扭头接着刚才的话对关宏峰说："那个老人是个退休的派出所民警。"

关宏峰答道："对。阴差阳错，他们杀的两个人都是警察。一般惹了这种事儿，没人敢拿出来炫耀，但这两人是以此为荣的。汇总他们一路出逃的各种线索，发现他们每到一处都会宣扬自己杀过公安。"

周巡弹了下手上的纸，冷笑道："'公安杀手'是吧？"

他把这两页纸塞给郑力齐，平静地说："郑处，你刚才训斥的都在理。但我怎么都觉得，自己跟他们还是不太一样。"

高亚楠抱着孩子来到诊室内，把孩子放在旁边的床上。医生上前，一边询问一边拿出听诊器。

两个人正在说话，门外，倪军和王铭震也已经到了。

王铭震朝倪军递了个眼色，自己守在门口。倪军一边从身上掏出枪一边进了诊室，回手关上门。

高亚楠背对着门，医生则在专心给孩子听诊，没有人注意到他。

他冷笑一声，举枪顶住高亚楠的头，打开了保险。高亚楠听到身后轻微的响动，回过头，眉心正撞上黑洞洞的枪口，顿时愣住了。

* * *

医院门口的马路正在堵车,车辆鸣笛的声音此起彼伏。

戴着帽子和口罩的关宏宇坐在出租车里,眼见医院就在前面,等得有些不耐烦,干脆付了车费,下车走向医院。他刚走几步,身旁车内的司机不耐烦地用力按下喇叭,惊走了车旁树上的一群乌鸦。

关宏宇抬头看着飞走的乌鸦群,皱了皱眉头,加紧脚步向医院走去。

倪军面无表情地看着高亚楠,扣下扳机,"咔嗒"一声,手枪卡膛了。

所有人都是一愣。

倪军看了眼枪,使劲拉套筒,想把卡膛的子弹退出来。

医生听见声音,发现屋里进了别人。她摘下听诊器,不满地说道:"哎,这位先生……"

话还未说完,她也看到了倪军握在手里的枪,顿时愣在原地。

高亚楠已经反应过来,弓身冲上前撞开倪军,随后从腰上的皮套里抽出一瓶辣椒喷雾,朝倪军脸上狂喷。

倪军惨叫着退到了角落里。

高亚楠冲医生喊了一句:"快报警!"

她抱起孩子就想往外跑,守在门口的王铭震听到倪军的惨叫声,皱了皱眉,转过身推开门。

高亚楠刚抱着孩子跑到门口,见门稍稍被推开了一条缝,而屋外似乎是个男人,想都没想就一脚把门踹上,然后锁上了门。她用手捂着孩子的眼睛和鼻腔,以免孩子被喷雾伤到。

王铭震被门顶了回来,再去拽门,发现被反锁了,便开始用力撞门。高亚楠见薄弱的门随时可能被撞开，抱着孩子在屋里四处看，倪军捂着眼睛倒在角落里，医生已经拿座机拨通了一一〇。她见诊室有一个侧门，忙拿起手机，拉开侧门，跑到隔壁。

高亚楠刚离开没两秒钟，王铭震就撞开了门。他进屋用枪直指医生，医生吓得扔下电话，缩进了角落。

王铭震拉倪军站了起来，自己也被辣椒喷雾熏得够呛，问道："人呢？"

倪军嘴里骂骂咧咧："那臭娘们儿呢……"

王铭震眼光一转，看到那扇侧门，对倪军说："快追！"

高亚楠一边抱着孩子往外跑，一边给关宏宇打电话："宏宇，有人要杀我，就在医院……"

关宏宇对着手机，焦急地问："你具体位置在哪儿？"

他人已经冲进了医院大楼。

高亚楠跑到地面停车场，利用车辆的掩护躲藏。倪军和王铭震也追了出来，但停车场有上百辆车，一时间他们不知如何是好。

高亚楠躲在一辆轿车后面，紧张地试图观察那两名杀手的动向。突然，怀里的孩子咳嗽了一声，高亚楠忙小心翼翼地哄孩子。

倪军和王铭震也听到了孩子的声音，两人互相递了个眼色，一起往声音的方向走去。

高亚楠一侧身，刚要后退，撞上一个人。她吓了一大跳——来人一手搭住她肩膀，低声问："没受伤吧？"

是关宏宇。

高亚楠松了一口气，摇摇头："他们……他们有……"

"两个人，我知道了。"

他拿过高亚楠的手机，调成静音模式，把手机塞回她的口袋，低声对她说："跟我往这边走。"

高亚楠说："医生已经报警了。"

"没事儿，我也通知周巡了。"

他带着高亚楠伏下身，利用车辆的掩护继续躲藏。

倪军和王铭震看到关宏宇的身影在车流中一闪。

倪军问："那是谁？"

王铭震说："不知道，但肯定是他们那头儿的人。"

倪军暗骂了一声："不会是关宏宇吧？"

王铭震没再说什么，朝他递了个眼色。倪军退下弹夹，使劲拉了下套筒，终于拿出了那颗哑弹，又装回弹夹。

两人小心翼翼地往关宏宇躲藏的方向走去。

关宏宇带着高亚楠左拐右拐，随手掰下一辆车的雨刷器。他把雨刷器掰成两截，两手各反握着一支，朝高亚楠摆摆手："你继续往门口方向走。"

高亚楠担忧地说："你……"

"放心吧。"关宏宇神色坚定地安抚她，"赶紧走。"

高亚楠不再犹豫，抱着孩子伏身离开。

关宏宇躲在车后，等着王铭震和倪军靠近。

就在双方距离已经很近的时候，医院外围传来了警笛声。

倪军和王铭震有些惊慌地对视一眼，不情愿地掉头跑开了。

关宏宇利用车辆的反光镜看到那两个人转身离去，把雨刷器揣进兜里，弓身折返，去找高亚楠。

03

丰台支队直接封锁了妇幼保健医院。

关宏峰和周巡顺着楼道一路走到诊室附近,周巡低声说:"这什么意思?这什么意思?老关,你说这……"

关宏峰眉头紧锁,欲言又止。

诊室的门是敞开的,关宏峰和周巡刚一进屋就被辣椒喷雾呛得够呛。周巡见小汪和另外两名刑警正在里面勘查现场并和医生谈话,便叫小汪去打开了窗户。

小汪和二人打过招呼后,把询问笔录递给关宏峰,同时向周巡描述案发时屋内的情况:"当时医生就在这个位置给床上的孩子听诊,高法医背对着门站在这儿,进门的那个杀手就在这个距离举枪、扣动扳机。"

说到这儿,小汪心有余悸地补充道:"还好卡膛了。"

周巡盯着小汪:"就站在你这个位置?"

"是。"

周巡从腰上拔出枪,指着小汪的头。

小汪脸色顿时变了:"喂,周队……"

周巡把枪收了起来,叹了口气:"光天化日之下,没有半点儿征兆,回过头看见枪口,汪儿,这换你我都能尿了裤子。亚楠真是好样儿的。"

小汪没说啥,看了眼表情有些惊恐的医生,对另外两名刑警递了个眼色,示意他们带人离开。

周巡扭头对正在仔细看笔录的关宏峰说:"老关,咱们之前的行动可能捅了马蜂窝,可这关亚楠什么事儿啊?"

关宏峰若有所思地看着他,随即拦住正往外走的医生,问道:"请等一下,据您的描述,先后进来的两名犯罪分子手上都有枪,您有没有注意到他的枪大概是什么样子的?"

医生惊魂未定:"我、我也不太懂这种……就是、就是电影里看到的那种样子,黑色的……"

关宏峰摆摆手:"哦,不是这个意思。"他伸手一掀周巡的外套下摆,露出腰间的配枪,"是就像这个样子的,还是比这个枪管更长?"说着,他伸手比画了一下:"大概长这么多。"

医生想了想:"好像,应该没这么长……我、我也记得不太清楚了……"

周巡感觉关宏峰的问题定有深意,有些不耐烦,伸手去拔枪:"你再仔细看一下!"

医生脸色都白了,关宏峰忙拦下他,安抚道:"没事了,感谢您及时报警。"

随后,他冲小汪他们示意,让他们带医生出去。

关宏峰掩上门,回身对周巡说:"我被吓到了。"

周巡一愣:"什么?"

"你也被吓到了。支队上下的所有人,知道这件事情的人,包括宏宇,肯定也都被吓到了。就更别提亚楠了。"

周舒桐陪抱着孩子的高亚楠坐在车后座上。高亚楠红着眼圈,低头看孩子,一言不发。

周舒桐在一旁也不知道该如何劝慰,想了半天,才勉强开口道:"高法医,从现在开始,支队一定会保护好你和孩子的人身安全。关老师和周队他们正在勘查现场,那两个人很可能是跟已经在押的冯康一伙儿的,咱们迟早会抓到他们的……"

高亚楠抬头望向窗外，深吸了口气："不重要了。"

周舒桐愣了。

高亚楠回头看着她，苦笑道："如果刚才枪响了，唯一的结果就是我再也不会见到自己的孩子了。至于其他的，全都不重要。"

听到这儿，周舒桐面露惨然之色，不说话了。

高亚楠苦笑了一声，淡淡地说："小周，你先出去吧，我想一个人在车里待会儿。"

周舒桐犹豫了一下："那……高法医，我就在外面，有什么需要随时叫我。"

她推门下车，走出几步之后，没忍住停下脚步，偷偷回头看了看。只见高亚楠呆愣了几秒钟，然后低下头，紧紧抱住孩子，失声痛哭。

周巡在诊室内焦躁地来回踱步："甭管什么吓不吓着的，说这些有什么用啊？"他越想越不是味儿，一拍桌子，"我现在就让郑力齐把面侦系统给挂回去，翻遍全市的监控也得找出这两个王八蛋！他再叽叽歪歪，我就让他也尝尝被枪顶着是什么感觉！"

他气冲冲地就要往外走，关宏峰厉声喝道："周巡！"

周巡站住了。

关宏峰严肃地说："现在是一个很不正常的状态，我是说咱们所有人的情绪。咱们都被恐惧和愤怒裹挟着，任由情绪支配行为，很可能正是那些人想要的结果。"

周巡一摊手："他们想要什么结果？不就是想警告咱们，尽管咱们抓了裴家易，尽管咱们抓了冯康，尽管叶方舟和安廷早已经到案伏法，他们还是有能力在任何时间杀害任何一个我们身边亲近的人！老关，我告诉你，这他妈是宣战！好啊，他们想打是吧？那就开打啊！来啊！"

"你打谁去？王铭震？倪军？这两名逃犯显然是受人指使的。不错，我们要尽快抓到他们，但不要忘了，只要幕后的黑手还在，他们还会雇佣下一个倪军和王铭震。"

"好好好，你冷静，你理智，你深谋远虑！拜托你告诉我，咱们现在该怎么做？"

"出了这种事儿，郑力齐肯定要向总队汇报，流程上应该会走得很快。不管亚楠是不是咱们支队的身份，光天化日之下，他们在妇幼医院持枪意图行凶，我们由此可以知道两点。第一，这伙儿人真的被逼到墙角了。换句话说，那个化名'冯康'的杀手以及裴家易，还有其他我们掌握的情况中，很可能隐藏着能彻底击溃这个犯罪组织的关键线索。第二就是，即便是这两名自诩为'公安杀手'的逃犯，今天的行为也太过莽撞了。我现在还没和亚楠核实，不过听医生的描述，他们的枪连消音器都没有装，这会不会是故意在虚张声势？"

"你说的第一点我同意。至于第二点，天知道这俩人用的是什么破枪，没准儿还是自制的呢。这消音器不是说配就配、说装就装的。"

关宏峰微微摇头："当初王志革受这伙人唆使而袭击咱们支队的时候，还特意去做了一个消音器。如果我们假定他们隶属同一个犯罪组织，这次为什么忽然变得这么高调？"

周巡愣了一下，似乎也逐渐冷静下来。

关宏峰继续说道："要知道，事儿闹得再大，也比不上持枪闯刑侦支队。可跟王志革比，这两个人倒更像是敢死队的。"

周巡若有所悟地点点头："你需要跟……那谁，合计一下吗？"

关宏峰低声道："现在咱们分三步同时进行。督促郑力齐请示总队，或至少利用咱们支队的资源搜捕倪军和王铭震。想办法为亚楠母子提供人身保护。再就是，我会通过其他途径查一查这两名逃犯的底细，争取找到他们和裴家易团伙的关联。"

周巡点头："第一，我去办。第三，你去办。至于第二，让他俩先住在支队里不就完了。"

关宏峰叹了口气："那得问问她的意见。"

"我不去支队。"高亚楠摇了摇头，不客气地回绝了。

周巡愣了，扭头去看关宏峰。关宏峰垂下头，不说话。

周巡试探着说："难道你觉得支队不够安全吗？"

高亚楠瞟了眼关宏峰，又看着周巡："我和关队都是在支队里遭到过追杀的人，你说呢？"

周巡着急地说道："此一时彼一时。而且你也知道，姓郑的来了以后特意加强了支队的武装安保。上次那种情况不会再发生了。"

高亚楠说："行了，我懂。这么说吧，如果像你们推测的，那两个人不是针对我，只是借机表达立场的话，我就不用担心什么。可他们万一就是死盯着我呢？最起码，我不想连累孩子。"

周巡问道："那你的意思是，你跟孩子分开保护？"

高亚楠抱紧了怀里的孩子："我不会和他分开的。"

周巡一脸崩溃："那你到底想怎么样？"

关宏峰朝周巡递了个眼色。

周巡会意地摆摆手:"得得得,我不问了,找郑力齐撒火儿去。"

待他走开后,关宏峰上前低声问道:"你是想跟宏宇在一起待着吗?"

高亚楠垂下目光,没说话。

关宏峰叹了口气:"我知道这事儿发生得太突然了,任何人都没有心理准备。而比起客观上的保护措施,向最亲近的人寻求安全感是每个人都有的本能……"

高亚楠突然抬手打断他:"关宏峰,你怕死吗?"

关宏峰愣了。

"我猜你不怕,可你怕宏宇死吗?"

关宏峰的脸色沉下来。

高亚楠说:"那你就该明白我的心情。"

她转过头,抱着孩子往自己的车走去,刚拉开车门,关宏峰上前几步,拦住了她。

周巡见高亚楠要离开,也往这边跑。

高亚楠盯着关宏峰说:"宏宇是他的父亲,保护这个孩子是他应尽的责任。关宏峰,你的责任是保护咱们辖区内的每一个守法公民,但你也该想想,对身边的其他人,你是不是也有一份责任。"

关宏峰被说得哑口无言。高亚楠推开他,把孩子放在安全座椅上。

周巡刚跑到近前,车已经开了。关宏峰朝他点了下头,周巡忙驾车跟了上去。

两辆车一前一后开了一段,刘音的车行驶到与周巡平行的位置,后座上的关宏宇摇下车窗,看了看周巡。周巡看到他,就减速靠边了。

车子开远了。

04

周巡刚驾车驶回院内,就见郑力齐正安排押运车队把裴家易和商凯分别押上两辆警车。

周巡开车拦在车队前面,下车怒气冲冲地朝郑力齐走去,边走边说:"姓郑的,你……"

关宏峰及时出现在郑力齐身边,拦住了周巡,低声说:"这是我跟郑处商讨的方案。"

周巡有些不明就里:"什么意思?我正打算好好问问这俩孙子……"

关宏峰掌心向下压了压,示意他冷静:"裴家易和这个'冯康'被捕后,一直在咱们支队的审讯室里押着,前前后后杜绝了他们和外界联系的可能性。这种情况下,我和郑处都觉得不要让他们知道刚才亚楠被袭击的事,否则等于自愿和他们分享信息,会进一步削弱咱们在信息不对等上的优势。"

郑力齐点点头:"市局和总队那边,报告已经发过去了,而且我押送完他俩就直接去跟领导当面陈情。现在咱们支队的人手都用来进行搜捕了,把他们押在这儿,既没什么用,也不安全,不如先送到看守所去。那边的安保是由武警负责的,能减轻咱们不少压力。"

周巡明白过来，略一思考，对郑力齐说："你直接去找领导汇报吧，押运我带队。"

郑力齐看了眼关宏峰，关宏峰点了点头。

郑力齐说："那也行，不过我有个条件。"

他说着，脱下自己的防弹衣，递给周巡。周巡刚想拒绝，郑力齐瞪着他，不容商量地说："不穿？那就还是我去啊。"

周巡无奈地叹了口气，接过防弹衣，问郑力齐："咱们都出去办事儿了，队里谁指挥啊？"

"顾局马上就到。"

周巡点点头，边穿防弹衣边对关宏峰叮嘱道："你也小心点儿，这帮孙子现在动向难以捉摸，不知道会对谁下手。"

他回头，又对旁边的小汪说："队里一定要留足够的人手负责安保，没有我的命令，你不要离开支队。"

"是！"

周巡扣好防弹衣，也不知道又想到了什么，苦笑着念叨："大大小小开过那么多仗，只要一穿防弹衣，就挨枪子儿。你说这郑力齐是不是就盼着我倒霉啊？"

关宏峰安慰道："凡事都可以反过来想，每次你该挨枪的时候，都有人强迫你穿防弹衣，挡下了子弹。"

周巡琢磨了一下："这话我怎么听着那么别扭呢……"

关宏峰笑了："你不是挤对过我'每到危险的时候，总有人出来替我扛'吗？"

周巡见关宏峰笑得有些伤感，反过来安慰他道："亚楠的事儿，怪不到你身上。我知道你绝对没想过拿身边的人替自己挡枪。"

关宏峰轻声说："有人已经替我挡过了，只是侥幸没死而已。"

他说完，敲了两下周巡的防弹衣，笑着走开了。

周舒桐也开过来一辆车，停在旁边。她刚下车，郑力齐就迎过去对她说："你不用开车了，我自己开去总队就行。你留在这里备勤，听顾局的调派。"

等到周巡带领的押运车队和郑力齐的车都驶离支队的院落后，关宏峰四下看了看没什么人，便掏出手机，拨通电话。

关宏宇接起电话："哥。"

关宏峰问道："你那边怎么样？"

"安全抵达。没人跟踪，放心吧。"

兄弟两人说完，都沉默了一会儿。

在一旁沙发上哄孩子睡觉的高亚楠看向关宏宇，关宏宇忙拿着手机走开几步。

关宏峰先开口："幸亏你及时赶过去。亚楠受了惊吓，可能也还有些情绪，你尽量安抚她。"

关宏宇想了想："她是不是跟你说什么了？"

关宏峰说："没什么，现在周巡已经带队把裴家易和冯康押去看守所了，郑力齐去市局汇报情况……对了，宏宇，我想跟你核实一下，你看到倪军和王铭震的时候，他们的枪有没有装消音器？"

关宏宇想了一下："没有。你的意思是他们的行动太莽撞了？"

关宏峰叹了口气："我不知道。事发太突然，而且毫无来由。我现在也不好随意推测。"

关宏宇瞟了眼高亚楠，压低声音对着电话说："这对所有人来讲都很突然，我也没想到。但即便所有人都会被情绪影响，咱们也必须跳出来思考——这还是当初你教我的呢。不说他们这一次失手，就算他们真的伤到了亚楠，我想报仇拼命，也得搞清楚到底找谁吧。"

关宏峰叹了口气："怎么说，这事儿都怪我。要不是——"

关宏宇打断他："要不是你当初栽赃给我，也不会有今天这么多事儿——如果你想说的是这个，省省吧。如果他们栽赃你成功了，难道我有本事能还你清白？不错，这事儿是怪你，但主要还是怪那群浑蛋。他们害了你，也害了我，他们会害很多人。只有把他们一网打尽，才能结束这一切。朴森已经通过杨继文向北方一代的捎客散出消息了，看看能不能寻找到跟这两个逃犯有关的线索，或是摸清他们和裴家易组织的关联。"

"好的，如果有什么进展的话，随时告诉我。保持联系。"

"你在那边也多小心，如果要走出支队大门，最好身边跟个配枪的。"

关宏峰挂断电话，信步往支队大门的方向走。今天的天气还不错，他走了几步停下来，深深吸了口气。

周舒桐赶过来："关老师，您是要出去办事儿？我陪着您吧。"

关宏峰瞟了眼周舒桐腰上的配枪，指了下门口："我就在门口等个人，用不着持枪保护，你还是保护好咱们支队吧。"

他说着走到支队门口，看到路旁停着韩彬的SUV，又回头看了眼支队院内，小汪、赵茜等人都在忙碌，没人注意到他。

关宏峰走出支队，上车之前，又回头看了一眼丰台支队。他蓦然想起，当初林佳音最后望向支队那一眼的时候，是不是也是类似的心情？

手脚都戴着戒具的商凯坐在押运车内，他看着坐在对面的赵茜，又看了看另外两名坐在旁边的刑警。他活动了一下脚，说道："这个，有点儿紧，一直勒着踝子骨，能不能稍微松一松？"

一名刑警看向这边："哟，闹了半天你会说话啊。"

赵茜会意，起身对那名刑警摆摆手："哎，郑处刚强调押运纪律。少说两句吧。"

她说着来到商凯面前，蹲下身替他调整脚上的戒具。

商凯压低声音，嘴唇几乎没动，对赵茜说："想办法弄我出去。"

赵茜低着头假意调整戒具，咬牙低声回答道："我办不到。"

"办不到，就准备进去跟我做伴儿吧。"

赵茜身体僵住了，她微微抬眼去看商凯。商凯依旧面无表情，但嘴角似乎挂着冷笑。

护城河边，关宏峰望向远处，怔怔地一直不说话。过了一会儿，韩彬问道："关队这么着急找我，出什么事儿了？"

关宏峰想了想："上回在公安大学，见到你去接韩教授，他老人家和迟文江有交往？"

韩彬回答说："都是讲课的老师，自然认识。"

"你了解迟文江这个人吗？"

韩彬笑了笑："公安系统的人，我大多不了解。你是怀疑他，还是在怀疑我？"

"我是想从侧面了解一个潜在的嫌疑对象……"

韩彬"哦"了一声："通过一个你认为具备'犯罪思维'的人？"

关宏峰苦笑道："'犯罪思维'……二月十三号那天晚上，我被人陷害，出现在吴征一家被灭门的命案现场。而我在走投无路之下，选择嫁祸给我的孪生弟弟，为自己争取查明真相的缓冲。在'犯罪思维'这个标签上，我恐怕没资格指摘你。"

韩彬垂下目光，没说话。

关宏峰深吸了口气："我太自负了，认为一切都在掌握之中，认为自己有能力查明真相，认为在最糟糕的情况下也至少可以还宏宇一个清白。但我错了。我从来没有考虑过宏宇的感受，更没想到自己的决定会危害到那么多人。从事了半辈子的刑侦工作，我以为没有什么比践行正义更重要。到头来……"

他低下头，自嘲地笑了笑，然后看着韩彬："我不但不是个好刑警，也不是个好人。某种意义上，我连个人都算不上……"

韩彬琢磨着他的话，顺口接道："但你确实很有趣。"

关宏峰没听明白。

韩彬掏出烟让了他一下，关宏峰摆手拒绝了。

韩彬点上烟："我是说，你们兄弟俩，还有你们身边的这些人。大多数人不会像你们这样做选择。我猜，不管你们忠于什么，正义、法律、良知或是感情，你们对各自的信仰都很笃定。"

关宏峰说："韩彬，你有怀疑过自己做的事吗？"

"我都是做完才想，来不及。"

"我现在也来不及想那么多了，有个事儿……"

韩彬突然说:"关队,你这个口气,不会是打算找我托付后事吧?"

关宏峰扭头看着他,整个人突然变得异常凌厉:"是。但,不是我的。"

贰拾陆 放虎归山

01

望京小仓库内,几个人围在一块儿,都还挺紧张。崔虎小心翼翼地打开显示器,随后将杨继文手机上的一个视频通话转到了屏幕上。

屏幕上出现一个留着胡子、容貌粗犷的男人。他头发乱糟糟的,像是刚摘了帽子,身上大衣还没脱去,嘴唇上面的胡子挂着鼻孔出气凝结成的冰碴儿。这人从旁边拽了根儿线,嘴里叨咕着:"等会儿啊,马上。今天外头贼老冷,都快给整没电了……好了好了。"

他把脸凑近镜头,看清了轮椅上的朴森:"老朴?我陆扬啊。杨大夫,这老朴……那就是说,他看不见、听不着?那你咋能知道……谁知道他想问啥啊?"

杨继文简单向陆扬解释了一下莫尔斯电码传输装置。

陆扬似懂非懂地点点头:"那你帮我问问他,我儿子小名叫啥?"

杨继文通过传输装置跟朴森沟通,之后朴森似乎笑了一下。片刻之后,杨继文神情尴尬地回过头,看着屏幕上的陆扬:"这个……"

陆扬大大咧咧地追问道:"叫啥,说啊?"

杨继文边犹豫着边说:"老朴是说,你儿子……嗯……"

"别磨叽,痛快儿的。"

杨继文斟酌字句地说:"你儿子长排泄器官了吗……"

陆扬愣了一会儿,然后发出一阵爆笑:"这他妈朴老狗,还记得这话呢!"

杨继文看看朴森又看看画面里的陆扬,莞尔一笑。

陆扬摆摆手:"当初我俩喝酒扯犊子前儿,我跟他说,等挣够了钱就娶媳妇儿,生一大堆儿子。老朴说我太缺德,生儿子肯定没屁眼儿。"

他的神色骤然消沉下来:"唉……没想到你被人祸祸成这样。看来,钱多钱少,我也该寻思寻思收山了。"

杨继文试探着说道:"那……"

陆扬明人不说暗话:"就照片儿上那俩小子嘛,我知道。愣了吧唧那个叫倪军,疤瘌眼儿那个叫王铭震。去年前儿,从向阳到红光哪儿哪儿都有他俩,而且逮谁跟谁说自己是杀过警察、背着命案的,老牛逼了。"

杨继文听完,假意回身继续和朴森沟通,眼睛却在看旁边的关宏宇和崔虎等人。

崔虎在旁边架了一个白板当提词器用。

关宏宇在上面写下:这俩确实犯案后出逃了,他们当时为什么没有出境?

杨继文回身对陆扬说:"老朴问,他俩既然是跑路,为什么没过边境?"

陆扬说:"他们是有这打算,但刚过去就差点儿把命丢了。说是在抚远往北的一个镇上,俩人跑酒吧里看脱衣舞,结果不知道因为啥跟地头儿上的毛子干起来了，好悬没让人整死。当时正好'娃娃'在，估计看着都是中国人，把他俩救了。"

听到"娃娃"这个词，杨继文、崔虎和关宏宇等人都是一惊。不等关宏宇在白板上写问题，杨继文就追问道："你说的那个'娃娃'是什么人？"

说完，他瞟了眼关宏宇。

关宏宇点点头，在白板上写下：给他看照片。

就在杨继文找照片的时候，陆扬侃侃而谈："那个'娃娃'挺有名的，我还见过一面。他好像是个中俄混血，做私人保镖的，边境上往来的牛贩大老板都抢着雇他。"

这时，杨继文找出了商凯的照片，递到摄像头前给陆扬看："是他吗？"

陆扬眯缝着眼，凑近画面看了看，点头道："是。他这人长得不挂像，瞅着不凶。"

杨继文瞟向关宏宇，见关宏宇在白板上写下：全面了解他的信息。

杨继文假意和朴森沟通了一会儿，然后问道："关于这个'娃娃'，你都知道什么？他的真名叫什么？他的家庭情况，还有……"

陆扬胡噜着头发："这我就不知道了。老朴干吗打听这事儿？是他下手害的你吗？"

杨继文继续假装和朴森沟通。关宏宇朝他摇了摇头，接着又点了点头，意思是接着问。

杨继文回身对陆扬说："老朴说，这事儿你先别管，但是他想了解这个'娃娃'的详细情况，越全面越好。能打听吗？"

"行。这一半天儿的。老朴他……没事儿，杨大夫，我就是问你，你跟老朴已经不搁北边了吧？"

杨继文谨慎地答道："呃，我们现在在一个相对安全的地方。"

陆扬摆摆手："也甭跟我说在哪儿。等我回头收山不干了，再跟你联系，找你们去。这边太他妈冷，我也待腻歪了。我打听着信儿，咋告诉你们？还是说你们再打给我？"

杨继文说："我们会跟你联系。那受累了。"

陆扬笑了一下，没再说什么，直接关掉了视频通话。

关宏宇和崔虎、刘音走上前。刘音说道："真没想到，居然问出来了。"

关宏宇说："我哥说得对，他们之间肯定是有关联的。要知道，支队和总队通过各种筛查方式，到现在都没有核实到这个化名'冯康'的家伙的真实身份是什么……"

正说着，门口方向传来声音，崔虎从监视器上一看，是关宏峰回来了，忙打开卷帘门。

关宏宇迎了上去："你怎么不说一声啊？我们也好去接你。现在你一个人行动太不安全，不在支队的时候，最好……"

关宏峰摆摆手："放心，我回来的路上很安全，也没被跟踪。"

关宏宇有些不解地眨眨眼。

关宏峰说："这事儿我不瞒你，我刚跟韩彬见了个面。"

关宏宇微微愣了一下："你不是又要找他帮忙吧？"

关宏峰拍了拍他的肩膀："一会儿和你细说。亚楠怎么样了？"

"跟孩子一起睡了。对了，老朴和杨医生刚跟黑龙江那边的一个叫陆扬的捎客联系上。不光是倪军和王铭震，我们大概也快查出那个'冯康'的底细了。"

丰台支队技术队办公室里,赵茜在一页装备申请书的落款处模仿着笔迹,签下了郑力齐的名字。她对着伪造的申请书沉思了片刻,仿佛下定决心,然后拿着申请书来到枪库。

枪库刑警看到申请书,对她说:"刚还完枪就领枪,现在连技术队的都得出去打打杀杀了?"

赵茜苦笑:"队里的安保轮值。没办法,人手不够用嘛。"

领完枪,她刚把枪套别到腰上,一转身就见周舒桐从楼道口拐了出来。

赵茜忙拽了拽外套下摆,挡住腰上的枪,迎面走过去,两人打了个招呼。

周舒桐说:"师姐,这么晚还没回去啊?"

"现在全队备勤,工作上好像也不分什么内勤外勤了。"

周舒桐笑了:"这不正好,至少大家积极表现的机会是一样的。"

赵茜低下头:"对啊。立功的机会谁都有……可是你看,就像今天高法医的那种情况,一念生死的事儿,立不立功、升不升职,还有什么意义?"

"咱们努力工作,恐怕不全是为了立功和升职。"

"也许你不是,但我是。我只是一开始没想到,这份工作会危险到有可能把命搭进去。"

周舒桐一时语塞,愣住了。

赵茜笑着摇摇头,从她身旁走了过去。

周舒桐回过头,对她说:"师姐,我觉得,你其实早就知道了。"

赵茜停了一下，喃喃道："是吗……"然后摇着头走开了。

深夜，关宏峰手里端着个马克杯，在写满各种情报信息和人物关系的白板前思考。关宏宇拎着半瓶格兰菲迪和一个空杯子坐到他身后。

关宏峰回头看着他。

关宏宇一边往杯子里倒酒，一边笑着对他说："就喝一杯，千万别告诉亚楠啊。"

关宏峰笑了，把马克杯里剩的那点儿水泼在地上，递过杯子去："我就当个共犯，你也不用担心被揭发了。"

关宏宇有些意外地一挑眉毛，给他倒了半杯。

两人并排坐下，关宏峰抿了口杯中酒，瞭了眼仓库的深处："大家都睡了？"

关宏宇边喝着酒边点点头："今天虎子还跟我抱怨呢，七个半人加一个'包包'，这事儿要再完不了，恐怕就快住不下了。"

关宏峰说："我们已经很接近了。这些人会对亚楠下手，不管他们真正的目的是什么，显然是被我们戳中了痛处。只要之后的计划能落实得当，就会终结这一切。"

关宏宇刚把杯子递到嘴边，听到这话，又把杯子放下了。他想了想，问道："哥，我其实一直想找个机会跟你说，就是关于后面的计划，风险还是太大了。你知道，我不是因为亚楠今天的事情才这么说的。"

关宏峰低头沉吟了片刻："刑侦工作……"

关宏宇接道："对，有风险，还可能会牺牲，这我明白，每一个参与这件事的人都是有心理准备的。可当我们的判断和决定关系到他们的安危时，我们就该认定他们对生死有心理准备是理所当然的吗？"

关宏峰叹了口气："我不知道。从公安大学到丰台支队，我一直都相信，我所做的一切都是在保护多数人的生命和财产安全，是整体利益，而在这个过程中，不可避免会出现个体牺牲。这大概也是二月十三号那天晚上，我会选择把你推到前面去的一个重要原因。"

关宏宇喝了口酒："是吗？我还以为那只是因为你是个自大狂呢。"

"哦，之前那个是客观原因，"关宏峰说道，"这个属于主观原因。"

哥儿俩对视一眼，都笑了。

关宏宇挠挠头："我其实一直没想明白。你说……没错，大局、整体、多数人……从数量上看，很容易区分出它们和个体权益之间是一种什么样的悬殊差距。可我就是不明白，凭什么——我是说，凭什么为了所谓的'大局''整体'或'多数人'，我们就可以名正言顺地去牺牲一个'个体'？难道在这个世界上，不是每一个生命都应该得到平等的尊重吗？"

关宏峰说："这就类似于那个经典的'电车难题'，是不存在完美答案的。不过如果就二月十三号那天晚上来说，宏宇，我之前跟你说的是……其实无论从哪个角度来看，我都错了。即便是你，我的孪生兄弟……"

他说不下去了，有些黯然地摇了摇头。

关宏宇叹了口气，说道："我现在倒不这么想了。如果说这个世界上，谁有资格牺牲我，你肯定是其中一个。这两年来，我越来越能理解你需要面对的是一种什么样的生活。你不得不在很多艰难的时刻做出抉择，而有些抉择的代价比牺牲自己还要大。我想说的是，哥，之前的事儿我原谅你，而且如果你再对我这么做，我也能理解。但我们不要再牺牲其他人了，这事儿就到我们这里，好吗？"

关宏峰扭头看着关宏宇："当你处在一个特殊位置上的时候，你只能量化这种利弊得失，然后权衡该保护什么、舍弃什么。我就是那个不得不做出选择的人。"

关宏宇说不出话来。

他无法反驳。

关宏峰轻轻叹了口气，在并不明亮的灯光下看着与他一起多年在黑白世界中斡旋的兄弟，轻声说："宏宇，我希望你永远不会陷入这种境地，因为现在的我已经面对不了了。"

关宏宇笑道："嚯！我还一直以为是我在跟你学呢。"

关宏峰举起手里的马克杯，也放松地笑了："看从哪个层面上说吧。"

四周很安静。这场对话其实很简短，算不上剖白或者谈心，月色与夜色都无声——他们最后碰了个杯。

02

清晨，丰台支队的大家聚集在会议室。郑力齐宣布："昨天我去汇报之后，总队连夜开会商讨，已经给出了批示，决定全面接手对裴家易团伙涉黑案件的调查。在今天之内就成立专案组。最晚明天，我们就要把所有已掌握的案情材料以及目前在押的涉案嫌疑人交接过去。"

周巡听完微微皱眉，想了想，说："那这事儿，从此就跟咱们队没关系了？"

郑力齐瞟了他一眼："当然不是。总队要求咱们队全力配合调查，而且要我今天把咱们队可以参加专案调查的人员名单报过去。"

周巡听完，倒是不再疑惑了，点点头。

周舒桐问道："那目前所有进行到一半的调查工作，包括对嫌疑人的讯问，全部中止吗？"

郑力齐说："今天有一天时间，就是为了让大家最好把阶段性工作完成。别真有什么是弄到半截就扔给总队的，回头弄得两边儿都不明不白。"

周巡和小汪等人互相看了看。

周巡问："那个叫冯康的，指认还没做完呢。咱们还弄吗？"

"什么指认？"

周巡说道："就抓捕当天，餐厅员工和旁边商店售货员对他的目击指认，需要做个辨认。"

郑力齐想了想："不能把他们带到看守所那边，在预审做吗？"

"连目击证人带辨认工作的协助人员，好几十人呢。看守所那么老远，估计今天之内够呛协调他们时间。"

郑力齐有些为难，考虑再三，对周巡说："可你说，这昨天咱们刚兴师动众地把人押过去……"

周巡倒是一脸轻松："不就是再押回来一趟吗？我没问题的。说实话，我巴不得押着他多游几次街，看看有没有胆儿肥的敢来劫押运车队，尤其是那俩去医院意图对亚楠行凶的。那咱们反倒省事儿了。"

这时会议室外传来敲门声，小徐探头进屋说："郑处，周队，部法医已经回来报道了。"

周巡一挑眉毛，显然对这个安排并不知情。

郑力齐则说："让他在法医实验室等我吧，我待会儿过去。"

周巡立刻回头看向郑力齐。

郑力齐忙解释道："高主任需要休假一段时间，我就先让部君然复职，临时顶一下。说起来，高主任那边需不需要咱们派个探组去她家保护？"

周巡显得有些警觉："据我所知她应该没回家，好像是去她父母那儿了。"

郑力齐追问："她父母家？在哪儿啊？"

周巡斜眼看着他："不在本市。这种事儿，知道的人还是越少越好。"

郑力齐明白周巡大概是不信任自己，没再说什么。他扫视了一圈会议室，终于觉出不对劲来："欸？关宏峰呢？"

曲弦见到关宏峰的时候，确实挺意外的。

她从朝阳支队的健身房里出来，看到关宏峰站在门口，冲她晃了晃手里的矿泉水，也不知道等了多久。

她摘下拳套夹在腋下，走了过去，接过矿泉水喝了几口，说："这一趟趟往朝阳跑，要不我跟丰台那边打声招呼，你来我这儿做顾问算了？"

她坐在门口的长椅上，关宏峰也坐了下来。

曲弦拿毛巾擦了擦汗："咱们关队一向无利不起早，有什么事儿不用客气，说吧。"

关宏峰低声说道:"你当初一直负责迟文江指挥卧底行动的领导安保工作,也可以说是他的随行护卫。吴征遇害的两天前,也就是二月十一号,迟文江是否和他见过面?"

曲弦听完,微微一皱眉:"我最后一次见吴征,就是五号那天。"

关宏峰说道:"你没正面回答我的问题。"

"因为你这个问题我回答不了啊。就算迟局见了他,我也不一定知道。"

关宏峰斟酌了一下,说道:"迟文江并没有跟我提起十一号他们曾经见过面。"

"那你是怎么知道的?周巡说的?"

"吴征那天联络周巡,要求他暗中护送自己到天客隆商务大厦附近。周巡并不知道他要去见的是谁。但我们反复核查,发现……"

曲弦若有所思地接过话来:"是这样的话,你就更应该去问迟局了。没准儿他俩就是私下约着下盘棋或者吃个便饭什么的?这种小事儿,没必要启动安保程序。"

关宏峰冷笑了一下,没说话。

曲弦有些不悦地站起身:"不管怎么说,这事儿你都该直接去问迟局。看来你是不太信任他。"

关宏峰淡淡地说道:"我不信任的不只是他。"

曲弦冷哼一声,重新戴上拳套,低声说道:"关队,就凭你现在搞出来的事儿,于公于私,我都随时可以弄死你。话说回来,我也不在乎你信不信任我。"

她头也不回地走了。

* * *

赵茜走进一家租车公司的营业厅，立刻有工作人员迎了上来。她说："我需要租辆车。除了提供驾照和身份证，还需要别的手续吗？"

"不用不用。您需要挑一下车吗？"工作人员把一个平板电脑递给赵茜，"现在车型很全，而且大多数车况都非常好，很新。"

"不用。"赵茜说道，"你们这儿最旧的车是哪辆？"

押运车队驶入丰台支队大院内，周巡下车，和其他刑警把商凯从押运车辆带进支队大楼。郑力齐等在门口，跟周巡打了个招呼。

周巡对小王等人叮嘱道："脚上的戒具不要摘。任何时候，务必有配枪的弟兄在门口盯着。"

郑力齐还没开口，周巡已经摊摊手抢着说道："风平浪静。等做完辨认，再审一轮，天黑之前我把他押回去。那会儿可以再碰碰运气。"

这表情特别欠揍，完全是事儿不嫌大。

郑力齐无奈摇头，周巡已经径直走过他身边。

在郑力齐一脸"你还真不嫌事儿大"的注视中，周巡走进了支队大楼。

公安大学教学楼门口，迟文江边为两名学生答疑边往外走，刚下台阶，迎面就看到了关宏峰，他顿时愣住了。

他身旁的两名学生见老师停住脚步，转头看到关宏峰，随即认了出来，窃窃私语："哎，这是不是那个关宏峰啊？"

迟文江摆摆手让学生离开了，若有所思地盯着关宏峰看。

而关宏峰微微仰头，看着台阶上的迟文江，目光中饱含深意。

两人都没有动，只是在台阶上，一上一下默默对视。在迟文江身后，是教学楼上悬挂的"忠诚求实，勤奋创新"八字校训。

下午，赵茜开着一辆略显破旧的白色捷达，停在了农贸市场门口。

一名协管员上前指着她："哎，同志，这儿不许停车。"

赵茜没说话，亮了下证件，协管员退开了。她绕到车尾，打开后备厢，里面只有一个小工具包和一个警示牌。她把它们从车里拿出来，又检查了一遍空空荡荡的后备厢，关上了后备厢盖。

关宏峰和迟文江在操场梯形看台的边缘一站一坐，看着远处的学生们训练。

迟文江笑了笑，说道："明明有我的号码，电话不打，短信不发，就喜欢直接上门堵。怎么，小关，你这是拿我当嫌疑人了吗？"

关宏峰转过身，背倚着看台的栏杆，笑了一下："我这是来学校拜会您，又不是去玉景小区，迟局何必这么多心呢？"

迟文江的脸色变得更加难看了："你这话什么意思？"

"我的意思是，二月十一号那天，吴征在周巡的护卫下来到了天客隆商务大厦附近，恐怕他的真实目的地是玉景小区。您说，那天的吴征是拿您当行动指挥呢，还是拿您当嫌疑人呢？"

迟文江皱眉："十一号？二月十一号？我那天没见过吴征。"

关宏峰听到这儿，也皱起了眉头："您是没见到他，还是根本不知道他那天去了？"

迟文江显得很不高兴："这……这有什么区别吗？再说了，你刚才说周巡护送他到天客隆商务大厦附近，那之后他可能会去任何地儿，不一定是找我来了。他如果想见我，应该事先通知我，然后我会安排合适的时间和安全的联络地点。"

关宏峰摇摇头："我不也没事先给您打电话吗？"

迟文江一针见血地指出："那是你缺乏对前辈的尊重。"

关宏峰话锋一转："或者，缺乏对领导的信任。迟局，我反复核查了所有跟卧底行动或'二一三'案件相关的人员的工作和居住地点，不管是已经归案的嫌疑人，还是我们支队的，甚至总队的。在那附近的，只有您的住处。也许您觉得我这样冒昧，是对您不够尊重。也许我觉得您之前没有告诉我这件事儿，是对我有所保留。现在我们可不可以抛开这些带有成见色彩的预设立场，我希望您告诉我，二月十一号那天，您到底有没有见过吴征。如果有，是为了什么事儿；如果没有，您是否知道他二月十一号去找过您？哪怕所有这些问题都是否定答案，您能否从您的角度分析一下，吴征那天到天客隆商务大厦附近，还有可能是去找谁？"

迟文江站起身："我不知道你都在说些什么。二月五号是我最后一次见到吴征，也是他最后一次向我汇报工作。而他最后一次行动记录，是六号在沙河大桥的牵线交易。我给你的书面记录上已经写得很清楚了。"

关宏峰说道："是，这其实也是我心中的另一个疑惑。从七号到十二号,我知道他做过很多事,为什么在行动记录上却是一片空白呢?"

迟文江听到这儿,显得有些疑惑:"很多事?他都做了什么?他为什么没呈报呢?"

"对啊,迟局。您觉得吴征为什么没有向您呈报那几天的行动呢?"

迟文江运了运气,向前走了两步,来到关宏峰面前,把他逼到看台护栏边。

关宏峰神色镇定地回望,在他身后的操场上,是好儿拨正在训练的公安大学学生。

这时候,关宏峰的手机响了,他对迟文江低声说了句"不好意思",接通电话。

关宏宇低声问:"哥,你在哪儿?方便吗?"

"我现在在公安大学,跟迟局见个面。"

迟文江冷冷地看了他几眼,愤愤然拂袖而去,走下看台离开了。

关宏宇说道:"那你方便说话吗?"

"没事儿,你说吧。"

"陆扬给朴森回复了。还有那个一直化名'冯康'的,查出他的身份了!"

03

小仓库里,关宏宇在电脑前一边看着崔虎搜索到的信息,一边对他哥说:"那家伙叫商凯,是中俄混血,三十五岁。父亲商泽洋是中国商人,做边贸的,娶了一个乌克兰裔的俄罗斯人,叫玛丽卡。两人结婚后在俄罗斯定居,生下了商凯。商凯小的时候,他母亲外出时失踪了,不知道是什么原因,但是再也没回来过,警察也没有查出任何线索。他应该还有个弟弟,目前下落不明。商凯长大之后成为一名职业冰球选手,在斯巴达克俱乐部效力,好像在KHL联赛里的成绩还不错呢。因为他长了张娃娃脸,显小,所以在队里有个绰号。"

他说着把头凑近电脑屏幕,问崔虎:"这个鬼画符似的……怎么念来着?"

崔虎也噎了一下,含含糊糊地说道:"大概是'哭克啊(кукла)'什么的吧……"

"呃,"关宏宇犹豫了一下,"怎么念不重要,好像就是'娃娃'的意思。这个外号现在还跟着他。"

关宏峰问:"他后来怎么回国了?"

关宏宇答道:"据说他还喜欢练桑搏,退役之后在保安公司做过一段时间的桑搏教练。他父亲终身没有再娶,几年前过世了,商凯好像就此离开了俄罗斯,在中俄边境给一些富贾巨商做保镖。倪军和王铭震跑路到中俄边境的时候,因为一个脱衣舞女和当地人起了冲突。商凯大概是看他们都是中国人,所以出手救下了他们。"

关宏峰沉思了一会儿:"那裴家易他们是如何招募到他的呢?"

"这就不是很清楚了。不过那个掮客陆扬提到……你还记得刘长永去吉林的时候见过一个叫郝亦加的大哥,说是曾经找叶方舟解决过矿区闹事的人吗?陆扬说,那件事儿就是商凯办的。换句话说,可以推测是叶方舟或安廷在那之前的某个机缘巧合下招募了商凯,而商凯做事干净利索,为人又比较忠诚,很可能就此得到了裴家易的赏识。"

关宏峰思索着说道:"而且,他本来就没有中国公民的身份。对裴家易他们来讲,这是一个杀手的绝佳人选。"

关宏宇说:"没错。虽说我也不明白,就算我们知道他的真名实姓和身世背景,能有什么用。"

关宏峰拿着电话从操场往大学外走,低声说道:"当然有用。如果我们在审讯过程当中能不定时地抛出一些信息给他,会让他感到很疑惑,因为他并不知道这些信息到底是我们查出来的,还是这个组织有其他高层人员归案了。这有可能击溃他的心理防线。我会通知周巡,他今天正好把商凯押回支队,做目击辨认。"

关宏宇应声:"哦?那是不是该开始了?"

"嗯。"

关宏宇挂断电话,开始收拾东西,穿外套。

高亚楠看着他,问道:"你干吗去?"

关宏宇也望着她,嗫嚅着说道:"我还是有些放心不下,不能让我哥留更多的遗憾。"

"可……"

她还没来得及说完,已经被关宏宇拥在怀里。关宏宇贴着她的脸,轻声说:"亚楠,他是那个不得不做出艰难选择的人。他做的事情我做不来,但我总希望能替他分担一点儿。我是他弟弟,这世上如果有一个人能和他站在一块儿,那个人只能是我了——你能明白吗?"

高亚楠沉默了很久,拍了拍他的背,轻声叹了口气:"那你……你小心点儿。"

关宏宇点点头，松开她，摸了摸她的头发，转身离开仓库。

丰台支队审讯室里，随着辨认结束，周巡让刑警把目击证人从审讯室隔壁带走，又让审讯室内配合辨认的其他人员离开，重新给商凯的手脚戴上戒具。

随后，他留下一名配枪的刑警在门外值守，独自走进审讯室，见赵茜和周舒桐正打开笔录纸准备讯问商凯。

周巡两手撑在桌子上，看着空白的笔录纸，又抬眼去看商凯。商凯平静地回望着他，不经意地瞟了眼赵茜。

赵茜的面色略微有些不自然。

此刻，一辆老旧白色捷达车开到支队门口，保安和值守的刑警将车拦了下来。

刑警绕过车头，让司机摇下车窗，问道："你找谁？"

司机说："我是滴滴代驾，您这边的人让我把这辆车开过来。"

刑警皱眉："我们这边的人？什么人？知道名字吗？"

司机老老实实地说道："不知道啊，我们经理应该见过他，我就是个开车的。他还嘱咐我慢点儿开，说车上运着东西呢。"

刑警向后退了一步，看了眼车，一手扶在腰间的配枪上，一手拿起步话机说："我是大门位置，现在拦下了不明车辆，请求增援。"

他转过头，对司机说："把车灭了。"

司机愣了愣，按照指示熄了火。

刑警上前拉开车门:"下来。"

这时,小汪带着两名探员赶了过来,问:"怎么回事?"

"说是滴滴代驾的司机,咱们队有人要他把这辆车开来,还说车上装了东西,要他慢点儿开。"

小汪冲身旁的一名刑警递了个眼色,示意他看住这名司机,随后拉开车门,和其他人检查了一下,发现车里并没有什么特别的东西。

最后,他和一名刑警来到车尾,打开后备厢。刑警被扑面而来的血腥味熏得往后退了半步。小汪瞬间非常紧张,冲看守司机的刑警指了一下,厉声说:"控制住他!"

那名刑警拔出枪来,对司机说:"手举起来!"

司机惊慌失措地举起手,脸上的表情显得不明就里。

周巡正在和商凯斗智斗勇,有电话进来了。他看了眼来电显示,接通电话:"老关,你这哪儿忙活呢?郑力齐开会还找你呢。"

关宏峰说:"我还有点儿事儿,处理完了就回支队。长话短说,刚刚通过情报渠道取得了一些进展,在押的那个'冯康'是个中俄混血,而且很可能没有取得国内身份。他应该是被叶方舟或安廷在中俄边境的某个北方城市招募到的,而且很可能与吉林那边一些矿区纠纷中的涉事人员失踪有关。他真名叫商凯。"

听到这儿,周巡露出了笑容,有些得意地朝商凯点了点头,特意拖长音调,重复了那两个字:"商——凯。"

骤然听到自己的名字,商凯表情倒还算镇定,但目光似乎微微有些变化。

就在这时,警报声突然响彻支队大楼。所有人都是一愣。

商凯不动声色地瞟了眼赵茜,赵茜也表现得一脸无措,但隐约回望了他一眼。

那头的关宏峰问:"怎么了?是警报吗?"

周巡说:"是。不知道出什么事儿了。"

他转头往外看,只见门外值守的刑警对着话台说了几句,随后冲着周巡喊:"周队!"

周巡对手机说:"老关,我先看看什么情况,再联系。"

他挂断电话,朝周舒桐和赵茜一招手,带着她俩离开审讯室,接过刑警递过来的话台,问:"哪儿出情况了?"

"院门口!"

周巡指了下商凯,对门口刑警说:"不要让他离开你的视线。"说完,他带着周舒桐和赵茜快步顺着楼道往外走去。

门口已经聚集了二十多名刑警,各个全副武装,严阵以待。司机被按在地上铐了起来,还有两名刑警在门口位置拉上警戒线。

小汪看着捷达车的后备厢,对步话机说:"有一辆不明来历的车辆想进支队,后备厢里全是血。"

周巡正从楼上下来:"全是血?有尸体吗?"

"还没看到,但除了血之外还有别的东西……"

只见后备厢里杂乱无章地堆着几块布和毯子,上面遍布血污,其中一块毯子下面似乎盖着什么东西,不时发出"滴滴"的响声。

周巡对着步话机说:"炸弹?已经看到实物了?"

小汪说:"还没有,要不要通知特警的排爆手过来处理?"

"我马上就到,先把周围的人疏散一下吧。"周巡抽空回头叮嘱周舒桐,"把郜君然也叫过去。"

他一门心思往楼下跑,周舒桐则转向法医实验室的方向,只有赵茜脚步逐渐慢下来。

她在二楼稍微停了停,一转身,返回楼上,一路跑到审讯室门口。门口值守的刑警看到她,愣了一下:"小赵,怎么又回来了?出什么事儿了?"

赵茜匆匆忙忙地说道:"有不明车辆要闯支队,周队说以防万一,让咱们先把嫌疑人押到暂看锁起来。"

刑警有些不知所措。

赵茜随即补充道:"刚才周队还用话台跟你说呢,结果才想起来,他手上拿的台子就是你的。"

刑警不再疑惑,应道:"好嘞。"

两人一前一后进了审讯室。进屋之后,赵茜回手把门关上,刑警绕过桌子去解商凯固定在椅子上的手铐。赵茜趁刑警背对她的时候,抄起把椅子放在墙角,踩着椅子上去,一把把监控探头的线给扯断了。

刑警解开商凯的手铐,绕过椅子上的挡板,又重新给他戴上手铐。赵茜来到他身后,伸手拔出刑警腰间的配枪,顶在刑警的后背上。

刑警一愣:"小赵!"

赵茜声色俱厉地喝道:"手抱头!"

刑警脸上现出怒容:"你……"

赵茜近乎疯狂地喊道:"我让你手抱头!跪下!"

"咔嚓"一声——她打开了保险。

商凯见状,试图从椅子上起身。但赵茜反应极快,枪口立刻转了过去:"你也别动,给我坐那儿!"

商凯略一迟疑,还是坐了回去。

赵茜从腰间掏出手铐,用枪顶着刑警的后脑勺:"趴地上!"

"你他妈疯了?你跟他是一伙儿的?"

赵茜厉声道:"我让你趴下!"

她毫不客气地一脚把刑警踹趴在地,然后单膝压着他后背,从后面把他的双手铐住,还顺手从他的腰上摘下另一副手铐,铐上他的两个脚踝。

做完这一切,她拿着钥匙去解商凯脚上的戒具。

刑警还在不停地警告她:"小赵,你可想清楚,你是跑不了的。你们恐怕连支队都跑不出去。"

赵茜手里忙活着,额头沁出了冷汗,不耐烦地大吼:"你给我闭嘴!"

解开商凯脚上的戒具后,她一拽商凯的袖子:"赶紧跟我走!"

商凯晃了下手腕上的手铐:"不一块儿解开吗?"

赵茜着急地一把抓住他的领口,俯身把脸探到他面前很近的位置,同时用枪顶住他的头,咬牙切齿地说:"我已经把所有的一切都赌进去了!你他妈别再跟我说这说那的!赶紧走!"

商凯直视着她的双眼,冷冷地回了一句:"别再用枪顶着我。"

赵茜没再说话,伸手把他从椅子上拽了起来,把刑警那只手枪的弹夹卸下来揣进口袋,又把枪放在桌上。然后押着商凯离开了审讯室。

门"砰"的一声在他们身后关上了。

04

周巡气喘吁吁地赶到院门口,见小汪守在那辆捷达车旁,其他刑警已经拉开一段距离了。

小汪看到周巡,招呼道:"师父。"

周巡朝他点点头,走到后备厢看了眼里面,嘴里念叨着:"嚯!"

但是他没再说什么,而是直接往后备厢下沿一坐,点了根烟,抽上了。

小汪试探地问道:"这……怎么处置啊?"

周巡说道:"等等郜君然。"

赵茜押着商凯从后门离开丰台支队,上了一辆红色的民用牌照轿车。赵茜让商凯开车,自己坐在副驾驶。

商凯抻了抻手铐,斜了她一眼:"这都不给解开吗?"

赵茜边系上安全带边从腰间拔出配枪指着他:"我知道你是什么人,带你出来是被逼无奈,不代表我信任你。你和你的老板最好能给出一个让我重新生活的补偿。赶紧开车!周巡他们很快就会反应过来的!"

商凯听完没再说什么,开车驶离路旁。

他们的车刚拐出支队后面的路口,一辆银色的轿车就跟了上去。

丰台支队门口,周巡一根烟还没抽完,郜君然就到了。瞧见周巡,他老远就兴奋地叫了起来:"浩克哥……"

"甭废话。"周巡指了下后备厢里的血迹,"赶紧验验。"

随后他对小汪说:"把警报停了吧。"

小汪拿着步话机通知关闭警报。

郜君然冲着一后备厢的血挑了下眉毛,戴上手套,用手指蹭了蹭,放在嘴里尝了一下,立刻说道:"味道太淡了,不太像人血。不过也不排除可能死的是个寡盐素食的'佛系人士',或者是我最近的口儿有点儿重。"

周巡瞪了他一眼,凉飕飕地说道:"你是不是还想回家待着?"

郜君然一看他虎着脸,也不敢造次了,忙掏出一个试剂瓶,用棉签在血迹上取样,放到试剂瓶里晃了晃。一系列流畅的操作之后,他对周巡说:"显色抗体没有变化,不是人血。"

周巡掐灭烟头,起身拍了拍郜君然的肩膀:"有点儿干活儿的样子。"

他指着后备厢里发出"滴滴"声的位置对小汪说:"行了,把那玩意儿给按了吧。"

小汪上前掀开后备厢里沾满血迹的毯子,拿出一个正在狂响的电子钟,关掉电源。周巡把电子钟往郜君然手里一塞,指挥旁边的刑警:"把车挪开!"

刑警上前,发动白色捷达车,把车从门口开走。紧接着,三辆警车从院内驶出,周巡、小汪和小高等人纷纷上车,驶离支队。

车开出一段距离,赵茜掏出手机对商凯说:"需要联系谁?"

商凯不紧不慢地说道:"你把电话给我,我来拨。"

赵茜提高了音量:"少废话!"

商凯冷笑一声:"咱俩彼此彼此,我也一样信不过你。如果你不愿意把电话给我,咱们就一直开,等你们的人追上咱们。"

赵茜咬咬牙,把手机递给了他。

商凯看了眼手机,有些顾虑地问道:"你这个号码不是……"

"我原来那部电话就没带出来。"

商凯笑着点点头,拨了个号码,电话接通:"是我。"

那头的王铭震声音兴奋:"凯哥!你、你出来了?"

商凯瞟了一眼赵茜,说道:"有人帮我跑出来了。公安应该很快就会全城搜捕了。"

王铭震激动万分:"那你是直接回来,还是我们去哪儿接你?"

商凯说:"安全起见,还是先找个地方碰吧。就去那儿,就是两个月之前接货那次。"

"我明白了。那……"

商凯笑了笑:"一会儿见。"

他说完挂断电话,直接把手机从窗户扔了出去。

赵茜来不及阻止:"你!"

商凯瞟了她一眼,冷静地说道:"地方我认识,不需要再联系。既然大家互不信任,就都谨慎点儿吧。"

两人乘坐的红色轿车向前驶去,后面徐徐跟上的那辆银色轿车里,周舒桐对着手机说:"周队,我刚看到他把师姐的手机扔出来了。"

周巡说:"那他应该已经跟团伙的人取得联系了,小心点儿跟，宁可丢了也别被发现。小高这边有车辆和小赵身上的监控定位，随时能找回来。"

"明白。"

放下步话机，周舒桐瞥了眼反光镜，注意到在后面远处还跟着一辆眼熟的车。她仔细回忆了一下，似乎见过好几次。

她低下头，想了想，露出一个笑容。

庞安路附近，周巡等人乘坐的三辆警车停在路旁。众人下车后，小高拿着笔记本电脑，指着上面的定位信息汇报："应该就是这儿。这是个森林公园，而且车辆定位和小赵的定位已经分离，他们应该下车了。"

小汪在一旁担心地看着周巡："师父，咱们现在离那儿还有将近三公里呢，万一出什么状况，第一时间可照应不到，太危险了。"

周巡咬着牙："这伙儿人非常谨慎，咱们在外围过于靠近的话，所有这一切辛苦可能就都白费了。小周一直跟着他们，如果有什么情况，她应该能先顶一下，为咱们争取时间。不见兔子，可不能撒鹰啊。"

小汪还想说什么，周巡的手机响了。他看了眼来电显示上"纪律委员"四个字，翻了个白眼，叹了口气，接通电话："喂，郑督。"

郑力齐在电话里厉声责问："你，还有关宏峰，还带着小周、小赵，现在到底在搞什么名堂？什么后备厢全是血的捷达车？那个'冯康'人呢？你们这简直就是……"

周巡顺口接了下半句："我们简直就是完全不信任你。"

郑力齐声音提高了八度，显然是快气疯了："你说什么？"

周巡冷静地说："郑督，我可以向你保证的一件事情就是，参与行动的每一个人，为了揪出裴家易集团真正的幕后黑手，都在拼尽全力。我们不清楚这个犯罪组织的渗透程度，所以必须控制行动的保密范围，现在就差最后一哆嗦了。等行动成功了，你看着随便处置吧。"

不等郑力齐再说什么，他冷着脸，挂断了电话。

赵茜用枪押着商凯走到庞安路附近的森林公园内的一片树林中，商凯停了下来。

赵茜的语气难掩焦躁："到底去哪儿啊？"

商凯转过身看了看她，目光似乎发生了点儿变化。

赵茜警觉地猛地转过身，举枪对着后面，正迎上也用枪指着她的王铭震。

王铭震目露凶光："凯哥，这女的什么情况？"

商凯沉默了一小会儿，看了看赵茜，朝王铭震摆摆手："都把枪放下吧。这是安廷的妹妹，就是她把我弄出来的，虽说可能有点儿不大情愿，但总得记人家一个人情不是？"

赵茜和王铭震都斜眼瞟向商凯，但手里的枪还是指着对方。

商凯笑着叹了口气，缓步走到两人中间。

王铭震不由自主地垂下枪口，上前低声问商凯："那现在是带她一起走，还是……"

商凯也压低声音对他说："刚才在电话里不方便说，这事儿不是你我能定的。把我刚才告诉你的情况通知大哥，大哥说留就留，大哥说杀就杀。"

王铭震忙伸手去掏电话:"好嘞,那我马上……"

商凯瞪了他一眼,提醒道:"别在这儿打。"

王铭震反应过来,忙转身离开了。

商凯回过身,对满脸疑惑的赵茜说:"我们需要换辆车,我让他去安排了。"

赵茜死死地盯着他:"我的补偿呢?"

商凯说:"等一会儿离开这儿,见着老板,该有的少不了你。"

在他们身后,周舒桐整个人趴在落叶丛中,目不转睛地监视着商凯一伙的一举一动。

公园外,周巡等人仍在焦虑不安地等待。

周巡的手机响了,他看了眼来电显示,立刻接通电话:"喂,老关……"

不等他说完,关宏峰在电话那边语气坚定地对他说:"放弃行动。"

周巡一愣:"你说什么?喂?老关?"

他看了一眼手机,发现那边已经挂断了电话。

周巡莫名其妙,忙回拨过去,但是关宏峰的电话关机了。

小汪走上前,试探地问道:"怎么了,师父?是不是郑处又……"

周巡也有点儿迷惘,摇摇头:"是老关。"

小汪"啊"了一声:"关队怎么说啊?"

周巡满脸疑惑地看着小汪:"他对我说——
"——放弃行动。"

贰拾柒　公平秩序

01

森林公园里，商凯和赵茜两人还在等着王铭震回来。商凯笃定且镇静，赵茜就不怎么平静了，目光四处逡巡，不停地来回走动。

商凯看着她坐立不安的样子，笑了一下，晃了晃自己的手铐："我还戴着这个，你又拿枪指着我，咱俩离这么远，你紧张什么？事已至此，既然没退路，索性放宽心吧。我们老板是明理的人，你为我们做了这么多事，何况你还是安廷的妹妹。"

赵茜愣了愣，抬起头，低声问："你……你认识他？"

商凯点了下头："他算我干这行的介绍人。"

见他点到即止，没有继续说的意思，赵茜犹豫了一会儿，还是轻声问："那他……他是个什么样的人？"

商凯略一思索，谨慎地答道："'社会人'吧。就干这行的来讲，稍微有点儿反常。"

"反常？"

"他提起过你。干这行的一般都不会提家人，那样才显得自己没牵挂，够狠。"

赵茜低下头，不知道想起了什么，过了会儿冷笑一声，问：

"他说我什么?"

商凯说:"他说你在警校的成绩非常好,还说,他从来不敢去看你。"

赵茜木然地问:"为什么?"

"不知道,他没说,我没问。"商凯说,"也许是他自己害怕,也许是不想连累你。"

赵茜垂下头,想了会儿,把枪收回腰间,掏出手铐的钥匙抛给商凯。

商凯解手铐的时候,她又问:"你口口声声说'你们这行',你们算哪行?"

商凯摘下手铐,自嘲地笑了:"还能是哪行?就是不法之徒嘛。"

说着,他把手铐和钥匙抛了回去:"好了,你现在也是这行的了。别想太多,只是个生计。三百六十行之外,总还有些营生是违法的。"

"既然你知道是违法……"

"那又怎么样?工作而已。再说了,你比我更清楚什么是违法,不一样走到这一步了吗?"

这时,王铭震回来了,还带了三名手下。

赵茜有些警觉,手不由自主地摸向腰上的配枪。

王铭震却说:"老板听说是安廷的妹妹,要见你。"

赵茜说道:"别光说见我,我还没提我的条件呢。"

"这事儿我说了不算,但老板一向很大方,而且安廷……好歹你算是家属,多少也会给些补偿吧。车已经准备好了,咱们赶紧走吧。"

几个人招呼着商凯和赵茜,转身离开。

王铭震和商凯走在最前面,赵茜和另外三个人走在后面,而那三人看似不经意地以一个"品"字形把赵茜围在了中间。

戴着手机耳机的周舒桐趴在树丛中,见商凯、王铭震和赵茜等一行六人准备离开,掏出手机刚要联络,周巡的电话先打进来了。

周舒桐压低声音,对着耳机说:"周队。他们又来了三个人,正带着师姐向南移动。我这就跟过去……"

周巡低声说:"行动取消了。我们在往那边赶,让小赵现在就撤出来。"

周舒桐一愣:"可他们看上去好像已经接纳她……您是怕师姐有危险吗?"

周巡正在行驶的警车上,用脖子夹着手机,一边检查手枪的套筒一边说:"不管因为什么,听老关的,放弃这次行动!有什么人就抓什么人,让小赵马上撤下来。"

那一头,王铭震和商凯一路走一路聊。

商凯瞟了眼后面的赵茜和三名手下,低声对王铭震说:"真要去见大哥,至少应该让她把枪交出来。"

王铭震笑了一下,也压低声音答道:"无所谓了。"

商凯似乎听明白了,脸色略微有一点儿变化。

王铭震接着说:"大哥说了,好也罢,歹也罢,就不留着她了。"

商凯听完，脸上掠过一丝遗憾的神色，随即又恢复了一贯的冷静。

周舒桐从树丛里起身，把手机收进口袋，从腰间拔出手枪，双手握枪，弓腰伏身，以半蹲的姿态利用树干掩护，交叉跑位跟了上去。

一行人走着走着，看到前方停着两辆车。王铭震看了眼商凯，挑了下眉毛，压低声音说："凯哥，要不就这儿吧。"

商凯不动声色地站住了，回过头去看赵茜。赵茜见状也停了下来，回看商凯，微微皱眉。

商凯不冷不热地笑了一下："不好意思，恐怕我得和你就此告别了。"

与此同时，位于赵茜右后方的手下已经拔出枪来，正举枪要朝她开火。赵茜也反应过来，伸手就往腰上摸。突然，后面传来一声枪响，那名拔枪的手下中枪倒地。

其他人都是一惊，只见周舒桐从后方赶到，以树木为掩护，朝这边开枪射击。另外两名手下一时顾不上赵茜，忙拔枪还击。

赵茜见状掏出枪，想去打他们。商凯上前两步，一掰赵茜的手腕，把她整个人踹了出去，枪也脱手了。

"凯哥，"王铭震从后面拽住商凯，"你先上车！"

倒在地上的赵茜翻身爬起来就往外跑，而那两名手下在和周舒桐的对射中火力占优。周舒桐边打边撤，两名手下则边打边追了过去。

王铭震把商凯送上车，拔出枪，回身去找赵茜，但赵茜已经逃入树丛。王铭震追过去，拨开茂密的树丛，举枪瞄准赵茜的背影。他正要开枪，一个戴着帽子和口罩的男人出现了。

是关宏宇。

他冷着脸，三拳两脚打得王铭震连连后退，又一个背挎把他摔在地上，下了他的枪。他刚制伏这人，听到周舒桐那边还不停地响起枪声，看了眼地上的人，又看了眼枪声的方向，抬手对着王铭震的腿开了一枪。

他正要转头去支援周舒桐，商凯开车朝他冲了过来。关宏宇举枪就打，商凯在驾驶座上低头伏身，躲开子弹，猛踩油门。关宏宇连开几枪之后没能把车逼停，子弹也打光了。他往侧面躲，被车头剐了一下，顺势一个滚翻潜入旁边的树丛中，不见了踪迹。

商凯踩下刹车，把受伤的王铭震拉到车上。此时，外围已经传来了警笛声。商凯脸色一变，带上王铭震，开车绝尘而去。

周舒桐躲在树后和那两名手下互射，火力上不占优，而且很快就没子弹了。这时，赵茜迂回跑到了她身旁。

周舒桐忙拉着她隐蔽好，焦急地问道："师姐，你的武器呢？"

赵茜惊恐地摇摇头。

"那你有备用弹夹吗？"

赵茜掏出身上的两个备用弹夹。周舒桐看了一眼，眉头皱了起来。那是九毫米的子弹，她手里的枪用不了。

两名手下发现周舒桐一侧停止了攻击，对视一眼，身处后面的手下递了个眼色，示意前面的人去看看，自己掩护。前面的人举枪，缓缓往周舒桐和赵茜的隐蔽处靠近，突然听到后面一声闷哼，再一回头，发现后面那名手下已经倒在了树丛中，不省人事。前面的手下见状很是惊恐，进退维谷，关宏宇从一旁闪了出来，一击就放倒了他，同时夺下了他的手枪。

周舒桐和赵茜听到响动，探头往外看，发现那两名手下都被打倒了。周舒桐看了一眼身形，似乎已经认出了关宏宇。她起身往外走，赵茜也跟了过去。

关宏宇听到响动，回身举枪指着赵茜和周舒桐，两人忙停在原地。关宏宇看是她俩，垂下枪口，又听到警笛声就在周围，缓缓地把枪放在地上，转身跑开了。

周舒桐也不管关宏宇，上前拿起手枪，指着躺在地上的那名手下，对赵茜说："铐上他。"

她又跑到前面去，把另一名手下的枪也缴了，掏出手铐，给他上了背铐。

赵茜跑过来，看着关宏宇消失的方向，有些疑惑地问周舒桐："刚才那个不会是……关宏宇吧？"

周舒桐铐好那名手下，如释重负地长出口气，随即一脸无辜，茫然地看着她："刚才那个？哪个？"

她表情入戏、语气正常，赵茜也蒙了："就是……把这两人打倒的……那个？"

周舒桐意味深长地看着她的双眼："这两个人不是被咱们制伏的吗？没有别人在呀。师姐，你吓迷糊了吧？"

赵茜似乎明白了一点儿，又似乎没全明白，不过低下头来，不说话了。

* * *

森林公园门口警灯闪烁,支队刑警频繁进出。郑力齐脸色阴沉地看着周巡、周舒桐、小汪和赵茜等人。

赵茜似乎没注意到郑力齐的表情,反而还在气呼呼地诘问周巡:"为什么让我撤出来?他们马上就要带我见老板了。"

周巡边用手机给关宏峰打电话,边翻了个白眼:"那个商凯都跟你说了要'就此告别',恐怕不是带你去见什么老板,而是要送你去见阎王爷了。你还在那儿做梦见老板呢?"

赵茜不服气,继续辩驳道:"那很有可能是说我们不乘坐同一辆车而已!周队,你知道我费了多大劲、多么如履薄冰才……才能走到现在。我甚至觉得,如果这个任务能成功的话,我可以不用继续干刑侦,去当个演员都行了!"

周巡有些不耐烦地别开目光,瞟了眼郑力齐,手上还在给关宏峰拨电话。

周舒桐在一旁小声说:"师姐,我之所以开枪,是因为你右后方的人已经拔出枪来对着你了。他们可能真的要灭口……"

赵茜回过头:"就算是,也不排除他们需要在见那个'老板'之前先缴了我的枪。这帮人的组织结构这么森严,肯定不会让我带着枪去见他们头目的。"

小汪在一旁挠着后脑勺:"我看你也别抬杠了,周队就是觉得你有危险,决定立刻把你撤出来。而且小周都看见了,要不是她及时出手,弄不好你就真出事儿了。"

赵茜瞪了小汪一眼:"从最开始策划这个行动,大家就是孤注一掷。行动成功了还好说,行动失败了咱们怎么向领导交代?"

小汪瞟了眼周巡,说话的声音越来越小:"这个……策划和组织行动的又不是你，背锅也不是你背……"

赵茜愤愤道："对，可行动压根儿就不是失败了，而是即将成功的时候被你们给放弃了。"

听到这儿，周巡、小汪和周舒桐似乎都要有话说。郑力齐在他们旁边重重地咳嗽了一声。

郑力齐沉着脸说："亏你们还有脸当着我面继续往下唱。行动成功了又怎么样？你们以为行动成功了，就能将功抵过，还给你们立功受奖吗？"

所有人都不吭声了。

郑力齐看着赵茜："行了，你的意思我全听明白了，周巡决定放弃行动是明智的。小周在现场的处置也很果断，不然你就死了。那伙儿人显然是要杀你灭口，或许你并没有像自己想象的那样取得了他们的信任。"

他说完又去看周巡："临时终止行动，算你运气好，没让这事儿到无可挽回的地步。可即便现在保障了小赵的人身安全，商凯呢？你这算不算私放嫌疑人啊？"

周巡拿着手机，边听郑力齐说话，边心不在焉地拨打着关宏峰的电话，但电话一直显示没接通。

小汪在一旁嘀咕："被小周打中的那个也没死啊，这咱们不还抓回来仨吗……"

郑力齐厉声呵斥："这三个废物到头来只认识王铭震和商凯，而且连商凯的真名都说不出来，要他们有什么用？商凯才是有可能知道幕后主使身份的人。"

他指了指周舒桐："你在丰台支队，是英烈之后，上上下下对你自身能力的评价也都很高，我把你带在身边是为了什么？就是为了让你别跟这帮不守规矩的家伙瞎掺和。你倒好，摆着正路不走，非搞这些歪门邪道。子弹不长眼，如果你刚才中枪了，这事儿让我怎么交代？"

周巡叹了口气："行了，这事儿是我设计的，所有的责任都是我的，跟他们没关系。而且，决定放弃行动的不是我，是老关打电话跟我说的。"

"那是因为我打电话给关宏峰，让他劝你赶紧悬崖勒马……对啊，关宏峰还没过来呢？"

周巡叹了口气，看了看手上依旧不停重播的电话，又看了眼西垂的日暮，显得忧心忡忡。暮光洒在他的脸上，泛起一种令人不安的金黄色。

02

几个小时前。

关宏峰抬头看了眼天空，太阳已经偏西。他等了很久，决定上楼敲门。

开门的是施广陵，和他打了个招呼："小关，来了。"

两人坐在书房，关宏峰左右看了看，问道："伯母不在家吗？"

施广陵说："哦，听说你要来，她出去买菜了。待会儿留下来一起吃晚饭啊？"

关宏峰本能地想推辞，又觉得现在张口就说不太合适，笑了笑。

施广陵问："怎么，你刚跟迟局谈过了？"

关宏峰试探地问道："您和迟局是同期，关于他这个人，您了解多少？"

施广陵笑了:"那我应该叫他老迟或者文江才对。没错,我俩是同期,不过谈不上有多熟。迟局厉害,那会儿就是个尖子,而且能张罗事儿,又是团委。他有时候做派强硬一些,但人是很正的。怎么,你这么问我,不会都怀疑到他头上了吧?"

关宏峰想了想,斟词酌句地说:"我们在调查过程中发现,吴征在死亡的前两天,也就是二月十一号,曾经去过天客隆商务大厦附近。您知道谁的家就在那附近吧?"

施广陵愣了:"谁啊?"

关宏峰有些尴尬地笑了:"哦,是迟局的家,我还以为您知道呢。"

施广陵也笑了:"我都说了,其实也没那么熟。他家离那儿很近吗?"

"就隔了一个路口。但迟局最开始没跟我提这事儿,今天我去问他,他也矢口否认这一点。"

施广陵微微皱眉:"这么多人呢,吴征就算是去了那附近,也不一定是去找迟局的,没准还有什么别的人住在那附近,又或者和他约在那附近见面呢?"

关宏峰说道:"至少我们没有查到。而且,吴征那天通知了他的'牧羊犬',要求在路上对他进行保护,换句话说,他去那附近,肯定跟行动或内部联络有关。"

施广陵想了想,说:"那会不会他那天和吴征见面是需要保密的,不能向你透露?"

关宏峰说:"吴征的行动记录上也没有。如果是不能透露的话,那迟局不光是不能向我透露,也不能向总队或市局透露吗?"

施广陵似乎也找不到说辞了。这时,他的手机响了一声。施广陵戴上老花镜，拿起手机，抬眼笑着问关宏峰："小关，你是喜欢吃猪肉还是牛肉？"

关宏峰连连摆手："施局您不用这么客气，晚饭的事儿我就不打扰了。"

施广陵说："唉，饭是一定要吃的。你要是都无所谓，我就让她买牛尾了，咱们晚上来个牛尾汤。"

他边说边回复了短信，然后放下手机，摘掉花镜："迟局这个人，有点儿倔……不如这样，这两天约个时间，我把他叫出来喝个茶，你也一起。大家心平气和地聊聊，看看是不是他真的有什么苦衷。也许你的怀疑不是空穴来风，但我确实不能相信，像他那种人会……"

正说到这儿，关宏峰的手机响了。他朝施广陵做了个"不好意思"的手势，接通了电话："郑处。"

郑力齐在电话那头说："关宏峰，周巡他们做的事情，是不是你策划的？"

关宏峰愣了一下，不动声色地应道："您说的是……"

郑力齐语气严厉起来："我说的是赵茜持枪协助冯康逃离支队，而周巡、小汪和小周又和好几个探组同时消失了的事儿。我知道赵茜不太可能和冯康一伙有什么串通，这怎么看都是做的局。我已经给周巡打过电话了，他虽然态度很不好，但好歹跟我承认了这事儿。这种事儿，他有胆子干得出来，但要说有脑子、能策划这事儿的，恐怕只能是你吧。"

关宏峰轻叹一声："郑处，我得跟您更正一下，那名嫌疑人不叫冯康。他的真名叫商凯，我们已经查清了他的底细。而这次行动策划了很久，保密范围也控制得很严格，再加上利用商凯被捕的这个机会，我们应该可以找到裴家易集团的幕后首脑是什么人。"

郑力齐眉头紧锁，坐在车后座上，感觉已经和对方说不通了："你为什么还是这么想？小赵是一个从警校毕业没两年的孩子，还是技术队的，你现在让她去执行外勤人员的卧底工作，她的人身安全谁负责？"

听到这儿，关宏峰抬眼朝施广陵不好意思地笑了一下，起身走到墙边，面朝着墙，背对着施广陵，继续说道："周巡他们带着增援策应她。小赵身上有好几个定位装置，他们会一直尽可能保护小赵的人身安全。"

郑力齐愤怒地说道："怎么保护？那个冯康……哦对，商凯。那是个职业罪犯！是个杀手！他如果突然反目出手，你认为小赵有能力自保吗？关宏峰，剿获裴家易集团的确很重要，咱们这个职业也的确有很高的风险，但并不是因为这个，咱们就有权随时让他们去送死！退一万步讲，他们都是国家培养出来的人才，是整个公安系统的宝贵资产，是不能这样任意挥霍的！"

关宏峰叹了口气："郑处，您恐怕不太了解刑侦工作。这份工作就是这样，在和犯罪行为做斗争的过程中，不光是小赵，我、周巡、牺牲的刘长永……支队每一个人，大家都要做好这种思想准备。就像您说的，也许支队是公安系统的重要资产，那这个资产是用来做什么的？"

郑力齐说道："不管是用来做什么的，都要严格按照规定和程序运转。我们不怕牺牲，但不能不明不白地出现伤亡。你好好想想，在你参与过的行动当中牺牲过多少同志，林佳音、刘长永，哦对，还有当初的伍玲玲……"

听到这儿,关宏峰的脸色变了。

郑力齐对着手机犹疑了片刻,继续说道:"那会儿调查的时候,你在市局闹了好几次,就是想看伍玲玲的执法记录仪。明明都已经告诉你调查结果了,你为什么还想看?因为你心里有愧,你愧对那个孩子。你在现场出现变化的情况下,不顾预案,不等增援,盲目出击。你们的确很英勇,但你牺牲了一个二十多岁的年轻刑警。关宏峰,无论是你在做支队长的时候,还是作为顾问的现在,在刑侦领域你都是一个榜样,是个标杆,是个传奇。很多孩子都是以你为目标去追随这个事业的。他们叫你什么?'关队''关老师'。他们敬仰你,他们信任你,他们把自己的职业生涯甚至生命安全都托付给你。而你呢?你是怎么面对他们这份信任的。你今天可以不顾小赵的安危,只为追求行动的结果,但你忘了当初伍玲玲是怎么死的?那我是不是可以恶意地揣测,明天、下一次,你会把小周也牺牲出去,让他们父女的名字都上丰台支队的烈士名册。"

他说着望向车窗外,表情略有些落寞。

关宏峰表情愕然地听着这番话,深吸了口气,说:"郑处,我……"

郑力齐兀自继续说道:"周巡现在已经不接我电话了,我正根据电子巡逻图带人过去,你们所有人都被停职了。我现在不了解你们行动的具体内容和步骤,但我劝你在出现真正威胁到我们同志人身安全的状况之前住手。周巡不听我的,但他当初是你教出来的。告诉他,让他住手。"

关宏峰纠结地攥着电话,想了又想:"你不明白,我们真的就差这一点儿了……"

"关宏峰,是你不明白。有时候做一个好警察,不见得必须是个坏人。"

郑力齐挂断了电话。

关宏峰放下举着电话的手,表情茫然。他魂不守舍地坐回施广陵对面。

施广陵微微侧头看着他,问:"怎么了,小关?是工作上出什么状况了吗?"

关宏峰勉强地笑了笑。

施广陵说:"郑力齐不是个难相处的人,要我说,有时候你们队的这些孩子也实在是太胆大妄为了。顾局管不了你们,我也治不了你们,市局把他派下来,也是不能继续放任不管的意思……"

关宏峰目光低垂,边听边点头,但其实一个字都没听进去。过了一会儿,他似乎突然醒悟过来,对施广陵说:"不好意思,施局,我再打个电话。"

他说着站起身。

施广陵也站起身:"你打你的,我正好烧个水。这老婆子不在,我都忘了沏茶了。"

关宏峰走到外面的客厅,又低头沉思了片刻,拿出手机,拨通了号码。等待电话接通的时候,他信步在客厅里溜达。墙上挂着很多镶了框的照片。关宏峰看着看着,发现其中有一张似乎是迟文江女儿结婚的时候拍的合影。照片里的人是迟文江和施广陵,迟文江胸口名牌上写着"岳父",而施广陵胸口名牌上写着"证婚人",照片的背景就是迟文江家楼下,甚至可以看到新郎正从楼门口把新娘迎上婚车。

施广陵刚才说了谎！

同一时间，他从相框玻璃的反光里看到施广陵面色阴沉地出现在身后，手上拿着一把枪，朝他走了过来。

这一刻，脑中纷乱的一切全都涌了上来，有伍玲玲带着血迹的尸体，有赵茜，有关宏宇、周巡、周舒桐。他死死盯着玻璃反光中越走越近的施广陵，"关老师""关队"的声音充斥着他的脑海。

这时，电话接通了，周巡在那头说道："哎，老关……"

施广陵的枪顶在了他的后背上。

关宏峰对着手机，语速极快，毅然说道："放弃行动……"

施广陵挥枪砸过来。他脑后剧痛，紧接着视野一片黑暗。

03

小仓库内，高亚楠一边哄着孩子，一边忐忑不安地轮流拨打关宏峰和关宏宇的电话，但都没人接。她有些焦虑地嘀咕了一句："这哥儿俩……"

刘音从旁边走过来，看到她的样子，搂着她的肩膀劝慰道："还担心呢？关队肯定没事，杰瑞也比原来靠谱了，不用担心。"

高亚楠白了她一眼，虽然压低声音，但没好气儿地说道："什么杰瑞？那是我老公。"

刘音被堵了一句，讪讪地说："那你让大的那个说他两句，把他叫回来不就完了？"

"这不他手机一直关机吗？还'靠谱'，一个比一个没谱。"

刘音诧异地说："关机了？"她掏出手机，拨打关宏峰的电话，拨通了。

刘音打开免提:"没关机啊。"

高亚楠也愣了,拿起刘音的手机,朝她递了个眼色。两人避开摇篮里的孩子,走到一旁,几声等待音之后,电话通了。

对面传来一个男人的声音:"喂,喂!有人吗?"

这声音很陌生,绝对不是关宏峰或者任何一个她们认识的人。

高亚楠和刘音都愣住了,两人对视一眼,高亚楠试探地问道:"这……这是关队的手机,您是哪位?"

男人也愣了愣:"我?我就住这附近的。我在岳各庄旁边的巷子里瞅见这人倒地上了,也不知道是血栓还是发羊痫风。你们说什么?这人是姓关吗?"

关宏峰回来晚了,难道黑暗恐惧症发作了?

高亚楠定了定神:"哦,他叫关宏峰。他怎么样了?"

男人说:"就是脸上破了点儿皮儿,可能是摔地上磕的吧。我说打一二〇急救,他还不让,把手机都关了,非让我扛着他到旁边的一个酒吧来,这酒吧也没人哪。"

旁边的刘音心头一动,插嘴道:"酒吧?是那个叫'音素'的酒吧吗?岳各庄桥往西的那个?"

男人说:"是啊。你们是什么人?你们认识他吧?"

高亚楠也焦急起来:"我们是他的家人。他现在情况到底怎么样?"

"哦,倒是还有口气儿,可是话都说不出来了。后来我把他手机开机了,可是有密码,我又不知道怎么进去翻电话本,这亏了你们打过来。你们看,是不是我赶紧打电话叫急救啊?别待会儿真出什么事儿,这我可说不清楚!"

高亚楠赶紧说:"没关系,谢谢您,不用叫急救。如果可能的话,您尽量让他躺平,然后把酒吧的灯打开,让他的眼睛能感光就行。他可能有一点儿癫痫反应。"

刘音补充道："电闸的闸箱在厨房。"

电话那头的男人说："那……好吧……这、这事儿可别赖上我啊，他这样可不是我弄的。"

高亚楠深吸一口气，说道："您放心，肯定不会，我们得谢谢您。您再稍微等一下，我们这就过去接他。"

音素酒吧里，王铭震挂断电话，扭头去看一旁的施广陵，小心翼翼地说道："大哥，您看这样行吗？"

施广陵点了点头，又问："小军人呢？"

王铭震说："已经带人过去了，就在凯哥上回发现关宏宇下车那附近。"

施广陵没再说什么。王铭震看了眼关宏峰的手机："那这个，要不要扔掉？"

施广陵说："关了就行了。他的手机做过反定位改装，不用担心。"

他正往外走，回头看了王铭震一眼："腿怎么样了？"

王铭震盯着腿上包扎好的枪伤说："还行，子弹穿过去了。凯哥说还好是口径小的五四式手枪，不然这条腿就废了。"

施广陵想了想："确定打你的是关宏宇吗？"

"凯哥说应该是他。"

施广陵点了点头，转身离开仓库。

高亚楠已经手脚利落地收拾好包，对刘音和杨继文等人说：

"帮我照顾好孩子,我赶紧过去把关队接回来。"

杨继文说:"可这大白天的,你确定会是黑暗恐惧症发作吗?"

高亚楠皱眉说:"不好说,我也得过去才能判断。但他没有心脏病或高血压的病史,很可能是感光性癫痫的逆反应。就算是别的,也得搞清楚才能再送医院。"

刘音站起来:"我跟你去吧。"

高亚楠愣了一下。

刘音指了指崔虎和杨继文:"他们也能照顾孩子。再说,酒吧那儿我最熟,万一你需要临时找个什么东西,我也知道哪儿有。"

高亚楠也顾不上再争论什么,和刘音一起匆匆忙忙离开了仓库。

音素酒吧内,施广陵带着王铭震从后面的仓库走了出来。大堂里,商凯带着几名手下或站或坐,其中一名手下在墙边不停地殴打关宏峰。商凯见施广陵出来,朝那名手下打了个响指,示意他住手。

施广陵上前看了眼在墙边躺着、遍体鳞伤的关宏峰,又看向商凯。

商凯摇摇头。

施广陵走到关宏峰对面,一名手下忙搬了把椅子过来,让施广陵坐下。

施广陵跷起二郎腿,双手扶膝,盯着关宏峰看了一会儿:"都是干这行的,你我都清楚,人的承受力是有极限的。早晚都得说，这又是何苦。"

关宏峰被打得一只眼睛都睁不开了。他挣扎着靠在墙边，咳着吐出嘴里的血，愣是没吭声。

施广陵扭头看了眼商凯，商凯冲手下递了个眼色，一名手下拿条毛巾丢了过去。关宏峰没接。

施广陵说："吴征给你的东西在哪儿？或者也可以说，是你从吴征那儿拿走的东西。"

"我不认识吴征。"关宏峰虚弱地说。

"我知道你不认识他，你却不知道吴征拿你当唯一的救星。不然，你以为二月十三日那晚，他为什么会给小叶和小安开门呢？"

关宏峰听到这儿，略一思考，恍然大悟："原来叶方舟以卧底的身份骗吴征，那天晚上他以为要见的……是我？"

他迅速在脑海中将整条线捋了一遍。

吴征认识了林佳音，很可能向林佳音问起过关宏峰。很显然，林佳音表达出了对关宏峰的充分信任，于是吴征才"拿关宏峰当唯一的救星"。

而叶方舟他们正是利用了这一点，冒充卧底，在十三号那天晚上假装要带关宏峰来见吴征，骗他开了门。

关宏峰艰难地抬起头，望着面前的施广陵。

"没错。"施广陵点点头，"吴征以为那天晚上要见的是你。而他之所以见你，是为了把'那个东西'交给你。"

04

与此同时，刘音和高亚楠正在赶往音素酒吧的路上。刘音开车，高亚楠在副驾驶席上不断尝试拨打电话。

关宏宇总算是接了。

高亚楠也没心思寒暄，上来就问："宏宇你现在在哪儿？"

关宏宇气喘吁吁地说道："我藏了好一阵子，刚从支队的布控范围里撤出来。行动果然出了些状况，不过还好，咱们的人没出现伤亡。我当初就觉得我哥和周巡的这个计划——"

高亚楠凝重地打断他："你哥出事儿了。"

"什么？"

高亚楠语速很快地说："你哥在岳各庄附近昏倒了，很可能是黑暗恐惧症发作，幸亏有个路过的看见了。你哥让人家把他带到音素酒吧，我们现在正要赶过去接他，你也赶紧过去吧。"

关宏宇刚从公园外面绕出来，边走边说："你等等！你现在出来了？"

"对。"高亚楠说，"我和刘音正开车往那边去……"

"你们得到的消息可靠吗？把我哥带去音素酒吧的人是什么身份？"

高亚楠说："情况确实紧急，我们来不及多问。我本来是怕你出事儿，想跟你哥说一声，但他电话一直关机。后来好不容易打通了，是那个人接的电话。"

关宏宇走着走着，脚步慢了下来，左思右想之后说道："不对，这事儿肯定不对劲！你们别过去，我先过去看看，你跟刘音现在立刻返回仓库！"

高亚楠犹豫了一下："可是……"

"没有什么可是！我哥怎么会……不对，这所有的处置都不像是我哥的方式。你们现在就掉头回去，马上回仓库！"

高亚楠还在试图劝说："宏宇，如果你哥真的是病情发作了，你就必须……"

关宏宇沉声说："如果真是那样的话，我到时候会给你打电话，你告诉我怎么做就是了。不要再说了，你和刘音现在就回去，让崔虎把门关好，盯紧监视器，做好防范。不要给任何人开门！"

他说完挂掉电话，跑到车旁，钻了进去。

另一辆车里的高亚楠和刘音面面相觑。关宏宇的音量不小，刘音听了个七七八八，问："怎么样？咱们真掉头啊？"

高亚楠又想了想，似乎打定主意："不管他说得对不对，咱们先掉头回去吧。"

刘音也没多注意，忙在前面的路口掉了头。

而他们身后，倪军在路旁的车里见刘音掉头，对手机说："看见那辆车了，我现在跟上她。"

他也驶离路旁，悄悄跟上了高亚楠的车。

关宏宇一边开车一边拨打电话，没人接。

在多次尝试之后，电话终于接通了。

周巡在电话那边有些支支吾吾："喂，是……我现在不太方便说，回头再打给你吧。"

关宏宇咬了咬牙，也急了："周巡，是我！"

电话那边蓦然出现了郑力齐的声音："是关宏峰吗？"

关宏宇愣了一下，电话里的郑力齐又说道："喂？关队，我郑力齐。"

* * *

支队这边，周巡、小汪、赵茜、周舒桐和小高等人先后向其他刑警交出了配枪、证件，甚至手机。

郑力齐的语气森冷，对着周巡的手机说："周巡和这次行动的其他相关人员已经被停职了。作为支队正式聘用的顾问，我建议你也赶紧回队里，把事情说清楚。"

关宏宇着急地说道："郑处，我可以回来说清楚，我也可以承担所有责任，但现在我需要增援。你能不能……"

郑力齐打断他："套用你的话，支队可以为你提供增援，但是你必须先回支队，把问题交代清楚。不管你遇到了什么困难或后面还有什么计划，支队也好，总队也罢，都不可能放任你们再这样无组织无纪律，不做任何申请，不经任何流程，武装说领就领，增援说叫就叫。你现在马上回支队！非要躲着不见我，可别怪我发内部协查通告。"

关宏宇咒骂了一声，直接挂断电话。一阵焦躁地捶打方向盘之后，他拿出手机，找到"韩彬"的名字，咬了咬牙，拨了过去。

电话很快被接起："您好，哪位？"

"我，我关宏宇。"

韩彬的语气显然很惊讶："哦？"

关宏宇低声说道："我现在分身乏术，没办法跟你解释任何事……"

* * *

音素酒吧内，商凯听王铭震低声汇报情况后，走到施广陵身旁，低头在他耳边说："倪军他们已经跟过去了，问有什么顾忌吗？"

施广陵微微侧头对商凯说："除了有用的那个，一个别留。"

商凯点了下头，转身去打电话。

施广陵看看关宏峰："小关，我知道你是个倔脾气，可你必须承认，你输了。当然，事实证明，我确实没有低估你，你就是那个会给我们带来麻烦的人。"

关宏峰问道："吴征在行动中查出了你们这个组织的成员身份和犯罪网络，所以你杀了他。但为什么要陷害给我？只是因为吴征恰好想见我吗？"

施广陵似笑非笑地说道："因为你既无法被收买，也无法被恐吓。你是我们实现目标的路上最顽固的一块绊脚石。所以我不是想让你死，我需要你身败名裂，不然你就会以一个烈士英雄的形象被更多的死脑筋公安追随。"

关宏峰冷笑道："这话，我就当是夸我了。而且不管你的'目标'是什么，别痴心妄想了，你实现不了的。"

施广陵抬头叹了口气："小关，大家都做了这么多年公安，你来告诉我，坏人，抓得完吗？"

关宏峰说："总有你这种自甘堕落的警务人员存在的话，有时候我还真觉得抓不完呢。"

施广陵大度地笑了一下："骂得好。我干这行的时间比你长，吃过的、见过的比你多，连身边牺牲的同事都比你多。我后来终于明白了，人性如此，有善有恶，坏人是抓不完的。而唯一能让这个世界、这个城市，乃至于让丰台这个辖区维持安定的，是秩序。"

听到这儿，关宏峰愣了。

过了好一会儿，他露出了嘲讽的笑容："原来如此，我终于明白了，为什么你喜欢去招募那些有污点的或是被开除出原组织的军警人员。"

施广陵点头："对，他们的纪律性会更好一些，做事也更专业。"

关宏峰说道："所以，余松堂、胡波绑架案里的刘岩，还有鑫源置业的人……他们都是因为破坏了你的'秩序'才被处决的。"

施广陵弹了一下手指："所以你看，某种程度上，我也是在打击犯罪。"

关宏峰冷笑："那模具厂的工人怎么算？那个出租车司机怎么算？支队门口的保安怎么算？刘长永呢？林佳音呢？"

施广陵无所谓地笑了笑："你少说了吴征一家，还有……伍玲玲。"

关宏峰的表情微微变了。

施广陵调整坐姿，慢条斯理地说道："一种良好的秩序，是能够维持黑白世界之间微妙平衡的。有管理的违法犯罪行为，对无辜群众造成的伤害是可控的、可以降到最低的。而执法上选择性的漏洞，也不至于把那些在地下世界讨生活的人逼上杀人放火的绝路。"

关宏峰沉默了一会儿："这个逻辑……在你心里真的能自圆其说吗？"

施广陵又叹了口气，站起身："我在丰台支队的时候，你还没从公安大学毕业呢。那时候的丰台不是这个样子的。那时候的人单纯、善良、朴实，你不需要担心自己的孩子下楼玩儿会不会被拐走，看到老人倒地，大家扶起来就往医院送。十几年的时间，一切的一切就都变了。人心不古，我不敢说能对抗趋势，也不觉得有能力让这座城市变成从前的样子，但至少咱们辖区，这个我出生、长大、生活、工作了几十年的丰台，我想让它变回去。"

关宏峰冷冷地说道："腐蚀司法人员，招募犯罪分子，可以翻手为云覆手为雨，让这个辖区里的所有一切都遵守你所谓的可笑的秩序。施广陵，往好听了说，你算是个有组织犯罪的头目；往不好听了说，你聚拢的就是个普普通通的涉黑团伙。你所谓的秩序，根本就不是任何规则，它只是你的一己好恶。不错，坏人也许总会有，那是我这个职业存在的原因。但我宁可有一天失业，也不会接受你这种低级又可笑的谬论。"

施广陵有些愠怒地盯着他看了一会儿，表情重新放松，自嘲地笑了："小关哪小关，你还是这么意气用事。我本以为真和你心平气和地谈一谈，没准儿你能理解我，甚至……即便到了这个地步，也不排除我们可以携手合作，共同开创这个局面。"

关宏峰微微摇头："你也知道'即便到了这个地步'。施广陵，你已经完蛋了。而且你现在这套说辞，真不知道是想哄我还是哄你自己。"

施广陵的脸色变得有些难看。

商凯站在他的身后，望着关宏峰，目光倒全然不是厌恶和防备，而是微微带着一丝微笑与欣赏。

关宏峰淡淡地说道："从一开始，从你把我带到这儿，从在你家里，从二月十三号那天晚上，甚至从更早……你处心积虑所做的一切，就是为了能除掉我。

"你是绝对不会放过我的。"

贰拾捌 机关算尽

01

施广陵的脸色愈发阴沉。

面前的关宏峰反而冷静得多,甚至在继续追问、求证:"王志革——你让王志革闯进支队,拍了案卷的照片,又烧毁了案卷,搞出这么大动静,其实就是为了一个证据清单。你想知道到底有什么是叶方舟和安廷在现场遗漏掉的。不过你就不好好想想,如果丰台支队拿到了吴征掌握的那份情报,还能留你到今天吗?"

到了这个地步,施广陵确实也没什么不能说的了。他看着关宏峰,低声说:"那只是一方面。另一方面,我也想知道案子办到什么程度了。虽然我在市局,但公然去你们队调这本卷,还是显得太可疑。我还一直想说呢,小关,能在第一时间想到把锅甩给关宏宇,算你厉害。不过话说回来,采取这种超出法律界限的处置方法,你真觉得自己和我有很大区别吗?"

关宏峰低下头,不再说话了。

施广陵看了一眼窗外,天已经暗了下来。

过了好一会儿,关宏峰突然说道:"自从伍玲玲牺牲那晚开始,我就患上了一种创伤后应激障碍。一旦处在黑暗的环境中,我就会变得惊恐、紧张，身体呈现出类似于癫痫发作的反应。"

他忽然主动提起这个，施广陵十分意外："哦？你怕黑？"

关宏峰想了想，继续说道："我也不知道我到底怕什么，我只是不愿意想起那个夜晚，不愿在回忆中面对因我而牺牲的那些人。他们本不该死，至少，不该走在我前面。"

施广陵向前探了探身："小关，我最后问你一次。从吴征那儿，你到底得到了什么东西？"

关宏峰笑了："我之前还一直奇怪，你所说的'东西'是什么，现在我终于明白了，它就是你施广陵涉案的直接证据。叶方舟他们在现场调包了吴征的笔记本电脑，不过……"

他不停地挑衅，用词激进地刺激，终于使得施广陵爆发了。施广陵恶狠狠地盯着他："他不可能把整个笔记本电脑给你！不管你拿到的是什么，交出来，我给你个痛快。"

关宏峰脸上带着讽刺的笑容："对不起，我是公安，我不和犯罪分子谈条件。"

施广陵向后靠了靠，阴沉着脸朝王铭震递了个眼色。王铭震掏出一把匕首，朝他走来。

夜色渐渐浓重，刘音和高亚楠驱车赶回仓库，急匆匆地下了车。仓库里的崔虎从监视器里看到她们回来了，忙拿起遥控器准备开门。

一声闷响。

刘音猛然回头，发现走在后面的高亚楠脸色扭曲，显然背后已中枪。她大惊失色，这才发现倪军带着两名手下站在不远处，倪军手里的枪还没放下——上面装着消音器。

刘音一个箭步上去抱住瘫软的高亚楠，半拖半抱着她往仓库里撤，嘴里高喊："胖子！快开门！"

仓库内，杨继文也跑到监控屏幕前，看到倪军等人，焦急地对崔虎说："这、这些人有枪啊！你要是开门……"

崔虎已经按下了遥控器上的开门键："那、那……孩儿他娘和大、大长腿都、都在外面呢！"

他没再多说，快速扔下遥控器，回身跑去仓库里面拿弓箭。

门刚打开一半，刘音拖着高亚楠往仓库里钻，后心也是一痛。她面容扭曲了一下，仍旧试图去够高亚楠。但是没有用，她的手垂了下去，连带着昏迷的高亚楠双双倒地。

倪军和其他两人跨过她们的身体，弓身从卷帘门下钻进仓库，一进门就看见了婴儿车。杨继文浑身发抖，咬了咬牙，猛地冲了过去，把婴儿车往回拽。

他刚碰到车把手，就被倪军从背后一枪击中，也倒在了地上。

三个人继续往里走。崔虎从里面出来，看到外面的场景，瞪圆双眼，大叫一声，张弓搭箭。但胖子到底疏于锻炼，动作不够果决，不等他拉开弦，倪军已朝他开了一枪，子弹从他身旁擦过，打得屋里火星四溅。

崔虎吓得扔了弓，转头就跑。

倪军将中枪后依旧死死握住婴儿车把手的杨继文一脚踢开，翻开上面的活动遮挡布，低头看了看仍在沉睡的孩子，伸手进去捏了一把小脸，喃喃道："找到你了。"

他把装着孩子的婴儿筐从车里拎出来，对两名手下说："你们留下，打扫干净。"

他带着孩子率先离开仓库，上了一辆车，开车走了。

仓库里的两名手下互相看了看，其中一个说道："你在门口看着,待会儿把那俩女的也拖进来。"

那人出了仓库,来到外面望风。

里面的那个人正举着枪打算继续往里闯,电闸忽然被拉了,仓库里顿时一片漆黑。

正在此时,韩彬驾驶着白色SUV停在仓库门口。门口那人一看,立刻举枪攻击。

韩彬推门下车,从容地单膝跪地,伏身躲在SUV的左前轮旁,同时摘下了眼镜。

那人连开数枪后打空了弹夹。韩彬听到空仓挂机的声音,时间精准地从隐蔽处起身,朝他走来。

那人慌慌张张地退下空弹夹,换上新弹夹,让套筒复位,举枪瞄准。然而这已给了韩彬足够的时间来到他面前,右手托在他持枪那只手的手腕上,猛地向后一推,这人扣动扳机,打爆了自己的头。

他倒地后,韩彬伏身分别摸了下刘音和高亚楠的颈动脉——高亚楠还有微弱的脉搏。他钻进仓库,方才进去的那人听到外面有响动,转身往门口看,只看到韩彬脸色沉静地进入仓库,伸手一推门旁的手动闸,关上了卷帘门。

仓库里顿时变得一片漆黑。

随着几声低沉的枪响,仓库卷帘门被从里到外打了好几个弹孔,随后,传出了一个男人的惨叫声。

音素酒吧内,王铭震拎着带血的匕首站起身,低头看着浑身是伤口的关宏峰，神情焦躁。

这时，商凯接听完电话，放下手机，对施广陵耳语了几句。施广陵满意地点点头，朝王铭震摆摆手，示意"不要继续用刑了"。

施广陵上前几步，蹲在关宏峰身前，阴狠地对他说："你在望京的那个老鼠窝，已经被我的人捅了。那些信任你、帮助你的人，全都比你走得早。是你害死了他们。所以说，还是我赢了，你输了。"

血泊中的关宏峰费力地撑了撑身体，没说话。

施广陵站起身，咬牙切齿地低头看了一会儿，似乎还想说什么，又说不出口。他先是朝王铭震摆了下手，随后转身往外走，冲商凯点了点头。

随着施广陵和王铭震走出酒吧，几名手下拎着汽油桶进来，开始往酒吧四处泼洒汽油。

商凯走到关宏峰身前，从腰上拔出手枪，一边往枪口拧消音器一边低头对关宏峰说："即便以老毛子的标准，你也算是条硬汉。"

关宏峰勉强睁开红肿的双眼，轻蔑地看着他。

商凯扭头看了眼窗外，又对他说："反正天已经黑了，高低你也不可能走出去吧？"

关宏峰看了看他，反而释然地笑了："你大约不会明白，闭上眼睛，也是可以感受到光的存在的。"

他说完闭上了双眼，不再说话。

周围一片黑暗，站在黑暗中的商凯似乎愣了一下。他低头，又认真地端详了会儿这个自己一直忌惮的、厌恶的、针锋相对的对手，缓缓抬起了手。

子弹射出，击中关宏峰的身体。

死亡是有重量的吗？

关宏峰不知道。他闭着眼睛，感受到胸腹之间的剧痛，然后下意识地将身体蜷缩了起来。这是婴儿的形态。

商凯的神色有些复杂。火很快就会烧起来，他往前两步，又往关宏峰身上补了两枪。

施广陵在门外回头看着这一切，低声嘱咐王铭震："在这附近盯着，一旦关宏宇出现，就干掉他。"

商凯从里面出来，和施广陵一起上了车。车辆驶离音素酒吧。

关宏宇驾车冲过岳各庄桥，远远已经看到音素酒吧的方向火光冲天，周围人群聚集，车开到路口就彻底进不去了。关宏宇的心跌到了谷底，手脚发冷。他跌跌撞撞地从车里出来，顾不上关车门，一路往酒吧的方向狂奔。

这短短的几分钟——可能都没有几分钟，风吹在他的脸上，他感觉不到寒冷和疲倦，忘记喘息般地奔跑，然后看到了仍被熊熊烈火包围的酒吧大门。

火舌还没有吞没一切，他一眼就看到了墙边浑身是血的关宏峰。

他在这一瞬间彻底僵住了，思绪完全停摆，下意识地发出一声仿如野兽受到重创的哀号。他不顾一切地往里冲，刚到门口，就被卷着热浪的火焰打了回去。

他四处看了看，并没有什么可利用的工具，于是扯开外套，打算披在头上再往里冲。

一辆车在路边停下，韩彬从车里下来，看了眼现场的情形。他沉默了几秒，然后迅速跑过去，拽住了试图冲进火场的关宏宇。

关宏宇一边挣扎一边喊着："你给我起开！他还在里面！"

警笛声已近在咫尺，韩彬情急之下照着关宏宇的脸就给了一肘，打得关宏宇向后趔趄了两步。

韩彬上前一把扯下他的口罩和帽子，双手按住他的肩膀，对他说："冷静点儿！消防和公安马上都要到了。这个状况我也很痛心，可现在进去就是送死，你做不了什么！"

关宏宇红着双眼正要开口说什么，韩彬顿了顿，低声说："关队！你弟弟救不回来了！你要活下去，才能替他找回公道！"

残存的理智让关宏宇愣了一下。

韩彬紧盯着他的双眼："活下去，明白吗？关队！"

关宏宇似乎终于听明白了这番劝诫的弦外之音，不再挣扎。

这时，随着警车到场，周巡、周舒桐、赵茜、小汪乃至郑力齐都赶到了。众人疑惑不安地围拢过来，看到关宏宇悲痛欲绝的样子，再看向音素酒吧。

然而此刻，整个房屋连同关宏峰的尸体都已经被大火吞噬了。

清晨，就连赵馨诚也赶到了丰台。

关宏宇、周巡、韩彬和赵馨诚四个人坐在一辆警车旁。周巡的眼圈是红的，抽烟的手在微微发抖，赵馨诚低着头一句话不说，韩彬神色黯然地看着关宏宇。

关宏宇低着头，一直在发愣。

郑力齐、顾局和白局在不远处低声交谈着。顾局叹了口气，白局拍了拍他的肩膀以示安慰。郑力齐的表情却和关宏宇有些类似，只是呆呆地出神。

这时，何法医推着一辆盖着裹尸布的担架车来到郑力齐等人身旁。

白局瞟了他一眼："这是……"

何法医点点头："体表特征基本都被大火破坏了，按说应该让关队做一下辨认，不过这个样子……"

说着，何法医暗示性地冲白局和顾局摇了摇头。

顾局想了一下，看向郑力齐："力齐你看呢？要不要让关队去辨认他弟弟的尸体？"

郑力齐愣愣地没答话。

"力齐？"

郑力齐这才回过神来，说："哦，这个……看关队的意思吧。"

白局问道："如果外貌特征无法辨认的话，那指纹？"

何法医摇头："只能通过DNA比对。不过鉴于关队和他弟弟是孪生兄弟……好在有韩律师的佐证，我们至少知道他应该是关宏宇。"

顾局听到这话，显得有些不高兴："什么意思？这不是关宏宇还能是谁？难不成现在坐在那边的才是关宏宇吗？"

何法医和白局听得都是一愣。

顾局扭头去看郑力齐："力齐，要不要……"

郑力齐忙摆手安抚："顾局，顾局，他们也没别的意思，就事说事嘛。"

他又转头对何法医和白局说："丰台支队最近上下班都是做

指纹打卡的，关队作为正式聘用的顾问，每天也有考勤记录。在打卡机上录的指纹，都是和支队备案的指纹一致的，这点不用怀疑。"

听到劝慰后，顾局也觉得自己有些失态，朝白局和何法医递了个"抱歉"的眼神。他看着远处的关宏宇，感叹道："小关一直认为他弟弟是被冤枉的，现在怎么和他说？咱们会查清事实，还他弟弟一个清白吗？还有意义吗？"

他摇着头，叹着气，转身离开了。

郑力齐朝白局和何法医点了点头，走到关宏宇面前。看了看这四个人的神情后，他想了又想，最终还是开口说道："关队，请节哀。等你稍微好一些，还是来队里做个询问笔录。我知道现在说这些纯粹找骂，不过越早把这些流程走完，你就能越早重新正式投入工作。我想这大概也会是你所希望的。"

关宏宇没什么反应。

周巡把烟头狠狠地扔在地上，踩灭："姓郑的，你……"

不等周巡说完，郑力齐厉声道："周巡，你现在还在停职阶段！而且我又不是在问你！"

"你爱停不停！"周巡也不客气，立刻吼了回去，"老子他妈不干了！"

关宏宇却突然说道："周巡。"

周巡看了他一眼，铁青着脸闭嘴了。

关宏宇盯着郑力齐，缓慢、平淡地说道："郑处，犯罪嫌疑人死亡，案件应该被依法撤销了。我再重新投入工作，还做什么呢？"

郑力齐想了想:"何法医在现场初步勘验,至少发现了三处枪伤。无论吴征的案子是否会被撤销,我以为你至少会想查清楚是谁杀害的你弟弟吧?"

关宏宇抿着唇,不说话了。

从丰台支队出来,关宏宇、赵馨诚和韩彬来到海淀医院。关宏宇看了眼楼道不远处坐在座椅上的崔虎,旁边还有刑警看守。崔虎神色黯然地垂着头,关宏宇强忍悲痛,没说什么,走进了病房。

韩彬和赵馨诚对视一眼,韩彬陪着关宏宇一起进去。

高亚楠带着呼吸机和生命维持装置躺在病床上,昏迷不醒。关宏宇来到床边,轻轻握住了高亚楠冰冷的手。

赵馨诚在病房门口停下,走到崔虎和刑警身旁。

海淀支队的刑警招呼道:"赵队。"

赵馨诚问:"做过笔录了吗?"

刑警有些不明就里地试探性地说:"那个……不是他和韩律师一块儿做的吗?"

赵馨诚说:"那还扣着人干吗?他又不是嫌疑人,以后再有需要问的,让他随传随到就是了。你回队里去吧。"

刑警听完,应了一声,随后用很温和的语气对崔虎说:"最近暂时不要离开北京。如果还有需要向你询问的,我们会来通知你。"

崔虎红着眼睛点点头。

刑警和赵馨诚打过招呼就离开了。

崔虎抬头看着赵馨诚,开口说道:"我……"

赵馨诚朝他摆了下手:"别说了,我想知道什么会去看笔录的。"他拍了拍崔虎的肩膀,"照顾好你该照顾的人吧。"

病房内,韩彬站在床尾,轻声说:"她受了很严重的枪伤,因在抢救过程中呼吸骤停,导致大脑严重缺氧,所以一段时间内会处于昏迷状态。"

关宏宇低声说:"她还会醒过来吗?"

韩彬垂下目光:"但愿吧。"

关宏宇沉默片刻:"你到的时候……"

韩彬说道:"这一切已经发生了,对不起。"

"孩子呢?"

韩彬低声说:"没看到,应该是在我到之前就被带走了。把她送来医院后,我回去尽量清理了现场,我指的是指纹和一些电子数据。"

关宏宇站起身,轻轻抚摸高亚楠的额头。接着他走到韩彬身旁,低声对他说:"不要再让任何人带走她。拜托了。"

他往病房外走去。

韩彬略一迟疑,说道:"关——"

与此同时,赵馨诚走进了病房。

韩彬接了下去:"关队。"

关宏宇回过头。

韩彬低声说:"需要帮忙,就说话——任何事。"

关宏宇略带自嘲地苦笑着,茫然地重复:"任何事……"

02

医院楼下，崔虎和坐在轮椅上的朴森待在医院的花园里，轮椅上还拴着"包包"。朴森怀里抱着他们一直养在仓库里的那只玄凤鸟，而崔虎蹲在地上，一米八多的壮汉，眼泪不要钱一样地往外涌，他自己拿手擦但怎么也擦不完。

看到关宏宇从楼里走出来，他站起身，有些无措地四下看了看。直到对方走到面前，他才低下头，结结巴巴地说："兄弟……对、对不起……我没、没能……"

关宏宇扶着他的肩膀："是我对不起。是我连累了你们。"他按了按朴森的肩膀，问崔虎，"你还有其他地方可以待吗？"

崔虎点点头。

关宏宇说："躲起来，照顾好老朴。我会跟你联系。"

崔虎犹豫了一下，指着医院大楼："那、那亚楠她……"

"有朋友在这里保护她，不用担心。"

崔虎想了想："那我就去……"

关宏宇一抬手："不要告诉我。谁都不要告诉。记得藏好就是了。"

崔虎听到这儿，低头想了想，从包里掏出关宏峰的笔记本电脑递给关宏宇："这、这是你哥的……"

关宏宇接过笔记本电脑，拿在手里，不由自主地用拇指摩挲着它光滑的表面。

崔虎小心翼翼地提醒道："你也别单、单打独、独斗了，这毕、毕竟……"

关宏宇低声说："放心吧，他们这次惹了很多人，每一个都是他们不该惹的。"

＊＊＊

　　市局，从楼道的一端远远望去，在政委办公室门外，王绛双手扶着窗台，低头看着放在窗台上的一张纸。郑力齐直挺挺地站在他身后。看完纸上的内容后，王绛抬头望向窗外。

　　突然，他愤怒地把那张纸在手里揉成一团，回身塞给郑力齐，严厉地命令道："让丰台支队所有人复职！"

　　办公室里，周舒桐神色黯然地用手机在宠物论坛上给"和光同尘"发了一封私信。

　　赵茜推门进来："舒桐。"

　　周舒桐忙收起手机，回过头说道："师姐。你不是回家了吗？"

　　赵茜勉强笑了笑："没通知你吗？郑处让大家回来复职了。"

　　周舒桐显得略微有些惊讶，但情绪也并不高昂："哦，这事儿……就算过去了是吗？"

　　赵茜说："我也说不好，没准儿处罚要延后。周队已经赶回来了，通知大家去取回证件，重新领装备。一起去吧。"

　　周舒桐点点头，两个人一道起身，离开办公室，进入楼道。

　　赵茜边走边似乎在自说自话："周队说，十五分钟之内领了武器装备去车库集合。"

　　周舒桐眉毛一挑，说道："行动内容是什么？"

　　赵茜摇摇头："汪哥说，到了车库会直接给出任务简报，就不去会议室单独开会了。我想，应该是去搜捕杀害关宏宇的凶手。"

　　听到"关宏宇"三个字，周舒桐整个人似乎都震了一下，脚步也慢了下来。

赵茜见状，站定转身，看着她说："你的样子，显得……"

周舒桐红着眼圈看赵茜："师姐，你也是。"

赵茜叹了口气："周队也是。很多人都是。关宏宇的案子……不管是不是真的有问题，但他死的时候还处于被通缉状态。你说，为什么一个通缉犯死了，会让那么多人难过呢？"

周舒桐低下头，小声说道："我……我也不知道……"

她不由自主地掏出手机，按了一下，看到论坛的信箱里一直没有收到回复。她哽咽地重复道："我不知道。"

眼泪滴在手机上。

赵茜轻叹一声，上前一步，将她颤抖的身躯抱住。

此刻的周巡正在车库，昏暗的灯光下，他背靠着警车，手里拿着根没点着的烟，用两根手指轻轻捏着这根烟的中段，来回轻搓。烟卷里的烟丝逐渐被搓了出来，飘落在地上。周巡盯着地上那片散落的烟丝看了一会儿，把手里的空烟卷和过滤嘴握在掌心捏碎。

随后，他起身，绕过警车，另一侧是十几名全副武装的支队刑警。

小汪走过来，对周巡说："师父，凑了四个探组。"

周巡听完，朝他摆了下头。

小汪会意，深吸口气，转过身来对众刑警说："自从裴家易到案后，咱们一直没有中断对中金昆仑法定代表人韦东的监控。而技术队今天上午监听到了一段打往他家的电话，虽然还没有可供比对的声纹，但据小赵反应，打电话的很像是王铭震。再加上监视探组注意到韦东似乎在收拾东西,不排除他可能在准备出逃,而王铭震是来接应他的。这次行动,就是等王铭震出现并和韦东进行接触的时候,对他们一并实施抓捕。由于王铭震是极其危险的重案在逃犯,特警将会协同这次抓捕。如果他真的出现了,绝对不能放过。具体分派,到了现场会布置给大家。指挥车由技术队坐镇。在行动前大家注意隐蔽,不要暴露,不要开警灯。"

他扭头去看周巡:"您看,还有什么……"

周巡一声不吭地走到自己的越野车旁,打开后备厢,把防弹衣穿在身上,直接上车了。

小汪似乎才明白过来,忙招呼大家:"出发!"

指挥车内,郑力齐、周巡等人都在,赵茜和小高等技术队人员负责盯着监控画面,随时与各方的布控探组联络。

郑力齐一直紧张地看着监控画面,抬头偷眼去看周巡,发现周巡很端正地背靠椅子坐着,一言不发地闭目养神。

指挥车里陆续传来布控探员的通讯联络。

小汪说:"韦东乘坐的车已经到了,能看到他把后备厢的两个包放到了另外一辆车的后备厢里。"

郑力齐回话道:"这个地方到底是干什么的,查清楚了吗?"

周舒桐说:"这个地方并没有经营登记,据说是一间私人会所,产权和租赁方都不是中金昆仑。不过通过调取交通监控,我们发现近期韦东不止一次来过这里。"

郑力齐问:"那他转移了那两个包的车……"

周舒桐说:"那两辆车是大约半小时之前到的,车上一共下来六个人,其中有一个疑似是王铭震。"

小汪问:"郑处,咱们实施抓捕的理由是不是很充分了?"

郑力齐略显犹疑地思索着,扭头去看周巡,发现周巡突然睁开双眼,从腰上拔出配枪,检查弹夹和套筒,随后直接推门下车。

郑力齐赶紧叫住他:"哎,周巡……"

不等他话说完,周巡回手"砰"的一下把车门关上了。

小高有些含糊地嘀咕着:"周队居然主动穿上了防弹衣……"

郑力齐愕然:"什么意思?"

赵茜说:"意思就是见着枪口也不躲了呗。"

郑力齐想了想,忙对着步话机下命令:"周队已经去跟你们会合实施抓捕行动了。"

他转头又对赵茜说:"通知特警,赶紧跟上!"

玉景小区里,迟文江家的灯灭了。关宏宇从小区的花园里闪身出现,在楼洞抬头往上看了看,先注意到封闭式阳台有扇窗户是开着的。确认周围无人后,他顺着排水管三蹿两纵,到了迟文江家的阳台外,从窗户翻了进去。

进屋之后,关宏宇蹲在地上缓了缓眼睛,适应黑暗环境后,他看到虚掩的书房门里透出了灯光,便悄无声息地潜行过去。正当他来到书房门口,准备通过门缝往里看的时候,一支枪顶在他的后背上。

身后有人沉声对他说:"别动。"

03

关宏宇被枪顶住后背,缓缓站直了身子,同时伸手一拽书房的门,把门关上了,屋里立刻一片漆黑。他在黑暗中回过身,抬手打掉了对方手上的枪。

两人在黑暗中打斗起来。

几招过去,对方就落了下风,忍不住出声:"关宏宇!你……"

是曲弦的声音。

但话还没说完,她就被关宏宇一脚踹了出去。她起身后,已然在黑暗中失去了关宏宇的踪迹。

曲弦伏低身体,一边警觉地注视着周围,一边企图安抚:"关宏宇,你哥的事儿我听说了,而且他遇害前好像最后见的是迟局,我估计你很可能认为迟局和你哥的死有关。我让迟局和他的家人离开这儿,自己留下来等你,就是想跟你解释清楚……"

话没说完,屋里的灯突然亮了。关宏宇站在曲弦身后,拿着她的枪顶住她的后背,目光冰冷。

"好啊。"他面色阴沉地说道,"在这把枪走火之前,你最好给出一个令我满意的解释。"

曲弦苦笑了一下,似乎完全没在意背后指着她的枪,从容地站起身,顺手从茶几上的纸抽盒里抽了两张纸巾。她一边擦着被打破的嘴唇一边坐到沙发上,看着刚才打斗过程中被碰掉在地摔坏的饰品摆件,嘴里念叨着:"真有你的。"

关宏宇见曲弦这副做派,略一疑惑,随即退下弹夹,发现没装子弹。他又拉了下套筒,发现枪膛里也没有子弹,原来是把空枪。关宏宇似乎想明白了一些事,把弹夹和枪都放到茶几上,来到曲弦对面。

曲弦把纸巾扔到纸篓里，抬头瞟了眼他，又垂下目光说："你哥的事儿，我很遗憾。他是个好警察。"

关宏宇冷笑道："迟文江呢，也算个好警察吗？"

曲弦说："今天白天的时候，我问过他，而且反复问过。我觉得即便抛开他是我的老领导不谈，仅就今天的对话，也足以让我相信他跟这个犯罪组织并没有关联。"

关宏宇冷冷地说道："你也许可以轻易相信他，但不要指望我能轻易相信你。"

曲弦抬头盯着关宏宇看了会儿，突然微微点头："你哥应该可以安心了。到这个时候，你还没丧失理智，看来他真的教会了你很多。"

一阵强烈的情感击中了关宏宇，他的眉头略微松开了一些，愤怒的情绪在慢慢平复——他恢复了冷静。

曲弦拿起茶几上的枪，把弹夹塞了回去，收回腰间，同时对他说："我今天来问迟局的时候就带着这把枪，当时弹夹可不是空的。所以，没错，我相信他跟我说的都是实话。"

关宏宇略一思忖，没再说话。

曲弦继续说道："从你哥昨天下午见迟局，到晚上他出事儿之间，恐怕还发生了点儿别的事情。"

"你能担保这事儿跟迟文江无关吗？"

曲弦点头："我可以拿性命担保。"

关宏宇低声说："那就只剩下他俩了……"

周巡带人来到会所门口，小汪上前敲门。

周巡一抬头,发现门口的角落处安装着一个非常隐蔽的监控探头,立刻抓住小汪往旁边一拉。与此同时,门里传出枪响,子弹穿过了木门。

特警迅速从后面冲上来,架起防弹盾牌,用撞门锤砸开门,周巡带着刑警和特警一拥而入,枪声频繁响起。

同时,会所天台的门开了,王铭震一手拿枪一手拽着韦东,一瘸一拐地往外跑。

来到屋顶边缘,王铭震看了眼下面,对韦东说:"跳!"

韦东看着到地面的高度,吓得连连后退:"我、我不跳,这太高了……"

在他们身后,周舒桐也冲上了天台。

王铭震见状,也不管韦东了,直接跳了下去,一落地就一瘸一拐地跑向旁边的树林。

周舒桐追过去,把韦东按在地上,从背后戴上手铐,同时对步话机说:"我周舒桐,王铭震从北侧天台跳到楼下去了!有没有……"

她话还没说完,周巡与她擦身而过,一声不吭直接跃下天台,死死地跟上了王铭震。

王铭震踉踉跄跄地在树林中逃,周巡很快就追了上来。

王铭震边跑边回身开枪,却发现周巡既不躲也不停,一边开枪还击一边继续追,简直像不要命的似的。

子弹擦着王铭震的头皮飞过去,他吓得赶紧往旁边的树后躲。

周巡追到近前,王铭震抬手又要开枪,周巡直接往下压他的手腕,让枪口对着自己肋骨位置的防弹衣,另一只手举枪就打。

两把枪同时响了，王铭震击中了周巡的防弹衣，周巡一枪打在王铭震腿上的枪伤处。两人同时向后倒去。王铭震枪脱手了，捂着腿疼得满地打滚。

周巡像感觉不到肋间剧痛一样，都没低头看一眼，强撑着站起身，摔倒了一次，再度起身，拎着枪蹒跚地走到王铭震身旁。

王铭震捂着腿哀号着，连连告饶。

周巡低头盯着他，从牙缝里挤出一句话："你和倪军一向以杀警察为荣，昨天晚上在酒吧里，是你开的枪吧？"

王铭震连连摆手："不是我，不是我……是凯哥……是凯哥干的……"

听到这儿，周巡似乎显得有些失望，目光涣散。

王铭震瞟了眼旁边通向公路的山坡，趁周巡走神，侧身一滚，顺着山坡滑了下去。

周巡紧随其后，也滚下了山坡，见王铭震跑向公路，毫不犹豫地从后面举起了枪。然而还没等他开枪，一辆飞驰而过的轿车就将人撞飞了出去。

当夜，刑警和特警进进出出。郑力齐在听小汪的汇报："裴家易团伙中的一个人在持枪拒捕过程中被特警当场击毙，另外四个都给抓了，有两个受了点儿伤。韦东是小周在会所屋顶抓到的。"

小汪说着看了眼站在他身旁的周舒桐。

郑力齐问："王铭震呢？"

周舒桐说："周队在抓捕王铭震的过程中开枪击中了他的腿部，王铭震开枪打在周队防弹衣上，然后顺着会所南侧的山坡跑，穿过公路的时候，被一辆厢式货车给撞了。现在司机和车我们都控制住了。王铭震已经送去抢救，刚才听一二〇那边给出的消息，路上就没抢救过来。"

郑力齐听完看了眼小汪："等回头问问清楚，看看到底是'裴家易团伙'，还是'韦东团伙'。抓捕现场有漏网的吗？"

小汪和周舒桐都摇摇头。

郑力齐想了想，对小汪说："你留在这儿，协助周巡勘验现场。"又对周舒桐说："咱们现在就回去，审审这个韦东。"

赵茜刚从指挥车上下来，手机响了。她看了眼上面那个不认识的号码，接通了电话。

商凯的声音又响了起来："赵警官，是我。"

赵茜一惊，浑身汗毛都竖了起来："你……"

商凯低声道："以前的事儿都不说了，大家各为其主，无所谓。我打过来，是找你帮忙带个话。"

周巡正好从旁边走过，赵茜忙一把拽住他，一手捂着话筒，低声对周巡说："商凯。"

周巡愣了一下，随后朝她递了个眼色。

赵茜打开了手机的免提："带话？给谁带话？"

商凯说："给你们支队领导，只要是能说了算的就行。"

"你说吧。"

商凯说道："明晚之前，拿东西来换高亚楠的孩子。"

"什么东西？"

商凯说："我不知道，我只负责传这句话。"

赵茜又问："那具体的时间地点呢？"

"明天我再通知你。"

一旁的周巡突然直接开口问道："商凯，昨晚在酒吧，是你开的枪,对吗?"

商凯在那边似乎愣了一下,沉默了一会儿,才说道:"是。"

周巡沉声说道:"行。"

商凯又沉默了一会儿,挂断了电话。

第二天一早,关宏宇就去了银行,取回了当初关宏峰留在保险箱里的东西,是一个铁盒。

他没有在外面打开,而是回到了关宏峰的家中。

这里已经很久没有人住,鱼缸里的水早就全干了。他用手去碰桌子的时候带起了一层灰,面前就是关宏峰经常坐的椅子。

他站在原地,呆愣了片刻,动作缓慢地打开了房门外的监控设备。过了一会儿,他拉开包,把关宏峰的笔记本电脑和从银行保险箱里取出的盒子都拿了出来。随后,他在旁边的柜子里找出了一台打印机,接通电源后,又连接上了笔记本电脑。

他每做一件事都要停一会儿,好像暂时失去了连贯思考与动作的能力。这个地方太可怕了,有关宏峰的气息、有他的声音、有他的生活痕迹、有他过往人生的一切。

唯独已经没有他本人。

监控画面中,周巡出现在楼道里。关宏宇回过神来,站起来走到门口,不等周巡敲门就开了门。他朝周巡身后的楼道警惕地张望,周巡朝他点头,示意没有被跟踪。

周巡一进来,先看见空荡荡的鱼缸,立刻垂下了眼睛。

关宏宇回到桌前,一边操作笔记本电脑一边对他说:"听说王铭震死了,你干的?"

周巡摇头:"那小子命好,逃跑的时候被货车撞了。"

关宏宇问:"其他人呢?"

周巡皱着眉说道:"都是马仔,屁都不知道。韦东和裴家易一样,审了将近一宿,一个字儿都不说。"

关宏宇说:"能遵循'沉默法则',这在有组织犯罪里算上点儿档次的了。"

周巡沉默了一会儿,问:"商凯说的那个东西……"

关宏宇说:"是个军工级三防加密 U 盘,吴征还找了一个叫穆已的黑客加入了指纹识别的验证机制,一旦识别错误,就会触发'超级覆写'的自毁程序,抹掉里面的所有资料。我哥说,大概因为这里面除了犯罪集团的涉案人员名单和相关犯罪证据外,还涉及很多卧底警员的身份信息,一旦被犯罪分子掌握,后果不堪设想。"

周巡轻声问:"你知道那东西在哪儿?"

"我已经大概知道了。吴征应该想把它给我哥,又不完全信任叶方舟,所以肯定会找一个看上去很自然的方式把这东西给到我哥手上。没想到,阴差阳错……话说回来,就算我有,也不可能给他们。"

周巡问道:"那孩子怎么办?"

关宏宇全身僵了一下,沉默了。他打开那个盒子,从里面拿出了一把手电、一块硬盘以及一个信封。

关宏宇打开那封信,飞快地读了一遍,随后又把信装回信封里。

周巡在一旁问道:"这是……"

关宏宇用手指敲了敲手电:"这个是我哥被他们陷害那晚,

离开吴征家时拿走的手电。"

他又敲了敲那块硬盘："我哥从吴征家出来之后，去了辖区内的一家洗浴中心，换掉了衣服，清理了身上的血迹，还在凶器上印了我的指纹。当然，当他看到凶器的时候，上面就已经留有他自己的血渍指纹。"

周巡说："他擦掉了自己的，印上了你的……这些事儿都是他亲口告诉你的？"

关宏宇用手指点了点那封信，轻声说："他不光告诉我了，这封认罪书里也都写了。而且，他把在洗浴中心拓印指纹的过程拍了照片，拷在这个硬盘里了。"

"也就是说，"周巡长长地呼出一口气，"他从一开始就为你准备好了这个后手——可以还你清白的认罪书以及他'栽赃'你的证据。"

关宏宇苦笑了一下："'犯罪嫌疑人'都不在了，案子已经撤了，还谈什么证据不证据。"

周巡朝那个信封伸出手："我能看看吗？"

关宏宇拿起信封，却没有递给周巡。他低头盯着信封说："我哥告诉过我，如果他失败了——如果我们失败了，这是他能留给我的、最后的补救手段。"

他说着，低头掏出打火机，点着了信封。

周巡一惊。

关宏宇看着信封在手中燃烧："周巡，你还没明白吗？我们被算计了。最开始王铭震和倪军去医院袭击亚楠，就是个引蛇出洞的圈套。他们接连害死了杨医生、刘音，还有我哥。亚楠现在昏迷不醒，孩子又在他们手上……"

说着，他把手中的一团火焰扔进了空鱼缸里："我一定会让他们后悔的。"

周巡沉默了一小会儿:"看来你是铁了心了,那就按咱们说好的——"

关宏宇点了点头。

周巡转身往外走,走到门口,停下脚步,转过身问道:"关宏宇,你有没有想过,如果这次你也失败了呢?"

"那不是还有你呢吗?还有小周,小赵,小汪,小郜……迟早有彻底击败他们的一天。"

周巡垂下目光想了想,又抬眼看向他:"那你呢?"

关宏宇笑了:"真要失败了,我应该就去陪我哥了。同胞兄弟,抱一块儿生,垒一块儿死,我觉得,挺好。"

周巡没有再说话,离开了房间。

关宏宇靠着椅背坐在桌前,盯着笔记本电脑的屏幕。旁边的打印机已经打印出了一沓文档,而且还在继续不停地打印,桌上放着两个文件袋。

他拿起那个手电筒,在手里按着开关把玩着,一会儿又闭上双眼,用手电筒来回照着自己的眼睑。最后,他关上手电筒,缓缓眼睛,拧开后盖,把电池倒了出来。他顺着电池仓往里看,从桌上拿起根笔,在里面敲了两下,把那个CE-LINK的军工级加密U盘倒在手心。

关宏宇放下手电筒,盯着手里的U盘,正打算往电脑上插,发现屏幕右下方有一个反复提示的弹窗,提示他有宠物论坛的私信邮件。

他犹豫了一下,点开了邮件。

关老师的小跟班：您好，冒昧地再次给您发邮件。自从上次您的朋友把"包包"带走，这还没过多久，我就总想起它，想起它的好，也想起它很闹，想起它陪伴我的时候，也想起我照顾它的日子……

请原谅我这么矫情地碎碎念，其实我很希望能在一切结束之后再把它接回身边，好好陪伴它。如果您不愿意送它回来，也没问题的，因为我相信您一样可以照顾好它。我只希望无论是它，还是您，能好好和在乎的人在一起，好好活下去。

关宏宇读完，闭上了眼睛。

认尸程序在第二天完成。

何法医带着关宏宇来到停尸间，尸检台上的裹尸布里停放着关宏峰的遗体。何法医也有些不忍，在旁劝慰了好一阵子后，缓缓掀开了裹尸布。

关宏宇看得很仔细，这张脸、这个人参与了他前半段人生的几乎所有喜怒哀乐，现在，终于要做一个不算愉快的告别。

他低头看着，忽然，目光凝固了。

海淀医院病房内，关宏宇坐在高亚楠的床边，在她的嘴唇上轻轻涂了些润唇油脂，然后把装油脂的小瓶收回化妆包里，放进抽屉。

收拾好之后，他拉着高亚楠的手，轻声说道："很多人说，像这样昏迷的人，其实什么都听得到。我是来告诉你，不用担心，好好休养。等什么时候精神足了，就能睁眼醒了。而且我保证，等你醒来的时候，一定让你看到孩子。很多人都不在了，我第一次体会到，原来孤单就是这种感觉。"

关宏宇低下头："他当初一定就是这种感觉。"

他略有些不能自已，强忍住悲痛后，又抬起头："我现在终于明白，他要面对的选择是何等艰难。现在他也走了，轮到我做选择了……我想说的是，不管结果如何，亚楠，你一定要留下来，好吗？"

与此同时，丰台支队支队长办公室里，郑力齐神色黯然地坐在办公桌后，他面前的电脑屏幕上是两组指纹比对的结果。

他的面色沉重、悲伤。

04

关宏宇走出病房，坐在楼道里的韩彬站起身。关宏宇上前两步，冲他深深地点了下头，随后从口袋里掏出一张叠着的纸条递过去："这上面有两个人名，如果我没再出现……"

韩彬说道："我明白的。你放心，你哥已经托付过我。"

他伸手去接纸条，关宏宇却忽然把手往后一缩："我哥？"

韩彬抬眼看着他："对，那天他来找我，也托付过我。"

关宏宇想了想，把纸条收回口袋。

韩彬微微一愣。

关宏宇轻声说："我哥可以托付你，是因为他早已牺牲了自己的一切。但我不能托付你，因为我不能牺牲他。"

韩彬听到这儿，略一思忖，微微点头："我懂你的意思。"

关宏宇深吸一口气，说道："而且我们还没有失败。"

他转身走了两步，停下脚步，回头说："韩彬，好像我一直都没对你说过谢谢，知道是为什么吗？"

韩彬若有所思，没说话。

关宏宇低声说："因为我知道你就是个变态，你做这一切只是因为觉得有趣。不过，我和我哥都好歹承过你的情，送你一句好话，记住了——"

韩彬摘下眼镜，擦了擦。

"像我们这样的人，是死不完的。"关宏宇低声说，"所以你最好，这辈子都不要去犯罪。"

韩彬听完，慢慢地戴上眼镜，低头不语。

关宏宇也没再多说，转身离开。

郑力齐走进丰台支队网球场的时候，关宏宇正坐在椅子上，仰着头，闭目养神。

郑力齐走到他面前，欲言又止，叹了口气。

关宏宇闭着眼睛，语气反倒很坦然："坐。"

郑力齐坐在旁边："关队，不回支队做询问笔录也就算了，不要再私下搞事情了。你弟弟的事儿，我真的很遗憾。而现在裴家易和韦东都在咱们手上，他们迟早会招认。"

关宏宇睁开双眼："这个在编顾问，我不做了。我私下搞什么事情，也跟支队无关。而且你放心，我不会再拿其他同事的生命冒险。"

郑力齐说道："我知道。你无论做怎样的选择，都会用'牺牲自己'来保底。"

关宏宇闻言,扭头去看他。

郑力齐别开了目光:"但你要搞明白,我们不能让任何一个同志白白牺牲。即便是你,也不能白白牺牲。"

关宏宇似乎笑了一下,从旁边拿起一个文件袋,递给郑力齐:"这是近两年来我调查这个犯罪组织的所有进展和得到的线索。如果我真有个三长两短,希望你能带着支队,继续往下查。"

郑力齐接过文件袋,眉头紧皱起来,说:"关队,你不会是想……"

不等他说完,关宏宇又把"二一三"的案卷递给了他:"另外,宏宇不在了,这案卷也就用不着了。还给你吧。"

郑力齐接过案卷,没再说什么,神色黯然。

关宏宇站起身刚要走,又想起来什么,问道:"说起来,有个不太重要的细节,安腾出具的那份辨认笔录……当然,咱们已经知道那家伙是安廷了,在供他进行辨认的几十张免冠照片里,既有我的,也有宏宇的。他为什么没有指认我,却唯独指认了宏宇呢?"

郑力齐抬起头来看他,掩不住讶异的神色:"不是吧?我记得他好像把你和你弟弟都指认出来了,而且是因为目击的时候有围巾遮挡,那个证人根本分不出你们俩谁脸上有疤、谁脸上没疤。"

关宏宇愣了愣,盯着郑力齐瞧了片刻,伸出手,又把他手上的案卷抽走了。

关宏宇离开支队就上了曲弦的车,一上去就给崔虎打电话。崔虎说:"我这儿都准备好了……你确、确认了吗……成、没、没问题，那就按说、说好的来……等会儿等会儿！东西收到了吗……"

关宏宇说："东西挺不错的，而且还挺轻。"

"外、外面那层陶、陶瓷是可以屏、屏蔽电磁信、信号的。用的时候，一、一定要记得捏、捏碎它。还有，另、另外一个外面就包、包了层铜，如果真撞在骨、骨头上，不知道会不会造成损、损坏，这个只能看命了。"

"知道了。"关宏宇扭头看曲弦，"对了，我跟你说的那个。"

曲弦从扶手箱里掏出一把六四式手枪递给他："大规模更新装备之后，这玩意儿正经不好找了，得亏是我。"

关宏宇退下弹匣看了眼，问道："就五发子弹，够干吗的？"

曲弦撇了撇嘴："弹匣最大容量一共就七发，为了确保弹簧耐用，一般只压五发。再说了，能找着就不错了。不过你可悠着点儿，它虽然比不了'五四'和'九二'，但是在极近距离的穿透力还是有的。"

关宏宇点点头，嘴里念叨着："拼的就是命啊。"

曲弦问道："现在去哪儿？"

关宏宇咧开嘴，朝她一笑："劳驾曲队，知道哪儿有镶牙的不？"

这天傍晚，施广陵站在码头上，望着水面，眉头紧锁。

关宏宇走上来，在他身后停住，主动打了招呼："施局。"

施广陵回过头，见到和关宏峰一模一样的眼前人，极力掩饰自己的震惊，但眉头仍旧不受控地跳动着。他强装镇定："哎，小关。我听说了你……我还琢磨着，什么时候给你去个电话，问问情况呢。"

关宏宇显得有些悲伤:"我弟……可惜到头来,我都没能洗清他的冤屈。"

施广陵伸手要揽他的肩膀:"走走走,咱们找个地儿坐坐,你好好跟我说说到底是怎么回事儿。"

关宏宇摆摆手:"不了,领导。周巡那边给了我一个消息,我今晚之前必须处理件事儿,咱们改天再坐吧。我来找您,主要是有个事儿想拜托您。"

他把一个和交给郑力齐的那个一模一样的文件袋递给施广陵:"这里面有我这两年调查那个犯罪组织的所有进展和线索汇总,要是今晚我出了什么事儿,那就说明我们支队有内鬼,而且很可能职级不低。我希望,您能帮忙把这件事儿查下去。"

施广陵接过文件袋,叹了口气:"小关,我已经不在其位了,您应该选择相信组织。"

关宏宇失落地说道:"我相信组织,但我必须提防这当中有被犯罪集团渗透的腐败分子。"

他又把"二一三"的案卷递给施广陵:"还有吴征家的这个案子。就算我弟不在了,我也希望能有人还他一个清白,而且,这案子摆明了有问题。"

施广陵有些警觉:"怎么讲?"

关宏宇语气平常地说:"证人安腾从几十张照片里直接就辨认出我弟,明明我的照片也在其中,他为什么不指认我呢?是因为脸上的伤疤吗?那是不是意味着,他一开始就是冲着栽赃我弟去的?"

施广陵想了想,说道:"虽然你们兄弟长得一模一样,但当时证人能直接把你弟弟指认出来,可能还是因为……"

说着，他伸手比画了一下自己的脸，示意关宏宇脸上没有伤疤。

施广陵接着说："不是我说啊，小关，这个区别还是挺明显的。"

关宏宇眨眨眼："施局，您也看过这本卷？"

施广陵微微愣了一下，随即说道："看过，就是在你们队待的那几个月，周巡拿给我看了一眼。"

关宏宇扬了扬下巴："这案子的正卷已经被王志革烧了，周巡手里的是副卷，就是您手里这本。您看的是这本吧？"

施广陵低头随手翻着："对，就是这本……"

说着，他翻到案卷第十页，发现辨认笔录上面写着："辨认人安腾在认真审视了照片后当即指出，四号（关宏峰）和二十七号（关宏宇）均接近其所目击之成年男性。辨认人陈述，因所目击之成年男子脸颊有围巾遮盖，故无法确认面部有无疤痕类识别特征"。

施广陵盯着案卷第十页，瞳孔收缩。

问题就出在这里。正卷第十页早被高亚楠烧掉，王志革闯入支队发出去的第十页，是周巡伪造的。所以看过案卷，却不知道第十页内容的原因很简单——这个人，看的是王志革拍下的版本！这个局面岔头之多，非一般人能做到。施广陵在短时间内不会想明白前因后果，他只知道自己被面前这个冷笑的疤瘌脸给玩儿了。

良久，施广陵合上案卷，问道："能不能告诉我，你到底是哪个？大的，还是小的？"

关宏宇说道："施广陵，你甚至可以杀害他，到头来却连自己到底杀的是谁都不知道。"

* * *

　　那天在停尸房里，他确实发现了一些线索。

　　关宏峰的遗体确认没有被人动过，他的身体仍旧蜷缩着，但是手指也是扭曲的。陪着认尸的何法医也认为，这不像寻常受到重击后自然蜷缩的情况。

　　尸体的食指和中指叠在一起，正是他们兄弟之前闲聊时说到的那个手势——"十"。

　　第十页，关键信息。

　　"所以说，机关算尽，棋差一着。"关宏宇怜悯而有些嘲讽地朝施广陵微微摇头，"你还是掉进了我哥的套里。

　　"施广陵，你输了。"

贰拾玖 长夜有尽

01

这个时候的码头应当仍旧是静谧的，但此刻两人身后有脚步声响起。

关宏宇并没有回头，甚至脸上保持着冷峻的笑容。四周渐渐围上来施广陵的一些手下，商凯和倪军也从码头旁边的一间小屋里走了出来，来到他身后。

倪军举枪指着他，商凯示意他把双手举起来。关宏宇坦然张开双臂，商凯简单搜了一遍他全身，从他身上拿走了手机，又用一个手持的金属探测器在他身前身后扫了两遍，除了皮带扣等衣物上的金属扣件外，脚踝处似乎也有反应。倪军撩起他裤腿一看，"啧啧"两声，里面是一把六四式手枪，正是曲弦给的那把。

商凯拔出来看了两眼，朝施广陵点点头，同时把枪抛了过去。

施广陵接住，把手上的文件袋和案卷都递给商凯，回头对关宏宇说道："我知道你也不怕死，不过，我可以先送你儿子去见你哥，怎么样？"

关宏宇面色不变，语气也异常平静："你送我儿子，我就送U盘，看活物和死物谁先到阎罗殿。你看着办吧。"

施广陵脸色略有变化，但还是显得很镇静。

关宏宇不紧不慢地说道:"CE-LINK品牌的军工级三防加密U盘,而且是吴征在二月二号专门定制的大容量款。不信你可以去那家公司查,有记录。"

施广陵依旧镇定:"只要干掉你,这东西也就没人知道了。"

关宏宇淡淡地说道:"你派去望京的人,应该有没回来的吧。"

施广陵面色如常,但他身旁的倪军脸色变了。

关宏宇继续说:"东西我放在一个安全的地方。如果我或孩子出了意外,自然会有人把U盘送出去。而且,如果我没猜错的话,你并没能从吴征的电脑里找到什么有用的信息。他把所有情报拷进U盘里,电脑里的就删除了,那里面还包含了很多卧底警员的身份信息。这个,肯定也是你很想要的。"

施广陵倒背着双手,围着他走了一圈,半晌才低声说:"你看,这就陷入僵局了。你大概是想跟我说,把孩子还给你,你就把U盘给我。而我是需要你拿出U盘,才能还你孩子。"

关宏宇笑了:"症结就在于,我们谁都无法相信对方。"

施广陵又往前靠近一点儿,商凯紧紧跟了上来,全神贯注地盯着关宏宇。

施广陵说:"不管有什么症结,现在看上去,好像形势对我更有利。不错,我对那个U盘的内容的确很感兴趣,但还不到投鼠忌器的程度。虽说一上来就把孩子杀掉的话,会让僵局变成死局,但我也可以考虑得灵活一点儿。你儿子叫什么名字来着?无所谓了,我把他一块块切来还给你,你觉得这个主意听上去怎么样?"

关宏宇瞳孔微微一收缩,终于有了破绽,牙关一咬,下意识地握起了拳头。商凯反应也很快,立刻冲到两人中间架住关宏宇，一旁的倪军举起了枪。

施广陵笑了笑，退下手里那把六四式手枪的弹匣，放在手里掂了掂，又拉开套筒检查了一下枪膛，嗤笑一声："'小砸炮儿'，这老物件儿居然还能使，也亏你从哪儿找来……"

他装上弹匣，抬起头，隔着商凯，毫无表情地对着关宏宇的左肩开了一枪。

关宏宇猝不及防左肩中枪，后退两步，右手捂住肩头，血渗了出来。

倪军没想到施广陵突然开枪，也吓了一跳。商凯虽然很老练，但冷不防耳边枪响，下意识微微甩了一下头，脸色略带不悦。

施广陵上前一步，举枪对准关宏宇另一侧的肩膀："想做好汉，得能扛。我倒要看看，你能扛多久。"

关宏宇忍痛捂着伤口盯着他看了一会儿，无奈地垂下肩膀，似乎妥协了。他低头想了想，抬头沉声说道："我要先看看孩子。"

商凯侧头瞟了眼施广陵，没说话。

关宏宇仿佛没看到他们互相使的眼色，继续说道："不要开视频，我也不看照片，让我亲眼见到他。只要先确认他安全，我就带你去拿U盘。"

丰台支队里，郑力齐看着手上的一张纸条，眉头缓缓皱了起来："施广陵？你们确定？"

周巡坐在他对面："我跟老关讨论过，要么是你，要么就是施广陵。有可能知道所有这一切信息情报，又和所有事情存在密切关联的人，还得是有咱们公安或曾经在咱们公安作为高层人员的背景身份。排除了迟文江,那就是你们俩其中之一没跑了。"

郑力齐扶额:"你们还怀疑过迟局?"

周巡笑了一下:"他是最早过关的。"

郑力齐若有所思:"闹半天,把我叫去网球场,是在试探我。而我过关了,所以你们即便是用排除法,也只剩下施广陵了,对吗?可万一你们这些推测没有一个是对的呢?"

周巡冷静地说道:"那施广陵的人到时候就不会在我们设计好的地方出现。事实上,老关的电话现在也不会打不通。"

郑力齐低头想了想,从抽屉里拿出一张领取武器装备的空白申请表,在最下面签了字,放在桌上推了过去:"我现在去市局向领导直接汇报,也申请总队增援。支队这边,你该怎么调配怎么调配。两个原则,第一,确保孩子的安全,也必须保护好关宏峰;第二,把那群浑蛋一网打尽。"

周巡略感诧异地扬了下眉毛,拿起那张申请表:"那名单上还有一个……"

郑力齐坚决地说:"内部的败类,我负责处理,你不用管了。"

周巡点点头,起身往外走。走到门口的时候,他又回过身,见郑力齐已经拿起桌上的座机在拨号了。

周巡忽然低声说:"听到施广陵的名字,你好像并不显得很惊讶,我是不是可以理解为,总队对他早有怀疑?"

郑力齐平静地看着他,并没有回答。

周巡转身出门了。

电话接通,郑力齐低声急促地说道:"小李,我郑力齐。帮我安排一下,紧急情况,我现在要马上见王局。"

* * *

此刻，关宏宇已经被转移到高速旁的一处废弃休息区。屋子里，商凯、倪军和另外几名手下围着他。他被这几人勒令脱掉身上的所有衣物，对方用金属探测器又扫了一遍他全身，甚至还检查了他的头发，并让他张开嘴，看看嘴里有没有藏什么东西。金属探测器在他肩头中枪的地方响了起来。

商凯朝倪军递了个眼色，示意给关宏宇的伤口简单包扎一下。

这时，一名手下拿进来一身新的装束。商凯看了一眼，低声对倪军说："包扎完之后，让他把这身衣服换上。"

他转身正要往外走，关宏宇忽然没头没脑地问了一句："酒吧里，你们谁开的枪？"

商凯愣了一下，正想开口承认，也不知道想到了什么，微微一哂，反问道："如果我不告诉你是谁干的呢？"

关宏宇冷冷地看着他："那你们所有人就都死定了。"

商凯听到这句话，颇为理解地点了点头，没再说什么。他走到屋外，公路旁停了几辆车，施广陵就坐在其中一辆的后座上。商凯走到车旁，对他点点头。

施广陵琢磨着，看向他，问道："你觉得关宏宇是不是在耍诈？"

商凯说："我从来不去想这些，我只做事。"

施广陵点点头："这是你最大的优点。让他们把那个箱子带上，如果关宏宇给咱们下套的话，大不了大家同归于尽。"

商凯略一迟疑："您还是不要亲自去了吧。"

施广陵看着他："你带着箱子过去？"

"我就是吃这碗饭的。"

"吴征那小子，临死还摆了我一道，关宏峰也是。那个 U 盘真的存在。关宏峰是作为一个英雄死去的，而无论死活，我都不想身败名裂。商凯，我一直在努力构建和维护的秩序，你能理解吗？"

"这话您不该问我。"商凯漠然地说，"关宏峰肯定理解。"

施广陵愣了，阴着脸问道："你是觉得我不该杀关宏峰？"

商凯瞟了他一眼，不为所动："他既能理解您，同时还能坚持自己信奉的一切，挺让人佩服的，不是吗？"

"你这话什么意思？"

"没什么意思，就是一个提醒。"商凯略带警觉地看着远处一辆正朝他们开来的车，语气平缓地说道，"这种人是真正会威胁到我们的。而且如果我是您，等事情办完了，屋里那个也会赶紧除掉。"

他扭头去看施广陵，补充道："他和他哥，本质上是一种人。"

他们说话的时候，那辆车开到近前停下，车上走出三个人。商凯朝屋门口的倪军点点头，倪军进了屋，和其他手下把关宏宇押了出来。

商凯迎上前，倪军低声对他说："在周边的弟兄们都确认过了，方圆两公里没有发现公安的踪迹，警用频道里也没监听到任何和咱们有关的信息。"

商凯听完，没说话，走到关宏宇身旁，朝他摆了下头，示意他跟着自己往那辆车的方向走。

一行人来到车旁，一名手下拉开后座的车门，后座上有一个婴儿睡篮，里面躺着孩子。关宏宇见状就往前跑，车旁的手下伸手要拦，商凯在后面摆了摆手。

关宏宇跪在车门外，伸手进去摸孩子通红的脸颊，眼圈瞬间红了。

在他身后，倪军问开车来的几名手下："一路上怎么样？"

"别提了，这小玩意儿没完没了地哭，真他妈烦。"

倪军说："再忍忍，再忍忍，很快就完事儿了。"

背对着他们的关宏宇听到倪军的话，微微点了下头，使劲咬着牙，轻声对孩子说："那家伙说得没错，很快就完事儿了。"

他低下头，凑到孩子的脸旁，亲了亲他的小脸。

倪军在后面说："行了，看也看见了，走吧！"

关宏宇没说什么，也没有反抗，起身跟着商凯走了。

倪军让另外三名手下回到车上带孩子离开，同时对一名手下叮嘱道："那边只要拿到东西了，会通知你，找地儿挖个坑，就地把这小崽子埋了。"

一行人分成了三拨：三名手下带着孩子开一辆车，商凯带着十几名手下离开，施广陵和倪军带着其他人离开。

车子开始移动的时候，在城市另一个角落的曲弦低下头。她手机里的电子地图上，一个红色的定位信号边闪烁边开始移动。

曲弦勾起嘴角笑了笑，放下手机，发动汽车。

商凯将车停在一个仓库外，带着十几名手下下了车。他谨慎地四处观望了一会儿，吩咐手下从后备厢里拿出一个手提箱并带好武器，一行十多人无声地陆续走进仓库。

里面空无一人。

商凯扫了眼一排排的箱式保险柜，对手下人说："找D104。"

他瞟了眼墙角的监控探头，又移开了目光。

* * *

同一时间,某安全屋内,崔虎一直注视着摄像头。在这一刻,关宏宇抬起头,朝这个方向望了一眼。

崔虎笑了,嘴里喃喃道:"该吹熄灯号了。"

他双手移到键盘上,轻轻敲了几下。

商凯等人这时已经找到 D104 保险箱。商凯正要输入密码,仓库里忽然一片黑暗,没等众人反应过来,应急灯又突然亮起。

众人面面相觑,都有些紧张。

商凯迟疑了一下,对其中一半手下说:"去门口守着。"

又问另一名手下:"关宏宇不是也说了手动密码吗?报给我听。"

手下掏出一张纸看了看,说:"对,5、28、15、10。"

商凯正要转密码转盘,注意到转盘下面还有钥匙孔,低声说道:"把门口那个办公室砸开,找一找 D104 的备用钥匙。"

手下应声离开。

宽阔的办公室里,施广陵坐在办公桌后,把那支六四式手枪放在桌上。倪军吩咐几名手下"去外面看着点儿",随后把关宏宇按在办公桌对面的一张椅子上。

关宏宇额头和脖子上都沁出了汗——肩上的贯穿性枪伤,显然不是闹着玩儿的。

施广陵笑了:"你还真不如你哥,一枪就撂了。"

关宏宇盯着他,还是那句话:"当时在酒吧,到底是谁开的枪？"

施广陵盯着他看了一会儿，没应声。

关宏宇又扭头去瞟斜后方的倪军。

倪军瞪着眼："看什么看？还有心思问这个。成，凯哥不敢说，我告诉你，你哥就是让我崩了的，怎么着呢你？"

关宏宇冷冷地看着他："真的是你？"

倪军愈加嚣张："他妈的，姓关的，你又不是不知道老子靠什么出的名！敞开了告诉你吧，不光是你哥，望京仓库那几个……哦对，还有给你生孩子的那相好，都是我杀的。"

办公桌后面，施广陵对他这份跋扈的态度微微皱眉，而且似乎感到有些不安。

关宏宇表情释然地微微点了下头，继续望向施广陵："你折磨了他很久，对吗？"

施广陵叹了口气："他也折磨了我很久啊。按说，父兄之仇，不共戴天。我还真以为你来找我，只是出于私人恩怨。"

关宏宇点了点头："等孩子安全了，我再跟你了结私人恩怨。"

施广陵微微侧了下头，饶有兴趣地问道："你是说等商凯拿到U盘？"

关宏宇冷冷地盯着他："你是个丧心病狂的浑蛋，拿到U盘，你就会杀了我。而且，我不相信你会放过孩子。"

施广陵听完，笑了："我也不相信你真的把U盘放在那个保管仓库。"

关宏宇的脸色微微变了。

02

商凯手心冒汗。在昏暗的应急灯光下,他全神贯注地输入密码,手下刚找来钥匙,门口已响起了枪声。

周巡和小汪带着丰台支队的刑警以及特警杀了进来。

商凯一边吩咐手下去门口抵抗,一边打开保险箱,却发现里面空空如也,只有一张字条。他拿出来一看,上面只写着四个字——

"缴枪不杀"。

商凯将那张纸条在手里攥成一团,伏身打开箱子,里面是一个和手机绑在一起的遥控引爆炸弹。

他把炸弹放进保险箱,关上了门,随后拔出枪,往门口方向冲去。

同时,市局看守所内,一名管教正推着餐车派餐。这时,一个干警走过来,几句话支走了管教。他瞟了眼斜前方囚房里坐着的韦东,不动声色地把一小瓶毒剂倒进面前的一杯水中。

周舒桐和老张、老王、老刘一起坐在警车内。周舒桐接听着赵茜的来电,低声说道:"好的,师姐,确定位置了……那具体楼层……明白了,那你随时通知我……放心吧。"

说完,她挂断电话,对开车的几个老刑警说:"知道地儿了,走吧。"

她从腰上拔出配枪,开始做最后的检查。

* * *

世纪科贸大厦中,施广陵的秘密办公室内,两个人仍在对峙。

关宏宇目光略有些闪烁,没有直视对方。

施广陵似乎很有把握地说道:"你没有关宏峰那么虔诚,但是你比他滑头,所以你可能扛不住刑讯,但你会耍花招。那问题就来了,既然我知道你是在耍花招,为什么还会配合你把戏演下去呢?"

关宏宇呆呆地看着他,想了一会儿,恍然大悟:"你其实根本无所谓要不要那个 U 盘……"

施广陵笑了:"要想安全其实很简单,斩草除根,不留后患就是了。吴征确实搞了那么个 U 盘,里面也有不少对我不利的东西,不过,只要知道这个 U 盘存在的人都死光了,那玩意儿也就跟不存在差不多了。更何况,吴征当初耍了那么点儿小聪明,找了个叫什么的人来着……"

在关宏宇身后的倪军说:"穆己。软弱得很,没动手就撂了。"

施广陵接着说:"他对 U 盘加了一道指纹认证的安全措施,如果认证错误的话,会启动覆写程序,把里面的内容都破坏掉。那么,只要干掉所有知道这个 U 盘存在以及解锁方式的人,我还要 U 盘干什么?"

关宏宇低声说:"裴家易和韦东现在都被羁押了,你真以为他们会永远保持沉默吗?"

施广陵微笑道:"死人,会保持沉默的。"

关宏宇浮现出震惊的神色:"你派商凯他们过去,不是为了取 U 盘,而是为了把支队的所有警力都吸引过去,然后……商凯也是弃子!我还以为商凯是你最得力的手下,你不会轻易抛弃他。"

施广陵无所谓地说道："我很欣赏他的专业性，不过他被你们抓到过，身份已经暴露了。他会带着五公斤的'塑九五'，足够了结你们支队的所有人了。"

"你就不怕他临阵反悔？"

施广陵晃了晃手机："远程引爆，由不得他。"

他说到这里，笑了笑："当然，在引爆之前，我也可以先打另外一个电话，让他们把活埋你儿子的坑填平。或者，我可能还得先接个电话，了解一下韦东今晚的菜单。你说，我先打哪一个好呢？"

他的表情逐渐变得狰狞："你跟你哥搞了这么多小伎俩，到头来，你们还是对抗不了我的秩序。这种自作聪明的后果就是祸灭九族。而且不光是你们关家，丰台支队的人，可能还有很多特警，这下子都得陪你们一块儿死了，你觉得高兴吗？"

关宏宇愣愣地看着他好一会儿，表情木然地问道："你现在留我活着，只是为了能告诉我，你赢了，是吗？"

施广陵耸耸肩："主要是你提到还有个朋友。U盘可能会在他手上。当然，搞定你们之后，我再想办法把他找出来也不是什么难事儿，也没准根本没这么个人……总之，如果你能现在告诉我，自然更好。事到如今，我也不敷衍你。没人能活下来，我最多可以发发慈悲，先杀了你，再让那头儿埋你儿子。"

关宏宇表情骇然地盯着眼前的人看了好一阵子，逐渐冷静下来，冷冷地说："我拒绝。"

施广陵微微一怔。

关宏宇似乎很放松地向后靠了靠："电话你随便打，先打哪个都行。而且，别干等了，刘洋恐怕不会打给你了。"

施广陵没想到会从关宏宇的口中听到"刘洋"这个名字,瞳孔微微收缩。他低头看了眼手机,一时间竟犹豫了。

市局看守所内,警员刘洋推着餐车,在囚房外喊:"韦东,过来拿饭!"

韦东坐在里面,低着头,不吭声。

刘洋又喊了几次,对方还是一点儿反应都没有。他气急败坏地打开门,端着餐盘走进囚房,把餐盘往韦东面前一撂,嘴里骂骂咧咧地说道:"你他妈聋了?"

韦东抬起头,目光中有些惊恐,但不是在看他,而是看向他身后。

刘洋愣了愣,回过身,发现郑力齐带着两名刑警站在自己身后。郑力齐使了个眼色,两名刑警上前,动作干净利落地给他戴上了手铐。

另一名刑警撤走了餐盘。

郑力齐叹了口气,坐到韦东旁边,看着他说:"断头饭都给你送来了,还替他扛呢?"

韦东还没来得及反应,刘洋的手机响了。刑警从他身上搜出手机,递给郑力齐。郑力齐看了一眼,接通电话,低声说:"施广陵,麻烦转告一下关队,他和周巡跟我说的那件事已经办妥了。"

施广陵脸色剧变,立刻挂断电话,一抬头,发现关宏宇冷冷地看着他,面上露出一丝微笑。

施广陵咬牙盯着他看了一会儿，拿起手机就拨号——但电话已经拨不通了。

在特警的掩护下，赵茜和小高把一个电话信号屏蔽装置放在仓库外围的角落。

赵茜说："差不多了吧？围着仓库一共放了十二个，应该全覆盖了。"

小高问："关队为什么要把这边的手机信号全屏蔽掉？"

赵茜轻声说："我也不清楚，但周队他们说，最后收网的时候务必尽可能切断他们之间的所有联系，那样才有可能为关队争取到他需要的时间。"

03

电话仍旧不通。

关宏宇在桌子对面冷冷地说："现代科技也不怎么靠得住吧。要我说，你还不如信任商凯，把引爆装置交给他呢。"

施广陵阴沉着脸，拿手机拨了一个视频电话："'现代科技'吗？"

视频接通了，施广陵低头瞟了一眼，正想展示手机画面，突然愣住了。只见视频里带着孩子的那三名手下全都被打倒在地，不省人事，旁边有一个挖好的土坑。

施广陵难以置信地抬头，看着关宏宇。

* * *

曲弦小心翼翼地把婴儿车放到自己的车上，伸手在婴儿车里摸了摸，掏出一个定位芯片。

她唇边浮现一丝笑意，反手拿出手铐，铐住被她打倒在地的三个人。

关宏宇冷冷笑道："我还真得感谢你大发善心，好歹让我跟孩子见了个面。我牙里有个追踪器，吐在孩子摇篮里了。"

施广陵还在强作镇定，关宏宇身后的倪军已经彻底慌了。他拉开手枪套筒，指着关宏宇的头说："大哥，毙了他算了！"

施广陵朝倪军摆了下手，示意他不要开枪。他朝关宏宇点点头："我收回刚才的话。你其实跟你哥一样，都宁可牺牲自己也要和秩序对抗。在你们看来，法律、正义、整体、大局，永远比个体，至少比你们个人的生命重要得多。"

关宏宇冷静地回望："也对也不对。没错，我跟我哥都是豁了命的，但他是为了救人，我是单纯想拉你一块儿死。这里头的区别，你能明白吧？"

他这话刚说完，外面已传来了枪声。

周舒桐和二探组的三名刑警持枪闯入十六层，几人互相掩护，先后击毙数名在外面放哨的施广陵手下，朝着办公室冲杀而来。

施广陵看着关宏宇，表情有些愕然："你浑身上下都被搜过了，而且你身上的东西已经都扔掉了，他们是怎么找到这儿的?"

关宏宇没说话,只是微微冷笑。

说到这儿,施广陵低头看了眼桌上的那支六四式手枪,恍然大悟。他忙卸下弹匣,拉开套筒,检查了一下枪支,发现里面并没有安装任何定位装置。

然后,他终于注意到弹匣里有五发子弹。他是老刑警,知道六四式手枪一般只压五发子弹,但他开过一枪,说明这支枪里原来压了六发子弹。

第六发子弹,已经被他打出去了。

而伤口里的子弹,是没有人会特意检查的。

"定位装置……"施广陵抬起头,震惊地看着关宏宇,"在那颗子弹里……"

事到如今,施广陵终于明白自己满盘皆输,整个人都颓了下来。他苦笑着看着手里没装弹匣的枪,问道:"你怎么确定我会开枪打你?"

关宏宇低声说:"你怎么都会杀我。不管是你开枪,还是你指使其他人。用我带来的枪干掉我,不怕被勘查弹道痕迹,更省事儿,所以你一定会这么干。"

"要是我们没搜出这支枪呢?"

"那么这颗子弹就会在你的身体里。"关宏宇淡淡地说道,"都一样。"

外面的枪声已经迫近。

周舒桐和二探组的三名警员一路往里猛攻,老刘在最后面用步话机跟增援部队联络。

周舒桐冲在最前面,被一枪打中胸口,虽然有防弹背心护着,但仍应声倒地。

老王从后面上来,往后拖了她一下,同时开枪还击,被一名手下击中了持枪的手,顿时一片血肉模糊。

周舒桐背靠在老王的怀里,掩护着他,开枪击中了那名手下,低头自己换了弹夹,忍住剧痛继续往里冲。

听得枪声越来越近,倪军有点儿慌神,一边用枪指着关宏宇一边不停往门口方向瞟。

关宏宇意识到倪军在走神,突然奋起反抗。他一手抓住倪军持枪的右腕,另一只手不断地攻击。两人扭打在一起,倪军不停地扣扳机,打得屋里子弹横飞。

关宏宇见一时半会儿下不了他的枪,干脆两手搂住他的脖子,侧身蹬着墙连走几步。在墙上移动一百八十度后,他扭着倪军的脖子摔倒在地,把他的脖子拧断了。

关宏宇气喘吁吁地站定。

而整个过程,施广陵纹丝不动地坐在办公桌后,平静地看着这一切。即便是子弹从他身旁飞过,他也毫无反应。

关宏宇略有些惊讶地看着他,瞟了眼倪军掉在地上的枪,发现那支枪套筒没复位,已经没子弹了。他又抬头看着施广陵,低声说:"珍惜机会吧,你现在能杀的,只有我了。"

施广陵神色黯然地摇了摇头:"杀了你也没什么用。不,我不会杀你的……只可惜,到最后,也没有人能理解我……"

关宏宇看了他一会儿,低声说:"包括我哥在内,大家拼命维护的规则,也许并不完美,但那是一个公开的标尺。只有遵循这个标尺,才谈得上如何公平、如何公正。而你那套所谓的'秩序',只是想让所有人的命运都受你个人意志摆布。这么说吧,我能理解你,正是因为理解了,我才更加确认,你的想法有多荒谬。"

他伸出食指轻轻点了点太阳穴:"而且,还非常弱智。"

听到这儿,施广陵惨然一笑,从桌上拿起那把"六四",一边把弹匣装上去一边说:"不管怎么骂我,你能理解就好。看来,你已经成了关宏峰。也许有一天,你也会成为我……"

听到他的话,关宏宇微微有些发愣。施广陵似笑非笑地看了他一眼,慢慢举枪指向自己。

周舒桐正好在这时冲入办公室,看到施广陵举枪,而对面是手无寸铁的关宏宇,她不假思索地举枪开火。

一声枪响,一切归于静寂。

关宏宇愣在原地,周舒桐跑上来,从施广陵的尸体手中夺走了那把"六四"。

接着,她惊魂未定地抬头看向关宏宇:"关老师……"

关宏宇的目光落在施广陵伏倒的身体上,略微有些茫然。

仓库门口,商凯边打边退,顺着消防梯跑到了仓库的配楼。周巡看到他逃走的背影,毫不犹豫地追了过去,小汪紧随其后。

商凯顺楼梯往上跑,周巡朝小汪递了个眼色。小汪从楼梯追,周巡则进了电梯。

小汪追着商凯连着跑了两三层,商凯突然回身朝下开枪,两人在楼梯的上下两端直接对射。

商凯一枪打在小汪防弹衣胸口的位置,还有一枪擦伤了他的右臂。

小汪中枪，大叫一声向后仰倒，手里的枪还在击发，打中了商凯的小腿。商凯闷哼一声，一瘸一拐地继续往楼上跑。

他刚爬上一层，周巡从楼梯间的门撞了进来，直接把商凯撞了个跟头，枪也脱手了。

周巡刚举起手上的枪，商凯飞快地从左袖中抽出钢弦，一兜周巡的手腕。周巡手上的枪飞了，静脉也被划开，两人在极近的距离展开殊死搏斗。商凯试图用钢弦勒住周巡的脖子，周巡把右臂伸到下颌前，防止被钢弦勒死，另一只手试图掰商凯的右腕让他撒手。但商凯力量很大，周巡一只手掰不开，而他缠在钢弦内的右臂静脉伤口处在不停地喷血。

周巡把兜在钢弦里的右臂转了下方向，让静脉的伤口对着商凯的脸。血喷了商凯一脸，也迷了他的眼。

周巡趁绕在脖子上的钢弦松开，干脆把整个右臂上臂都穿了进去，双手抓住商凯的右腕，撤步翻过楼梯扶手往楼下跳。跌落一层楼之后，他重重地摔在了楼梯间。

商凯虽然没被周巡带下去，但右臂从肘关节反方向直接骨折，骨折处甚至露出了骨头，钢弦也没了。

他惨叫一声，拖着断了的右臂，跟跟跄跄地从周巡冲出来的楼梯间入口跑了出去。

身后是刑警追赶的声音，他拖着满身伤跑过楼道，推开尽头的门，冲进一间办公室。他想穿过这间办公室，从另外一侧的门出去，但走了没两步就停住了。

一个人站在屋子中央，似乎已经等待了很久。

韩彬。

商凯认出了他，脸色一变。

韩彬推开一扇窗户,随后走到对面那扇门前,看着商凯,忽然问了句:"那晚在酒吧,是你开的枪吗?"

商凯愣了好一阵子,尽可能镇静地说:"枪打得准,他能少遭点儿罪。我还以为你能理解。"

韩彬笑道:"跨物种的情况下,就别跟我谈什么同理心了。"

商凯的脸色变得越来越难看:"看来你候在这儿,是为了跟我算酒吧的账。行,新账旧账,咱们一并结吧。"

韩彬冷冷地盯着他:"我最有趣的朋友死在你手上了,早知道,那天就不该留你。"

商凯看了看自己浑身上下的伤,发现枪也没了、钢弦也没了。他在腰间摸了摸,左手拔出一把刀:"真巧,我也是这么想的。"

韩彬摘下眼镜,回手关上身后的门,又瞟了眼那扇由他打开的窗户,冷冰冰地说道:"我也就这两条路能给你了,识相点儿,自己挑吧。"

04

关宏宇坐在谈话室的时候,颇有种恍若隔世的感觉。

对面是周舒桐和赵茜在给他做谈话笔录。两人做完笔录后,关宏宇向后靠了靠,疲惫地活动了一下脖子。

赵茜轻声说:"就这些,关队。郑处说,您走之前,让我叫他一声,他还想跟您说几句话。"

关宏宇点点头。赵茜和周舒桐收拾东西,周舒桐走得慢了一点儿。

等到赵茜出门,周舒桐回过头,忽然说道:"关老师,您今后还留在队里吗？"

关宏宇看着她，低声说："你们都很出色，这个支队有没有关宏峰，已经无关紧要了。"

周舒桐直视着他的双眼："我希望您能留下来。"

关宏宇微微一怔，想了想，问道："你是希望我留下来，还是'关老师'留下来？"

两人对视片刻后，周舒桐笑了："有区别吗？"

在她身后，郑力齐推门进来，周舒桐点了下头："郑处。"

她整理好东西离开了谈话室。郑力齐在她身后关上门，走到关宏宇对面，拽了把椅子绕过桌子，坐在一旁。

两个人都是一宿没睡，满脸疲惫，互相看了看黑眼圈，笑了。

郑力齐笑道："真抓了不少人啊，暂看都关不下了。这个团伙的主要头目大多拒捕，被击毙了，除了商凯……"

关宏宇眉头动了动："抓到商凯了？"

郑力齐摇摇头："他从七楼跳下去，畏罪自杀了。之前小汪打中了他的腿，周巡又废掉他一条胳膊，估计他死也不想残废着蹲监狱。"

关宏宇说："那我弟的案子……"

郑力齐说："已经撤销了。不过，总队那边希望做一个内部调查，把这个案子的疑点澄清一下，尽可能恢复他的名誉。"

关宏宇轻声说："这事儿，我有可能帮得上忙。"

"你是说吴征的那个U盘？"

关宏宇点点头："那个U盘里有施广陵犯罪集团的涉案证据，很可能也包括吴征家的灭门案。我可以取来给你。"

郑力齐想了想："关队，你是丰台支队的在编顾问，所有的事情总队和市局还要给出一个处置决定。在这之前,你是不会突然消失的,对吧?"

关宏宇垂下目光,没搭腔。

郑力齐笑了,拍了拍关宏宇的肩膀,站起身:"瞧我这话问的,你不是这种人。"

说着,他转身往外走了几步,回过身:"那个炸弹,排爆人员检查过了,威力可以荡平半条街。你冒着生命危险救下了很多人。"

他又掏出一个用物证袋封着的执法记录仪放在桌上:"这个东西……看完之后,记得还回来。"

说完,他也离开了谈话室。

关宏宇打开执法记录仪,发现是伍玲玲生前的执法记录仪。

画面里,匪徒开枪击倒伍玲玲,关宏峰举手打掉匪徒的枪,匪徒用刀划伤关宏峰的脸,关宏峰捡枪,最终击毙匪徒。

关宏宇看完,关掉记录仪,将脸埋在手里,很久都没有动。

当天下午,病床前,关宏宇从化妆包里拿出棉签,往高亚楠的嘴唇上抹了层油。然后他把东西一一收回去,又从那个毫不起眼的化妆包里拿出了吴征的 U 盘。

他握着高亚楠的手,坐了一会儿,起身走出病房。

曲弦正坐在楼道里,面前放着婴儿车。她低头看着里面的孩子,面露笑容。

"曲队,"关宏宇走到她身旁,"谢谢。"

曲弦满脸堆笑逗着孩子，说话的语气却非常冷淡："今后什么打算？"

关宏宇说："我哥起了个头，我得收好这个尾。"

曲弦依旧满面笑容，语气冰冷，甚至有点儿不耐烦："早去早回吧，这小鬼烦人得很，我可没空儿给你当保姆。"

关宏宇伸手摸了摸孩子的脸，又看着曲弦，发现她一直没有抬头。

关宏宇笑了一下，转身离开。

曲弦叫住他："你老说他叫什么'饕餮''饕餮'的，这孩子大名叫什么？"

关宏宇淡淡笑道："'广图宏韬'，按我们家排字，他叫关韬冽。"

安全屋内，关宏宇拿出和哥哥的那张合影，盯着照片看了许久，然后用透明胶带从照片上拓下了关宏峰的指纹，望向崔虎。

崔虎面前的电脑显示器上，显示出吴征U盘的密码已经被破解，出现了指纹验证的界面。

崔虎回过头来："把你、你哥的指纹拿、拿来吧。"

关宏宇把拓下指纹的透明胶带递了过去。

同日，市局主管副局长办公室内，王绛看了看物证袋里放着的U盘，把物证袋放在桌上。他翻阅着面前厚厚的一沓资料，叹了口气："原来吴征搜集到这么多施广陵犯罪集团的证据。他当初是打算把这些交给关宏峰？"

郑力齐回道:"对。"

王绛抬眼看他:"但是,他的总指挥不是迟文江吗?他为什么不给自己的直属领导,反而要给关宏峰?不信任组织吗?"

"我看过关宏峰这两年来私下调查后对吴征遇害的行动还原记录,二月十一号前后,吴征确实曾经去过迟局他们家。但两人并没有见面。"

王绛一挑眉毛。

郑力齐继续说:"我去找迟局聊过,他仔细回忆了一遍,想起来那天他回家的时候正好在楼下遇见施广陵。两人还在楼门口聊了会儿天。"

"哦?"

"我猜想,吴征恐怕是看到了这一幕,误以为施广陵和迟局也是一伙儿的,所以放弃了直接向组织汇报。"

王绛有些好奇地问道:"施广陵怎么会正好出现在迟文江他家楼下?"

郑力齐说:"我认为,这不是巧合。如果说从叶方舟引吴征入局开始,就是施广陵集团在设计杀害吴征、陷害关宏峰的话,吴征当时的行动恐怕已经被这个犯罪组织监控了。他们意识到吴征那天要去迟局家,肯定进行了相应的部署,甚至不排除如果没能阻止他对迟局汇报就当场暗杀他和迟局的准备。"

王绛听完,若有所悟地点点头:"好吧,那按图索骥,这个涉黑团伙一个都别漏下,让专案组盯紧了。"

"是。"

王绛突然问道:"刚才你说,他们是打算杀了吴征一家之后陷害给关宏峰?他们陷害的不是关宏宇吗?"

郑力齐垂下目光想了一下,答道:"安廷做伪证的时候没说清楚,结果弄巧成拙,陷害成关队的弟弟了。双胞胎嘛,能理解。"

王绛盯着他:"逻辑上……说得通吗?"

郑力齐面不改色地说道:"我认为,说得通。"

王绛叹了口气:"可惜呀,关宏宇死了。力齐,你说,这关宏宇要是还活着,案情破解到现在这个程度,他会不会来自首呢?"

郑力齐垂下目光:"既是被冤枉,那就不是坏人,我相信关宏宇一定会做出正确的选择。不过现在说这个也没什么意义了。"

王绛似笑非笑地看着他:"案件虽然撤销了,但这事儿要给他的家属,也就是关宏峰一个交代。"

郑力齐说:"内部调查这部分……领导,现在事态也稳定下来了,我这个'空降兵'是不是可以回原编制了?刑侦大多是外勤工作,我这搞内部调查的,有些活儿真干不来。您看这不到半年,差点儿连命都赔进去了。"

"你回督察,丰台谁领?难不成让我把顾局贬成支队长?周巡就是被贬下去的,后面又有违纪行为,功过相抵,不再继续沉他都算好的。"

"那关宏峰……是不是可以考虑让他复职?我知道体制内没有这个先例……"

"黑猫白猫,能抓耗子不就行了?不过这关宏峰作为顾问也有不少违纪的地方,该处理的处理一下。至于其他的事儿,再议吧。"

"明白了。"说完,郑力齐站起身。

王绛低头一边翻着资料一边叫住他:"听说,你去接管丰台支队,还给他们上了门禁,让所有人上下班指纹打卡?"

郑力齐笑了:"只是一种管理方法。"

王绛抬眼盯着他:"所有人的指纹打卡记录,和部里面他们的指纹备案比对过吗?"

郑力齐略一思忖,看着王绛答道:"都比对过。"

王绛挑了挑眉:"都没问题?"

"当然……"郑力齐把一张指纹比对记录的打印件递了过去。

王绛接过那张纸看了看,眼皮一抬,若有所思地看着郑力齐。

关宏宇用手机打着字,信步走出丰台支队大院。

迎面,一辆警车停在门口,周巡下了车,跟他打招呼。

关宏宇看了看他打着绷带的右臂和做着牵引的脖颈,调侃道:"哎哟,周队,你都这德行了,还不找个人帮你开车啊?身残志坚?"

"现在人都撒出去抓施广陵团伙的在逃分子,我这样的,别说得开车,还得跑外勤,去一线拼命呢。"周巡说着掏出烟,和关宏宇各点了一根。两人靠在车旁,边抽边聊。

关宏宇低声说:"郑力齐给我看了伍玲玲的执法记录仪,视频里显示,跟我哥搏斗的歹徒先开枪击中了伍玲玲,我哥又把枪夺回来,击毙了匪徒。只是,他的记忆出现了严重偏差,所以他总以为是自己开枪误伤了同事。"

周巡愕然:"怎么会这样?"

关宏宇沉默了一会儿,说:"大概是生死一线的恐惧,再加上对同事牺牲的愧疚感吧……我哥这一辈子,背负了太多东西,他总觉得没保护好该保护的人,没做到该做到的事。"

周巡说:"所以他一直怕黑,而这么一个怕黑的人,在二月十三号晚上仍旧选择独自一人去找吴征。"

说到这儿，两人都沉默了片刻。

周巡问道："你这是要干吗去？一会儿不是队里都去参加追悼活动吗？"

关宏宇说："我想先过去，看看爸妈。"

"那你还回来吗？"周巡问，"我听说上面有可能让'关队长'复职。"

关宏宇笑了笑："那是让我哥复职。"

"说的就是你哥。"

关宏宇扭头去看他。

周巡正色道："他的一部分留在了这个支队，剩下那部分，在你身上。"

关宏宇缓缓摇了摇头："支队长这个位置总要面对非常艰难的选择，我做不到。就算是他……最后一次我俩说话的时候，他告诉过我，那时的他已经不适合再面对这种选择了。"

周巡想了想，说："我后来推敲过，最后一次你哥打电话给我，跟我说放弃行动，电话就断了，而我再打过去，已经打不通了。他很可能就是那个时候发现了施广陵是幕后主使，同时遭到了袭击。"

听到这些，关宏宇有些难过，低头不语。

周巡继续说："我就在想，他为什么不在电话里把施广陵的名字说出来呢？"

"大概，他当时只有说几个字的时间。"

周巡点点头："他还是做出了选择……那你呢？"

关宏宇把烟掐灭："有什么可选的？等我回来，就来自首呗。"他朝周巡点了下头，"待会儿见吧。"

周巡忙掐灭烟，叫住他："老关。"

关宏宇听见这称呼，微微一怔，转过身来。

周巡伸出手："共事一场，是兄弟我的荣幸。"

关宏宇盯着他看了一会儿，也伸出手。

两只手终于紧紧握在了一起。

陵园外，关宏宇站在墓碑前。

墓碑上刻着"关宏宇"的名字。关宏宇低头看着这几个字，半晌，低声说道："这只是一块刻着字的石头，可我怎么真觉得自己就躺在里面。我站在这儿看到了我，相信你也能看到自己。上一次在这里的时候，我觉得抛弃了一切的你是那么孤单无助。我对你说，我是绝不会抛下你不管的……"

他说着，又摇了摇头："后来我才明白，你什么都抛不下。所有的人，所有的事……太重了。"

他摘下围巾，轻轻地挂在了墓碑上。

"哥，"最后他低声哽咽着说，"你好好休息吧。"

门口停着十几辆警车和以周巡为首的几乎全部丰台支队的刑警。

周舒桐左右看了看，问道："欸？关老师人呢？"

周巡坐在车头，看着陵园的方向："他想单独待会儿。都等着。"

周舒桐听完，没说什么。

她掏出手机看了看，发现宠物论坛她发出的那封私信终于有回信了。她略感惊讶地点开了。

这是一个好天气,风和日丽。崔虎和朴森坐在花园草坪上,朴森腿上放着鸟笼,崔虎在旁边一边吃东西一边拿零食逗"包包"。

医院的楼道里,曲弦正笑着逗婴儿车里的关韬洌。突然,她看到许多医生和护士纷纷往高亚楠的病房里跑去,有人在高呼"醒了!"

曲弦一脸震惊地缓缓站起身。

太阳底下的咖啡屋内,韩彬、赵馨诚、何法医还有赵馨诚的女友正一起打桥牌。

周巡、周舒桐、小汪和赵茜等人在门口等关宏宇,四个人神情各异。这时,两辆警车停在他们旁边,郑力齐从车上下来,手上还拿着一张叠起来的纸。

郑力齐看了一圈众人,没看到关宏宇,目光中流露出探询之意。

周巡等人不知道郑力齐的来意,也都疑惑地看着他。

周舒桐手里的手机上,那封私信还打开着。

和光同尘:很抱歉现在才回复你,最近发生了太多事……

"包包"很好，不必担心。

你当初收养它，一定是出于善良，能转托给我，则是出于信任吧。在说短不短、说长不长的一辈子里，人来人往，虽是殊途同归，能相遇甚至共走一程，总还是幸运的。就像这只幸运的小狗，如果你想把它接走，随时恭候，等到忙不过来的时候，一样可以再带给我。这段时间，我和你一样，很感激能有它陪伴。

最后，请你放心，我们大家都会好好活着，为了自己，为了我们爱的人，为了下一次相见。

后会有期，我的朋友。

关宏宇站在墓碑前，朝着太阳的方向闭上双眼。过了一会儿，他睁开眼，抚摸着冰冷的墓碑，轻声说："你说得对，闭上眼睛，也能感受到光的存在。再漫长的夜晚，也会有结束的那天。"

他从墓碑上摘下围巾，慎重地戴回到自己的脖子上，走向陵园出口。

道路的尽头，整个丰台支队都在默默地等待着他。

番外 团拜会话剧 涉过愤怒的河

出场人物

关宏宇：杜丘
周舒桐：真由美
施广陵：远波先生
小汪：矢村警官
郜君然：横路敬二
小高：长冈了介
小徐：唐塔大夫
赵茜：精神病院护士
周巡：熊

第一场：审讯室

幕启，无光的舞台上，杜丘（关宏宇）被铐在审讯桌旁，矢村警官（小汪）背对观众。

女声画外音（OS）：这是一个普通的星期二下午。在繁华的街头，一名叫水泽美穗的女性报警，声称见到了曾潜入自己家实施盗窃的盗贼。警察很快将该男子带回警局讯问。谁知，男子除了说自己的名字是杜丘外，对其他的事情都三缄其口，并且提出要见矢村警官。在审讯室，矢村警官和杜丘进行了激烈的交锋……

矢村警官（小汪）猛然转回身，用手电照向杜丘（关宏宇），厉声质询：说！十月三号凌晨两点你在干什么？

杜丘（关宏宇）：你也不相信我？

矢村警官（小汪）：我谁也不信！说，你在干什么？

杜丘（关宏宇）：十月三号凌晨两点，我在睡觉。

矢村警官（小汪）：是这样啊，谁能证明？

杜丘（关宏宇）：我是个光棍儿，一个人住，当时也没有电话打进来。

矢村警官（小汪）：哼哼，那就是没人能证明咯？

杜丘（关宏宇）：警官，咱们也不可只听那女人的吧？

矢村警官（小汪）：好啊，那你再看看他。

矢村警官（小汪）向台下一挥手，横路敬二（郜君然）走上台。

矢村警官（小汪）：寺田先生，你好。

横路敬二（郜君然）：哦……

矢村警官（小汪）：你曾报案说，十月三日凌晨一点，你回到家，看到一个男人偷了你的相机和一些钱跑掉了。有这回事儿吗？

横路敬二（郜君然）：有！在沉暮的夜色中，我踏着皎洁的月光回到复兴路甲三十三号大院四楼二〇九，推开房门的那一刻，赫然看到一个男人正蹲在窗台上，吓得我虎躯一震，香汗淋滴……

矢村警官（小汪）：够了够了……现在你来指认一下，看看能不能认出是谁那晚潜入了你家。

横路敬二（郜君然）在矢村和杜丘之间来回看了看，指着杜丘（关宏宇）：就是他！

矢村警官（小汪）：你能肯定吗？

横路敬二（郜君然）：当然！

杜丘（关宏宇）摊手：废话，这儿就我一个被铐着！

矢村警官（小汪）：好！既然两名报案人都认定是你，我决定去你家搜查，要是搜出来，哼哼哼！

收光。

第二场：杜丘家

灯光亮，矢村警官（小汪）和杜丘（关宏宇）在杜丘家的陈设中间（几把椅子）来回搜寻。

女声画外音（OS）：杜丘带着矢村警官去了自己家，他问心无愧地接受矢村警官的调查。没想到……

矢村警官（小汪）从一把椅子后面拿出了相机：你看！这不正是失窃的那台相机吗？杜丘，你还有什么可说的？

杜丘（关宏宇）：你、你这哪儿变出来的……

矢村警官（小汪）：证据确凿，休要再狡辩！

杜丘（关宏宇）：我、我冤枉！

矢村警官（小汪）：冤不冤的，先跟我回去再说！

矢村警官（小汪）伸手要拉杜丘（关宏宇）。不料，杜丘巧妙让过矢村警官的一抓，同时脚下使绊儿，将其绊倒。

（后台）

施广陵早早掀起一角舞台幕布，往台上看：嚯，这小关可以啊。（推推周巡）你特意教他的？

周巡正在穿厚厚的熊皮道具服，心情似乎非常不好，没吭声。

（舞台上）

矢村警官（小汪）趴在地上：（小声）关队，你轻点儿……

杜丘（关宏宇）假装没听到，踩着矢村警官的身体跑了下去。

第三场：树林里

女声画外音（OS）：杜丘认定在没人相信他的情况下，只有自己去揭开这一切的谜底。他怀疑自己被陷害，与一名叫朝仓的议员的死有关。朝仓议员在一个月前自杀，杜丘因为觉得他的死有蹊跷而一直调查。现在，为了避开矢村警官的追捕，他逃入了莽莽的深山老林中，并无意间救下了被熊攻击的真由美。本以为借着真由美一家的招待能稍事休息的杜丘，突然被告知，矢村警官已经带人来到这里，准备逮捕他……

杜丘（关宏宇）从舞台的一头向另一头溜达。

真由美（周舒桐）从后台追了上来，对他说：杜丘先生，快上马，有人告密了！

杜丘（关宏宇）作势骑上了真由美的马：你为什么要救我？为什么？

真由美（周舒桐）：我喜欢你！

杜丘（关宏宇）很尴尬：这……太牵强了吧？

矢村警官（小汪）从另一端跑上来：站住！

真由美（周舒桐）情绪激动地往前走：警官！他不是……求求你……

杜丘（关宏宇）拦下真由美：矢村警官，跟她没关系，放了她吧。

矢村警官（小汪）：没问题。不过你可别乱动，不然有人会有麻烦的。

矢村警官给杜丘戴上手铐。一行三人往台下走。刚走几步，杜丘（关宏宇）突然不动了。

矢村警官（小汪）：怎么了？

杜丘（关宏宇）：熊！

熊（周巡）嗷嗷叫着冲了上来，矢村警官（小汪）连忙掏出枪，一个照面，矢村警官（小汪）就被熊（周巡）打趴下了。

熊（周巡）又去攻击真由美（周舒桐），杜丘（关宏宇）连忙抢步上前，捡起矢村警官（小汪）的枪，朝熊（周巡）猛开两枪。熊趔趄一下，杜丘（关宏宇）又开了两枪，熊（周巡）应声倒地，但还在动。杜丘（关宏宇）干脆过去一脚踩着熊（周巡）连开数枪，熊（周巡）终于不动了。

抒情的音乐响起。

矢村警官（小汪）和熊（周巡）倒在舞台一侧。杜丘（关宏宇）双手倒背，面色阴沉，低头不语。

真由美（周舒桐）站在他身后，目光倔强地望着他。

真由美（周舒桐）：其实你根本没必要一直瞒着我。把你的苦衷说出来，有什么困难我们可以共同解决。

杜丘（关宏宇）摇摇头：不，真由美。这里面牵扯的事情太多，我不能冒险连累你。不错，我希望你能相信我是被冤枉的，我也一定会查出真相，但这种事情只能由我自己面对。不要忘了，我是一个被追捕的人。

真由美（周舒桐）上前一步：那我就是你的同谋！

灯灭。

第四场：山洞中

女声画外音（OS）：夜幕降临，杜丘和真由美带着受伤的矢村警官藏身在山洞中。矢村警官醒来，他告诉杜丘，经他们调查，发现之前陷害他的寺田俊明真名叫横路敬二，而另一名举报他的水泽美穗真名则叫横路加代。终于找到线索的杜丘决心以此为突破，前去调查……

矢村警官（小汪）虚弱地说：这是不可能的，这件事里还存有诸多疑点。你不能走……

杜丘（关宏宇）用枪指着矢村警官（小汪）：快告诉我横路的地址！

矢村警官（小汪）：那是我的枪吧。还给我，我就告诉你。

杜丘（关宏宇）：你先告诉我。

矢村警官（小汪）：你先还我枪。

杜丘（关宏宇）：告诉我就还你枪。

矢村警官（小汪）：还我枪就告诉你。

杜丘（关宏宇）：你到底告不告诉我！

矢村警官（小汪）：你到底还不还我枪！

杜丘（关宏宇）一脚踹过去：还你个六！

矢村警官（小汪）：好，好，我说。在我们抓捕他之前，他就去了东京。

杜丘（关宏宇）把枪还给矢村警官（小汪）。

矢村警官（小汪）接过枪来，一反虚弱状态，举枪对着杜丘（关宏宇）：不许动！

真由美（周舒桐）：你！你太不局气了！

矢村警官（小汪）：杜丘，你也站过去！

杜丘（关宏宇）冷笑：哼哼，子弹早就被我卸掉了。

矢村警官（小汪）：胡说！明明是你打熊的时候用完了！

矢村警官（小汪）起身欲和杜丘（关宏宇）肉搏，被杜丘（关宏宇）再次打倒，昏厥。

真由美（周舒桐）：接下来怎么办？

杜丘（关宏宇）：我要去东京，找到横路敬二，弄明白这一切。

真由美（周舒桐）：我跟你一块儿去！

远波先生（施广陵）(OS)：你不准去！

说着，远波先生走上舞台。真由美（周舒桐）和杜丘（关宏宇）都是一惊。

真由美（周舒桐）：爸爸！

远波先生（施广陵）：你们果然在这儿。杜丘先生，你是不是打算越过这座山去代广？

杜丘（关宏宇）：是的。

远波先生（施广陵）：没用的，这座山和出山路段的所有共享单车都被锁了，就是在等你出现。你一定要去东京吗？

杜丘（关宏宇）：是的。

远波先生（施广陵）：除非，你会骑摩托车。我正好有一辆，可以借给你。（对周舒桐）而你，就待在家里。

真由美（周舒桐）：不！我也要去！

杜丘（关宏宇）：你父亲说得对，前路不知道会发生什么事，你就在这里，等我回来。

灯灭。

第五场：制药厂

黑暗中，杜丘（关宏宇）和唐塔大夫（小徐）对峙着。

女声画外音（OS）：凭借远波先生提供的三蹦子，杜丘跨越重重障碍回到了东京。经过多方调查，他发现横路敬二被关进了精神病院。为了接近他，杜丘也伪装成精神病人住进了医院。未曾想，在夜间暗中调查时，他中了唐塔大夫的陷阱……

灯光亮起，唐塔大夫（小徐）：你不用再装了，从一开始我就应该让你住进重症病房。你不是想见横路敬二吗？来人！

护士（赵茜）带着横路敬二（郜君然）走上舞台。横路敬二已经是白痴的状态了。

杜丘（关宏宇）：横路？横路敬二！你还认识我吗？

横路敬二（郜君然）：相见何必相识……

唐塔大夫（小徐）高声：他是不会认识你的！你看，他现在的状态多好，没有贪婪，没有欲望。他正在欢度他的余生。是不是呀，横路？

横路敬二（郜君然）：你这话亏心不亏心啊……

唐塔大夫（小徐）猛摆手：弄走弄走！

护士（赵茜）拽着横路敬二（郜君然）走下台。

杜丘（关宏宇）：你对他做了什么？切除脑白质？

唐塔大夫（小徐）：外科手术我是不喜欢的。我给他吃了一种我研制的AX药物。可以阻断神经，让他的思维混乱。

杜丘（关宏宇）：那我建议你加大剂量。

唐塔大夫（小徐）：杜丘先生，我现在也打算给你用这类药物。

杜丘（关宏宇）：为啥？

唐塔大夫（小徐）：你的病历上写着，你患有精神分裂症。你有病啊！

杜丘（关宏宇）：你有药啊？

唐塔大夫（小徐）：吃多少有多少！

杜丘（关宏宇）：有多少我都不吃！

杜丘（关宏宇）冲向唐塔大夫（小徐）。唐塔大夫（小徐）抽出一根电棍，将他打晕，并给他服用了AX药物。

女声画外音（OS）：杜丘被强行灌服了AX药物一段时间，已经很接近横路敬二的状态。看上去，他就像一个不会思考、不会表达，只懂得听话行动的木偶一样。唐塔大夫渐渐放下心来……

随着画外音，杜丘（关宏宇）呆坐在舞台一侧。唐塔大夫（小徐）和长冈了介（小高）边交谈边缓步上台……

唐塔大夫（小徐）：他现在已经被我培养成第二个横路敬二，不会再继续调查朝仓议员被害一案了。

长冈了介（小高）：小唐啊……小唐塔啊，杜丘此人阴险狡诈，惯出怪招，机关算尽。我们一定要小心，切不可反着了他的道儿。

唐塔大夫（小徐）：长冈院长您把心踏踏实实放肚子里，智商奇高的横路敬二又如何？在我AX药物的淫威之下，不照样成了没思维没欲望的白痴吗?

长冈了介（小高）：那小子吃不吃药一个德行……杜丘可是个顽固的人，这些药对他会不会不起作用?

唐塔大夫（小徐）：要不，您亲自去问问他。

两人走到杜丘（关宏宇）身边。

长冈了介（小高）：杜丘。

杜丘（关宏宇）慢慢看向他。

长冈了介（小高）：你还要不要调查朝仓议员的死因了?

杜丘（关宏宇）缓缓摇头。

长冈了介（小高）：你不是一直在调查吗？为什么现在不调查了?

杜丘（关宏宇）：不感兴趣。

唐塔大夫（小徐）：您看，我就说药物起作用了吧。

长冈了介（小高）走近杜丘（关宏宇）：我的AX药物明明拥有无限的前景，朝仓议员却极力反对。现在你又来阻碍我的计划，活该变成这样。鞠个躬我看看。

杜丘（关宏宇）鞠躬。

长冈了介（小高）：再鞠躬。

杜丘（关宏宇）又鞠躬。

长冈了介（小高）：拿个大鼎!

杜丘（关宏宇）瞪着他：没完了还，你作死呢吧?

长冈了介（小高）：怎么不听话？杜丘的意志果然强大。小唐塔啊，看来你还是要想一个办法，彻底了结他。

唐塔大夫（小徐）：好嘞。

灯灭。

第六场：天台

女声画外音（OS）：为了尽早解决杜丘这个麻烦，唐塔大夫在给他服了大剂量的 AX 药物后，命令他写下一封遗书，承认自己此前曾盗窃、杀人，然后带着杜丘去了天台，打算伪造他自杀的假象……

唐塔大夫（小徐）快步走上舞台。女护士（赵茜）搀着杜丘（关宏宇）走上舞台。

唐塔大夫（小徐）：杜丘你看，多么蓝的天啊。你一直走下去吧，走下去，就会融化在蓝天里。一直向前走，不要朝两边看。

杜丘（关宏宇）目光呆滞，缓缓向前走去。走着走着，他又停下脚步。

唐塔大夫（小徐）：杜丘，你在干什么？快点儿继续走！

杜丘（关宏宇）转过身来：朝仓议员也是这么被你们害死的吧？你们先给他吃 AX 药，药性一发，长冈就让他从楼上跳下去。就像你刚才对我那样。

唐塔大夫（小徐）大吃一惊，朝后面女护士猛地挥手。

女护士（赵茜）自己玩着手机，视而不见。

唐塔大夫（小徐）看着她，挥挥手。

女护士（赵茜）：嗯？

唐塔大夫（小徐）：动手啊！

女护士（赵茜）：打不过。

说完，女护士（赵茜）溜溜达达走下舞台。

唐塔大夫（小徐）：真……真有个性……

杜丘（关宏宇）：可说呢……

唐塔大夫（小徐）：那只好我亲自动手了。杜丘，这就叫"天堂有路你不走，地狱无门自来投"。今天让你看看我唐塔大夫的手段！

说完，唐塔大夫（小徐）就往台下跑。

杜丘（关宏宇）：欸？你不打啦？哎哎哎……

唐塔大夫（小徐）又走上来。在他身后，矢村警官（小汪）持枪跟了上来。

矢村警官（小汪）：唐塔，我知道你在制药厂中只是一个执行人的角色，真正的幕后黑手是长冈了介，快带我们去找他！

唐塔大夫（小徐）在两个人的包围下，走投无路：你们不要逼我！

杜丘（关宏宇）上前踹了一脚：还不麻利儿地自杀！

唐塔大夫（小徐）纵身跳下舞台（模拟跳楼自杀）：有——人——踹——了——我——一——脚——啊——啊——啊——

此时，长冈了介（小高）慢慢走上舞台。

长冈了介（小高）：不用了，我自己来了。矢村警官，你到我这里大吵大闹，到底要干什么？

矢村警官（小汪）：长冈！我们已经掌握了你制造违禁药物当作维生素贩卖的证据，现在束手就擒吧。

长冈了介（小高）："制造违禁药物当作维生素贩卖"？我这赔本买卖干得……

杜丘（关宏宇）：你命令唐塔制造一种能夺取人意志的药物，AX。

长冈了介（小高）：AX不是那种药，是神经镇静剂，而且是已经通过审查的。

杜丘（关宏宇）：根据唐塔的日记，AX是一种用活人实验的药物。你的实验致死十一人,致残二十二人,你敢说这些都跟你没关系?

长冈了介(小高):他日记里还写啥了?

杜丘(关宏宇):没跟你说这些……实验失败后,朝仓议员以此讹诈你们制药厂,你就给他吃AX,逼他自杀。

长冈了介(小高):哦?你有证据吗?拿来我看看。

杜丘(关宏宇):我对议员的死有怀疑,你让横路来陷害我。横路对你没用了,你就用AX把他弄成残废。

长冈了介(小高):我不听没证据的指控。如果没有其他事情,就不奉陪了。

矢村警官(小汪)掏出枪来指着他。

长冈了介(小高):你要干什么?

矢村警官(小汪):从这儿跳下去。

长冈了介(小高)和杜丘(关宏宇)都是一惊。

矢村警官(小汪):朝仓跳下去了,唐塔也跳下去了,所以也请你跳下去。你倒是跳啊!(鸣枪)

长冈了介(小高)吓得蹦了起来:胡说!唐塔明明是被他踹……

矢村警官(小汪):别想再冤枉好人!你的腿怎么发抖了?

长冈了介(小高)突然打掉了矢村警官(小汪)的枪,二人扭打在一起。

杜丘(关宏宇)捡起那把掉在地上的枪,大喊:矢村警官!躲开!

矢村警官(小汪)闪到一旁。杜丘(关宏宇)对着长冈了介(小高)扣下了扳机。

长冈了介(小高)倒在了舞台上。

矢村警官（小汪）走过来，从杜丘（关宏宇）手里接过枪，对着长冈了介（小高）又开了几枪。

矢村警官（小汪）摆了个很酷的姿势：我们这是正当防卫！

杜丘（关宏宇）：呃，从罪名上讲，我应该是"故意杀人"。

矢村警官（小汪）：那我……

杜丘（关宏宇）：你那叫"侮辱尸体罪"，刑法第302条，自己翻去。

矢村警官（小汪）：啊……

杜丘（关宏宇）：我现在可以走了吗？

矢村警官（小汪）：虽然长冈了介死了，但对此案的调查还没有完全结束，对你的逮捕令依然有效。

杜丘（关宏宇）：随便吧。在这次逃亡的过程中，我明白了一个道理。执法者不能光站在追捕者的角度去思考，也要站在被追捕者的角度去思考。逮捕令下来，随时来找我。

这时，真由美（周舒桐）跑上台来，与杜丘（关宏宇）四目相对。

杜丘（关宏宇）戴上墨镜，搂过真由美（周舒桐），两人下场。

幕落。

图书在版编目（CIP）数据

白夜追凶：白夜破晓.2.下/指纹著；谢十三改编. — 北京：新星出版社，2024.12. — ISBN 978-7-5133-5699-2

Ⅰ.I247.5

中国国家版本馆CIP数据核字第2024P5X083号

午夜文库
谢刚 主持

白夜追凶2：白夜破晓（上下）

指纹 著；谢十三 改编

责任编辑	王 欢	特约编辑	郭澄澄
责任校对	刘 义	责任印制	李珊珊
装帧设计	冷暖儿		

出 版 人　马汝军
出版发行　新星出版社
　　　　　（北京市西城区车公庄大街丙3号楼8001　100044）
网　　址　www.newstarpress.com
法律顾问　北京市岳成律师事务所
印　　刷　北京天恒嘉业印刷有限公司
开　　本　910mm×1230mm　1/32
印　　张　27
字　　数　629千字
版　　次　2024年12月第1版　2024年12月第1次印刷
书　　号　ISBN 978-7-5133-5699-2
定　　价　98.00元（全2册）

版权专有，侵权必究。如有印装错误，请与出版社联系。
总机：010-88310888　　传真：010-65270449　　销售中心：010-88310811